나에게만 보이는 살인

나에게만 보이는 살인

테라시마 요우 지음
권하영 옮김

BOOK PLAZA

일러두기
본문의 각주는 모두 옮긴이 주입니다.

목차

프롤로그

혼란스러운 이 세상에도 규칙과 법칙이 있다.

신문을 읽지 않아도, TV나 인터넷을 보지 않아도, 자기 주변을 보고 듣고 감각을 곤두세우면 누구나 알아차릴 수 있는 것들이다. 식자재 가격부터 주가 변동에 이르기까지 이 세상은 누군가의, 어느 기업의, 어떤 나라의, 그리고 전능한 존재의 보이지 않는 손에 의해 움직이고 있다. 인간의 죽음도 예외는 아니다. 매일 어딘가에서는 사건과 사고, 질병과 재해, 전쟁과 내전이 일어나고 전투와 기근으로 많은 사람이 죽는다.

그것이 당사자에게 불합리한 죽음이라 할지라도. 거기에는 어떤 뜻이 있어서 규칙과 법칙이 생겨난다. 그것이 바로 이 세상 만물을 지배하는 자의 '섭리'다. 살아남으려면 신경을 곤두세우고 자기 힘으로 운명을 헤쳐나가는 수밖에 없다.

오늘은 오후부터 날씨가 묘했다. 짙은 구름이 종일 하늘을 덮어서 거리 전체의 공기가 무거웠다. 그렇다고 비가 오는 것도 아닌데, 지금도 이따금 강한 바람이 불어서 눈앞에 있는 나무들을 마구 흔든다. 혼란스러운 이 세상에서는 오늘처럼 태양이 눈 부시지 않아도 사람이 죽는 이유는 발에 차일 정도로 많다.

―그렇다. 세상은 생각만큼 단순하지 않다.

강풍에 등을 떠밀리며 자전거로 언덕길을 올라갔다. 뒤쪽 짐받이에 붙들어 맨 종이 상자가 덜컹거리며 흔들린다. 뒤돌아보니 언덕 아래에 늘어선 주택과 아파트에서 셀 수 없이 많은 불빛이 반짝였다. 그 불빛에 반사된 밤 구름이 무언가에 쫓겨 허둥대는 양 떼처럼 밤하늘을 흘러갔다.

아파트 입구에서 그 녀석에게 들은 방 번호를 눌렀다. 인터폰에서 엄마로 예상되는 목소리가 들려왔다. "택배입니다"라고 대답하자, 유리로 된 자동문이 조용히 열렸다. 은은하게 간접 조명이 켜진 넓은 공동 현관홀이 나왔다. 양손으로 종이 상자를 들고 CCTV 위치를 신경 쓰며 엘리베이터까지 걸어갔다.

그 녀석을 포함해서 모두 네 명. 대화하다가 들은 가족 구성을 떠올렸다. 머릿속으로 계속 상상하던 가족을 드디어 만난다. 그 흥분으로 엘리베이터 층수 버튼을 누르는 손가락이 조금 떨렸다. 목적지인 집 앞에 서서 초인종을 누르니 문을 여는 희미한 소리가 들렸다. 문손잡이가 돌아가자마자, 열린 문틈에 억지로 몸을 욱여넣었다. 손님을 맞으러 나온 엄마에게 마스크를 내리고 활짝 미소를 지어 보이며 손에 든 종이 상자를 건넸다. "어?" 엄마는 놀라서 뒷걸음질 치면서 상자를 무심코 받았다. 어쩜 이렇게 무방비할까.

종이 상자 밑에 테이프로 붙여 놓은 칼을 떼어내서 앞으로 두 번 내질렀다. 칼끝이 단숨에 블라우스를 통과해 부드러운 피부와 복직근을 뚫고 내장까지 도달했다. "헉." 엄마는 일그러진 얼굴로 숨을 토하며 들고 있던 상자를 바닥에 떨어뜨렸다.

다른 사람이 괴로워하는 것을 봐도 감정이 전혀 흔들리지 않았다. 그것보다는 칼이 살을 뚫고 들어가며 뿜어져 나온 따뜻한 피가 장갑을 적실 때, 그 용솟음치는 생명의 힘에 가슴이 떨렸다.

자신에게 무슨 일이 일어났는지 이해하지 못한 엄마의 눈이 휘둥그레졌다. 잽싸게 등 뒤로 돌아가 입을 막고 목을 비스듬히 그었다. 경동맥에서 뿜어져 나온 피가 벽에 튀었다. 주변에 녹이 슨 듯한 독특하고 비릿한 냄새가 가득 퍼졌다. 인간의 피는 모두 붉다. 하지만 냄새는 사람마다 다르다. 먹어온 음식과 생활 습관이 피가 되어 냄새를 풍긴다. 폐에서 역류한 피가 입에서 쏟아져 나왔다. 엄마는 피를 흘리며 벽을 따라 미끄러지듯 바닥으로 쓰러졌다.

"드디어 만났는데…, 벌써 이별이네."

가족에 대해 묻고 싶은 것도, 알려주고 싶은 것도 많았는데…. 한쪽 무릎을 꿇고 가슴에 손을 얹은 채 엄마의 귓가에 속삭였다. "괜찮아. 이제 당신을 옭아매는 건 아무것도 없어. 자유야. 다른 가족들도 곧 만나게 될 거야…"

바닥에 떨어져 있던 종이 상자와 마스크를 주워 신발장 위에 올려놓았다. 현관 바닥을 보니 아무렇게나 벗어 놓은 작고 파란 신발이 눈에 들어왔다.

—이제 세 명 남았다.

제1장

사고

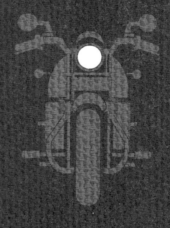

1

고개 중간에 오래된 민가를 옮겨 놓은 듯한 메밀국수 가게가 보였다. 약간 골짜기 쪽으로 내려가 있는 주차장에 오토바이를 타고 들어갔다. 점심때는 이미 지났지만, 차가 열 대도 넘게 서 있었다. 오자키 사에코는 엔진을 끄고 풀 페이스 헬멧을 벗었다. 삶은 메밀국수와 튀김이 맛있는 냄새를 풍기며 식욕을 돋웠다. 뒷좌석에서 내린 약혼자 키시모토 유스케가 "배고프다"라고 중얼거리며 서둘러 줄을 섰다.

가게 입구에는 아직도 손님이 열 명 정도 줄을 이루고 있었다. 늦은 점심은 유스케가 인터넷으로 찾은 메밀국수 가게에서. 이번 오토바이 여행의 여러 목적 중 하나였다.

운 좋게 빈 창가 자리로 안내를 받고 튀김 메밀국수 2인분을 주문했다. 창밖에는 시냇물이 보이고 물 흐르는 소리와 골짜기 사이를 지나는 새소리가 들렸다.

별로 기다리지도 않았는데 채소를 튀긴 기름 향과 함께 메밀국수가 나왔다.

"잠깐만. 사에, 젓가락으로 메밀국수를 조금 들어 올려 봐. 응, 좋다."

유스케가 챙겨온 소형 카메라를 꺼내서 튀김 메밀국수를 촬영했다. 쉬는 날까지 꼭 그렇게 셔터를 눌러야 하나. 뼛속까지 사진가다. 언제 어디서든 사진을 찍어서 SNS에 올린다. 군침 돌게 찍힌 사진은 꽤 평판이 좋다고 한다.

유스케에게 광고 사진작가는 천직이다. 아무리 그래도 오토바이 여행에서 가는 곳마다 촬영을 도우려니 조금 귀찮았다.

"마음은 알겠는데, 튀김 식어."

"아, 맞아. 가끔은 메밀국수가 아니라 이 튀김을 먹으려고 오는 손님도 있대."

인터넷에서 얻은 정보를 자랑스럽게 이야기하는 유스케에게 네, 네, 하며 대충 받아 주고 먹기 시작했다. 100퍼센트 메밀가루를 굵게 갈아서 뽑은 면. 그 거친 표면을 혀로 맛보며 너무 달지 않은 장국과 함께 먹었다. 뒷산에서 땄다는 천연 잎새버섯 튀김도 맛있어서 이렇게 인적 드문 곳에서 긴 줄이 생기는 것이 이해되는 맛이었다.

식사를 마치고, 가게 이름과 메밀 모양이 하얗게 그려진 포렴을 지나서 밖으로 나갔다. 숲을 빠져나간 바람이 계곡을 넘어서 불어온다. 허리에 감아 놓은 주황색 가죽 재킷을 걸쳤다. 크게 숨을 뱉고 기지개를 켰다. 검은 라이더 재킷을 입은 유스케가 뒤늦게 나왔다. 청바지 주머니에서 캐나다 동전을 꺼내더니 오자키의 눈앞에 내밀었다.

"그럼 간다."

엄지로 튕겼다가 떨어진 동전을 손등으로 받았다. 위에 덮은 손을 천천히 펼치며 오자키에게 보여주었다. 순록 문양이 둔하게 빛을 발했다.

"좋았어." 유스케가 동전을 쥔 주먹을 작게 치켜들었다.

둘이 함께 쉬는 휴일은 오랜만이어서 고개를 넘어 바다까지 가는 당일치기 코스를 골랐다. 오자키의 오토바이는 정비 중이라 유스케의 오토바이를 함께 타고 여기까지 달려왔다. "내 오토바이니까 당연히 내가 운전해야지." 어젯밤, 그렇게 우기는 유스케를 억지로 설득해서 동전 던지기로 그때그때 운전할 사람을 정하기로 했다. 엘리자베스 2세의 옆얼굴이 나오면 오자키, 순록이 나오면 유스케가 운전대를 잡는 규칙이었다.

오자키는 갖고 있던 오토바이 키를 아래에서 위로 던졌다. 그것을 한 손으로 받은 유스케가 콧노래를 부르며 헬멧을 쓰고는 방수 기능이 있는 손목시계를 확인했다.

"여기서 고개를 넘으면 바로 바다지? 이제 30분 정도면 가면 되려나."

"안전 운전해."

"아니, 나한테 그런 말을 한다고? 사에는 경찰이면서 운전이 너무 난폭해. 여기까지 오는 데 몇 번이나 간담이 서늘했는데. 왼쪽으로 핸들을 꺾을 때 잠깐 멈칫하는 이상한 버릇이 있는 거 알아? 게다가 차선을 탈 때도⋯."

"네, 네, 알겠습니다." 잔소리가 길어질 것 같아서 말을 자르듯 대답했다.

유스케는 오자키보다 두 살 연하에 몸집도 크지만, 그런 것치고는 차분한 라이딩을 보여준다. 반대로 체육계에서 일하는 오자키는 이론보다 몸의 감각으로 운전하는 편이었다. 커브를 돌 때 차선을 타는 방식이 기분에 따라 달라져서 항상 이랬다저랬다 하는 것을 자기 자신도 알고 있었고, 오히려 그것을 즐겼다.

오자키는 풀 페이스 헬멧을 쓰고 턱끈의 버클이 잠길 때까지 금속 부품을 눌렀다. 뒷좌석에 올라타서 등을 두 번 두드리고 유스케의 허리에 손을 감았다. 헬멧에는 인터컴이 달려 있었다. 출발할 준비가 됐다고 목소리로 알리면 되지만, 두 사람에게는 항상 이것이 출발 신호였다.

속도를 낮추고 커브에 들어섰다. 차체를 기울이며 고개의 커브를 선회했다. 유스케와 오자키와 오토바이가 어우러져 하나가 됐다. 직선 코스에 들어가기 직전에 속도를 높이며 오토바이를 똑바로 세우고 코너를 달렸다. 커브를 돌 때 차선 밖으로 빠져나가지도 않고 착실히 도로 중앙을 달렸다. 그동안 도로변에 떨어진 낙엽이나 자갈 때문에 타이어가 미끄러져서 사고가 난 오토바이를 여러 대 봤다. 유스케의 부드러운 라이딩은 고갯길 주행의 본보기 같았다.

"오전에 들른 도자기 가게는 어땠어?" 유스케가 인터컴을 통해서 물었다.

"좋았어. 색이랑 형태도 감각적이더라."

"우리 결혼식 답례품, 그 가게에서 살까 하는데."

"그럼 나는 거기 절구랑 절굿공이 세트가 좋아."

"구성지네. 좋은데? 근데 피로연에 온 손님들이 갖고 가기에는 좀 무겁지 않을까?"

"자그마하게 1인용 사이즈를 고르면 괜찮을 것 같은데."

"좋아. 바다에서 조금 일찍 나와서 돌아가는 길에 그 도자기 가게에 한 번 더 들를까?"

"그러자."

이윽고 커브가 비교적 적은 내리막에 들어섰다. 유스케가 기어를 바꾸고 속도를 높였다. 몸에 느껴지는 가속도가 짜릿했다. 가드레일 너머에 다양한 종류의 나무들이 우거져 있었다. 커브를 돌 때마다 나무들 사이로 오늘의 최종 목적지인 푸른 바다가 보였다.

고개를 반쯤 내려가서 왼쪽으로 도는 커브에 들어섰을 때였다. 휘이익, 무언가가 바람을 가르는 소리가 들리더니 갑자기 검은 그림자가 오토바이 앞을 가로질렀다.

"뭐야?!" "어?!" 두 사람이 동시에 소리쳤다.

유스케가 당황해서 브레이크를 잡는 모습이 보였다. 몸이 앞으로 기울었다. 뒷바퀴가 미끄러져서 오토바이 차체가 왼쪽으로 기운 채 커브로 돌진했다. 그러고는 큰 힘에 이끌려 옆으로 회전해서 몸이 무언가에 당겨지듯 오른쪽 앞으로 끌려갔다. 붙잡고 있던 유스케의 허리에서 팔이 떨어지자 슬로 모션 영상처럼 아스팔트 지면이 눈앞으로 다가왔다. 한순간 푸른 하늘에 구름이 흘러가는 모습이 보였다. ―검은 그림자, 그것은 대체 무엇이었을까.

머리에 충격이 느껴지고 주변 풍경이 순간 튀어 올랐다. 오자키는 아픔을 느낄 겨를도 없이 검은 그림자에 끌려들어 가듯 깊은 어둠 속에 잠겼다.

2

    유스케의 고향은 규슈 북부에 위치한 F현의 작은 항구 도시였다. 오자키는 공항에서 지하철을 타고 목적지와 가까운 역까지 이동한 다음 택시를 잡았다. 바깥 풍경이 서서히 기와지붕이 얹힌 민가로 바뀌었고 도로 폭이 좁아졌다. 문이 꽉 닫힌 차 안까지 바다 냄새가 났다.

    오토바이 사고가 일어난 지 2년이 지나서 유스케의 3주기를 알리는 편지가 왔다. 일시와 장소가 인쇄된 종이의 여백에는 휴대전화 번호와 함께 '이 번호로 연락 줘요. 돌계단 아래로 우리가 사람을 보낼게요'라는 글이 유스케 어머니의 자필로 적혀 있었다.

    법회가 행해지는 절은 높직한 언덕 위에 있었다. 오자키는 택시에서 내려서 위까지 이어지는 긴 돌계단을 올려다보았다. 저 멀리 사찰의 정문이 보였다. 오토바이 사고로 다친 다리는 이제 걸어서 계단을 오를 만큼 회복됐다. 잠시 고민하다가 자기 다리로 올라가기로 했다. 하지만 사고로 실명된 오른쪽 눈은 아직 빛을 되찾지 못했다. 왼쪽 눈만으로는 도무지 거리감이 느껴지지 않아서 몇 번 넘어질 뻔했다.

돌계단 왼편은 잡목림. 반대편에는 금목서가 심겨 있어서 달콤한 향기가 났다. 잡목림 가지 사이로 새어 들어오는 햇빛이 이끼가 낀 돌계단에 떨어져서 살아 있는 것처럼 흔들린다. 올라갈수록 기와지붕이 얹힌 집들이 나타나고 그 너머로 푸른 바다가 보였다. 천천히 돌계단을 올라가서 지붕이 얹힌 작은 정문을 빠져나왔다.

디딤돌이 사찰 입구에서 본당 현관까지 이어져 있었다. 현관 앞에는 큰 소철 나무가 자리한 정원이 있었고, 9월도 거의 끝나가는데 뒤늦게 지상에 나온 매미가 외로이 울고 있었다.

본당 현관 어귀와 툇마루에 친척들과 동네 사람들이 삼삼오오 모여서 대화를 나눴다. 이대로 그 속에 섞여 들려니 어색했다. 상복을 입은 사람들이 정원 끝에 보이는 풍경을 바라보았다. 오자키는 살짝 땀이 난 몸을 법회가 시작되기 전까지 바람에 식히며 기다리기로 했다.

절 옆은 바다가 내려다보이는 볕이 잘 드는 구릉이었다. 비석이 줄줄이 늘어섰고, 유달리 커다란 동백나무 아래에 유스케가 묻힌 키시모토 가문의 묘도 보였다.

"사에코 씨, 오늘 멀리서 와줘서 고마워."

뒤에서 목소리가 들려서 돌아보니, 기모노로 된 상복을 입은 여자가 서 있었다. 키시모토 나츠. 유스케의 어머니였다.

"어머…, 아, 나츠 씨, 오랜만에 뵙네요."

어머니라는 말이 나올 뻔해서 얼버무리고 허둥지둥 고개를 숙이며 인사했다. 바다 물결과 회색 기와지붕을 넘어서 불어온 바람이 나츠의 조금 하얘진 머리카락을 얼굴에 덮었다. 그 머리카락을 쓸어올리는 손이 몹시 야위어 보였다.

약혼 전에 유스케와 셋이서 레스토랑에서 식사한 적이 있다. 처음 만나는 자리라 긴장한 오자키에게 유스케가 어린 시절에 실수한 이야기 같은 것을 들려주며 웃음을 주었다. 적절하게 재미있는 수위로 나오는 에피소드가 다채로워서 엄마와 아들 사이가 얼마나 깊은지 느낀 밤이었다. 헤어질 때, 유스케를 잘 부탁한다고, 그렇게 말하며 꼭 잡아주던 손의 온기가 떠올랐다.

바닷바람으로 색이 옅어진 마을 풍경을 내려다보면서 서로 근황을 이야기했다.

"오른쪽 눈은 아직 안 나았어?"

"네, 아직…. 검사는 계속 받는데, 도무지 원인을 알 수 없어서요."

"미안해, 사에코 씨 몸까지 다치게 해서. 걔가 너무 큰 사고를 쳤어. 살아 있었으면 속죄라도 할 수 있었을 텐데."

아주 먼 곳을 바라보는 나츠의 옆얼굴이 조금 떨렸다.

"괜찮아요. 다리도 이렇게 다 나아서 여기 돌계단도 힘 안 들이고 올라왔는걸요. 왼쪽 눈으로만 지내는 데에도 익숙해져서 일상에는 별문제 없어요."

오자키는 그 자리에서 가볍게 뛰어 보였다. 최선을 다해 부린 허세였다. 그 오토바이 사고로 유스케를 잃고 오른쪽 눈은 실명되었다. 직장에서도 형사과에서 밀려나 다른 부서에 배치되었다. 모든 것을 잃고 정신 나간 사람처럼 지낸 그날들은 똑같은 상실감을 맛본 나츠에게 절대 말할 수 없었다.

먼바다에서 항구로 돌아오는 배의 엔진 소리가 바람을 타고 희미하게 들려왔다. 남는 잔고기를 챙기려는 듯 항구 위에서 작고 하얀 새가 날아다녔다.

"나츠 씨, 곧 스님이 오세요."

절의 툇마루에서 상복을 입은 중년 여성이 말을 걸어왔다. 나츠는 가볍게 손을 들어 반응했다. 정원에 있던 사람들이 하나둘 본당으로 이동했다. 걸음을 떼려는 오자키의 팔에 나츠가 손을 얹었다.

"스님이 유스케의 동창이라 너무 서두르지 않아도 돼."

나츠가 허리띠 사이에서 천에 싸인 물건을 꺼내 오자키의 손에 살며시 건넸다.

"요즘 조금씩 그 아이의 유품을 정리하고 있어. 사에코 씨가 이걸 받아 주면 좋겠어."

천을 펼쳐 보니 유스케가 애용하던 방수 기능이 있는 손목시계였다.

"사에코 씨한테도 뭔가 주고 싶다고 우리 바깥양반한테 말했더니, 그렇게 부담스러운 거 주지 말라고 혼나긴 했지만."

이 시계를 건네는 행동의 무게를 염려하는 유스케의 아버지, 그런데도 아들이 살아 있었다는 증거를 간직해 주기를 바라는 어머니. 결혼까지는 가지 못한 오자키를 배려하는 유스케의 부모님을 생각하니 가슴이 뜨거워졌다.

"그런데 이 손목시계만은 도저히 못 버리겠더라."

광고 사진 작가라는 직업 특성상 바다에서 촬영할 때가 많아서 고개에서 오토바이 사고가 났을 때도 유스케의 손목에 이 시계가 채워져 있었다. 방풍 유리에는 금이 갔고, 시곗바늘은 사고 시간을 가리킨 채 고장 나서 멈춰 있었다.

"…감사합니다, 나츠 씨." 오자키는 시계를 꽉 쥐고 고개를 숙였다.

"사에코 씨도 나도 언제까지고 유스케만 그리워하며 살면 안되잖아. 우리 바깥양반도 그랬어. 지나간 일에만 연연하지 말고 이제 앞으로 나아가라고."

오자키는 받아 든 시계를 가만히 보았다. 자신도 나츠도 사고가 일어난 뒤로는 이 고장 난 손목시계처럼 시간이 멈춘 듯 살아왔다는 생각이 들었다.

3

토사카시는 N현에서 가장 큰 도시로, 대중교통도 시영 지하철부터 민영 터미널, 버스 노선까지 다양하게 발달했다. 다른 지역에서 들어오는 차도 많고, 운전자들의 교통 매너가 거친 것으로도 유명했다. N현 최대의 상업 시설, 음식점, 여가 시설이 있는 번화가와, 풍속영업법의 대상인 클럽과 유흥업소가 모여 있는 환락가. 소위 말하는 낮과 밤 두 얼굴을 지닌, 범죄 발생률도 N현에서 가장 높은 지역이다.

토사카 경찰서는 N현 경찰본부가 관할하는 대규모 경찰서 중 하나로, 현의 경찰본부와도 가까웠다. 경찰서 건물은 지어진 지 50년쯤 된 4층 건물 남관과 15년 전에 건설된 7층 건물 북관으로 구성된 투박한 빌딩이었다.

유게 타쿠미는 2층에 있는 형사실에서 경찰서 북관 옥상으로 이어지는 계단을 달렸다. 5층에서 6층으로 올라가는 계단참에 다다라 태양광을 받아들이는 창틀에 손을 얹고 쉬었다. 숨이 가쁘고 무릎이 떨렸다. 벽에 기대자, 등에 느껴지는 콘크리트가 시원해서 상쾌했다. 원래 있던 운동 부족과 어제 과음한 술 탓이라고 믿고 싶었지만, 마흔을 넘기고부터는 체력이 예전 같지 않음을 어렴풋이 자각하고 있었다. 호흡이 진정되기를 기다렸다가 다시 7층까지 계단을 뛰어 올라갔다. 여기보다 위는 엘리베이터 기계실이라 더 올라갈 데가 없다. 목적지인 북관 옥상에 가려면 일단 엘리베이터 홀로 나가서 복도를 지나 오른편에 있는 부자연스럽게 짧은 계단을 오르면 된다. 손에 든 열쇠로 '토사카 경찰서 자료실'이라는 안내판이 붙은 문을 열고 안으로 들어갔다.

천장이 높고 어슴푸레한 자료실은 공기가 탁하고 축축한 먼지 냄새가 났다. 천장과 가까운 창문에서 햇빛이 비쳐 들었다. 문을 잠그고 안으로 걸음을 옮겼다. 그때마다 피어오르는 먼지가 빛을 받아서 반짝이며 허공을 표류했다. 어슴푸레한 방에 선반이 늘어서 있고 종이 상자와 비품이 쌓여 있었다. 선반 앞에는 인형 탈 같은 잡동사니가 큰 케이지에 담긴 채 먼지를 뒤집어쓰고 있었다.

중앙 벽에 열 칸도 되지 않는 짧은 계단이 있었다. 거기를 올라가서 삐걱거리는 문을 열자, 드디어 최종 목적지인 북관 옥상이 나왔다. 10월 햇빛에 타쿠미는 눈을 가늘게 떴다. 어슴푸레한 자료실에서 갑자기 옥상으로 나간 탓인지 너무 눈이 부셨다. 어깨를 짓누르듯 묵직하던 여름의 구름은 물러가고 가을 하늘은 맑아서 빌딩 숲과 저 멀리 산들이 평소보다 또렷이 보였다. 옥상 한편에 벤치와 스탠드 재떨이가 놓여 있었다. 거기까지 갈 여유도 없어서 재빨리 꺼낸 담배에 일회용 라이터로 불을 붙였다.

첫 번째 담배가 천천히 재와 연기로 변했다. 태양에 데워진 옥상 공기가 상승 기류를 만들어 타쿠미가 뱉어낸 연기를 거리 구석구석에 실어 날랐다. 난간에 기대어 크고 작은 여러 건물과 그 사이를 누비듯 달리는 자동차들을 보면서 잠시 담배를 뻐끔거렸다.

"타쿠미 씨, 오랜만입니다."

갑자기 뒤에서 목소리가 날아왔다. 10년 만에 들은 목소리지만, 누구인지 바로 알았다. 일부러 못 들은 체하며 두 번째 담배에 불을 붙였다.

"여전하시네요. 태도가 그러니까 만년 경위에서 못 벗어나는 거예요. 더 승진할 마음도 없는 사람한테 이런 충고를 해봤자지만."

타쿠미는 난간에 팔꿈치를 올리고 뒤돌아보았다. 목소리의 주인인 후카자와 코우키 총경은 눈인사하고 걸어와서 벤치에 앉았다. 넥타이를 느슨하게 풀고 제복 안주머니에서 담배를 꺼내더니 라이터로 불을 붙였다. 독특한 기름 냄새가 담배 연기와 함께 주변을 감쌌다.

"사람이 편하게 쉬는 데 방해하지 마."

코우키는 총경이라서 경위인 타쿠미보다 세 계급 위다. 까마득하게 높은 고위 간부다. 처음 만난 10년 전에는 어려 보이는 얼굴에 손질하지 않은 곱슬머리, 마른 몸이어서 빈말로도 맞춤 정장이 잘 어울린다고 하기는 어려웠다. 어색하게 인사하는 얼굴에 곱게 자란 느낌이 엿보이는 신입이었다.

그때가 스물다섯 살. 연수를 마치고 10년 만이니 지금 나이는 서른여섯이나 일곱쯤 됐을까. 체중이 약간 늘어서 얼굴이 둥글어지고 짙은 남색 제복이 갑갑해 보였다. 그 시절에는 끼지 않던 안경 너머로 보이는 눈은 조금 피곤해 보였고, 헤어 왁스로 매만진

곱슬머리는 군데군데 뻗쳐 있었다. 제복 오른쪽 가슴에는 경찰서장 배지가 빛나고 있다.

오랜만에 만나서 시건방지게 시가나 피워대면 한 대 치려고 했건만, 코우키가 피우는 담배 연기에서는 그 시절과 똑같은 브랜드의 향기가 났다.

"10년 전 연수 마지막 날에 여기서 말했잖아. 우리 둘만 있을 때는 경의는 표해도 경어는 쓰지 않겠다고. 다음에 만날 때는 본부 부장이나 관리관일 줄 알았지만. 혹시 너 뭐 사고 쳤어?"

코우키는 사흘 전에 토사카 경찰서 서장으로 부임했다. 원래는 남관 4층에 있는 무도장 홀에서 새로운 서장의 부임 인사로 특별 훈시가 있을 예정이었지만 중지되었다. 그 대신 토사카 경찰서에 소속된 전원에게 부임 인사와 자필 사인이 들어간 메시지가 메일로 전달되었다.

"그러고 보니 내가 문을 잠갔는데, 너 여기에 어떻게 들어왔어?"

코우키가 손에 든 열쇠를 흔들며 씨익 웃었다.

"제가 서장이 돼서 제일 처음 한 일이 여기 열쇠를 복사해 놓은 겁니다. 문에 달린 잠금장치를 아예 바꿔 버려서 타쿠미 씨가 들어오지 못하게 해도 재미있었겠지만요. 경의를 담아서, 그러려다가 말았습니다. 이건 정말 고맙게 생각해 주셔야 됩니다."

코우키가 신입 현장 연수를 받았을 때 파트너가 타쿠미였다. 도쿄대 법학부 출신에 해외 유학까지 다녀온, 고위 간부가 되는 루트를 탄 신입이었고, 열 살 가까이 나이 차이가 났다. 그런데도 당시 계급은 타쿠미가 경사, 코우키가 한 계급 위인 경위였다.

고위 간부가 될 신입의 연수는 보통 현경찰 본부의 경무부나

기껏해야 2과에서 이루어진다. 최전선에 있는 관할서, 그것도 형사과에서 연수를 받는 일은 드문데, 나중에 안 사실로는 본인이 원했다고 한다. 하지만 본인이 원하는 대로 연수받을 부서를 자유롭게 선택했다는 이야기는 들어 본 적이 없다. 아버지가 윗선에 영향력을 끼치는 재계 거물인 티가 난다.

동료 형사들이 거물의 아들이자 경위이자 장차 고위 간부가 될 신입을 조심스럽게 대한 것과 달리 타쿠미의 지도에는 딱히 매뉴얼도 없었고, 하물며 아부는 눈곱만큼도 없었다. 현장을 여기저기 끌고 다니며 그 경험 속에서 가르칠 뿐이었다. 당장 다른 부서로 배치해달라고 요청하려나 싶었지만, 코우키는 9개월짜리 연수를 끝까지 따라왔다.

"규칙은 확실히 지키고 있습니다. 여기에 관한 일은 아무한테도 말하지 않는다. 여기서는 계급을 과시하지 않는다. 여기에 올 때는 엘리베이터를 쓰지 않는다. 맞죠?"

"그런 건 기억하는구나. 근데 바쁜 서장님이 이런 데서 농땡이쳐도 돼? 담배는 경찰서 안에서 유일하게 흡연이 가능한 서장실에서 얼마든지 피울 수 있잖아."

"그렇긴 하죠. 벽에 걸린 역대 서장님들의 사진을 다 떼라고 했는데 아직 걸려 있거든요. 사진들이 지켜봐서 담배가 맛없어져요. 게다가 오래 눌러앉을 생각도 없는 서장실 벽을 담배 연기로 더럽히기는 좀 그렇잖아요."

"그러고 보니 서장 관사에도 안 들어갔다고 들었는데…."

"어휴, 그렇게 곰팡내 나는 곳은 저한테 무리예요."

"뭐냐, 그 말투? 넌 여전하네, 코우. 역대 서장님들 사진 정도는 그러려니 하고 넘어가. 이제는 옛날처럼 야단칠 마음도 안 든다."

타쿠미는 일부러 예전에 사용하던 별명으로 부르며 하품 섞인 목소리로 이죽거렸다. 코우키는 코웃음을 터뜨리고 벤치에서 일어나더니 타쿠미 옆으로 가서 난간에 기댔다.

"그 별명도 오랜만이네요."

"내가 신임 서장한테 해줄 약간의 조언이 있는데, 들어 볼래?"

타쿠미가 담배를 잡은 손을 가볍게 들었다.

"해주세요, 편하게. 타쿠미 씨가 정한 이곳의 규칙이잖아요."

"아니, 옥상 얘기가 아니야. 경찰서 안에는 말이지, 좋든 나쁘든 전례를 따르는 규칙이 있어. 이곳뿐만 아니라, 경찰 조직 내에 있는 거의 모든 규칙이 전례를 따라 정해졌다고 해도 과언이 아니야. 관사에 살지 않는다든가, 새로운 서장의 부임 인사를 갑자기 취소하고 메일로 끝낸다든가, 서장실에서 전임자 사진을 떼게 하면 경찰서 안에서 얼마나 큰 풍랑이 일지 알잖아? 네가 아무리 출세해도 그건 똑같아."

"그렇군요…. 하지만 약간의 풍랑은 괜찮지 않습니까? 경찰서 안에 고인 탁한 공기를 환기하는 데 딱 좋죠." 코우키가 아무 동요도 없이 말했다.

"네 눈에는 들었는지 모르겠지만, 카타야마 부서장은 특별한 루트 없이 말단부터 올라온 우리 같은 놈들 중에서 제일 출세했어. 경찰서 안에 분쟁이나 풍랑을 일으키지 않고 사람들을 하나로 모아서 거기까지 올라갔어. 그런 말이 있잖아. 전장에서 살아남는 건 용감한 사람이 아니라 남들보다 겁 많은 사람이라고. 그 신중함에서 너도 배울 게 있을 거야. 풍랑이 거세면 침몰해."

"설마 제가 그 정도로…."

"아니, 아니, 누가 너 같은 대형 유람선을 걱정한대? 내가 신경 쓰는 건 그 여파로 침몰할 작은 보트, 카타야마 부서장이야."

"그럼 제가 여기서 담배 피워도 구시렁대지 마세요."

오랜만에 건방진 코우키를 보니 속이 부글거렸다.

"이 자식, 말 함부로 하네. 그럼 부서장을 바다 밑바닥으로 가 라앉히든가."

"…생각 좀 해 보겠습니다." 입꼬리만 살짝 웃었다.

이렇게 본인은 주변에 민폐를 끼치고 있다는 자각이 없으니 다 루기가 힘들다. 여차하면 정말로 부서장을 침몰시킬 수도 있다.

코우키의 아버지는 N현을 포함한 주변 광역권을 총괄하는 재 계의 거물이다. 경찰청 연줄도 튼튼하고, 경영 그룹에는 퇴직한 경찰관을 받아 주는 기업도 많다. 경찰 관료 출신 정치인을 지원 하는 헌금과 선거 응원도 빼놓지 않는다. 시장이나 현 지사와는 언제든 식사 약속을 잡을 수 있다. 관할서 인사를 좌우하는 것쯤 이야 식후에 와인 브랜드를 바꾸듯 쉽게 할 수 있는 인물이다.

이쯤 되니, 현 내는 고사하고 관할서 내에 있는 관계 각처를 돌 며 취임 인사를 하기는 하는지 의심스럽다. 카타야마 부서장의 걱정이 끊이지 않을 것이 뻔해서 동정심마저 들었다.

"그런데 그렇게 생각하면 타쿠미 씨는 전장에서 제일 먼저 죽 는 인간의 전형이네요. 조금 더 신중하게 행동해야…" 코우키가 한순간 타쿠미를 봤다. "이제 손은 괜찮으세요?"

타쿠미가 오른손으로 주먹을 쥐었다. 허리를 낮추고 가볍게 한 번 레프트 잽을 날리고 나서 허리를 돌리며 코우키의 눈앞으로 라이트 스트레이트를 내질렀다. 천천히 주먹을 펼치고 엄지 첫 마 디부터 뻗어 있는 하얀 상처 자국을 보여 주었다.

"요전에 손금을 잘 본다는 스낵 바 마담한테 보여주니까 이 상처 덕분에 200살까지 산대."

아래로 내린 손의 상처 자국을 어루만지며 손을 쥐었다 펴기를 반복했다.

"무슨 말을 들었는지는 몰라도 걱정하지 마. 더디기는 해도 악력이 돌아오고 있어. 밥 먹고 담배 피우는 데 아무 문제 없어. 왜 그렇게 내 오른손이 신경 쓰여?"

"딱히 걱정하지는 않았습니다. 하지만 신임 서장으로서는 당연히 신경 쓰이죠. 중요한 부대가 전선에서 제일 먼저 죽으면 곤란해요."

"부대? 우리가 장기말이냐?"

"그나저나 불량배 세 명을 상대로 난투를 벌이다니, 조금은 나이를 고려해 주시면 좋겠네요. 그 안에 정치인의 가족이 있었다고 들었습니다. 상대방도 다쳤으니 운 나빴으면 과잉 방어로 고소당했어요."

"나는 칼로 습격당해서 부상까지 입은 피해자야. 떨어지는 불똥을 털어냈을 뿐이라고. 그걸 두고 변호사가 과잉 방어라고 난리를 피웠어. 불을 키운 건 그 정치인이랑 경찰 윗분들이야. 위에서 압박해서 사건을 무마하려고 하니까 언론에 얻어맞고 대형 화재로 번지지. 내 생각에는 자업자득이야."

난간에 팔을 얹고 담배를 피우는 코우키의 옆얼굴을 가만히 노려보았다. 한참 밑에 있는 관할서 형사의 신체적 문제까지 안다는 사실에 조금 놀랐다. 두뇌가 명석하고 집안도 좋고 외모도 나쁘지 않은데 딱 하나 흠이 있다면 속을 모르겠다. 남을 깔보는 듯한 태도나 빈정대는 말투는 연수 때부터 10년이 지난 지금까지 똑같다.

"1년에 한 번 있는 사격 훈련도 안 받는 것 같던데요."

"나는 원래 총을 싫어해. 뭐, 네가 서장으로 있는 동안에는 최대한 얌전히 있을게. 네가 출세하는 데 영향을 주면 안 되니까."

거짓말을 했다. 습격당해서 다친 뒤로 악력이 전혀 돌아오지 않았다. 경찰 학교에 있는 사격 훈련장에서 총을 쏴봤지만, 결과는 처참했다. 오른손잡이인데도 왼손으로 쐈을 때와 목표물을 맞히는 확률이 거의 비슷했다. 경찰관이 정년까지 재임하는 동안 실제로 총을 쏠 기회는 훈련 이외에는 거의 없다. 그러니 오른손 부상으로 총을 쏘지 못해도 실무에는 상관이 없다. ―하지만 또 그렇지 않은 것이 현장의 실정이었다. 총을 잡지 못하는 상태에서 등을 맡길 파트너로 타쿠미를 선택하기는 쉽지 않았다.

연기에 눈을 가늘게 뜨며, 피우던 세 번째 담배를 스탠드 재떨이에 비벼 껐다. 난간에서 몸을 떼고 크게 기지개를 켰다.

"아, 아직 말 안 했던가? 토사카 경찰서 후카자와 코우키 서장님, 취임 축하드립니다. 그럼 실례하겠습니다."

일부러 경어를 쓰면서 허리를 굽히고 고개 숙여 경례했다. 아직 무언가 이야기하고 싶은 듯한 코우키를 내버려두고 옥상에서 자료실로 내려가는 문으로 향했다.

담배 연기로 뿌예진 거리에서 자동차 경적 소리가 바람에 실려 들려왔다.

4

　타쿠미는 그 일이 있고 나서, 사건을 덮으려는 정치인의 공작이나 현경찰 본부의 지시에 순응하지 않았고, 심지어 언론에 정보를 흘렸다는 의심까지 받아서 경찰서 안에서 겉도는 존재가 되었다. 오른손을 다치고 2년 하고도 반년 가까이 여러 부서를 전전하다 보니 언제부터인가 혼자 행동하게 되었다.

　그런 타쿠미를 형사과에 데리고 와 준 사람이 수사1과 콘도반의 콘도 신지 경감이었다. 현재 콘도반은 열흘 전에 일어난 직장인 여성 스토커 살인사건으로 정신없이 바빴다.

　스토킹하던 남자에게 직장인 여성이 집에서 살해되었다. 생활안전과의 가정 폭력 및 스토커 상담 담당자에게 여러 번 상담했고 피해 신고서도 제출했다. 그런데도 사건은 일어났다. 당연하게도 경찰을 향한 세간의 비판은 거셌고, 항의 전화가 자주 걸려왔다. 수사는 이렇다 할 진전 없이 흘러가서 수사 회의에서는 용의자가 이미 N현 밖으로 도망친 것이 아니냐는 의견도 나왔다.

2층에 있는 형사실로 돌아가 보니, 다른 반의 수사관들도 나가 있어서 대부분 빈자리였다. 시노다 히로마사 경위와 책상 위에 있는 서류를 보며 열심히 대화하던 콘도 반장과 눈이 마주쳐서 가볍게 인사했다. 시노다는 타쿠미와 동갑이자 동기였고, 콘도반에서는 반장을 지원하는 오른팔 같은 존재였다. 그래서 객식구인 타쿠미에게는 냉담했다. 시노다는 어쩌다 이곳에 거둬진 들개를 보고 미간에 주름을 잡았다.

지난 4월 콘도반에 배속된 신입, 노가미 소타 순경이 컴퓨터로 보고서를 만들고 있었다. 타쿠미의 소문을 아는지 모르는지 젊은 사람 특유의 가벼움으로 말을 걸어왔다. "윗사람들 눈도 있으니까 나랑 가까이 지내지 않는 게 좋아." 넌지시 충고하자, "오, 뭔가 있어 보이네요"라고 아무렇지 않은 얼굴로 대답했다. 농담이라고 생각했는지, 그 이후에도 개의치 않고 타쿠미를 친근하게 대했다. 오늘도 타쿠미를 보자마자 의자에 앉은 채 바퀴를 밀며 다가온다.

"수고 많으십니다. 타쿠미 씨, 어떻게 생각하세요? 이 스토커 살인… 아야."

콘도 반장이 둥글게 만 주간지로 노가미의 뒤통수를 때렸다.

"노가미, 다른 사람한테 묻기 전에 잠깐이라도 네 머리로 생각해."

거친 목소리가 형사실에 울려 퍼졌다. 타쿠미는 자기 의자에 앉아서 쓴웃음을 지었다.

"잠깐 얘기 좀 할까, 타쿠미."

콘도 반장은 타쿠미보다 나이가 여섯 살 많은 51세다. 머리카락이 숱은 많지만 새하얘서 겉으로는 나이가 꽤 많아 보인다. 머리카락이 아직 검었을 시절에 몇 번 파트너가 돼서 같이 잠복한 적도 있다. 콘도 반장이 주간지를 책상 위에 내던지고 가까운 빈 의자에 앉았다.

"이 주간지에서 기사를 너무 제멋대로 써서 열불이 나. 어때? 이쯤에서 네 견해를 들을 수 있을까?"

펼쳐진 주간지에는 '경찰의 실수! 스토커 살인의 구할 수 있었던 목숨'이라는 화려한 제목이 날뛰었다. 부하에게는 자기 머리로 생각하라고 했으면서, 그 부하 앞에서 당당하게 타쿠미에게 이번 범행을 어떻게 보는지 묻는다. 앞뒤가 다른 언행인데도 이상하게 밉지 않아서 부하들이 잘 따른다. 평소에 "나는 평범한 사람이지만 남의 재능을 알아보는 능력이 있어"라고 호언장담하는 콘도의 반에서는 유능한 형사가 여럿 자라고 있다. 그 부하들이 콘도 반장을 이 위치까지 올려놓은 셈이다. 진흙탕 싸움이 판치는 이 세계에서는 드문 인물이었다.

"이 사건, 정말 스토커인 혼다 히로키의 짓일까요?"

"하지만, 타쿠미, 피해자는 귀가하자마자 방에 숨어 있던 범인에게 전원 케이블로 뒤에서 목을 졸려서 살해당했어. 강간당한 흔적은 없었지만, 속옷에 묻은 타액에서 검출된 DNA가 혼다의 것과 일치했어. 게다가 방에서 나온 피해자 것이 아닌 지문 중에 혼다의 것이 발견됐어."

"반장님, 바로 그겁니다. 혼다는 방에 지문을 몇 개나 남겼는데, 정작 목에 감긴 코드에서는 지문이 전혀 나오지 않았어요."

"야, 야, 그거야 목을 조를 때 장갑을 꼈겠지. 뭘 어렵게 생각해?"

콘도 반장이 어쩌다 거둬진 들개에게 사건의 견해를 묻는 것이 불만스럽다는 뉘앙스가 시노다의 말 한마디 한마디에서 느껴졌다. 타쿠미는 그것을 무시하며 이야기를 이어갔다.

"혼다가 범행 현장에 챙겨간 물건이었다면 그랬을 수도 있죠. 하지만 사용된 도구는 피해자의 컴퓨터에 연결된 케이블 코드였습니다. 그 집에 원래 있던 물건으로 범행을 저질렀으니 적어도 피해자의 지문은 남았어야 합니다."

"방에는 지문을 남겨뒀으면서 범행 도구에 남은 지문은 꼼꼼히 닦았다는 건가? 듣고 보니 조금 이상하네."

"또 신경 쓰이는 건 왜 그놈은 피해자를 습격했을 때 강간하지 않았을까요?"

"갑자기 피해자가 집에 돌아와서 허겁지겁 강간하려고 하다가 물건이 제 역할을 못 해서 살해해 버리는 사건은 적지 않아. 혼다가 소심한 고자인가 보지." 시노다가 끼어들었다.

"완벽한 먹잇감이 눈앞에 떡하니 있는데? 그리고 살해 수법도 찜찜해."

"어디가 이상해요?" 노가미가 물었다.

살인을 수사할 때 기본 중의 기본이다. 타쿠미가 무슨 말을 하려는지 어렴풋이 눈치챘을 콘도 반장과 시노다가 시선을 교환하며 입을 다물었다.

"자료에 있는 그놈의 성적 취향을 생각해 봐. 혼다가 죽였다면, 뒤에서 코드로 조르지 않았을 거야. 앞에서 괴롭히는 피해자의 얼굴을 보면서, 자기 손으로 목 졸라 죽였겠지."

"타쿠미, 적당히 해. 생활안전과에서 스토커 행위로 여러 번 경고를 내렸어. 피해자가 경찰에 피해 신고서를 제출한 데에 혼다가 열을 받았다는 증언도 있어. 성욕보다 화가 앞서서 죽였겠지. 게다가 그날 범행 시각이 되기 조금 전에 혼다가 현장 근처를 어슬렁거리는 모습이 편의점 CCTV에 찍혔어."

아마 수사 회의에서 윗분들이 내세웠을 견해를 시노다가 그대로 읊었다.

"맞습니다. 그놈이 범인이 아니라면, 사건이 있고 나서 자기 집으로 돌아오지 않는 이유가 뭐죠?" 노가미도 입을 삐죽이며 물었다.

"그날 근처에서 목격됐고 지문도 남아 있었다면, 혼다가 그 집에 숨어든 건 맞을 거야. 거기서 죽은 피해자를 발견하고 도망친 거지. 혹시 혼다는 이 사건의 피의자가 아니라 목격자 아닐까?"

"네에? 저는 어제도 밤새 잠복했는데요. 목격자라면 왜 순순히 경찰서에 출두하지 않죠? 혹시 범인에게 얼굴을 들켜서 겁을 먹은 걸까요?"

"아니, 혼다가 무서워하는 건 우리 경찰이야."

"그럼 속옷에 묻은 DNA는 어떻게 설명하실 겁니까?"

"혼다 그놈은 변태야. 죽은 피해자를 보고 흥분해서 자기도 모르게 지저분한 피해자의 속옷에 얼굴을 묻었을 수도 있어."

"적당히 해. 스토커라는 완벽한 먹잇감에 눈이 뒤집힌 건 우리라는 말을 하고 싶은 거냐?" 시노다가 주간지를 쥐고 책상에 내리쳤다.

"아무튼 타쿠미 말처럼 혼다가 범행을 저지른 게 아니라 경찰에 의심받기 싫어서 숨어 있을 뿐이라면, 전력으로 도망치지는 않았겠어. 아직 시내 어딘가에 숨어 있으려나? 오늘 수사 회의에 얘기해볼 건데, 나올 수 있어?"

"죄송합니다. 오늘은 오후부터 일이 좀 있어서." 타쿠미가 가볍게 오른손을 들었다.

"그래. 오늘 병원 가는 날이었지? 오른손 악력은 아직 안 돌아와?"

"뭐, 조금씩 나아집니다."

"너도 고생이다. 근데 이제 미련은 버리는 게 어때?"

콘도 반장이 의자에서 일어나서 타쿠미의 어깨를 가볍게 두드리고 자기 자리로 돌아갔다. 함께 자리로 돌아가려고 하는 시노다를 타쿠미가 붙잡았다.

"시노다, 이번 범인은 피해자와 친한 사람일 가능성이 있어."

"그런 건 네가 말하지 않아도 알아. 피해자의 뒤에서 교살했으니까. 노가미, 피해자의 신변을 다시 조사한다."

노가미가 허둥지둥 의자에서 일어나서 자기 자리로 돌아가던 걸음을 멈췄다.

"아, 그러고 보니 타쿠미 씨, 경무과의 오자키라는 여자분한테 전화가…. 아야."

시노다가 들고 있던 주간지로 노가미의 머리를 때렸다. "노가미, 몇 번이나 말하냐? 그런 건 제일 먼저 보고하라고."

앞에 있는 전화기에 '경무과 오자키에게 연락 왔음'이라고 노가미가 휘갈겨 쓴 쪽지가 붙어 있었다. 책상 위에 놓인 휴대전화의 착신 램프가 깜빡거렸다.

"뭐야, 이번에는 오자키야?"

오자키는 10년 전 코우키가 형사과에서 연수하던 당시 같은 반에서 타쿠미와 팀으로 움직였다. 전문대 시절에 전국 여자 검도 선수권 대회에서 5위를 한 성적이 윗선의 눈에 들어서 형사과에 차출된 신입이었다.

그런 오자키는 3년 전 2인승 오토바이 사고 때 운전한 약혼자를 잃었다. 뒷좌석에 함께 탄 오자키도 왼쪽 다리 대퇴부가 부러졌고 오른쪽 눈까지 실명됐다. 두 달 입원과 반년 재활을 거쳐 왼쪽 다리는 완치된 덕분에 지금은 평범하게 걷고 뛸 수 있다고 들었다. 하지만 오른쪽 눈의 시력은 아직도 돌아오지 않았다. 그 신체적 핸디캡 때문에 6년 반 동안 재적한 형사과에서 밀려나 경무과로 배치전환 되었다.

다만 오자키는 오토바이 사고의 원인을 받아들이지 못했다. 휴일을 이용해 사고를 조사하고 다녀서 교통수사과에서 항의를 받았다고 경무과 동기에게 들었다. 몇 번 같이 밥을 먹자고 불러서 조언과 충고를 했지만, 이야기도 건성으로 듣기에 최근에는 사이가 소원해졌다. 조금 전 콘도 반장에게 들은 "이제 미련은 버리는 게 어때?"라는 말. 똑같은 말을 오자키에게 해주고 싶었다. 경찰서 안에서 마주치면 인사 정도는 하지만, 전화로 대화하는 것은 오랜만이었다.

"네, 경무과입니다." 수화기 너머에서 오랜만에 듣는 목소리가 돌아왔다.

"어, 전화했어?"

"아, 타쿠미 씨. 오랜만이에요. 휴대전화로 걸었는데 연결이 안 돼서요. 바쁘신 와중에 죄송해요. 사적인 일인데 바로 형사과에 전화를 해버렸네요."

수화기에서 들려오는 생각보다 밝은 오자키의 목소리에 마음이 조금 가벼워졌다.

"미안. 책상 위에 휴대전화를 놓고 나갔다 왔어."

타쿠미는 흡연 시간을 아무도 방해하지 못하도록 휴대전화를 두고 옥상에 올라간다. 오래된 사이라서 오자키도 그 사실을 안다.

"여전하시네요. 아직도 거기까지 담배를 피우러 가세요?"

옥상에서 코우키에게도 같은 말을 들었음을 떠올렸다.

"여전하다고? 너도 나한테 설교할 생각은 아니지?"

"네? 누구한테 설교 들으셨어요?"

"아까 옥상에서 코우를 만났어. 너희 둘이서 편 먹고 나를 노인 취급하냐?"

"코우…, 아니, 후카자와 서장님을 만났어요? 잘 지내던가요?"

"서장이 돼서도 남을 깔보는 태도랑 기분 나쁜 말투가 여전하더라."

"그렇군요…. 저도 타쿠미 씨를 만나서 한번 얘기하고 싶은 게 있는데."

"오늘은 바로 병원에 가야 해서 안 되지만, 지금은 떠돌이 신세야. 언제든 좋아. 휴대전화로 연락 줘."

"병원요? 어디 상태가 안 좋아요?"

"그냥 사소한 검사야. 그보다 무슨 얘기를 하려고?"

"전화로는 좀…. 만나서 할게요."

"그래. 나도 너랑 대화하고 싶었어."

3년 전 사고에 아직 끌려다니는 건 아니지? 라고 자기도 모르게 뱉을 뻔한 말을 삼켰다.

"그럼 다음 일요일에 괜찮아요? 구체적인 시간이랑 장소는 나중에 알려 줄게요."

오자키의 곧은 목소리를 듣고 오히려 마음이 무거워졌다.

5

　지하철 출구에서 바로 왼쪽으로 꺾어 토사카 중앙공원 안으로 들어갔다. 공원 면적의 반 이상을 차지하고 있는 큰 연못을 따라 푸조나무와 버드나무가 심겨 있었다. 연못을 둘러싼 조깅 코스를 달리는 시민들이 타쿠미를 하나둘 앞질렀다. 일요일 오후, 공원은 개를 데리고 산책하는 노인과 장을 보고 돌아가는 가족을 비롯해 많은 사람으로 붐볐다.

　오자키가 정한 장소는 공원의 나무들이 잘 보이도록 빌딩 1층 부분과 바깥으로 돌바닥을 깐 테라스 좌석이 있는 오래된 카페였다. 날씨가 좋아서인지 야외 좌석은 테이블 하나를 제외하고 전부 차 있었다. 공원 쪽 입구에는 '실내, 테라스 전석 금연'이라는 스티커가 붙어 있었다. 타쿠미가 소외감을 느끼며 가게 안에 들어가서 오자키를 찾는데, 의외의 인물이 눈에 들어왔다. 둥근 테이블 좌석에 앉은 코우키가 타쿠미를 알아보고 가볍게 손을 들었다. "수고 많으십니다."

"설마 너도 오자키가 불렀어?"

코우키는 "네"라고 대답하며 테이블 위에 펼쳐 놓은 노트북을 닫았다. 휴일인 오늘은 검은 셔츠의 앞 단추를 채우지 않은 채, 안에는 하얀 티셔츠를 받쳐 입고, 짙은 회색 바지를 입고 있었다. 맨발에 로퍼를 신은 편안한 차림이었다. 서장 관사에 들어가지 않았으니 자택은 이 근처 언덕 위에 있는 세련된 아파트 꼭대기 층일 것이다. 타쿠미는 맞은편 자리에 앉아서 웨이터에게 커피를 주문했다.

"얼마 전에 옥상에서 타쿠미 씨를 만났잖아요. 그러고 얼마 안 돼서 자키 씨한테 전화가 왔습니다. 오랜만인데 인사도 없이 대뜸 3년 전 10월 8일에 뭘 했냐고 묻더라고요. 취조할 때 알리바이를 묻는 말투로요."

코우키가 테이블에 놓인 홍차를 한 모금 마셨다.

"그래서 너는 뭐라고 답했어?"

"3년 전이면 아무리 저여도 기억 안 난다고 했죠. 그랬더니 컴퓨터에 저장된 일정 관리 프로그램까지 열어보게 하더라고요."

"알리바이는 있었어?" 메모하는 척하며 반쯤 장난으로 추궁했다.

"용의자 취조하는 그런 투로 말하지 마세요. 3년 전이면 다른 현에서 N현 경찰 본부로 막 이동했을 때인데 그날은 큰 사건도 없어서 오후에 있는 정례회의를 취소하고 한 시 반에 지인이랑 여기서 만났습니다."

"누구야, 그 지인은? 여자야?"

"또 취조하는 말투잖아요. 지인은 지인이죠. 일이랑은 전혀 상관없는, 완전히 사적인 영역입니다."

"오자키한테도 그렇게 말했어?"

"네. 사적인 지인이 맞는지 여러 번 묻더라고요. 나중에 또 전화해서 타쿠미 씨도 불렀다면서 강제로 오늘 약속을 잡았습니다. 근데 타쿠미 씨야말로 자세한 내용을 못 들으셨어요?" 노트북을 검은 가방에 넣으면서 중얼거렸다.

"뭐, 그렇지. 전화로는 얘기하고 싶은 게 있다고만 했어."

"의외로 결혼한다는 얘기일지도 몰라요. 그 사고가 벌써 3년 됐죠?"

당시 코우키는 N현 경찰 본부 어딘가의 부장이었을 것이다. 오른손 부상과 오자키의 교통사고. 연수가 끝난 뒤에도 조금은 우리에게 신경을 썼다는 의미인가. 타쿠미는 가볍게 웃으며 코우키를 보았다.

"왜 그렇게 뚫어져라 보세요? 불쾌하게."

코우키가 시선을 느꼈는지 마시던 홍차 잔을 입 근처에서 멈추고 질색하며 말했다.

"아무것도 아니야." 타쿠미는 팔짱을 끼고 의자에 깊숙이 고쳐앉았다.

배속된 것은 코우키보다 오자키가 5개월 정도 일렀다. 그 때문인지 두 사람은 어느 쪽이 선배인지로 티격태격했다. 큰 차이는 없지만 체육계인 오자키는 거기에 집착했다. 애초에 오페라 감상이 취미인 코우키와는 물과 기름 같아서, 두 사람은 항상 싸움이 끊이지 않았다.

그래도 연수 막바지에는 서로 별명을 부르는 사이가 됐다. 코우키는 '코우', 오자키는 '자키 씨'라고 불렀다. 나이와 계급이 모두 위인 코우키가 아닌 오자키에게 '씨'가 붙은 이유는 '씨'를 걸고 한 테킬라 마시기 승부에서 코우키가 오자키에게 졌기 때문이다. 참고로 그때 심판은 타쿠미였다.

테라스 좌석은 거의 찼지만, 실내 좌석에는 카운터석에 세 명, 아홉 개 있는 둥근 테이블에 남녀 커플과 타쿠미 일행 두 팀뿐이었다. 약속한 시간이 되자, 공원 반대편에 있는 도로와 맞닿은 입구에서 오자키가 잰걸음으로 카페에 들어오는 모습이 보였다.

머리카락은 짧은 보브컷, 어깨에 가방을 메고 청바지와 흰 셔츠, 남색 재킷을 입었다. 오른쪽 눈에 찬 안대가 튀는 것을 제외하면 오자키 다운 깔끔한 패션이었다.

오자키는 아이스커피를 주문한 뒤, 가방과 벗은 재킷을 의자 등받이에 걸고 앉았다. 땀을 손수건으로 닦으며 지각한 것에 대해 사과했다.

"오랜만이에요. 늦어서 죄송해요, 제가 불러놓고."

"제 말이 그 말입니다, 자키 씨. 전직 상사인 타쿠미 씨랑 서장인 저를 기다리게 하다니, 많이 크셨네요." 가시 돋은 코우키의 인사에 오자키가 코웃음을 쳤다.

"어머, 누군가 했더니 후카자와 서장님, 오랜만에 뵙습니다. 여전하시네요. 거만한 눈빛에 거슬리는 말투는 10년이 지났어도 변하지 않는군요."

비꼬는 존댓말로 받아치고는 서로 가볍게 웃었다. "그러는 자키 씨도…." 타쿠미는 그 시절과 똑같은 두 사람의 대화에 조금 안심했다.

"뭐야, 오랜만인데 만나자마자 싸우냐? 그보다 오자키, 오늘 동창회라도 하려고? 왜 코우까지 불렀어?"

오자키는 잠시 생각하다가 작게 한숨을 흘렸다. 입을 굳게 다문 표정을 보니, 결혼 소식을 전하러 온 건 아닌 게 분명했다. 걱정스럽게 오자키를 보던 코우키와 눈이 마주쳤다. 오자키는 가방에서 검은 가죽 수첩을 천천히 꺼내더니 안에 끼어 있던 메모지 한 장을 테이블에 올려놓았다. 거기에는 오자키의 글씨체로 적은 토사카시 교외의 주소와 남자 이름이 있었다.

타쿠미는 오자키의 오른쪽 소맷부리에서 언뜻 보인 남자 손목시계가 신경 쓰였다.

"그럼 단도직입적으로 말할게요. 이 메모지에 적힌 사람을 조사해 주실 수 있나요?"

"누군데, 이게?" 타쿠미는 무거운 말투로 물었다.

"이 남자는…, 3년 전 저희 오토바이 사고의 범인이에요." 오자키는 그렇게 말하고 아랫입술을 깨물었다.

오자키가 범인이라는 단어를 뱉자, 타쿠미는 그 자리에서 깊은 한숨을 쉬었다.

"역시 그 얘기야? 오자키, 그건 사고였어. 사건이 아니니까 범인은 없어. 네가 뭐에 집착하는지는 모르겠지만, 우리 경찰들이 엮인 사안이야. 교통수사과에는 실수가 없었어."

"하지만…." 오자키는 반론하지 못하고 입을 다물었다.

"자동차 번호 자동 판독기 영상부터 네가 사고 직전에 들른 메밀국수 가게 CCTV 영상까지 철저히 수사했어. 현장에 수상한 점은 없었어. 게다가 경찰은 한번 사고라고 낸 결론을 쉽게 뒤집지 않을 거야. 너도 그 정도는 알잖아."

짜증이 나서 자기도 모르게 주머니에 있는 담배로 뻗을 뻔한 손을 멈췄다. 어쩔 수 없이 눈앞에 있는 이미 미지근해진 커피를 단숨에 들이켰다.

오자키가 시선을 떨군 채 떨리는 목소리로 중얼거렸다. "하지만…, 사실 저 기억이 났어요. 그날, 사고 현장에 뭐가 있었는지."

그 말을 듣고 타쿠미는 의자에서 일어나 테이블에 손을 짚고 오자키를 노려보았다. 커피잔과 숟가락이 받침 접시 위에서 달그락거렸다.

"오자키, 경찰을, 아니, 나를 뭐로 보는 거야? 3년 전에 너랑 약혼자의 생사를 가른 건 오토바이 좌석 위치랑 헬멧의 턱끈을 얼마나 잘 조였는가였어. 네 약혼자는 두개골 골절 때문에 뇌타박상으로 즉사, 응급실에 도착하기 전에 사망했어. 기억이 날 것도 뭣도 없어. 내가 병원으로 달려갔을 때, 너는 다리 골절이랑 두부 외상으로 의식 불명에 중태였어."

테이블 위에 놓인 메모지를 쥐고 오자키의 눈앞에 들이밀었다.

"만에 하나 사고 현장에서 너한테 기적적으로 의식이 있었다고 해도, 이 범인이 네 귀에 대고 자기 이름과 주소를 말한 게 아니고서는 있을 수 없는 일이야."

"타쿠미 씨, 그렇게까지 말할 필요는 없잖아요." 코우키가 목소리를 높이는 타쿠미를 달랬다.

테이블 좌석에 앉은 커플과 카운터석 손님이 뒤돌아서 이쪽을 보았다. 웨이터가 오자키에게 아이스커피를 내왔다. "손님, 무슨 일 있으신가요?"

"소란 피워서 죄송합니다. 옛날이야기가 나와서 그만 흥분을 한 것 같네요."

코우키는 카운터 너머에 있는 카페 사장과 손님들에게 가볍게 고개를 숙였다.

웨이터가 멀어지자, 타쿠미는 아직 이야기가 끝나지 않았다며 오자키를 노려보았다. 테이블에 두 손을 짚은 채 오자키에게 얼굴을 들이밀고는 작은 소리로 따져 물었다.

"그 당시 병원에서 교통수사과가 조사할 때 나도 같이 있었어. 그때 너는 사고가 나기 전 기억밖에 없었고, 사고 직후에 일어난 일은 아무것도 기억나지 않는다고 침대 위에서 증언했어."

반론할 말을 찾지 못했는지 오자키가 입을 꾹 다물었다. 고개를 숙인 채 테이블 밑에서 떨리는 왼쪽 다리를 가만히 보고 있었다.

"…그런데 3년이 지난 이제 와서 그 기억이 돌아왔다고?"

타쿠미는 크게 한숨을 쉬고 다시 의자에 깊숙이 앉았다. 자신이 메모지를 쥐고 있음을 깨닫고 구겨진 종이를 테이블에 올려놓았다.

"그때 사고로 너는 약혼자와 오른쪽 눈 시력을 잃었어. 원통한 건 알지만, 사고였어. 벌써 3년이야. 너도 이제 그만…"

그 말을 덮듯 오자키가 의자에서 일어나서 고개를 숙였다.

"죄송합니다. 그게 아니에요. 그게…, 제가 거짓말을 했어요. 사고 때 기억이 돌아온 게 아니에요. 사실은 봤어요."

오자키는 괴로운 표정으로 숙인 고개를 좌우로 흔들었다.

"아니, 그게 아니라…. 일주일 전에, 그날 일어난 사고의 모든 장면이 저한테 보였어요. 이 일…, 이 일을, 두 분에게 얘기하지 않고 사건을 해결하는 게 좋을 것 같아서 기억났다고 거짓말했어요. 죄송합니다."

"일주일 전에 봤다고요? 자키 씨, 지금 자기가 무슨 말을 하는지 알고 있어요?" 코우키가 걱정스럽게 아래에서 올려다보았다.

"고개 들고 자초지종을 설명해 주세요."

오자키가 천천히 의자에 앉았다. 가늘게 떨리는 자신의 왼쪽 다리를 두 손으로 누르고 고개를 푹 숙인 채 입술을 깨물었다. 흐른 눈물이 떨어져서 청바지에 얼룩을 만들고 오른쪽 안대를 적셨다.

"타쿠미 씨, 코우, 지금부터 제가 하는 말을 믿어주실래요? 그리고 앞으로도 제 편이 되어 주실 수 있나요?" 충혈된 왼쪽 눈으로 타쿠미와 코우키를 강하게 응시했다.

"그래, 처음부터 자세히 얘기해 봐. 우리가 너를 믿을지, 같은 편이 될 수 있을지는 얘기를 듣고 나서 정할 테니까."

"…알겠습니다."

오자키는 테이블 위에 있는 아이스커피를 한 모금 마시고 이야기를 시작했다.

"…일주일 전에, 저는 이 오른쪽 눈으로 번개를 봤어요."

6

동틀 무렵, 방 안에서 무언가가 빛나는 듯했다. 오자키는 침대에서 일어나서 창문 커튼을 열고 어두운 새벽 거리를 바라보았다. 6층인 방에서 보이는 동쪽 하늘이 저 멀리서 조금씩 연분홍빛으로 물들었다. 미처 물러가지 못한 밤하늘은 아직도 별을 품은 채 검은색에서 짙은 남색으로 변하고 있었다. 잠시 기다렸지만, 천둥도 번개도 일지 않았다. 잠기운이 달아나서 침대에 걸터앉았다. 벽시계를 보니, 다섯 시가 되기 조금 전. 초침이 시간을 새기는 소리가 들려왔다.

"착각인가…. 어제 좀 과음했나." 혼잣말이 자연스레 입에서 새어 나왔다.

근래 들어 TV를 보면서 혼잣말하는 것을 자각했다. 혼자 이 집에서 지낸 지 벌써 3년이 지났다. 보조 탁자에는 오토바이 사고로 망가진 손목시계가 놓여 있었다. 작년 이맘때 약혼자 키시모토 유스케의 3주기 법회에 참석했다. 그때 유스케의 어머니에게 유품으로 받은 손목시계였다.

—지나간 일에만 연연하지 말고 이제 앞으로 나아가라고. 그때 들은 유스케 아버지의 말을 떠올렸다. 커튼 너머로 새소리와 차 소리가 들려서 이미 바깥세상이 움직이고 있음이 느껴졌다. 정신을 차리고 보니 오랫동안 망가진 손목시계를 보며 멍하니 생각에 잠겨 있었다.

휴대전화에서 착신음이 들렸다. 「좋은 아침. 어제는 조금 과음했네. 머리가 무거워. 조금 늦었지만 열 시 전에는 그쪽에 도착할 예정이야. 도착하면 연락할게.」 키리시마 칸나가 보낸 문자 메시지였다.

키리시마는 오자키가 사고로 입원한 대학병원의 안과 의사다. 실명된 오른쪽 눈을 진찰해줬을 뿐만 아니라, 사고 이후 괴로운 재활을 하는 동안에도 오자키를 정신적으로 지지해 주었다. 지금도 반년에 한 번 정기 검사를 받는다. 나이는 오자키보다 다섯 살 많은 서른여덟 살이고 독신이다. 소탈한 성격이라 잘 맞아서 이제는 서로 집을 오가며 술잔을 기울이는 사이가 됐다.

어제는 오랜만에 키리시마의 집에서 술을 마셨다. VOD로 공개된 신작 영화를 안주 삼아 오자키가 가져온 칠레산 와인과 치즈, 키리시마의 고향에서 보내온 지역 특산주를 즐기며 신나게 대화했다.

취기에 기대어 유스케와 공통된 취미였던 오토바이와 자동차 운전을 관둔 이야기, 1년 전 3주기 때 유스케의 어머니에게 받은 유품 손목시계 이야기를 했다. "그 일 있고 벌써 3년이야. 이걸 계기로 마음의 정리를 하는 건 좋은 일일지도 몰라." 그렇게 말하며 아파트 베란다로 장소를 옮기고 또 마셨다. 메시지가 온 것을 보니 "내일 쉬는 날이지? 사고 현장에 꽃을 공양하러 갈 마음이 있으면 자동차랑 기사 끼고 같이 가줄게"라고 취해서 한 약속을 키리시마가 기억하는 것 같다.

일단 샤워하고 외출할 준비를 했다. 실내복으로 입는 트레이닝복을 벗자 땀에서 희미하게 와인 향이 났다. 조금 뜨겁게 조정한 물의 자극이 잠기운을 씻어내렸다.

"그 현장에…, 내가 그 고개에 가."

자신은 언제든 갈 수 있다고 생각했다. 하지만 매번 어떤 식으로든 이유를 갖다 붙여서 그 사고 현장에 가지 않았다. 이유는 없다. 아니, 없다고 생각했다. 그러나 가슴속 어딘가에 유스케의 죽음을 직면하기 싫어하는 마음이, 의식을 잃고 아무것도 하지 못한 자기 자신을 마주하기를 두려워하는 마음이 있었는지도 모른다. 유스케의 부모님과 키리시마가 말했듯이 이제는 조금 앞으로 나아가보고 싶다. 물 온도를 낮춰서 머리에 차가운 물을 맞았다.

외출할 준비를 마치고 30분도 지나지 않아서 키리시마에게 메시지가 왔다. 「지금 밑에 도착했어.」 테이블 위에 있던 유스케의 유품 손목시계를 가방에 넣고 아파트 1층으로 내려갔다. 서 있는 짙은 남색 SUV 조수석에 올라탔다.

"안녀엉." 키리시마 칸나가 핸들을 쥔 채 커다란 연갈색 선글라스를 머리까지 올려 쓰고 인사했다. "안녕." 오자키는 작은 목소리로 대답했다.

"오, 뭐야, 뭐야? 사고 현장에 간다고 긴장했어?"

"어제 잠을 좀 못 잤어."

"몸이 안 좋아지면 말해. 바로 중지할게. 재활도 겸해서 가는 거니까 마음 가볍게, 무리하지 마."

"고마워. 내비게이션 좀 쓸게." 오자키는 검은 가죽 수첩을 펼쳤다.

사고에 관한 정보는 집 컴퓨터와 이 수첩에 저장돼 있다. 내비게이션에 사고 현장 주소를 치며 키리시마에게 물었다.

"키리시마 씨, 가다가 꽃집에 들러도 될까?"

"그러자. 그럼 가는 길에 아는 꽃집이 있으니까 거기에 들를게."

차를 몰며 어제 같이 마신 지역 특산주에 관해 열렬히 대화했다. 중간에 내비게이션 지시를 무시하고 루트를 벗어나서 꽃집에 들렀다. 가게 규모는 그다지 크지 않았다. 점포 앞에는 가게 안에서 흘러넘쳐 나온 듯 다양한 꽃이 양동이에 담긴 채 늘어서 있었다. 그중에서 빨간색과 주황색 달리아 몇 송이를 메인 꽃으로 골랐다. 부바르디아라는 작고 하얀 꽃과 유칼립투스잎을 섞어서 만든 꽃다발은 유스케에게 딱 어울렸다.

학창 시절부터 알던 사이인지 점장과 키리시마의 대화가 활기를 띠었다. 꽃다발을 뒷좌석에 놓고 키리시마에게 눈짓으로 옆에 있는 편의점에 다녀오겠다는 의사를 전했다. 편의점에서 테이크아웃 커피와 생수를 사서 차로 돌아왔다.

"자, 키리시마 씨, 설탕 없고 우유 든 거."

"좋다, 저 꽃다발." 키리시마가 컵을 받으며 뒷좌석에 있는 꽃다발을 보고 말했다.

오자키는 물을 한 모금 마시고 오늘 동틀 무렵 번개가 지나가는 듯한 빛을 보고 잠에서 깬 것을 털어놓았다. 키리시마가 펜 라이트를 꺼내서 오자키의 눈에 빛을 비추며 가볍게 검진했다.

"동공에 변화는 없네. 지금 오른쪽 눈에 뭔가 빛이 느껴져?"

"아니, 지금은 전혀. 근데 키리시마 씨, 혹시 오른쪽 눈이 다시 보이는 건…."

"그 번개는 어떤 빛이었어?"

"방 안에서 플래시를 터뜨린 느낌이었어. 번개인 줄 알고 커튼을 열고 한참 하늘을 봤는데, 그 뒤에는 아무것도 빛나지 않았어."

"조금 충혈됐네. 수면 부족에서 오는 염증인가? 전에도 설명했지만, 사고 직후에 검사했을 때도 네 오른쪽 눈에는 이상이 없었어. 그러니까 시력이 돌아오지 않는 건 눈의 망막이나 유리체 손상 때문은 아니야."

키리시마가 고개를 갸웃하는 오자키의 관자놀이를 만지며 설명을 이어갔다.

"네 경우에 추측되는 원인이 있다면 시신경이나 대뇌 후두엽 손상인데, 전에 두 번 정도 영상의학과에서 두부 검사를 받았을 때는 명확한 장애가 발견되지 않았잖아."

몇 번 들은 눈의 진단 결과는 여느 때와 똑같았다. 키리시마는 펜 라이트를 안쪽 주머니에 넣고 음료 홀더에서 꺼내 든 커피에 입을 댔다.

"문제는 그 빛이네. 일시적으로라도 오른쪽 눈이 회복됐는지 다음 달 정기 검진 때 뇌파랑 같이 재검사해보면 좋겠다. 근데 이 얘기만은 해둘게. 과한 희망은 품지 않는 게 좋아. 가볍게 생각해. 알았지?"

"알았어…." 하지만 오른쪽 눈이 보이게 될 수도 있다는 생각만으로 심장 박동이 빨라지고 설레는 기분을 참기 힘들었다.

"그럼 갈까? 길도 안 막히니까 내비게이션이 틀리지 않았다면 여기서 한 30분 후에 도착할 거야. 근데 사실 눈이 아니라 뇌 쪽 장애면 내 전문이 아니야. 드문 사례라서 뇌신경외과에서도 문의가 들어왔어."

"드문 사례? 내가 실험 대상이야?" 오자키는 웃으며 안전벨트를 맸다.

"뇌신경외과의 에구치 부교수, 그 왜, 너도 저번에 진찰받았잖아. 그 사람, 분명히 너한테 마음이 있어. 어때? 사귀어 봐. 독신이고 그럭저럭 유능하다고 하더라." 그렇게 말하며 내비게이션이 안내하는 대로 차를 몰았다.

오자키는 예민한 인상을 풍기던 안경 낀 뇌신경외과 의사의 얼굴을 떠올렸다.

"그렇게 유망주면 키리시마 씨가 사귀지 그래?"

"아니, 아니, 그 사람은 내 취향이 아니야."

키리시마의 취향은 젊고 근육질인 남자다. 필연적으로 영화를 고를 때는 거의 배우의 근육으로 결정한다. 왜 연애 상대를 코나 눈의 위치, 키로 고르는지 모르겠다. 그런 것은 피부를 벗기면 다 똑같다. 조금 과격하지만 이해하기 쉬운 예시다.

"그래 봤자 뇌신경외과의 그럭저럭 유능한 선생님도 내가 아니라 내 뇌 주름에 관심이 있는 걸걸."

"그럴지도 모르지. 근데 그게 뭐 어때서? 어디에 그 사람의 진짜 매력이 숨어 있는지는 모를 일이야. 네 경우에는 뇌일 뿐이야. 겉모습만 보고 선택되는 것보다 훨씬 나아."

"근데 원래 겉모습이 아닌 내면의 매력 하면 마음 아니야?"

"그렇기는 하지. 근데 뇌 속에 있는 뉴런이나 시냅스의 네트워크로 마음이 구성돼 있다고 생각하면, 크게 벗어난 얘기도 아니야."

둘이서 웃었다. 키리시마가 오자키의 긴장을 조금이라도 풀어 주려고 연애 이야기를 꺼낸 것을 안다. 그녀의 배려가 느껴졌다.

차 밖에서 흘러가는 풍경을 조수석 창문에 이마를 대고 바라보았다. 길을 따라 심긴 나무들 사이에서 새어 나온 빛이 오자키의 무릎 위를 지나갔다. 평온한 척하고는 있지만, 점차 말수가 적어졌다. 사고가 일어나기 전에 점심을 먹으러 들른, 오래된 민가에서 영업하는 메밀국수 가게가 보여서 사고 현장과 가까워지고 있음을 느꼈다.

유스케의 손목시계를 가방에서 꺼내 오른쪽 손목에 차며 기분을 진정시켰다. 고갯길의 내리막에 들어서자, 나무들 너머로 그날 가기로 했던 푸른 바다가 보였다. 조금 더 달리자 커브 길이 나왔고, 「목적지 부근입니다」라고 내비게이션이 알렸다.

"이 근처지? 기억은 나?" 키리시마가 자동차 속도를 줄이며 물었다.

오자키는 작게 고개를 흔들었다. 「목적지에 도착했습니다.」 내비게이션이 종료되었다. 가드레일 너머에는 다양한 나무들이 무성했고, 왼쪽에는 언덕이 있어서 길가 도랑까지 풀이 나 있었다. 3년이나 지나서 도로와 가드레일에 사고의 흔적은 보이지 않았다.

오자키가 의식을 되찾은 것은 사고가 있고 사흘 후. 정신을 차리고 보니 응급의료센터 중환자실에 있는 침대 위였다. 사고 후 기억은 전혀 없다. 그때 아무것도 하지 못한 것이 분해서 퇴원 이후에 휴일을 이용해 그 사고를 조사하고 다녔다. 구급차를 불러 준 동네 택시 운전기사와 사고 현장으로 출동한 구급대원을 만나서 이야기를 들었다. 내비게이션에 입력한 주소도 그때 들은 정보였다.

내비게이션이 지시한 지점에서 조금 내려간 도로 옆에 주차 공간을 찾아서 차를 세웠다. 사이드미러에 비친 자기 얼굴을 가만히 보았다. 입술이 떨리고 얼굴에 핏기가 없다.

"괜찮아? 힘들면 내가 대신 꽃다발만 두고 올까?"

"아니야, 괜찮아. 수면 부족이라 그냥 약간 차멀미해서 그래. 고마워. 나 혼자서도 괜찮아. 키리시마 씨는 차에서 기다려."

다시 한번 오른쪽 손목에 찬 시계를 꽉 쥐며 유스케에게서 용기를 얻었다. 뒷좌석에서 꽃다발을 꺼내 들고 내비게이션이 안내한 커브 길로 천천히 걸었다.

여기에 왔는데도 그때의 사고 현장이라는 실감은 들지 않았다. 어디선가 새소리도 들려오고, 사망 사고가 일어난 곳 같지 않은 한가로운 풍경이었다. 무릎을 꿇고 꽃다발을 가드레일에 세워 놓았다. 나무들 사이를 빠져나온 바람이 꽃다발에 끼어 있던 유칼립투스잎을 살짝 흔들었다.

"미안해, 유스케, 늦게 와서. 지금까지 몇 번이나 오려고 했는데, 용기가 안 나서 이 한 걸음을 뗄 수가 없었어. 이제야…, 드디어 여기에 왔어." 유스케에게 말을 걸며 손을 합장했다.

아무렇지 않게 오른쪽 손목에 찬 손목시계를 보았다. 한순간 멈춰 있던 시계 초침이 움직인 것처럼 보였다. 직후에 맑은 하늘에 번개가 지나갔다. 뒤에서 플래시가 쏟아지는 느낌이 들어서 자기도 모르게 빛이 난 쪽을 돌아보았다.

나무들 사이에서 속도를 올리고 커브로 들어오는 2인승 오토바이가 보였다. 오자키는 비틀거리며 앞으로 걸음을 옮겼다. 갑자기 도로를 낀 비탈 풀숲에서 검은 그림자가 튀어나왔다. 불규칙하게 날갯짓하는 것처럼 보이던 그 그림자는 다가오는 오토바이 바로 앞을 가로질러서 숲속으로 사라졌다.

운전자가 급브레이크를 걸었다. 오토바이 뒷바퀴가 헛돌며 미끄러졌다. 핸들을 꺾으려고 하다가 차체가 기울어서 옆으로 미끄러졌다. 운전자가 차체를 다시 세우려고 액셀을 되돌리는 모습이 보였다. 타이어가 도로를 긁는 것이 느껴졌다. 보이지 않는 무언가에 밀려 넘어진 것처럼 오토바이가 옆으로 굴렀다. 그 기세에 타고 있던 두 사람이 머리부터 내던져졌다.

오토바이 차체가 아스팔트에 강하게 부딪혔다. 그 순간, 미러와 헤드라이트가 산산이 부서져서 튀었다. 운전자와 동승자의 사지가 구부러지며 마치 고장 난 인형처럼 도로를 굴러서 눈앞에 닥쳐왔다. 오자키는 한 발짝도 움직일 수 없었다.

"안 돼! 아아악!" 오자키는 황급히 머리를 끌어안고 소리쳤다.

오토바이 차체와 운전자가 오자키의 몸을 통과해서 뒤에 있는 가드레일에 충돌했다. 한 박자 늦게 동승자가 눈앞에 있는 도로를 굴렀다. 오자키는 그 자리에서 망연히 무릎을 꿇었다.

한순간에 일어난 일이었다. 하지만 시간의 흐름이 느려진 것처럼 오자키에게는 그 사고가 아주 세세하고 또렷하게 보였다.

옆을 보니 오토바이가 보이지 않는 커다란 힘에 끌려가듯 도로 위를 미끄러졌다. 가드레일을 스쳐서 불똥이 튀었다. 충돌로 구부러지고 상처투성이가 된 가드레일. 그 옆에 운전자가 바닥에 등을 대고 쓰러져 있었다. 헬멧은 처음 도로에 부딪혔을 때 벗겨졌다. 오른팔과 오른 다리가 기괴한 방향으로 꺾여 있었다. 검은 라이더 재킷이 너덜너덜하게 찢어져서 상처에서 피가 흘렀고 하얀 뼈 같은 것도 보였다.

사고로 피어오른 먼지와 오토바이 차체에서 올라온 하얀 연기로 주변은 안개가 낀 것처럼 뿌옇다. 오자키는 환각이 보이는 것이라고 생각했다. 왜냐하면 이렇게 큰 사고인데도 오토바이 엔진 소리는커녕 쓰러지고 가드레일에 부딪치는 충돌 소리도 들리지 않았기 때문이다. 모든 것이 무음 영상을 보는 것 같았다.

쿵 하고 자신의 심장 소리가 크게 들리고, 머릿속에서 금속을 때린 것 같은 높은 이명이 들렸다. 오자키는 공포로 굳은 몸을 억지로 움직였다. 다리에 힘이 들어가지 않아서 일어설 수 없었다. 기듯이 다가갔다.

―운전자는 유스케였다.

"어째서…." 오자키의 목소리가 떨렸다.

목소리를 쥐어짜서 유스케의 이름을 불렀지만, 아무 반응도 없었다. 유스케의 눈은 푸른 하늘을 그저 멍하니 응시할 뿐이었다.

끌어안으려고 뻗은 손이 아무 느낌 없이 유스케의 몸에 잠겼다. 손끝이 햇볕에 데워진 아스팔트에 닿았다. 여러 번 반복해 봐도 유스케를 일으키기는커녕 만질 수조차 없었다. 머리의 출혈이 심해서 아스팔트에 떨어진 낙엽과 작은 돌멩이를 집어삼키며 피웅덩이가 퍼져나갔다. 도로를 기던 개미가 피바다에 떠서 다리를 버둥거렸다.

"눈앞에 보이는데 왜…, 어째서…."

5미터 앞에 쓰러져서 움직이지 않는 동승자를 보았다. 주황색 가죽 재킷은 해졌고, 찢어진 라이더 팬츠에 싸인 왼쪽 다리에서는 피가 흘렀다.

휘청이는 다리를 움직여서 근처까지 걸어갔다. 오른손에 낀 장갑은 벗겨졌고 새끼손가락과 약손가락은 가늘게 경련했다. 헬멧이 아스팔트에 하얗게 깎여 나갔다. 얼굴은 보이지 않았지만, 헬멧 측면에 적힌 SAEKO라는 글자가 가까스로 읽혔다. 전년 생일에 유스케에게 선물 받은 이름이 새겨진 헬멧. 조심스럽게 만지려고 한 손가락이 헬멧에 잠긴다. 심박수가 급격히 올라가서 호흡이 거칠어졌다. "아아악!" 오자키는 비명을 질렀다.

이미 완치된 머리에 둔한 통증을 느끼며 자기도 모르게 왼손으로 머리를 끌어안았다. 떨리는 손이 오른쪽 눈에 걸려서 시야를 가렸다. 그러자 눈앞에서 일어난 끔찍한 사고의 광경이 마치 화면을 돌린 것처럼 한순간에 사라졌다.

"이건⋯." 자기도 모르게 목소리가 나왔다.

조금 내려간 도로 옆에 세워둔 차에서 허둥지둥 달려오는 키리시마의 모습이 보였다.

오자키는 오른쪽 눈을 손으로 감싼 채 뒤로 쓰러졌다. 누군가의 거친 숨소리가 들려왔다. 그것이 자기의 입에서 나오고 있음을 그제야 깨달았다. 가드레일 옆에서 나뭇잎들이 버석버석 소리를 내며 바람에 흔들렸고 올려다본 푸른 하늘에서는 비늘 모양의 흰 구름이 천천히 흘렀다. 3년 전, 도로에 쓰러지는 순간에도 이렇게 푸른 하늘을 본 기억이 되살아났다.

"괜찮아? 정신 좀 차려 봐. 천천히 숨을 내쉬어."

키리시마는 오자키의 상반신을 안아 일으키고 가드레일을 등에 기대어 앉혔다.

"키, 키리시마 씨⋯. 나, 나 어떻게 된 거야⋯? 무슨 일이 일어나는 거야?"

오자키는 아스팔트 위에서 넋을 잃은 듯 중얼거렸다. 말이 더듬

더듬 나왔고, 공기를 아무리 들이마셔도 계속 숨이 막히는 느낌이라 거친 호흡만 나왔다. 키리시마의 목소리가 수면 위에서 들려오는 것처럼 멀리서 웅웅거렸다. 이마에서 굵은 땀방울이 흐르고 온몸의 혈액이 뇌로 쏠렸다. 두개골 속 뇌가 두 배, 세 배로 부푼 느낌이었다.

"알았어. 알았으니까 우선 숨을 들이마시고 천천히 뱉어. 아니, 아직, 아직, 아직이야. 10초 정도 길게 뱉어."

"…으, 응."

"지금은 대답하지 않아도 돼. 지금 상황을 설명할 테니까 진정하고 들어. 오자키, 너는 공황에 빠져서 과호흡을 일으켰어. 그러니까 천천히, 천천히 숨을 내쉬어. 괜찮아, 괜찮아. 천천히, 천천히. 그래, 좋아."

오른쪽 눈을 덮은 손을 떼고 두 눈으로 앞을 보았다. 헬멧을 쓴 자신이 쓰러져 있었다. 느릿느릿 고개를 돌리자, 도로에 누운 유스케, 그 너머에 엔진에서 흰 연기가 피어오르는 파손된 오토바이. 그 연기가 공중에서 멈춘 듯 보였다. 옆에는 걱정스럽게 바라보는 키리시마가 있었다.

이번에는 왼쪽 눈을 떨리는 손으로 덮고 오른쪽 눈으로만 보았다. 3년 전에 일어난 오토바이 사고 광경은 그대로였다. 황급히 주변을 둘러보았다. 도로 옆에 주차된 짙은 남색 SUV는 사라졌고 옆에서 말을 거는 키리시마의 모습도 없었다. 놀랍게도 오자키의 오른쪽 눈에는 자신의 몸조차 보이지 않았다. 어떻게 보면 실명됐을 때 느낀 깊은 암흑보다도 충격적이었다. 오른쪽 눈에, 아니, 뇌에 무슨 일이 일어나고 있다. 갑자기 시작된 몸의 이상과 환각으로 인한 불안이 오자키를 지배했다. 하지만 한 가지 깨달은 사실이 있었다. 그것은, 오른쪽 눈이 보인다는 사실이었다.

"오른쪽 눈이, 오른쪽⋯." 중얼거리는 작은 목소리가 오자키의 입에서 새어 나왔다.

키리시마에게 오른쪽 눈이 보인다는 사실을 전하고 싶었지만, 좀처럼 말이 입에서 나오지 않았다. 귀에 들리는 소리도 조금씩 알아듣기 힘들어지고 현기증이 나서 의식이 희미해졌다. 몸이 무겁고 키리시마의 말에 대답하기도 힘들었다. 오자키는 이대로 두 눈을 감고 아무것도 생각하지 않은 채 깊은 어둠이 지배하는 물 밑바닥에 잠겨 버리고 싶었다.

가드레일에 기대어 흐트러진 호흡을 반복했다. 툭 내린 자신의 팔이 다리 사이에 떨어졌다. 오른쪽 손목에 찬 유스케의 손목시계가 보였다. 움직인 것처럼 보이던 시곗바늘은 사고 시각에 멈춘 그대로였다. 오자키는 왼손으로 그것을 강하게 쥐었다.

"유스케⋯, 유스케." 오자키는 거친 호흡 속에서 자신의 목소리를 들었다. 그날, 의식을 잃은 채 아무것도 하지 못했다. 이대로면 3년 전과, ⋯이 시계와 똑같다. 오른쪽 눈을 실명하고 형사라는 직업에서 멀어지고 모든 것을 잃어서 혼이 빠진 것처럼 침대 위에서 지낸 나날을 떠올렸다. 그런 일은 두 번 다시 사양이다. 조금이라도 실재하는 몸을 확인하고 싶어서 팔을 들어 자신의 어깨를 감싸 안았다. 몸의 온기가 전해졌다. 그것만으로도 심장 박동이 느려졌다. 숨을 들이마시고 천천히 길게 내쉬며 복식 호흡을 거듭했다. 괜찮아, 나는 여기에 있어, 하며 자기 자신을 타일렀다.

일단은 왜 보이는지, 왜 보이지 않는지를 생각하지 않기로 했다. 보이는 것은 어떻게 할 수 없고, 모르는 것은 나중에 생각하면 된다. 도무지 받아들이기 힘든 현실을 억지로 수긍했다. 그보다도 일어난 발작에 어떻게 대처할지, 그것에 의식을 집중했다. 일단 손으로 오른쪽 눈을 덮고 불안의 원인인 사고 광경을 차단하기로 했다.

얼마 지나자 서서히 귀가 들리고 조금씩 심박과 호흡이 진정되었다. 오자키는 키리시마에게 어깨로 부축을 받으며 차에 돌아가서 조수석에 쓰러지듯 앉았다. 땀을 많이 흘렸고 손과 발이 가늘게 떨렸다. 완치된 왼쪽 다리 대퇴부에 둔한 통증까지 느껴졌다.

"키리시마 씨, 나 어떻게 된 거야…?" 떨리는 목소리로 물었다.

"그냥, 가드레일에 꽃다발을 놓고 기도하는 모습이 보였어. 처음에는 유스케를 생각하면서 우는 줄 알고 혼자 뒀는데…. 얼마 있다가 갑자기 소리를 질러서 깜짝 놀랐어. 네가 공황에 빠져서 울부짖는 걸 알고 놀라서 도와주러 갔어."

"아…, 고마워. 키리시마 씨, 나 저기서…."

오자키는 입에서 쥐어짜듯 갑자기 보이기 시작한 오른쪽 눈과 오토바이 사고, 도로에 누운 유스케와 자신을 본 이야기를 했다. 그 말을 듣고 키리시마는 펜 라이트를 꺼내서 진찰을 시작했다.

"지금 오른쪽 눈 동공은 빛에 반응하지 않네. 왼쪽 눈을 감고 오른쪽 눈으로만 이걸 보면 내 손가락이 몇 개인지 알겠어?"

시키는 대로 왼쪽 눈을 덮고 오른쪽 눈으로만 봤다. "안 보여…." 그렇게 대답할 수밖에 없었다. 오자키에게는 손가락은커녕 키리시마의 몸, 타고 있는 차, 자신의 몸조차 보이지 않았다.

"오른쪽 눈이 정말 보이는지는 병원에서 정밀검사를 해봐야 알수 있겠어. 오자키, 냉정하게 들어. 아마 너는 3년 전 약혼자인 유스케 씨를 잃은 오토바이 사고로 심적 외상 후 스트레스 장애, 다시 말해 PTSD를 앓고 있을 가능성이 있어. 여기에 돌아온 게 방아쇠가 돼서 플래시백을 일으킨 것 같아."

"…플래시백."

키리시마는 손에 든 손수건으로 오자키의 이마에 맺힌 땀을 닦았다.

"그래. 지진 같은 재해나 사고, 범죄에 휘말린 피해자는 가끔 괴로운 기억이 선명하게 떠오르는 플래시백이라는 환각 증상을 겪을 때가 있어. 아마 네가 본 건 뇌가 만들어낸 환각일 거야. 그 진짜 같은 느낌에 3년 전 사고를 다시 겪는 것 같은 감각에 빠져서 발작을 일으킨 것 같아. 미안해. 내가 사고 현장에 꽃을 두고 오자는 소리를 하지 말았어야 했어. 네가 여기에 오기에는 시기가 조금 일렀나 봐."

키리시마가 오자키의 떨리는 손을 세게 쥐고 고개 숙여 사과했다.

"괜찮아, 키리시마 씨. 이제 꽤 진정됐어. 괜찮아. 그리고 이 현상이 뭔지는 잘 모르겠지만 키리시마 씨 탓이 아니야."

음료 홀더에 들어 있던 페트병을 손에 들었다. 뚜껑을 열려고 했지만, 손이 떨려서 열리지 않았다. 키리시마가 보다 못해 페트병을 가져가서 뚜껑을 열어 주었다. 오자키는 그것을 받아 들고는 소리를 질러서 따끔거리는 목에 물을 흘려 넣었다.

"우리 대학병원에도 공황 장애나 PTSD로 상담받으러 오는 환자가 요즘 많아. 조금만 기다려. 정신건강의학과 동료한테 전화해 볼게."

키리시마가 휴대전화를 꺼내서 전화를 걸었다. 말하는 그 목소리가 아직 멀게 들렸다.

오자키는 자신에게 일어난 증상의 의학적인 분석을 들었지만, 이해할 수 없었다. 3년 전 오토바이 사고의 광경. 그것은 정말 PTSD로 일어난 플래시백이라는 환각 증상이었을까.

—오자키, 잘 봐. 잘 생각해. 눈앞에 보이는 것만으로 사건을 쫓지 마. 보이는 것 안에 단서가 있고, 보이지 않는 것 안에 반드시 답이 있어. 갑자기 취한 상사의 입버릇이 떠올랐다. 머릿속에서, 사고의 광경을 보고 발작을 일으킨 자신과 그것을 냉정하게 관찰해 답을 끌어내려고 하는 자신이 싸우고 있었다.

오자키는 몇 번이나 중얼거렸다. "잘 봐. 잘 생각해."

왼쪽 눈을 가리고 오른쪽 눈만으로 차 밖을 보았다. 겨우 10미터 앞 도로에 쓰러진 유스케와 자신의 모습, 망가진 오토바이가 확실히 보였다. 도무지 뇌가 만들어낸 플래시백 환상 같지 않았다. 이것은 3년 전에 의식을 잃고 볼 수 없었던, 오토바이 사고 현장의 광경이었다.

이번에는 두 눈으로 냉정하게 관찰할 것이다. 자신의 손을 눈앞에 펼치자, 희미하게 사고 현장이 나비쳤다. 오른쪽 눈은 사고를 일으킨 3년 전을, 왼쪽 눈은 현재를, 오른쪽 눈과 왼쪽 눈이 각각 다른 시간의 광경을 보고 있다. 두 눈으로 보니 그 두 광경이 겹쳐 보였다.

자신의 이해를 넘어선, 이제는 받아들여야 하는 현실이었다. 그 사실을 전하려고 키리시마를 향해 운을 뗐다. "…키리시마 씨."

"응, 맞아. 근데 그런 증상까지는 없어…." 키리시마는 정신건강의학과 의사에게 휴대전화로 조언을 얻느라 분주했다.

"바깥 공기 좀 쐬고 올게." 그렇게 중얼거리자, 키리시마가 고개를 끄덕였다.

"잠깐 있어 봐." 키리시마는 휴대전화를 손으로 막고 어린아이를 달래듯 말했다. "멀리 가면 안 돼."

"알았어." 오자키는 페트병을 들고 차에서 내린 다음 물을 한 모금 마셨다.

한 가지 신경 쓰이는 점이 있었다. 3년 전 퇴원한 뒤에도 사고 원인을 개인적으로 조사했다. 그날 발행된 신문과 인터넷, 교통수 사과의 교통감식반이 제출한 보고서도 빠짐없이 읽었다. 항상 신 중하게 운전하던 유스케가 왜 그때 운전 실수를 했는지는 어디 에도 적혀 있지 않았다. 커브에 들어서자마자 풀숲에서 튀어나와 오토바이 앞을 지나간 검은 그림자. 그건 솔개였을까? 아니면 까 마귀? 대체 뭐였을까? 오자키에게는 3년 전 사고 직전, 유스케의 등 너머로 그것을 본 희미한 기억만 났다. 검은 그림자의 정체를 확인하려고 사고 현장 바로 앞 커브 길까지 걸었다. 또다시 뇌 밑 바닥 어딘가에서 높은 이명이 시작됐다.

"아마…, 이쯤이었지."

갑자기 가드레일 건너편 나뭇가지가 흔들리더니 수풀을 헤치 며 남자가 나타났다. 교복 재킷 차림에 안경을 끼고, 엉뚱하게도 낚싯대를 든 고등학생이었다. 그 자리에서 튀어 오르며 손을 흔든 다. 흥분한 기색으로 휴대전화로 누군가와 이야기하면서 가드레 일을 뛰어넘었다. 오른손에 든 낚싯대 줄 끝에는 검은 비닐봉지가 바람에 흔들리고 있었다.

오자키는 고등학생의 시선 끝을 따라서 뒤를 돌아보았다. 도로 를 낀 언덕 비탈에서 다른 남자 한 명이 한 손에 휴대용 캠코더 를 들고 내려왔다. 깡마른 그 남자는 검은 민소매에 라이더 팬츠, 끝이 뾰족한 부츠를 착용하고 어깨까지 오는 장발을 뒤로 묶은 모습이었다. 오른쪽 어깨에서 팔꿈치까지 거미집에 걸린 나비와 그것을 노리는 무당거미 타투가 보였다. 쥐고 있던 휴대전화 통화를 끊고 엄지를 세우며 고등학생을 향해 웃어 보였다.

고등학생은 낚싯대 릴을 돌리는 동작으로 낚시 기술을 자랑하며 웃었다. 장발 남자가 고등학생과 하이 파이브를 하고 오른손에 든 휴대용 캠코더 모니터로 촬영한 영상을 재생해 보여주었다. 거기에는 오자키와 유스케가 사고를 당하는 순간과 처참한 현장이 기록되어 있었다. 영상을 본 고등학생은 놀라서 순식간에 웃음기가 사라지고 눈이 휘둥그레졌다. 장발에게 무언가를 책망하듯 소리쳤고, 예상치 못한 결과에 충격을 받은 듯 보였다. 낚싯대를 내던지더니 커브 길 너머 사고 현장으로 달려갔다.

장발은 히죽거리며 고개를 흔들고 고등학생의 뒤를 쫓아 걸었다. 오자키도 뒤를 따랐다. 사고 현장을 목격한 고등학생은 망연자실하며 그 자리에 무릎을 꿇었다.

"누구야, 당신들? 왜 이런 짓을…."

오자키와 유스케가 휘말린 오토바이 사고의 원인은 고등학생이 설치한 트랩이었다. 사고의 진실을 눈앞에서 마주한 충격에 몸이 떨렸다. 유스케의 운전 실수가 아니라 누군가의 고의로 일어난 사고. 아니, 오자키에게는 사고로 위장한 살인으로 보였다.

고등학생에게 분노를, 처음부터 끝까지 엷게 웃으며 영상을 찍던 장발 남자에게 공포를 느끼며 오자키는 그 자리에 붙박인 듯서 있었다.

"왜, 이런 끔찍한 짓을!"

오자키는 소리쳤지만, 고등학생과 장발에게는 들리지 않는다. 오자키는 분에 못 이겨 들고 있던 페트병을 집어 던졌다. 고등학생의 등을 뚫고 사라진 페트병이 도로 위를 굴렀다. 뚜껑이 열려서 안에 든 물이 햇볕에 익은 아스팔트에 흘러나왔다. 장발에게 달려들었지만, 오자키가 뻗은 손은 덧없이 남자의 몸을 통과했다.

얼굴이 새파래진 고등학생이 휴대전화를 꺼내서 통화 버튼을 눌렀다. 손이 떨렸다. 장발이 그 휴대전화를 바닥에 내던졌다. 경악하는 고등학생의 멱살을 잡아 일으켜 세우고 사고 현장과 자신의 가슴을 가리키며 무어라 말했다. 고등학생은 장발의 얼굴에서 눈을 돌리며 고개를 푹 숙였다. 장발의 말을 받아들였는지 떨어진 휴대전화를 주웠다. 두 사람은 커브 길로 돌아가서 트랩으로 사용한 검은 비닐봉지가 걸린 낚싯대를 챙기고 달렸다.

"잠깐. 기다려!"

오자키는 왼쪽 다리에서 느껴지는 통증을 참으며 두 사람의 뒤를 쫓았다. 차로 지나올 때는 몰랐는데, 커브 앞쪽에 곁길이 있고 숲 안쪽으로 이어져 있었다. 풀이 아무렇게나 자란 임산 도로를 달렸다. 100미터 정도 들어가서야 겨우 따라잡았다.

장발은 검은 가죽 라이더 재킷을 입고 중형 오프로드 오토바이에 올라타더니 시동을 걸었다. 고등학생은 소형 오토바이에 시동을 걸려고 했지만, 허둥대서 몇 번이나 키를 열쇠 구멍에 넣는 데에 실패했다. 두 사람은 이곳에서 도망치려고 한다.

"잠깐만. 하다 못해 구급차라도 불러!" 들리지 않는 것을 알면서도 오자키는 소리쳤다.

임산 도로에 서서 다가오는 오토바이 두 대를 막으려고 두 팔을 벌리고 막아섰다. 오자키의 몸을 장발과 고등학생이 탄 오토바이가 통과해 지나갔다. 몸을 돌려 뒤를 쫓았지만, 임산 도로에 난 풀에 발이 걸려 넘어졌다. 그 자리에 누워서 나무들 사이로 푸른 하늘을 올려다보며 거친 호흡을 반복했다.

결국 3년 전과 똑같이 아무것도 하지 못했다. 유스케와 자신을 돕는 것도, 도망치는 범인을 잡는 것도. 분해서 눈물이 흐른다. 분노로 몸이 떨리고 말로 표현할 수 없어서 소리를 질렀다. 그 고함도 3년 전에 도망친 두 사람에게는 닿지 않았다.

7

오자키가 말을 마치자, 손님들의 대화, 컵과 접시가 부딪치는 소리가 정적 속에서 서서히 타쿠미의 귀에 들려왔다. 방금 들은 이야기를 어떻게 받아들여야 할지 망설이며 오자키를 빤히 쳐다보았다. 코우키도 비슷한 생각인지, 의자에 깊숙이 앉아서 카페 천장을 말없이 올려다보았다.

솔직히 사고를 사건으로 연결하는 억지스러운 견해를 들을 각오는 되어 있었다. 아무리 그래도 오자키의 입에서 이런 얼토당토않은 이야기를 들을 줄은 꿈에도 몰랐다.

단숨에 이야기를 마친 오자키가 크게 한숨을 내쉬었다. 목이 말랐는지, 얼음이 녹아서 연해진 아이스커피를 빨대도 쓰지 않고 들이켰다. 잔을 들어 올린 오른손 손목에 오자키와 어울리지 않는 남성용 손목시계가 보였다.

"작동해, 그 시계?"

오자키가 아이스커피 잔을 테이블에 놓고 오른쪽 손목에 찬 시계를 빤히 보았다.

"네. 그 고개를 보고 온 다음에 수리를 맡겼어요. 왼쪽 손목시계는 현재 시각이에요. 날짜는 다르지만, 오른쪽에 찬 이 시계의 바늘은 오른쪽 눈에 보이는 3년 전 시간을 가리켜요."

타쿠미는 오자키의 오른쪽 눈 안대와 작동하는 손목시계를 번갈아 보았다. 팔짱을 풀고 테이블 위에 있는 구겨진 메모지를 두 손으로 펼쳤다. 주름진 종이에 히메노 료타라는 이름과 토사카시 교외 주소가 적혀 있었다.

"어떻게 범인을 찾아냈어?"

"오른쪽 눈이 본 소형 오토바이 번호로요. 교통부 동료에게 부탁해서 알아냈어요. 오토바이는 고등학생이 아니라 사회인인 히메노 신지라는 사람 명의로 돼 있었어요. 하지만 3년 전 그날, 히메노 신지는 일 때문에 해외로 발령 나서 일본에 없었어요. 그런데 그 교복과 넥타이 색이 당시 고등학교 3학년이던 남동생 히메노 료타가 다닌 토사카제일 고등학교 교복과 일치했어요."

오자키는 피의자와 그 형의 알리바이까지 알아본 모양이었다.

"거기까지 알아낸 걸 보니, 이미 직접 대질했나 봐?"

"네, 사흘 전에요. 현재 히메노 료타는 고등학교를 졸업하고 본가에서 시내에 있는 영상 전문학교에 다니고 있어요. 머리 모양도 다르고 렌즈를 껴서 인상이 달랐지만, 3년 전 그 고등학생은 틀림없이 이 히메노 료타예요." 테이블 위에 있는 메모지를 손으로 눌렀다.

오자키는 오토바이 사고를 재수사하며 손목시계처럼 멈춘 시간을 움직이려고 한다. 오자키의 오른쪽 눈을 포함해서 과연 그런 일이 가능한가 하고 타쿠미는 생각했다.

"자키 씨, 거기에 적히지 않은 다른 한 명은요?"

"그게, 주범 격으로 추측되는 장발 남자의 중형 오프로드 오토바이는 번호판에 진흙이 묻어서 못 읽었어. 일부러 더럽혀서 번호가 보이지 않게 손을 쓴 것 같아. 하지만 히메노를 압박하면…."

"잠깐." 이야기가 진행되는 것을 타쿠미가 손으로 막았다.

이대로 오자키의 독백을 믿고 오토바이 사고를 재수사할 수는 없었다.

"오자키, 네가 신입으로 형사과에 왔을 때부터 알고 지냈으니까 우리 사이도 꽤 됐다. 하지만 그 오른쪽 눈이 보는 3년 전 광경인지 뭔지를 우리가 어떻게 믿어? 아무렇게나 얘기를 꾸며대는 피의자를 여럿 봤어. 게다가 키리시마 선생 말처럼 플래시백으로 인한 환각일 가능성도 무시할 수 없고."

"타쿠미 씨, 코우, 지금부터 그걸 증명할게요. 그게 증명되면, 이 사건의 진상을 재수사해 주시겠어요?"

오자키가 테이블 앞에 앉은 타쿠미와 코우키를 노려보듯 응시했다. 지금껏 말없이 듣고 있던 코우키가 히죽 웃으며 손가락으로 턱 끝을 긁었다. 고민할 때 나오는 버릇이었다.

"재미있네요. 좋습니다, 자키 씨. 하지만 과거에 이미 판단이 난 사건입니다. 재수사하기에 앞서 서장으로서 조건이 있습니다."

"뭐죠, 후카자와 서장님?" 오자키가 허리를 꼿꼿이 세웠다.

"만약 정말로 그 능력이 자키 씨에게 있다면, 그 오토바이 사고가 해결된 뒤의 이야기지만, 토사카 경찰서 관할인 다른 미해결 사건을 수사하는 데에도 협조해 주셔야 합니다. 괜찮죠, 타쿠미 씨?"

코우키는 동의를 구하려고 타쿠미에게 의견을 물었다.

"코우, 네가 무슨 생각인지는 아는데, 괜히 들떠서 앞서 나가지 마. 이런 '답을 알고 내는 가위바위보' 같은 능력이 정말 있을 리가. 3년 전 광경을 눈으로 볼 수 있다면, 경찰이 해온 사건 수사의 상식이 완전히 뒤집혀."

"그래서 재미있는 거죠." 코우키가 눈을 가늘게 뜨며 엷게 웃었다.

"속 편한 소리. 아무튼 그건 오자키의 능력이 증명된 이후에 정할 일이야."

"알겠습니다." 오자키는 고개를 끄덕이며 수첩을 열어 스케줄 페이지를 펼쳤다.

마음을 진정시키기 위해서인지, 크게 심호흡하고 길게 숨을 뱉었다. 오자키가 오른손에 찬 시계로 시간을 확인했다. 시곗바늘은 한 시 오십 분을 가리켰다.

"제가 여기서, 그리고 이 시간에 두 사람과 약속을 잡은 데에는 이유가 있어요. 저는 코우에게 3년 전 일정을 듣고 약속을 여기로 잡았습니다. 3년 전에 코우가 여기서 만난 사람을 오른쪽 눈으로 보고 증명하겠습니다."

확실히 그것은 미리 조사해도 알 수 없는, 본인만 아는 개인 정보다. 전화로 코우키에게 사적인 지인이라는 점을 끈질기게 묻고 확인한 것은 이를 위해서였을까. 오자키는 그것을 볼 수 있다고 단언했다.

"너, 3년 전 그날 일을 SNS에 올린 적은 없지?"

"설마요. 저는 트위터도 인스타도 안 합니다. 하지만…, 어, 잠,

잠깐만. 자키 씨, 그건 좀 곤란합니다."

지금부터 하려는 일을 코우키가 깨닫고 허둥지둥 의자에서 일어났다.

"뭐야? 그렇게 들키면 안 되는 상대야?"

갑자기 허둥대는 코우키의 태도에 타쿠미는 그 상대를 알고 싶어졌다.

"아니, 그건 아니지만, 너무 사적인 상대라서 좀…."

"코우, 제발 나를 도와줘. 사적인 내용은 절대 다른 사람에게 말하지 않을게."

"난감하네." 코우키가 머리를 긁적이며 자리에 다시 앉았다.

오자키는 안대를 천천히 벗고 테이블 위에 내려놓았다. 앞머리 안쪽에 보이는 오른쪽 눈은 살짝 붉게 충혈돼 있었다.

8

두 눈으로 두 시간대의 광경을 보니, 눈에 부담이 됐다. 현기증이 나고 심박수가 올라가서 호흡도 거칠어졌다. 오랫동안 어둠밖에 보지 않은 오른쪽 눈에는 카페의 은은한 조명조차 처음에는 눈부시게 느껴졌다. 갑자기 현재와 3년 전 시간이 겹쳐서 두 시간대의 손님으로 카페가 혼잡해 보였다.

왼쪽 눈을 손으로 덮고 오른쪽 눈으로 3년 전 가게 안을 둘러보았다. 카운터 근처 테이블에 앉은 여자에게 인사하는 코우키의 모습이 보였다.

"지금 코우가 카페에 들어왔어요. 관엽식물 옆 테이블에 서른 살 전후로 보이는 여자가 앉아 있는데, 코우를 알아보고 손을 들었어요. 머리카락은 어깨까지 오는 중단발에, 왼쪽 눈 옆에 점이 있고 주황색 원피스에 갈색 펌프스를 신었어요. 성격 좋아 보이고 예쁜 여자예요."

지금은 아무도 앉아 있지 않은 테이블 좌석에서 오른쪽 눈에만 보이는 3년 전 인물의 이미지를 타쿠미와 코우키에게 거듭 전달했다.

　"어이, 코우, 어때?" 타쿠미가 채근하듯 물었다.

　"저도 3년 전이라 기억이 희미해서 갈색 펌프스는 잘 모르겠지만, 점이랑 머리 모양, 옷은 맞습니다. 이제 됐죠?"

　"무슨 얘기를 나누고 있어?"

　"대화 내용까지는 몰라도 되잖아요." 코우키가 허둥대며 타쿠미의 말을 막았다.

　"둘이서 뭔가 대화에 열중하고 있는데, 죄송해요, 3년 전 광경이 보일 뿐이고 대화나 소리는 안 들려요."

　여자가 앞에 놓인 커피를 한 모금 마셨다. 코우키가 웨이터에게 음료를 주문하고 그녀에게 손짓을 섞어 가며 무언가를 이야기했다. 코우키는 시종일관 웃는 얼굴로 이야기하는데, 그와 반대로 여자는 긴장한 기색이 역력한 어두운 표정이라 마음에 걸렸다.

　"네, 네, 알겠습니다. 이제 됐잖아요. 자키 씨의 능력은 잘 알았습니다."

　"여자가 조금 긴장한 것 같아요. 어? 뭐야? 아니, 갑자기 코우가 기분이 상해서 화를 냈어요. 여자한테 소리를 질러요."

　3년 전 카운터 너머에 있던 사장도 의아한 표정으로 테이블에 있는 두 사람을 보았다. 코우키의 손이 테이블 위에서 떨렸다. 홍차가 나왔는데도 그 말다툼은 한동안 이어졌다.

　"여자가 뭔가를 필사적인 표정으로 얘기해요. 어? 코우가 의자에서 일어나서 카페를 나가요."

　여자는 일어서지 않고 코우키가 나가는 뒷모습을 말없이 바라보았다. 테이블 위에는 손도 대지 않은 홍차가 남아 있었다.

"무슨 일이 있었던 거야?" 오자키는 돌아보며 왼쪽 눈을 가린 손을 내렸다.

"너만 이 시험의 답을 알잖아. 기억해내."

자포자기한 표정으로 공원 쪽을 바라보는 코우키에게 타쿠미가 캐물었다.

"나 참, 알겠습니다. 왜 하필 3년 전 오늘이어서⋯. 그 여자는 하야카와 미즈키, 대학교 때부터 사귀던 여자였습니다. 몇 년 후에 당연히 결혼할 줄 알았어요. 그런데 그렇게 생각한 건 저 혼자였고, 갑자기 너랑은 결혼할 수 없다는 통보를 받았습니다. ⋯맞아요, 그날 저는 갑자기 차였습니다. 이제 만족하세요?"

떨떠름하게 그날 일을 설명하며 자포자기한 표정으로 고개를 푹 숙였다.

"미안해, 코우. 그런 사정이 있는 줄 모르고⋯." 오자키는 고개를 숙였다.

"자키 씨, 너무 신경 쓰지 마요. 이미 3년 전이라서 마음 정리는 끝났으니까. 그나저나 꼴사나운 모습을 보이고 말았군요. 게다가⋯."

코우키는 뒤돌아서 지금은 아무도 없는 관엽식물 앞 테이블을 가만히 바라보았다.

"게다가 그날 저는⋯. 죄송합니다. 담배 좀 피우고 와도 될까요?"

오자키는 자리에서 일어나 나가려고 하는 코우키를 붙잡았다.

"기다려 봐, 코우. 그 여자가 울어." 왼쪽 눈을 손으로 가리고 말했다.

"아니, 그날 차인 건 저라고요."

"그 말이 아니야. 방금까지 코우가 앉아 있던 의자에 다른 남자가 앉았어."

"오, 바람피우는 상대인가?"

"타쿠미 씨, 이상한 소리 하지 마요!" 오자키는 타쿠미를 노려보았다.

"바람피우는 상대치고는 나이가 너무 많아. 정장을 입은 예순 전후인 남자인데, 갸름한 얼굴에 콧수염이 있고 둥근 안경을 꼈어."

"콧수염에 둥근 안경…." 코우키는 다시 의자에 앉아서 턱 끝을 손가락으로 긁적였다. "자키 씨, 혹시 그 남자 정장 옷깃에 배지가 있나요?"

외모를 듣고 짐작 가는 것이 있는지 물었다. 오자키는 다시 한 번 왼쪽 눈을 손으로 가리고 의자에서 일어나서 두 사람이 있는 테이블로 다가갔다.

"맞아, 변호사야. 해바라기에 천칭이 그려진 변호사 배지가 옷깃에 있는데, 금도금이 많이 닳아서 벗겨졌어. 정장이랑 구두는 맞춤 제작한 거고 시계도 외국 브랜드니까 나이로 봐서 큰 법률사무소에 소속된 베테랑 변호사 같아."

둥근 안경이 미즈키와 무어라 이야기했다. 정장 안주머니에서 하얗고 두꺼운 봉투를 꺼내서 미즈키 앞에 내밀 듯 놓았다.

"둥근 안경이 여자한테 봉투를 줘."

오자키는 허리를 굽혀서 봉투 안을 들여다보았다.

"어? 코우…. 돈이야. 둥근 안경을 낀 남자가 여자한테 돈 봉투를 주고 있어."

"잠깐 실례하겠습니다. 전화 좀 하고 올게요." 들은 정보로 무언가를 깨닫고 코우키가 급히 밖으로 나갔다.

관엽식물 앞 테이블에서는 아직 변호사의 이야기가 이어졌다. 미즈키는 넋이 나간 것처럼 테이블에 놓인 식은 홍차를 가만히 보고 있었다.

테라스 너머 공원 벤치에서는 누군가와 휴대전화로 말다툼하는 코우키의 모습이 보였다.

"오자키, 그나저나, 뭐야…, 나는 오늘 이 얘기를 듣기 전까지 너한테 오토바이 사고는 그만 잊고 이제 마음을 다잡으라고 말할 생각이었어."

"저야말로 사고 이후에 같이 밥 먹자고 해주시고, 여러모로 조언도 해주셨는데…."

오자키는 가볍게 고개를 숙이고 자기 자리에 돌아와서 의자에 앉았다.

"타쿠미 씨뿐만이 아니에요. 가족들과 친구들도 많이 위로해줬는데…. 그 시절 제 귀에는 들어오지 않았어요. 들리는데도, 저는 그 말을 순순히 받아들일 수 없었어요. 죄송합니다."

"미안한 건 나지. 네 이야기를 조금 더 새겨들었으면, 사고 이면에 있는 무언가를 알아차렸을지도 모르는데."

"아니요. 사고 관련해서 저도 뭔가 확신이 있는 건 아니었어요. 그냥 사고의 원인을 알고 싶었어요. 이 오른쪽 눈으로 3년 전 광경을 보지 못했으면, 그런 일로 사고가 났을 거라고는 상상도 못 했을 거예요."

타쿠미가 오자키의 오른쪽 눈을 빤히 응시했다.

"그런데, 정말 3년 전 광경을 그 오른쪽 눈이 보고 있다면, 뭐랄까…. 무섭지는 않아?"

"…조금 무서워요. 하지만 눈이 보이는 기쁨이 더 커요. 그게 비록 3년 전 빛이라도요."

"그래…, 그렇구나."

잠시 후 코우키가 돌아와서 미즈키가 있던 테이블을 보며 크게 한숨을 쉬었다.

"알아냈습니다. 아버지의 고문 변호사인 요시무라였어요. 3년 전에 미즈키에게 이별을 통보하라고 설득했다네요." 그렇게 말하며 의자에 앉았다.

"너무하다." 오자키는 얼굴을 찌푸렸다.

"아니…, 제 잘못입니다. 미즈키와 사귀는 걸 진지하게 생각하기 시작했을 때쯤, 부모님께 소개했어요. 아버지는 요시무라에게 미즈키의 신변 조사를 의뢰했고, 법률사무소 전속 조사원이 미즈키를 뒷조사했어요. 미즈키한테는 다섯 살 많은 오빠가 있는데, 미성년일 때 기소까지 갈 뻔한 범죄를 저지른 이력이 있고, 취직한 회사가 폭력단 간부가 중역으로 있는 위장용 기업이라는 게 밝혀졌습니다. 3년 전에 그 보고서를 요시무라가 보여줬거든요. 그 사실이 계속 마음에 걸렸습니다."

코우키가 천연 곱슬머리를 쥐어뜯으며 한숨을 쉬었다. 침통한 그 표정에는 슬픔과 분노와 약간의 후회가 엿보였다.

"경찰관으로서 미래를 포기하고서라도 함께하려던 시기도 있었습니다. 미즈키에게 이별 통보를 받고 그대로 술집 거리에서 코가 비뚤어지게 마시고 공원에서 밤을 새웠어요. 당시에는 미즈키를 원망했습니다. 하지만 가장 원망스러웠던 건 비겁한 저 자신이었습니다. 그날 이별 통보를 받았을 때, 조금 안심하는 제가 있었던 것도 사실입니다…. 미즈키가 저를 찼지만, 저도 미즈키에게서 도망쳤어요. 그것도 아버지에게 보기 좋게 조종당해서요."

안경을 벗어서 테이블 위에 놓고 두 손으로 눈머리를 눌렀다.

"미즈키가 저와의 이별을 저울에 달아 보다가 돈으로 설득당했다 해도 어쩔 수 없죠. 어렸을 때부터 아버지 주변에서 돈과 권력에 조종당하는 사람을 많이 봐왔습니다. 뭐, 그 대표적인 인간이 바로 저지만."

테라스에서 불어온 바람에 테이블 옆 관엽식물 잎이 흔들렸다. 그 바람에 떠밀리듯 미즈키가 의자에서 일어났다. 눈물을 닦고 가방을 챙겨서 빠른 걸음으로 카페를 빠져나갔다. 테이블에는 현금이 든 봉투를 남겨둔 채였다.

"하지만 그 여자분은 저울에 올라온 돈을 안 받은 것 같아. 어떡해?"

오자키는 붙잡으려고 자기도 모르게 일어섰다. 하지만 자신이 보는 광경은 3년 전임을 깨닫고 의자에 다시 앉았다.

"여자친구한테서 멋대로 도망친 건 네 자유야. 하지만 코우, 그 여자분이 저울에 올린 건 돈이 아니었어. 하나는 자신의 행복한 결혼, 다른 하나는 자신의 오빠 때문에 망가질지도 모를 너의 미래였어. 그 여자분한테는 아무 책임도 없는데."

두 눈으로 보는 시간이 길어져서 두통과 가벼운 현기증이 일었다. 오자키는 테이블에 놓인 안대를 집어서 오른쪽 눈에 찼다. 공원을 걸어가는 3년 전 미즈키의 뒷모습이 사라졌다.

9

타쿠미는 오른쪽 눈에 다시 안대를 찬 오자키를 달랬다.

"오자키, 너무 나무라지 마. 너도 경찰이라서 알잖아. 직무상 범죄자나 반사회 세력이랑은 거리를 둬야지. 게다가 코우는 고위 간부가 될 몸이잖아."

오자키는 아직 분한 듯 카페 문을 응시했다.

"그런 건 그 여자분하고는 상관없어요…. 하지만 미안해. 내 사정으로 코우의 과거 프라이버시를 멋대로 본 건 사과할게."

"괜찮습니다. 제가 미즈키에게서 도망친 건 사실이니까요. 욕을 먹어도 어쩔 수 없어요. 방금 요시무라한테 들었습니다. 올봄에 다시 신변조사를 했다고 합니다. 미즈키는 그 일이 있고 나서 고향으로 돌아갔고, 맞선을 봐서 올봄에 결혼했대요. 내년에는 아이도 태어난다고 하네요. 미즈키의 오빠도 가까운 대형 운송회사로 이직했다고 합니다." 코우키는 테이블에 놓인 손을 펼치고 빤히 보았다.

"…그 맞선 상대와 미즈키 오빠네 회사도, 아버지가 요시무라를 통해서 손을 쓴 거래요."

어릴 때부터 아버지 주변에서 얼마만큼의 진실과 거짓을 봐왔을까. 그리고 이 진실을 안 코우키는 슬픈지 후련한지, 그 냉정한 표정으로는 심정을 헤아릴 수 없었다.

"그나저나 철저하시네, 너희 아버지도."

"할 거면 끝까지 방심하지 말고 '신시경종(愼始敬終)'하자는 게 아버지의 좌우명이거든요."

코우키는 재수해서 도쿄대에 들어갔다. 재학 중에 2년간 해외 유학을 해서 3년 늦게 국가 공무원 채용 시험을 치고 경찰청에 들어갔다. "저는 엘리트가 아닙니다"라고 취했을 때 입버릇처럼 자주 말했다. 서른일곱 살. 총경에 관할 경찰서 서장. 그것이 출세 루트를 탄 엘리트인지 아닌지는 타쿠미도 알 수 없었다. 능력만 있으면 학력이나 나이는 상관없는 일반 경찰과는 다르다. 출신 대학교와 경험한 부서의 경력에 크게 좌우되는 위쪽 세계에서는 약간의 흠도 확실히 출세에 영향을 미쳤다.

"하지만 타쿠미 씨, 이걸로 자키 씨의 오른쪽 눈의 능력은 증명됐습니다. 중요한 건 앞으로 어떻게 할지입니다."

코우키가 이야기의 흐름을 끊듯이 의자에서 일어났다.

"그럼 여기서부터는 서장으로서 두 분께 말씀드리죠. 오자키 경사, 우선은 사고에 관해 지금까지 조사한 자료와 공식적인 피해 신고서를 제출하십시오. 다만 피해자이자, 약혼자이기는 하지만 가까운 사람이 엮인 사건입니다. 미안하지만 이 수사에는 참여할 수 없습니다. 이 사건의 재수사는 타쿠미 경위에게 일임하겠습니다. 당장 내일이라도 콘도반이 협조하도록 제가 연락해 두겠습니다."

"…알겠습니다. 원하는 대로 하십시오." 오자키가 눈을 내리고 수긍했다.

"문제는 방금 이야기한 다른 미해결 사건의 수사 협조입니다. 아마 오자키 경사의 오른쪽 눈을 이용한 목격 증언을 정식 증거로 채택할 수는 없겠죠. 하지만 이 능력을 쓰면 시간과 노력을 줄이고 효율적으로, 그리고 확실하게 범인을 체포할 수 있을 겁니다."

범인을 잡아낼 목격 증언이 있냐 없냐에 따라서 사건 해결에 들어가는 경찰관의 노력은 어마어마하게 달라진다. 그 사실을 타쿠미도 안다. 하지만 이 능력에 기대는 것은 경찰 조직 전체에 대한 코우키의 신뢰가 얼마나 얕은지를 보여주는 증거이기도 했다.

"그리고 오자키의 오른쪽 눈이 지닌 능력에 관한 정보는 아주 조심스럽게 다뤄야 합니다. 일단은 여기 있는 세 사람만 알고, 다른 데에는 절대 누설하지 말아 주십시오."

오자키가 의자를 뒤로 밀고 일어나서 고개를 숙였다. "코우, 고마…, 아니, 서장님, 감사합니다. 타쿠미 씨도 잘 부탁드립니다."

"우선은 공범과 범행 동기를 알아내야 해. 트랩으로 사용된 낚싯대랑 검은 비닐봉지 같은 증거가 발견되면 좋겠지만, 어렵겠지. 3년 전 사건이야. 사고 현장을 촬영한 데이터도 남아 있을지 확실치 않아. 아무튼 이 히메노 료타를 임의로 불러서 뭐라도 자백을 끌어내는 수밖에 없어." 메모지를 들고 일어섰다. "그럼 이건 내가 가져간다."

세 사람이 카페에서 나가 보니, 해가 저물어서 공원 주변에서 황혼의 향기가 났다. 오자키는 타쿠미와 코우키에게 몇 번이나 고개를 숙이고 집에 돌아갔다. "그럼 이만" 하며 손을 들고 걸음을 떼려는 타쿠미를 코우키가 붙잡았다.

"타쿠미 씨, 아까도 말했지만, 토사카 경찰서가 담당하는 미해결 사건을 자키 씨의 오른쪽 눈으로 다시 한번 파헤치게 될 겁니다. 여기까지 관여하셨으니 끝까지 함께해 주셔야 합니다."

"알았어. 너희 아버지처럼 '기왕 독을 마시려면 접시까지'가 내 좌우명이야. 하지만…."

타쿠미는 코우키를 빤히 응시했다.

"…뭐죠?" 침묵을 견디다 못해서 물었다.

"하지만, 코우, 이 말은 해야겠다. 오자키는 경찰이자 한 인간이야. 실험 대상도 아니고, 더 나아가 네 출세에 이용해도 되는 꼭두각시 인형도 아니야."

"지나친 생각입니다. 저는 아버지랑 달라요." 코우키가 고개를 흔들며 자조적으로 웃었다.

"그렇다면 다행이고. 미해결 사건을 재수사할지 말지 최종 판단은 오자키 본인한테 맡기겠다고 약속해."

"알겠습니다." 코우키는 턱을 만지며 엷게 웃었다.

"그리고 내일 콘도 반장님한테는 메일 같은 거 보내지 말고, 전화를 걸어서 네 입으로 직접 협조를 명령해."

안주머니에서 담배를 꺼내 입에 물고는 코우키를 돌아보지도 않은 채 손을 흔들었다. 담배에 불을 붙이며 걷는 타쿠미를 보고 조깅 중인 커플이 눈썹을 찌푸리며 지나갔다.

10

토사카 경찰서 1층, 접수대와 교통과 뒤쪽에 서장실이 있다. 타쿠미는 방문객용 소파에 앉아서 보고서 서류를 되풀이해 읽었다. 오크로 만들어진 중후한 문을 누군가가 노크했다.

"오자키 사에코 들어가겠습니다." 문 너머에서 목소리가 들렸다.

딱딱한 표정으로 들어온 오자키를 향해 타쿠미가 가볍게 손을 들었다. 코우키는 안쪽에 있는 커다란 책상 앞에 앉아서 조금 전부터 문서 업무를 이어갔다. 높이 쌓인 서류를 하나하나 훑어보며 신경 쓰이는 페이지에 쪽지를 붙이고 차례차례 인감을 찍었다.

"오자키 경사, 미안하지만 이게 끝날 때까지 잠깐 기다려." 고개도 들지 않고 코우키가 말했다.

연수 때는 그렇게나 싫어하던 서류 작업을 묵묵히 소화하는 코우키를 오자키가 호기심 넘치는 눈빛으로 보았다.

"인간은 성장하기 마련이야." 타쿠미가 작은 소리로 말했다.

오자키도 비슷하게 생각했는지, 타쿠미와 눈을 맞추며 가볍게 웃었다.

"타쿠미 씨, 다 들립니다. 위로 올라가면 이런 서류 작업은 다른 사람한테 맡기고 마음 편히 지낼 수 있을 줄 알았던 제가 미련했어요. 올라가면 올라갈수록 서류 양이 많아져요."

코우키가 작업을 멈추지도 않고 투덜거렸다.

타쿠미와 오자키는 지난 주말, 때아닌 배치전환으로 신설된 '미제사건 전담 형사부 특별팀'으로 이동 명령을 받았고, 인사 통지서가 경찰서 내 게시판에 붙었다. 미해결 사건을 새로운 관점으로 수사하겠다는 명목으로 신설된 부서였다. 팀장은 눈코 뜰 새 없이 바쁜 서장 코우키가 겸임해서, 실제로 활동하는 수사관은 타쿠미와 오자키 둘뿐인 약소 부서였다.

입이 험한 구성원들은 벌써부터 서장 직속의 장난감 상자라고 비웃었다. 미제사건 전담팀에서 사용하기 위해서 7층에 있는 구자료실도 공사에 들어갔다. 오른손을 다친 뒤로 애물단지 취급을 당하며 제대로 총도 쥐지 못하는 타쿠미, 거기에 오른쪽 눈이 실명된 오자키까지 더해지자, 구 자료실의 잡동사니를 정리하고 퇴물 두 명을 넣어서 어쩔 셈이냐는 이야기가 뒤에서 입방아에 오르내렸다.

1과의 수사관들도 일손이 부족할 때 뒤에서 지원할 부서 정도로만 인식했다. 아직 준비 기간이라 타쿠미의 책상은 여전히 콘도반에 있다.

오자키의 능력은 비밀에 부쳐져서 그 능력을 아는 사람은 미제사건 전담팀에 소속된 세 사람뿐이었고, 외부인 중에는 안과 의사 키리시마 칸나만 알고 있었다. 오자키는 새로운 부서로 갈 준비를 하면서 지난 3주간 병원에서 재검사를 받았다. 키리시마는 코우키의 요청을 받아들여서 다른 의사와 간호사에게도 오자키의 오른쪽 눈에 관해 일절 발설하지 않겠다고 약속했다.

조용한 서장실에서 벽시계가 시간을 새기는 소리와 서류를 넘기며 차례차례 인감을 찍는 희미한 소리만 났다. 역대 서장들의 근엄한 사진은 아직 벽에 걸려 있었다. 그것을 핑계 삼아 코우키는 아직도 담배를 피우러 옥상에 올라간다.

서류 작업이 대강 끝나자, 코우키는 담당자와 경무과 카타야마 부서장을 불러서 쪽지를 붙인 부분의 설명을 함께 들었다. 경무과장에게 다음 면담까지 시간이 얼마나 남았는지 묻고, 곧 다시 전화할 테니 어디서 연락이 와도 방해하지 말라고 지시한 뒤 서장실 문을 닫았다.

"이제야 끝났군. 오자키 경사를 부른 건 다름이 아니라 위장 오토바이 사고 수사와 관련해서 타쿠미 경위한테 수사 경과 보고를 들어서야. 거기 앉지."

"네, 실례하겠습니다." 오자키는 군기가 바짝 들어서 내빈용 소파에 앉았다.

"이게 히메노 료타를 취조한 조서와 수사 보고서입니다."

조서와 보고서를 코우키와 오자키에게 나눠주었다. 서장실 안에서는 타쿠미도 코우키에게 존댓말을 썼다.

"그럼 보고하겠습니다. 9월 20일 경찰서 내 제2취조실에서 21세 히메노 료타를 임의로…."

"타쿠미 씨, 죄송합니다. 이 회의에는 30분밖에 못 씁니다. 형식을 고수하면서 보고서를 다 읽기에는 시간이 부족해요. 수사 경과를 요약해서 자키 씨에게 얘기해 주시겠어요? 조서랑 보고서는 이동하는 차 안에서 읽겠습니다." 코우키가 손목시계를 보았다.

"진작 말할 것이지. 나도 형식이라면 지긋지긋하다고."

타쿠미가 보고서를 보면서 사건의 수사 경과를 이야기했다.

3년 전 고개에서 일어난 오토바이 사고에 관해 묻고 싶은 것이 있다고 전문대 앞에서 히메노 료타에게 말을 걸자, 그는 순순히 임의 수사에 응해서 경찰서까지 동행했다. 처음에는 껄렁대며 그런 옛날 일은 기억나지 않는다고 시치미를 뗐다. 그때 살아남은 오토바이 동승자의 기억이 돌아왔다고 설명하자, 갑자기 입을 다물었다. "애초에 너를 찾아낸 것도 동승자가 기억해 낸 너희 형의 오토바이 번호 덕분이었어." 그렇게 말하며 자극하자, 히메노는 상당히 동요했다.

그때 곧바로 범행 당시에 입은 옷부터 낚싯대에 검은 비닐봉지를 매단 트랩의 정체, 사고 현장을 영상 촬영하던 것까지, 범행 상황의 목격 증언을 들이밀었다. 끝으로 오른팔에 거미집 타투가 있는 장발의 공범에 관해 묻자, 히메노는 벌벌 떨며 사실을 실토했다.

참고인 조사가 즉시 피의자 신문으로 전환되었고, 히메노는 딱히 버티지 않고 오토바이 사고를 고의로 일으켰음을 자백했다. 일단 도로교통법 위반 교통방해죄로 체포했고, 상해치사죄까지 적용할지는 앞으로 결정해야 한다. 아직까지는 히메노의 자백뿐이니 신중하게 접근할 수밖에 없었다.

모든 것의 시작은 히메노가 만든 자신의 홈페이지였다. 취미로 찍은 영상을 올려서 누구나 자유롭게 볼 수 있게 했다. 대부분 시답잖은 영상들이었고, 조회 수도 낮았다. 우연히 찍힌 고속도로 사고에서 이탈리아 차가 맹렬히 불타는 30초짜리 영상을 올리자, 그 동영상 하나로 조회 수가 단번에 늘었다.

그 영상을 보고 접근한 사람이 고등학교 영상연구동아리 출신인 세토야마 다이스케였다. 해외나 일본의 다큐멘터리 영상과 TV 사건 보도를 좋아한다는 공통점이 있어서 대화가 잘 통했다. 세토야마가 영상 프로덕션을 운영한다는 이야기를 듣고 히메노는 세토야마에게 존경심을 품었다.

세토야마는 홈페이지에 올라온 영상들을 악평했지만, 조회 수가 높은 그 자동차 영상만은 칭찬했다. 어느 날, 세토야마가 이런 영상을 모아서 회원제 교류 사이트를 만들자고 제안했다. 세토야마가 자금을 댔고, 고등학생이던 히메노를 포함해 웹 디자이너, 프로그래머 등을 모아서 교류 사이트를 제작했다.

"그렇게 만들어진 게 이 '다이스'야."

타쿠미가 노트북으로 다이스를 열어서 오프닝 페이지 중앙에 있는 붉고 투명한 주사위를 클릭했다. 하얀 대리석 위에서 주사위가 구르다가 마지막에 사이트 이름인 'Dice'의 i에 있는 점에 주사위가 겹쳐지는 무빙 로고가 나타났다. 비밀번호를 치자, 사고, 화재, 분쟁, 사건, 해프닝 등 다양한 아이콘으로 카테고리가 나눠진 동영상 열람 항목이 나왔다.

타쿠미는 화면을 클릭해서 게재된 영상을 재생했다. 고속도로에서 일부러 운전자를 자극하며 위험하게 달리는 자동차의 블랙박스 영상 데이터. 길 위에서 처음 보는 행인에게 크림 파이를 던지는 CCTV 영상. 공기총으로 고양이나 비둘기를 쏘는 동물 학대 영상. 백화점 에스컬레이터에서 지하로 빈 카트를 떨어뜨리는 영상. 사이트에는 사소한 해프닝 영상부터 장난, 사고, 사건으로 이어질 법한 과격한 영상까지 몇백 개가 모여 있었다. 영상 길이는 대부분 30초에서 길어도 1, 2분 정도였다.

"누군가가 토해낸 검은 욕망에, 같은 욕망을 품은 자들이 침을 흘리며 하나둘 몰려들었어. 인간 속에 있는 추악한 부분을 모아서 만든 역겨운 사이트야."

처음에는 회원들끼리 영상을 돌려보며 가볍게 즐기는 아주 평범한 다큐멘터리 마니아 사이트였다. 히메노가 영상을 정리해서 사이트에 올렸고, 세토야마가 회원들에게 돈을 받는 등 사이트 운영 업무를 했다. 변질되기 시작한 것은 세토야마가 어떤 제안을 하고부터였다.

영상을 마음에 들어 하는 회원 수에 따라 평가 포인트가 집계되었고, 그 아래에 댓글을 달 수 있게 되었다. 평가 포인트로 카테고리별 순위가 매겨지자, 경쟁하듯 회원이 늘어났다. 좋은 평가 포인트를 얻으려는 마음에 업로드 건수도 늘었다. 당연히 포인트에 따라붙는 댓글도 나날이 격해졌고, 그 억누를 수 없는 욕망에 반응하듯 회원들은 거의 범죄에 가까운 과격한 영상을 올려댔다.

"이걸 봐. 디지털 분석실이 찾은 영상이야."

컴퓨터 모니터에 새까만 화면이 나타났다. 가로등과 거기에 비친 벤치, 화단이 흔들리는 영상에 비스듬히 찍혔다. 밤에 공원을 걸으면서 촬영한 영상임을 알 수 있었다. 청년들의 웃음소리와 대화 소리가 들려왔다. "야, 저게 뭐야?" 하는 목소리가 나고, 앞쪽 암흑에서 빛이 보였다.

화면이 흔들리고, 촬영자는 달렸다. 빛의 정체는 붉게 타오르는 파란 천막이었다. 그 천막에서 살던 노숙자가 무어라 소리치며 나뭇가지로 불을 끄려고 애썼다. "대박." "으아, 아저씨 위험해요." 영상을 찍는 청년이 노숙자를 도와서 불을 끄기 시작했다. 각자 갖고 있던 페트병 음료나 우산으로 불을 껐다. 천막에 난 불은 이윽고 꺼졌고 하얀 연기가 피어올랐다.

노숙자 남성이 눈물을 보이면서 청년과 악수하고 몇 번이나 고개를 숙였다. 여기서 영상이 툭 끊기듯 끝났다.

"지금부터 보여줄 부분은 사이트에 올라가지 않은 영상과 음성 데이터야."

방금 본 영상이 다시 한번 흘러나왔다. 노숙자와 헤어지고 자갈이 깔린 어두운 길을 걷는 청년들의 대화 소리와 조소가 암흑 속에서 다시 들려왔다. "봤어? 그 당황하는 꼴?" "거봐, 잘됐잖아." "이거 걸작…." 음성과 영상이 도중에 툭 끊겼다.

"이 영상은 우연히 찍힌 해프닝 영상이 아니라는 뜻입니까?" 코우키가 놀랐다.

"이건 노숙자 천막을 노린 방화 영상이야. '다이스'에 보낸 영상 중에 수상한 영상을 골라서 디지털 분석실에서 분석했어. 후반에 나오는 암흑 속 대화는 잡음 속에서 음성 부분을 디지털 증폭해서 목소리가 들리게 한 데이터야. 이놈들은 재미로 노숙자 천막에 불을 질렀어. 그리고 아무 죄책감 없이 촬영해서 우연히 찍힌 해프닝 영상인 양 이 망할 사이트에 올렸어."

인간의 깊숙한 본질을 목격한 것 같아서 몇 번을 봐도 구역질이 난다. 랭킹 상위에 오른 영상들 중 몇 편이 다큐멘터리인 척하지만 어떤 식으로든 법에 저촉되는 범죄 영상이었다. 동물이나 피해자의 비명과 함께 그것을 찍은 사람의 긴장감 없는 목소리와 웃음소리가 들어 있었다.

자신이 범죄를 저지른다는 사실조차 깨닫지 못한다. 평온한 일상에 깃든 비열한 악의가 거기에 있었다.

"자기를 표현해서 많은 사람에게 인정받고 싶다는 '인정 욕구'는 누구나 갖고 있습니다. 하지만 이건…." 코우키가 턱 끝을 손가락으로 긁적였다.

사이트 운영진인 히메노와 세토야마도 그 시커먼 욕구에 잠식되듯 윤리관이 마비되어 갔다. 회원들의 난폭한 댓글에 호응하며 더 과격한 영상 소재를 찾았지만, 자기들이 원하는 대로 해프닝이 일어날 리 없었다.

점차 스스로 자작극을 만들고 촬영하게 되었다. 그러던 와중에 찍힌 것이 오자키와 약혼자 키시모토 유스케가 휘말린 3년 전 위장 오토바이 사고였다.

"히메노는 취조실에서 쓰러져 울었어." 타쿠미가 수사 보고서를 뒷장으로 넘겼다.

조서에는 '사고 해프닝 영상만 찍으려고 했다. 설마 사람이 죽을 줄은 몰랐다' 같은 히메노의 생생한 진술이 적혀 있었다.

오자키는 소파에 살짝 걸터앉아서 상반신을 앞으로 구부리고 타쿠미의 보고를 조용히 들었다. 다리 사이에서 꽉 쥔 두 손이 작게 떨렸다. "우리가 이딴 것 때문에…."

"촬영된 자키 씨의 오토바이 사고 영상은 찾았나요?"

"아니, 다음 날 뉴스로 사망자가 나온 걸 알고 세토야마가 데이터를 삭제했대."

"타쿠미 씨, 세토야마가 그 장발 남자죠?" 오자키가 물었다.

"사진을 준비했어. 네가 본 그 장발 남자가 이 안에 있어?"

콘도반이 몰래 찍은 세토야마의 사진과, 관련 없는 아홉 명의 사진을 테이블에 늘어놓아 보여주었다. 오자키가 곧바로 한 사진을 손에 들었다.

"이놈이에요. 머리는 짧아졌고 체중은 조금 는 것 같지만 그때 본 장발 남자가 확실해요." 오자키는 두 손으로 사진을 찢을 듯이 꽉 쥐며 말했다.

차분한 진갈색 알로하셔츠를 입은 남자가 편의점에서 나오는 모습을 찍은 사진이었다. 타쿠미는 코우키를 향해 고개를 끄덕였다.

"세토야마 다이스케. 현재 서른여섯 살. 기업이나 관광 안내용 영상 촬영과 편집을 주로 하는 '셋업'이라는 유한 회사 사장이야."

자료를 뒤로 넘기더니, 건물 사진과 세토야마의 다른 얼굴 사진을 테이블 위에 늘어놓았다.

"요즘은 일이 줄어서 저속한 영상 프로덕션이랑 손을 잡고 성인물까지 찍는 것 같더라고. 콘도반이 한 탐문에서도 죄다 나쁜 얘기밖에 없었어. 그리고 이 업무 서류를 보면 사이트 회원에게 받은 회비 말고도 꽤 큰 금액이 세토야마의 개인 계좌에 입금됐어. 어쩌면 누군가가 보냈지만 '다이스'에는 업로드되지 않은 영상으로 공갈이나 협박을 한 범죄가 엮여 있을지도 몰라."

코우키가 시계를 보며 일어났다.

"시간이 됐습니다. 오늘은 여기까지 하시죠. 미제사건 전담팀 설립을 준비하느라 바쁘시겠지만, 타쿠미 씨는 콘도반과 함께 세토야마 체포를 위한 마무리 수사를 잘 해주세요. 자키 씨는 수사 현장에는 못 나가도, 2층 디지털 분석실과 협조해서 이 사이트에 보내진 영상을 면밀히 조사하고 분석해 주세요."

"네…."

오자키의 손안에는 구겨진 세토야마의 사진이 쥐여 있었다.

11

서장실에서 중간 경과를 보고하고 나서 사흘 후, 세토야마가 해외로 뜰 준비를 한다는 정보가 들어왔다. 단골 클럽의 마담이 취한 본인에게 들은 증언이었다. 광고 촬영 장소 때문이라고 했지만, 정보에 따르면 최근에 세토야마가 받은 촬영 의뢰는 없었다. 해외로 튈 우려가 있어서 법원에서 구속 영장이 나왔다.

'셋업'의 건물은 주택가 한쪽에 있었다. 좁은 땅에 무리해서 위로 올린 듯한 5층 건물이었다. 1층은 차고와 카메라 기자재를 보관하는 창고, 2층과 3층은 사무실 겸 촬영 스튜디오, 4층과 5층은 자택이었다. 1층 차고의 셔터는 닫힌 상태였고, 건물 옆 벽에는 2층까지 이어지는 외부 계단이 달려 있었다.

세토야마가 집에 있는 것은 이미 확인했다. 콘도반과 수사 회의를 거쳐, 세토야마가 건물에서 나오면 체포하기로 했다. 코우키는 사건 수사에 오자키를 끼워 넣지 말라는 지시를 내렸다. 타쿠미는 적어도 세토야마를 체포하는 순간에는 옆에 있게 해주려고 콘도 반장에게 부탁해서 오자키를 무리하게 현장으로 끌고 왔다.

오자키는 자동차 조수석에 앉아서 단안 망원경으로 건물에 사람들이 들락거리는 모습을 확인했다. 이른 아침부터 이곳에 죽친 지가 벌써 세 시간이다.

"타쿠미 씨, 비행기 출발 시간을 생각하면, 이제 움직일 때가 되지 않았나요?"

"너무 초조해하지 마." 좌석을 눕히고 손에 들어오는 작은 사이즈의 빨간 고무공을 주머니에서 꺼내서 오른손으로 쥐었다. 안주머니에서 휴대전화가 울려서 보니 콘도 반장의 전화였다.

"망 제대로 봐. …네, 타쿠미입니다."

「타쿠미, 스토커 건은 그럭저럭 정리됐어. 시내 PC방을 전전하던 혼다를 가택 침입으로 데려와서 불게 했어.」

"빨리 정리됐네요."

「사건 당일, 가까운 건물 외부 계단에서 피해자의 집을 보고 있었는데, 어떤 여자가 나왔대. 허둥대는 게 수상해서 피해자의 방에 침입했다가 시신을 발견한 모양이야. 지가 더 수상한 놈이면서 말이야. 아무튼, 네 추측대로 그놈은 목격자였어.」

"속옷에는 왜 DNA가 묻어 있었대요?"

「혼다는 피해자 집의 여벌 키를 갖고 있었어. 가끔 집에 침입해서 피해자의 속옷을 구석구석 핥았다나 봐.」

"전형적인 스토커군요. 도망친 여자는 누구였습니까?"

「혼다의 사진 컬렉션에 피해자와 카페에서 차를 마시는 범인의 사진이 있었어. 스토커 때문에 상담을 받던 피해자의 소꿉친구인데, 우리 쪽 스토커 상담소에도 같이 다녀갔대. 그 같잖은 주간지에도 글이 올라가 있어.」

"그 여자입니까? 시사 예능 프로그램에도 길거리 인터뷰가 나왔잖아요."

눈물을 닦으며 스토커 피해와 경찰의 태만을 호소하던 여자의 뒷모습이 떠올랐다.

"범행 동기가 대체 뭐였답니까?"

「남자를 사이에 두고 뺏었느니 잤느니 하는 치정 갈등이었어. 가족처럼 신경 써준 친구의 남자친구랑 그러지 말지, 나 참.」

"그만큼 혼다 때문에 정신적으로 피폐해서 한시라도 빨리 가까운 누군가에게 기대고 싶었던 걸까요? 그것도 핑계일 뿐이지만…."

「보통 사건이었다면 피해자를 잘 아는 가족이나 친구의 이야기를 통해서 범인의 윤곽이 보였을 거야. 그런데 이번에는 피해자를 가장 잘 아는 사람이 스토커였던 셈이니, 세상이 어떻게 돌아가는 건지, 원.」

"아무튼 금방 해결돼서 다행입니다. 덕분에 이쪽에 사람을 쓸 수 있겠습니다."

「어쩔 수 없네. 이번 건은 서장님의 '장난감 상자'라고 소문 난 미제사건 전담팀이 전담하니까. 경찰서 안에서는 그다지 좋은 이야기가 안 들리지만, 네가 거기에 차출됐으니 나는 기대하고 있어.」

"감사합니다."

「이 사건, 서장님이 엄청 의욕적이시던데. 커질 것 같아?」

"아직 뭐라고 확실히 말하기는 어렵네요. 세토야마를 데려와 봐야 알 것 같습니다. 오늘 잘 부탁드립니다."

「어어, 우리야말로. 타쿠미, 다음에 한잔하자고. 스토커 사건을 해결한 답례로 내가 쏠게. 그때는 옆에 있는 처자도 데려와.」

"네? 이 녀석도요?"

「우리 노가미가 마음에 들어하더라고. 꼭 불러 달라고 간곡히 부탁받았어.」

"알겠습니다. 기대하겠습니다."

타쿠미는 전화를 끊고 운전석을 일으켜 세웠다. 오자키의 어깨 너머로 '셋업' 건물을 봤다.

"아직 움직임은 없어?"

오른손 안에 있는 빨간 고무공을 세게 쥐었다 놓기를 반복했다.

"네. 직원 같은 남자 한 명이 방금 들어갔어요. 타쿠미 씨, 그 공은 뭐예요?"

오자키가 타쿠미 쪽을 보며 물었다.

"이거? 그 사건 때 오른손 엄지랑 검지 힘줄을 다쳐서 의사가 재활을 추천했어. 이제는 습관이 돼서 이렇게 고무공을 만지면 안심이 돼."

"여기저기 고장 난 부품이 많네요."

"시끄러워. 내가 무슨 중고차냐? 조용히 망이나 봐."

가짜로 고무공을 던지는 시늉을 했다.

"네, 네, 알겠습니다." 오자키가 퉁명스럽게 말하면서도 다시 감시 태세에 들어갔다.

타쿠미는 대시보드에 공을 놓고 담배를 꺼내서 불을 붙였다. 라이터를 찰칵이는 소리와 풍겨오는 담배 연기를 알아차리고 오자키가 불만을 제기했다.

"타쿠미 씨, 하다못해 차 밖에서 피워주실래요? 머리카락이랑 정장에 냄새가 배서 가시지를 않아요. 게다가 그 담배, 저희 할아버지가 피우시던 거랑 똑같은 브랜드예요."

"그래? 네가 나한테 다정하게 구는 이유가 그것 때문이야?"

"농담하지 마세요. 저희 할아버지는 엄격하신 분이었고 저한테 검도를 가르칠 때는 정말 괴물 같았어요."

"괴물은 심했다."

"저희 할아버지는 마당에 있는 조립식 별채에서 도장을 열고 근무시간 외에 아이들에게 검도를 가르치셨어요. 중학생 때였나? 꾀병으로 연습을 빼먹고 친구랑 쇼핑한 걸 들킨 적이 있어요. 10년은 더 수련하고 땡땡이치라고 혼내고서는 도장 마룻바닥에 무려 세 시간을 무릎 꿇고 앉아 있게 하셨어요. 세 시간을요. 덕분에 초, 중, 고, 제 청춘을 모두 도장에서 보냈죠."

"그래? 네가 나한테 빡빡하게 구는 이유가 그 할아버지 때문이야?"

"검도 말고는 취미가 없던 할아버지가 유일하게 즐기시던 게 담배예요. 어머니가 할아버지께 그만 피우라고 잔소리를 하던 게 귀에 남아서 저는 어릴 때부터 할아버지는 폐암으로 죽을 거라고 생각했어요."

타쿠미는 차창을 열고 후우 하며 담배 연기를 뱉었다.

"근무시간 외라고 하는 걸 보니까, 너희 할아버님은 경찰관이었나 봐?"

"아니요. 할아버지는 수도국의 기계나 전기 설비를 보수, 관리하는 평범한 공무원이셨어요."

"경찰도 시민에게 봉사하는 평범한 공무원이야. 그럼 너는 왜 경찰이 됐어?"

"전문대 검도부에 경찰이 된 선배가 많았어요. 게다가 저는 예쁘고, 무엇보다 전국 여자 검도 선수권 대회 개인 5위였으니까요."

"거기에 예쁘다는 말은 왜 끼워 넣어?"

"근데 경찰 세계가 이렇게 남성 사회일 줄은 정말 몰랐어요. 그거 아시나요? 윗분들은 능력이나 재능이 있는 여성 경찰관을 적극적으로 채용하고 등용하겠다고 큰소리치지만, 전국에서 여성 경찰의 비율은 10퍼센트 미만이에요. 경감 계급 이상인 여자는 겨우 0.1퍼센트 정도고요. …뭐, 저는 그런 큰소리와 전국 여자 5위와 예쁜 외모 덕분에 원하던 형사과에 차출됐으니 불평할 위치는 아니지만요."

타쿠미는 경찰 조직 내 여성의 지위 향상에 관한 이야기와 자꾸만 끼어드는 예쁘다는 단어를 못 들은 체하며 핸들에 기댔다.

"검도를 가르쳐주신 너희 할아버님은 건강하셔?"

"할아버지는 제가 대학생 때 돌아가셨어요. 집 근처에 캠핑장이 있었는데, 거기에 온 젊은 가족의 아이가 강에 빠졌거든요. 개랑 산책하던 할아버지가 그걸 도우려고 하다가…"

망원경을 들여다보며 담담히 말하는 오자키의 표정은 읽기 힘들었다.

"그래도 아이가 살아서 다행이에요. 산소에는 항상 향 대신 좋아하시던 담배를 피워 올려요. 저희 가족은 할아버지 말고는 다들 비흡연자라 제가 가족을 대표해서 불을 붙이느라 잠깐 피워보는데, 역시 맛이 없더라고요."

타쿠미는 운전석 창문으로 담배 연기를 힘껏 뿜고, 얼마 피우지 않은 담배를 주머니에서 꺼낸 휴대용 재떨이에 비벼 껐다.

"할아버님이 말씀하신 것처럼, 10년은 더 수련해야겠다. 담배는 맛으로 피우는 게 아니야. 애초에 담배라는 건 말이지…"

"타쿠미 씨, 나왔어요." 대화를 자르듯 오자키가 긴장한 목소리로 말했다.

2층 외부 계단 문이 열리고 여행용 캐리어와 함께 선글라스를 낀 남자가 나왔다. 재킷을 어깨에 걸치고 며칠 전 오자키가 본 사진과 마찬가지로 진갈색 바탕에 꽃무늬가 박힌 알로하셔츠를 입고 있었다. 문 옆에 있는 계단참에서 전화를 걸고 있었다.

이어폰에서 콘도 반장의 지시가 흘러나왔다. 「…건물에서 세토야마가 나왔다. 건물 안으로 달아나면 귀찮아져. 미리 논의한 대로 계단을 내려오고 나서 확보한다. 지시가 있을 때까지 전원 대기.」

"어때, 오자키? 세토야마 맞아?"

"키랑 체격은 비슷한데, 여기서는 선글라스랑 모자 때문에 생김새가 잘 안 보여요."

통화를 마친 남자가 여행용 캐리어를 끌어안고 계단을 내려왔다.

"너는 여기에 있어. 알았지? 움직이지 마."

"알아요. 제가 무슨 어린애인 줄 아세요?"

"타쿠미입니다. 이쪽에서는 선글라스랑 모자 때문에 피의자인지 확인이 안 됩니다. 장소를 옮겨서 접근하겠습니다." 타쿠미는 차에서 내려서 눈에 띄지 않도록 천천히 걸었다.

옷깃 안쪽에 달린 소형 마이크로 보고했다. 「이쪽도 비슷합니다.」 건물 주변에서 대기하던 수사관에게서 보고가 날아왔다. 1층으로 내려온 남자가 여행용 캐리어를 끌며 걸었다. 아스팔트 도로를 구르는 바퀴 소리가 주택가를 울렸다.

오전 출근과 등교 시간을 지난 뒤라 건물 앞 거리에는 인적이 없었다. 「사람이 많은 도로로 나가도 귀찮아져. 피의자인지 확인하고 체포해.」 시노다를 포함한 형사 세 명이 앞쪽 차에서 내려서 남자에게 다가갔다. 그것을 알아차렸는지 남자가 주머니에서 휴대전화를 꺼내 누군가와 통화하는 척하며 몸을 돌려서 왔던 길을 되돌아가려고 했다. 「그쪽으로 갔다.」 건물 뒤편을 돌던 노가미 일행과 타쿠미가 합류해서 남자 앞을 막았다.

"세토야마 다이스케 씨죠? 외출하십니까?" 노가미가 말을 걸었다.

경찰관 여섯 명에게 둘러싸인 남자는 여전히 통화하는 척하며 대화를 이어갔다.

"세토야마 씨, 도로교통법 위반 교통방해죄와 상해치사죄 혐의로 구속 영장이 나왔습니다. 얌전히 동행해 주시죠." 시노다가 구속 영장을 제시하며 조용하지만 강한 어조로 말했다.

남자가 갑자기 기성을 지르며 캐리어를 시노다에게 던졌다. 어깨에 걸친 재킷을 벗어서 던지고 공터 쪽으로 달렸다. "잠깐, 이 새끼가!" "야, 거기 서!" 쫓아가는 시노다와 콘도반 형사들이 연달아 살기에 찬 고함을 질렀다.

"야, 야, 그만 좀. 일 복잡하게 만들지 말라니까." 타쿠미도 투덜거리며 뒤를 쫓았다.

안주머니에 든 휴대전화가 진동했다. "뭐야? 오자키, 여기는 지금 바빠."

「타쿠미 씨, 그 남자, 세토야마 다이스케가 아니에요. 캐리어를 던졌을 때 오른쪽 팔이 보였는데 거미집 타투가 없었어요.」

타쿠미는 달아나는 남자를 무시하고 멈춰 서서 '셋업' 건물을 돌아보았다.

"제기랄, 우리를 속이기 위한 미끼인가. 오자키, 건물 주변을 잘 감시해. 그리고…" 통화가 도중에 끊겼다. "야, 오자키!"

"반장님, 타쿠미입니다. 지금 쫓는 남자는 세토야마가 아닐 가능성이 있으니 건물 주변을 경계해야 합니다."

마이크로 보고했다. 미끼인 남자를 콘도반에게 맡기고 달려서 돌아갔다. 방금까지 타고 있던 잠복 차량이 보였다. 안에 오자키는 없었다.

"움직이지 말라니까."

조수석에 떨어진 오자키의 안대를 주워 들고 남자가 나온 '셋업' 건물로 향했다.

"오자키!" 타쿠미가 큰 소리로 외쳤다.

건물 뒤편에도 가봤지만, 세토야마도 오자키도 보이지 않았다. 어딘가에서 개가 짖었다. 타쿠미는 모퉁이를 돌아서 모 아니면 도라는 심정으로 개가 짖는 방향으로 달렸다. 두 갈래 길에서 멈춰서서 휴대전화로 오자키에게 전화를 걸었다. 휴대전화에서는 통화 연결음만 계속 흘러나왔다.

「타쿠미, 무슨 일이야?」 콘도 반장의 목소리가 들렸다.

크게 심호흡하며 달리느라 거칠어진 호흡을 정돈했다. 이어폰을 빼고 귀를 기울였다. 참새 소리, 아기 울음소리, 청소기 소음, 배달 오토바이 엔진 소리. 오전의 주택가에서 다양한 소리가 들려왔다.

어디선가 영화 음악을 편곡한 휴대전화 벨 소리가 바람에 실려 날아왔다. 소리가 나는 쪽으로 달렸다. 모퉁이를 돌자, 길 위에 쓰러진 여행용 캐리어와 선글라스가 있었다. 바로 옆에서 휴대전화가 바닥을 나뒹굴며 벨소리를 울리고 있었다. 타쿠미는 전화를 끊고 휴대전화를 주웠다.

"오자키, 어디야!" 타쿠미는 주변을 둘러보며 외쳤다.

거기에 대답하듯, 주택가에는 어울리지 않는 남녀가 싸우는 소리가 들렸고, 이어서 무언가가 쓰러지고 유리가 깨지는 소리도 났다. 두 건물 너머에 있는, 세입자 모집 안내판이 걸린 파란 지붕 집에서 들렸다. 마이크로 콘도 반장에게 집 위치를 알리고 반쯤 열린 대문으로 안에 들어갔다. 건물 뒤편으로 돌아 들어가자, 그곳은 풀이 아무렇게나 자라서 황폐한 넓은 마당이었다. 오자키가 녹슨 쇠 파이프를 죽도처럼 들고 서 있었다.

"알았어. 알았다니까." 뒤로 넘어져 있는 세토야마가 소리쳤다.

세토야마의 광대뼈 근처와 입술에 붉은 자국이 있었고, 하얀 티셔츠가 흐른 코피로 지저분했다. 한 손을 들고 뒤로 슬금슬금 도망가려고 했다. 그 모습을 보고 오자키가 쇠 파이프를 치켜들었다.

"잠깐, 오자키!" 타쿠미는 자기도 모르게 외쳤다.

거친 호흡에 맞춰 위아래로 움직이던 오자키의 등이 멈췄다. 쇠 파이프를 천천히 어깨에 걸치고 뒤를 돌아본다. 안대를 차지 않은 오른쪽 눈은 맛이 간 채 벌겋게 충혈돼 있었다. 먼지투성이인 얼굴에 땀으로 앞머리가 달라붙었다. 오자키도 턱에 멍이 들었고 입술에서 피가 났다.

"그만해, 오자키. …그만. 거기까지만 해."

"하지만…. 하지만, 이놈이…." 오자키의 떨리는 입술에서 목소리가 새어 나왔다.

대화를 틈타서 세토야마가 네발로 기어 도망쳤다. 오자키가 던진 쇠 파이프가 바로 옆 수풀에 박히자, 세토야마가 비명을 질렀다.

오자키가 뒤에서 달라붙어서 어깨와 팔을 잡고 원래 자리로 끌고 왔다. "꺼져!" 세토야마가 뒤로 돌며 주먹을 날렸다. 오자키는 그 손목을 두 손으로 붙잡아 꺾고는 그대로 바닥에 내동댕이쳤다. 메마른 땅에서 흙먼지가 일고 충격으로 세토야마의 입에서 신음이 새어 나왔다. 오자키가 엎어진 등 위에 올라타서, 날뛰는 세토야마의 목뒤를 무릎으로 눌렀다.

"아파, 아프다고! 팔 부러져. 이거 놔, 이 새끼야."

얼굴을 땅바닥에 눌린 채 세토야마가 욕을 뱉을 때마다 흙먼지가 일었다.

"닥쳐. 저항하면 연행하기 전에 팔 한두 개쯤은 부러뜨려줄 수도 있는데, 해줘?"

오자키가 비튼 팔에 거미집 타투가 보였다.

"오자키, 다친 데는 없어?"

오자키가 거칠게 호흡하며 돌아보더니 말없이 고개를 끄덕였다.

"너, 내가 차에서 기다리라고 했잖아."

타쿠미는 두 손으로 무릎을 짚고 호흡을 가다듬었다. 허리에 걸린 수갑을 분리했다.

"죄송합니다. 통화하는 와중에…, 건물 뒤편에서 나오는 세토야마가 보여서 저도 모르게 쫓아와 버렸어요."

사과하는 오자키의 어깨를 두드리고 수갑을 건넸다. "이건 네가 채워."

오자키가 내밀어진 수갑을 빤히 보았다. 말없이 고개를 끄덕이더니 목을 누르던 무릎을 떼고 등 뒤로 비틀어 올린 세토야마의 오른손에 수갑을 채웠다. 끈질기게 허리를 들고 도망치려고 하는 세토야마의 목뒤를 타쿠미가 발로 밟았다.

"네, 네. 헛수고하지 않습니다."

오자키의 턱을 손가락으로 올리고 옆으로 돌려서 입술 상처를 확인했다.

"얌전히 있어, 세토야마 다이스케. 공무집행방해 및 도로교통법 위반 교통방해죄로 체포한다. 소란 피우면 다른 죄가 더 붙는다."

발로 누른 채 안주머니에서 수첩을 꺼내서 체포 시각을 소리 내어 읽으며 적었다.

오자키가 수갑을 두 손에 다 채우고는 후 하고 숨을 크게 뱉으며 세토야마에게서 떨어졌다. 입고 있던 정장이 더러워지든 말든 개의치 않고 풀이 아무렇게나 자란 마당에 벌렁 드러누웠다.

"속이 시원해?" 오자키를 위에서 내려다보았다.

거칠게 숨을 쉬며 수풀 속에 누운 오자키가 입술에 묻은 피를 손등으로 닦았다.

"위험한 짓이나 하고 말이야…. 그래도 잘했다."

악을 쓰며 저항하는 세토야마를 타쿠미는 강제로 잡아 일으켰다.

"타쿠미 씨, 담배 한 개비만 주실래요?" 정장에 묻은 먼지를 털며 오자키가 말했다.

"아서라, 100년은 더 수련하고 와. 자."

안대와 휴대전화를 주머니에서 꺼내서 오자키에게 건넸다.

"아, 감사합니다." 오자키가 감사 인사를 하며 안대를 오른쪽 눈에 찼다.

타쿠미는 급히 쫓아온 콘도반에 세토야마의 신병을 인도했다.

제2장

추적

1

강렬한 햇빛과 입에 문 담배 연기에 눈을 가늘게 떴다. 옥상 바닥에 주저앉아서 아무 생각 없이 빨간 고무공을 던졌다. 바닥과 벽에 부딪혀서 돌아온 공을 오른손으로 받았다. 무미건조한 소리와 단조로운 동작이 한번 시작되고 나니 몸에 익어서 멈출 수 없었다. 타쿠미의 시야 구석에서 굽 낮은 구두가 보였다. 햇빛을 가린 오자키의 그림자가 타쿠미를 덮었다.

"역시 여기 계셨네요. 타쿠미 씨, 휴대전화는 항상 갖고 다녀요."

타쿠미는 그 말을 무시하며 기계처럼 벽에 공을 던졌다.

오자키가 벽에 손을 짚고 위에서 노려보았다. "듣고 있어요?" 타쿠미의 입에 물린 담배를 뺏어서 근처에 있는 스탠드 재떨이에 버렸다.

"아, 뭐 하는 거야?" 타쿠미가 귀찮다는 듯 중얼거렸다.

리듬이 무너져서 고무공이 손에서 빠져나와 옥상을 굴렀다.

"토라져서 이런 데서 공놀이나 하다니 무슨 '대탈주'의 스티브 맥퀸이에요?"

"언제 적 영화 얘기를 하는 거야. 너 대체 몇 살이냐?"

"그 영화는 녹화한 비디오테이프가 다 닳을 때까지 할아버지랑 봤어요. 참고로 제 추천 영화 중 하나예요. 그러면 안 돼요?"

오자키가 고무공을 주워서 타쿠미에게 내밀었다.

"근데 하필 왜 자료실이야? 코우 그 자식…. 그놈이 장난질한 게 분명해."

타쿠미는 바닥에서 일어나서 먼지를 털고 벤치에 앉았다.

"어쩌겠어요? 미제사건 전담팀은 갑자기 만들어져서 예산도 못 받는대요. 형사부 특별실이라서 2층에 책상을 둬도 됐겠지만, 서장님이 형사부실에 자주 있으면 숨 막힌다고 다들 완곡하게 반대했대요. 게다가 제 오른쪽 눈 때문에라도 경찰서 안에서 큰 소리로 얘기할 수 없잖아요. 잡동사니도 치웠고 공사도 하고 있어요. 계단을 뛰어 올라올 필요도 없거니와 남몰래 담배를 피울 필요도 없죠. 근데 뭐가 불만이에요?"

"모르겠어? 이렇게 오픈돼 있으면 자유고 나발이고 없는 거야. 담배도 숨어서 몰래 피우니까 맛있는 거라고."

"마흔 넘은 아저씨가 무슨 중딩처럼 심통을 부려요? 꼴사나워요. 키리시마 선생님이 왔어요. 브리핑 시작해요."

"꼴사납다니, 말이 좀 심해."

토사카 경찰서 증거 관리실은 원래 지하 주차장 안쪽에 있었다. 10년 전 수해로 지하가 침수될 뻔해서 3층에 있는 제3회의실로 방대한 사건 자료가 급히 옮겨졌다. 그 이후에 임시 보관 장소를 확보하기 위해 7층과 옥상 사이 계단참에 자료실을 증축했다. 현재는 증거품 같은 것은 3층의 새로운 증거 관리실로 갔고, 대량의 중요한 서류를 비롯한 종이 자료는 데이터화되어 2층 디지털 분석실 옆 디지털 자료실로 이동했다.

거의 창고로만 쓰이던 자료실 일부를 미제사건 전담팀 사무실로 고쳤다. 다 처분되지 못한 자료나 행사용 인형 등이 담긴 상자는 선반에 보관된 채 L자형 방에서 3분의 1을 차지했다. 통로 벽에 딱 붙어서 옥상으로 이어지는 계단이 있었고, 높은 천장에서 내려온 펜던트 라이트 세 개가 회의 테이블을 비췄다. 그밖에는 손님용 소파와 사무용 책상 세 개, 구석에는 탕비실이 있었고, 작은 냉장고도 놓여 있었다.

"타쿠미 씨, 이제 그만 책상 위를 정리해 주실래요?"

오자키가 계단을 내려오면서 잔소리했다. 타쿠미의 책상 위는 아직 상자가 쌓여 있고 테이프와 서류가 흩어져 있는 상태였다.

옥상에서 돌아와 보니, 코우키와 안과 의사 키리시마 칸나가 명함을 교환하는 중이었다. 베이지색 재킷에 타이트스커트. 눈꼬리 부분이 올라간 붉은 테 안경이 야무진 키리시마의 얼굴에 잘 어울렸다.

"오늘 바쁘신 와중에 걸음 해주셔서 감사합니다. 타쿠미 씨와는 면식이 있으시다고요?" 코우키가 명함을 테이블에 두며 키리시마에게 물었다.

"오자키가 사고로 입원했을 때 몇 번 얼굴 봤어. 선생님, 그때 신세 많이 졌습니다. 이야, 성숙한 매력이 한층 더 짙어지셨네요."

"타쿠미 씨, 그거 성희롱이에요." 오자키가 주의를 줬다.

"오랜만에 뵙네요. 요즘도 오자키한테 가끔 얘기 들어요."

"안 좋은 얘기는 아니었으면 좋겠는데, 야, 오자키, 선생님한테 뭐라고 했어?"

타쿠미는 오자키에게 들고 있던 공을 던지는 시늉을 하며 노려보았다.

"글쎄요. 취하면 집요해진다는 얘기는 안 했어요. 그렇지, 키리시마 씨?"

오자키가 냉장고에서 꺼낸 생수를 나눠줬다. 타쿠미가 앉은 테이블 앞에 페트병을 거칠게 내려놓았다. 그 모습을 보고 키리시마가 가볍게 웃으며 의자에 앉아서 다리를 꼬았다.

"자, 오늘은 오자키 경사의 주치의이신 키리시마 칸나 선생님이 조언자로 와주셨습니다. 선생님께 지난 보름 동안 오자키 경사의 오른쪽 눈을 정밀 검사 해달라고 부탁드렸습니다. 저와 타쿠미 씨도 얘기를 들어서 오른쪽 눈의 능력이 어떤지 어느 정도 이해는 합니다. 하지만 오늘은 전문가의 설명을 듣고 싶어서 모셨습니다. 단, 경찰의 내부 사정이 있으니 선생님께서는 앞으로도 오자키 경사의 능력에 관해 비밀을 지켜주시기 바랍니다."

키리시마가 천천히 의자에서 일어났다.

"환자와 의사 사이에는 비밀 유지 의무가 있습니다. 게다가 오자키는 제 친구예요. 병세를 외부에 알릴 일은 없습니다. 만에 하나 제가 이 증상을 논문으로 발표한다고 해도 얼마나 많은 사람이 믿어줄까요? 어쩌면 대학병원에서 잘릴 수도 있어요. 그래도 걱정되신다면 비밀 유지 서약서에 사인이라도 할게요."

키리시마가 붉은 안경테를 중지로 올리며 거의 나무라듯 받아쳤다.

"아뇨, 그렇게까지는…." 코우키가 손을 들며 작게 중얼거렸다.

"후카자와 서장님은 저를 오자키 씨의 주치의로 소개해 주셨지만, 사실 의사로서 오자키의 오른쪽 눈을 과학적으로 설명하기는 어려워요. 하지만 지난 보름 동안 진찰해서 알아낸 사실도 있어요. 오늘은 그걸 얘기하려고 왔습니다."

키리시마는 준비된 검은 펜을 들더니 화이트보드에 안구 단면과 거기에 연결된 시신경과 뇌 그림을 천천히 그렸다. 평소에 많이 그려 봤는지 부위 명칭까지 적어 가며 그렸는데도 3분도 걸리지 않았다.

"여러분도 중학교 때 과학 수업에서 배우셨을 테지만, 이게 간단히 그린 인간의 안구와 뇌의 상관도입니다. 우선 빛이 각막을 통과하면, 이 동공으로 빛의 양을 조절하고 여기에 있는 수정체가 초점을 맞춰요. 그리고 유리체를 통과해서 망막에 비친 상을 광수용체라는 세포가 전기 신호로 바꿔서 시신경을 거쳐 뇌에 전달하죠. 사람은 그때 비로소 눈이 보여요."

키리시마는 빨간 펜을 들고 화이트보드에 그린 안구 단면에 비쳐 드는 '빛'과 '눈이 보임'이라는 글자에 동그라미를 쳤다. 펜이 강하게 마찰하며 끼익하는 소리가 났다.

"오자키의 경우, 3년 전 사고로 오른쪽 눈의 시력을 잃었습니다. 하지만 오른쪽 눈이 실명되는 원인인 안구의 망막이나 유리체에 손상은 없었습니다."

타쿠미는 초등학생처럼 손을 들고 키리시마에게 물었다. "그럼 선생님, 오자키의 오른쪽 눈이 실명된 원인은 아직 모르는 겁니까?"

"의사로서는 부끄러울 따름입니다. 초창기에 눈여겨본 건 안저의 이 부분에 있는 망막, 카메라로 예를 들면 필름에 해당하는 부분입니다. 그 망막에 큰 충격이 가해져서 구멍이나 균열이 생기는 걸 '망막 열공'이라고 합니다. 그 균열로 망막이 벗겨지는 증상을 '망막 박리'라고 하는데, 권투 선수가 자주 실명하는 원인입니다. 하지만 안저 검사나 적외선을 이용한 OCT 검사에서는 사고로 인한 그런 손상을 찾지 못했어요."

키리시마가 눈 그림에서 뇌로 이어지는 부분을 가리키며 설명했다.

"그리고 이 부분, 눈으로 들어온 정보를 뇌로 옮기는 시신경관 골절로 인한 시신경 손상, 아니면 눈으로 들어온 정보를 영상화하는 대뇌 후두엽의 시각 영역 장애가 예상됐습니다. 전에 두 번 정도 두부 CT 검사와 MRI, MRA 검사를 했지만, 시신경과 뇌에서는 장애가 발견되지 않았습니다. 방사선사, 영상의학과 전문의, 동료 뇌신경외과 의사도 골머리를 썩이고 있어요."

"오자키 경사가 실명한 근본적인 원인은 알 수 없지만, 오른쪽 눈의 능력은 오토바이 사고로 일어난 눈과 뇌의 장애 때문에 생긴 건 확실하죠?"

"그렇죠. 이 증상이 시작된 타이밍이나 장소, 상황을 고려하면, 그렇게 볼 수밖에 없어요. 처음에 오자키한테 3년 전 사고의 광경이 보인다는 말을 들었을 때, 심적 외상 후 스트레스 장애, PTSD인 줄 알았습니다. 사고의 기억이 갑자기 선명하게 떠오르는, 소위 말하는 플래시백이 일어나서 공황 상태에 빠진 거라고…."

"오자키 경사가 보는 게 그 플래시백 때문에 일어난 환각일 가능성은 전혀 없는 거죠?" 코우키가 확답을 구하듯 물었다.

키리시마는 고개를 저으며 설명을 이어갔다. "자신이 경험한 심적 외상으로 증상이 일어나는 게 PTSD예요. 극히 드물게 비슷한 장소나 사례를 보고 증상이 나타나는 환자도 있습니다. 다만 과거에 자신이 전혀 경험한 적 없는 일이나 간 적도 없는 장소에서, 그것도 3년 전 광경이 오른쪽 눈에만 보이는 사례는 들은 적이 없습니다. 그런데 제 부주의한 조언으로 사고 현장에 가는 바람에… 오자키, 다시 한번 미안해."

"왜 그래, 고개 들어. 키리시마 씨 잘못이 아니야. 오히려 그 자리에 키리시마 씨가 없었다면 내가 어떻게 됐을지 몰라."

"그때…." 키리시마가 분위기를 바꾸며 고개를 들었다.

화이트보드에 그려진 붉은 원에 싸인 '빛'이라는 글자를 펜으로 가리켰다.

"오자키가 오른쪽 눈으로 본 플래시백 같은 빛, 이건 아마 오랫동안 사용되지 않은 홍채 근육 기관이 약해져 있어서 들어온 빛의 양을 제대로 조절하지 못한 결과인 것 같습니다." 뒤에 있는 화이트보드를 손가락으로 두드렸다. "그 일이 있고 나서 오자키의 뇌파를 측정했습니다. 오른쪽 눈으로 들어온 어떤 빛이 대뇌의 시각 영역을 자극하는 것은 확인됐습니다. 하지만 오자키의 오른쪽 눈이 3년 전 빛을 볼 줄은 상상도 못 했어요."

"오른쪽 눈이 어떤 빛을 보고 있다는 사실은 뇌파를 살펴보고 확인했다, 거기까지는 알겠습니다. 그런데 선생님은 오자키가 3년 전 광경을 보고 있다는 걸 어떻게 수긍하셨죠?"

"수긍했다라…. 솔직히 말하면 저도 지금 이렇게 설명하면서도 아직 수긍하기 힘듭니다. 하지만 검사 때 오자키는 3년 전 그날 그 시간대에 제 진찰실을 찾아온 환자 다섯 명의 얼굴과 용모, 심지어 이름과 병명을 맞혔어요. 아, 맞혔다는 말은 적절하지 않네요. 오자키는 3년 전에 진찰받으러 온 환자와 진찰 차트를 보고 상세히 대답했어요. 그건 저조차도 컴퓨터에 저장된 과거의 진찰 일정과 환자 차트를 살펴봐야 알 수 있는 정보였어요."

"저를 만났을 때랑 똑같네요. 역시 오자키 경사의 오른쪽 눈이 지닌 능력은 진짜군요."

코우키가 턱 끝을 손가락으로 긁적이며 흥분한 듯 목소리를 떨었다.

"혼자 들뜨지 마." 타쿠미가 나무라듯 말했다.

"하지만 타쿠미 씨, 아시잖아요. 오자키 경사의 능력이 경찰 수사에 얼마나 강력한 영향을 미칠지."

"글쎄…." 타쿠미는 코우키의 생각에 쉽게 동의할 수 없었다.

과연 이 능력은 경찰에, 아니, 오자키에게 좋을까. 아직 답을 내리기 힘들었다. 키리시마도 불안한 표정으로 옆에 앉은 오자키를 보았다.

주위에서 불안한 표정으로 바라보는 것을 오자키가 알아차렸다.

"저는 괜찮아요. 오른쪽 눈에 보이는 게 3년 전 광경인 걸 막 깨달았을 때는 불안했어요. 하지만 이제는 나쁜 점만 있지는 않다고 생각해요. 이 능력 덕분에 '다이스'의 두 명을 체포할 수 있었으니까."

나쁜 점만 있지는 않다고 말하는 오자키의 어깨가 조금 떨렸다. 그 어깨에 키리시마가 다정하게 손을 얹었다. 오자키의 능력을 경찰이 이용하는 데에 키리시마가 막연한 불안을 느끼고 있음을 알 수 있었다.

"저는 경찰이 오자키에게 어떤 일을 시키려고 하는지는 모릅니다. 하지만 오자키의 오른쪽 눈에 일어난 증상이 경찰 수사에 얼마나 도움이 될지는 상상이 됩니다. 두 분께 부탁드리고 싶은 건 이 증상을 바르게 이해하고 오자키를 지켜달라는 겁니다."

키리시마가 천천히 허리를 굽히며 고개를 숙였다.

"키리시마 씨…." 오자키가 옆자리에서 키리시마를 올려다보았다.

"저희가 백업하겠습니다. 저희를 믿고 오자키 경사를 맡겨주세요." 코우키가 말했다.

키리시마가 입술을 꽉 깨물고 자신을 억지로 납득시키듯 작게 고개를 끄덕였다.

"알겠습니다. 그런데 후카자와 팀님의 들뜬 기분에 찬물을 끼얹는 것 같아 죄송하지만, 오자키의 오른쪽 눈에 나타난 증상은 방금 말씀하신 능력과는 조금 다릅니다. 평범한 눈의 기능을 생각하면 '보는' 능력은 여러분의 눈과 별 차이 없습니다."

"그 말은…." 코우키가 말끝을 흐렸다.

"방금 화이트보드에 그리면서, 눈으로 들어온 빛을 대체한 전기 신호가 뇌에 전달되면 비로소 눈이 보인다고 설명했잖아요? 사람은 보통 눈으로 들어온 시각 정보를 뇌로 처리하는 데 0.1초에서 0.5초 정도가 걸립니다. 그렇다면 우리가 현재라고 생각하며 보는 이 광경은 이미 영 점 몇 초 전인 과거죠. 오자키의 오른쪽 눈은 3년 전 과거를 보고 있어요. 그냥 그뿐입니다."

"선생님, 그렇다면 오자키의 이 능력은 대체 뭡니까?" 타쿠미가 물었다.

"…모르겠습니다. 하지만 굳이 말하자면 이건 머리나 눈에 받은 강한 충격으로 일어나는 '외상성 사시'와 비슷해요. 안구를 움직이는 근육이나 신경이 손상돼서 오른쪽 눈과 왼쪽 눈에 각각 다른 광경이 들어오는 눈의 장애입니다. 물건이 이중으로 보이는 혼란시나 복시를 일으키죠. 외상성 사시가 공간이라면 오자키의 경우 시간이에요. 왼쪽 눈은 현재, 오른쪽 눈은 3년 전. 각각 다른 시간의 광경을 보고 있다고 생각하면, 이건 능력이라기보다 오토바이 사고가 일으킨 일종의 눈 장애에 가깝습니다."

"그러고 보니 오자키 경사, 오토바이 사고를 봤을 때도 두 눈으로 보니까 물체가 둘로 겹쳐 보인다고 했죠?"

"맞아요. 제 경우, 안대를 벗고 두 눈으로 과거와 현재 양쪽을 보면 3년 전과 현재의 광경이 포개진 상태로 보여요. 하지만 둘 중 한쪽의 광경이 더 또렷하게 보여서 생각보다 위화감은 없어요." 오자키가 대답했다.

키리시마는 화이트보드에 그린 시신경의 연장선상에 있는 뇌 단면도를 원으로 감쌌다.

"제 전문은 안과라서 뇌에 관해서는 이것저것 주워들은 아마추어 같은 설명밖에 못 해요. 이 부분은 어디까지나 제 개인적인 견해니까 감안하고 들어주세요. 고대 로마의 카이사르는 '사람은 자기가 보고 싶은 것만 본다'고 했죠. 의미는 조금 다르지만, 그게 인간의 뇌가 지닌 신기한 점이에요. 방금 설명한 것처럼 뇌는 눈에 들어오는 빛의 전기 신호를 시각 영역에서 이미지로 변환해 처리합니다. 하지만 눈으로 들어오는 방대한 양의 정보를 전부 처리할 수는 없습니다. 그랬다가는 우리의 뇌는 터져 버릴 거예요. 인간의 뇌에는 눈과 귀로 들어오는 정보를 인식할지 말지를 무의식적으로 판단하는 필터가 있습니다. 이중으로 보이는 광경도 뇌가 필터를 거쳐서 더 인상적인 시각 정보를 오자키에게 또렷하게 보여주는 것 같습니다."

삑 하는 전자음이 들렸다. 오자키가 리모컨으로 에어컨을 켰다. 송풍구에서 나온 건조한 바람이 방 온도를 낮췄다. 키리시마는 펜을 내려놓고 책상 위에 있는 생수를 한 모금 마셨다.

"그럼 먼저 오자키의 오른쪽 눈에 관한 기본적인 정보를 말씀 드리겠습니다. 아시겠지만, 일단 그런 능력을 지닌 건 눈뿐이라서 3년 전 광경이 보이기는 해도 소리는 들리지 않습니다. 게다가 오 자키의 눈은 자유롭게 공간을 이동할 수 없습니다. 다시 말해 지 금 왼쪽 눈이 보는 것과 똑같은 장소의 3년 전 광경이 오른쪽 눈 에 보인다는 뜻입니다. 3년 전 시간대에서 보고 싶은 장소가 있으 면 그곳으로 오자키가 이동해야 합니다."

"오자키는 오른쪽 눈만 뜬 상태로, 혹은 두 눈을 다 뜬 상태로 활동해도 됩니까?"

타쿠미가 손에 쥔 공을 만지작거리며 물었다.

"오자키가 오른쪽 눈만 뜨고 활동할 때는 서포트가 필요합니 다. 왼쪽 눈으로 들어오는 현재의 정보가 전혀 없는 상태에서 움 직이는 건 위험해요. 눈을 감고 다니는 거나 다름없으니까요. 그 리고 두 눈으로 보는 경우에도 앞에 있는 장애물이 현재의 것인 지 3년 전의 것인지 판단이 안 됩니다. 오른쪽 눈을 가리고 판단 하는 수밖에 없어요. 그 판단이 늦어서 위험해지는 상황도 생길 수 있습니다."

오자키가 보충하듯 말했다. "방금 얘기가 나온 필터는 제가 제 어하는 게 아니에요. 예를 들면, 멀리서 오는 차가 3년 전의 차인 지, 현재의 차인지 판단이 안 돼요. 3년 전의 차면 그대로 있어도 제 몸을 그냥 통과하겠지만, 현재의 차면 저는 차에 치이는 거죠.

그리고 오랫동안 양쪽 눈을 동시에 쓸 수는 없어요."

"시간제한이 있어? 선생님, 어떻게 된 겁니까?"

"뇌에는 인간이 지닌 다섯 가지 감각, 구체적으로는 시각, 청각, 후각, 미각, 촉각 정보가 항상 들어오고 있어요. 그중에 거의 90 퍼센트는 시각 기관에서 들어오는 정보라고 합니다. 그런데 오자키가 양쪽 눈을 써서 시간이 다른 두 광경을 본다면, 통상보다 두 배의 정보가 뇌에 들어오는 셈이죠. 컴퓨터로 비유하면, CPU 가 처리할 수 있는 한계를 넘어서 과부하가 일어나는 상태예요. 뇌가 정보를 다 처리하지 못해서 의식 장애가 일어나겠죠."

"의식 장애…." 코우키가 중얼거렸다.

키리시마는 잠깐 사이를 두고 알아듣기 쉽게 천천히 설명을 이어갔다. "처음에는 귀가 제대로 들리지 않게 되고, 눈에 보이는 색이 없어지고, 이어서 두통이나 현기증, 구역질이 심해질 거예요. 장시간 양쪽 눈을 계속 쓰면 호흡이 거칠어지고 과호흡 상태로 손발이 떨리고 경련이 일어날 겁니다. 그걸 넘어가면 의식을 잃겠죠."

"뭐라고요? 아까 뇌의 필터가 어쩌고 한 건 어떻게 된 겁니까?"

"이 증상은 오히려 필터가 뇌 안에서 작용하기 때문에 일어나는 것으로 추정됩니다. 예를 들면, 자는 사람을 깨울 때 말을 걸거나 어깨를 흔들잖아요? 청각이나 촉각에서 오는 그 자극이 뇌 안의 노르아드레날린 신경을 활성화해서 뇌파가 베타파로 바뀝니다. 그래서 혈압과 맥박이 올라가고 사람은 잠에서 깨죠. 이와 반대되는 일이 몸에서 일어나는 겁니다. 쉽게 말하면, 뇌에 들어오는 과도한 정보를 억누르기 위해 긴급 피난하듯이 몸의 감각 기능에 제한을 걸기 때문에 발생하는 현상으로 추측됩니다."

"의식 장애는 오른쪽 눈의 능력이 오자키의 몸에 끼치는 해가 아니라 반대로 오자키의 눈을 보호하는 현상이라는 뜻입니까?"

"아마도요." 키리시마가 고개를 끄덕였다.

"그럼 선생님, 오자키는 얼마나 오랫동안 오른쪽 눈을 쓸 수 있죠?"

"오른쪽 눈만 쓰는 것도 꽤 부담이 있어요. 오자키의 몸 상태에 따라서도 달라지겠지만, 세 시간을 한계로 생각해 주세요. 양쪽 눈을 쓰려면 한두 시간이 한계입니다. 연속으로 쓸 때는 중간에 잠깐 휴식하되, 하루에 두 번이 최대일 것 같습니다."

"키리시마 선생님, 오자키 경사의 오른쪽 눈이 보는 건 정확히 3년 전인가요?" 코우키가 물었다.

"그건 제가 말씀드릴게요." 오자키가 수첩을 펼치고 일어섰다.

"키리시마 씨에게 제안을 받아서 매일 아침 TV를 보며 오른쪽 눈에 보이는 정확한 시간을 오른쪽 손목시계에 맞췄어요. 지금 시점에 오른쪽 눈과 왼쪽 눈의 시차는 2년 11개월 28일 하고도 두 시간 13분입니다."

테이블 위에 두 손을 올려놓고 오른쪽 손목과 왼쪽 손목에 찬 손목시계를 번갈아 보았다.

"게다가 이 시차는 일정하지 않아요. 방금 말한 시간의 간격은 지금 시점에 그렇다는 거예요. 오른쪽 눈의 시간은 왼쪽 눈이 보는 시간처럼 안정적이지 않아요. 약간 컨디션이 안 좋거나 몸에 충격을 받으면 시간이 스킵돼요."

"스킵? 그건 뭐야?"

"어떻게 설명하면 좋을까…. 비슷한 예를 들자면, 녹화용 하드 디스크 기능에 있는 슬로 모션이나 빨리 감기 기능이랑 유사해요. 오른쪽 눈에 보이는 광경이 갑자기 슬로 모션처럼 느리게 보이거나 갑자기 빨라져서 빨리 감기 된 것처럼 보여요. 아주 불안정해서 눈에 보이는 시간이 쉽게 어긋나요. 게다가 그 변덕스러운 시간의 흐름을 제가 의식적으로 제어할 수는 없어요."

"네가 오토바이 사고 때 사고 현장이 느리게 보인 거랑 같은 현상이야?"

오자키는 고개를 끄덕이고 수첩을 테이블에 내려놓은 뒤, 오른쪽 손목시계를 꽉 쥐었다.

"지금까지 본 경험대로면 그 시간의 간격은 짧아지기는 해도 3년보다 더 길어지지는 않아요. 어디까지나 이 짧은 기간의 경험이지만요. 그런데…, 이건 제 바람이 섞인 추측인데, 이 스킵이 계속 일어나다 보면 언젠가는 오른쪽 눈이 왼쪽 눈의 시간과 가까워져서 다시 평범하게 생활할 수 있는 날이 오지 않을까…."

그 자리에 있는 모든 사람이 오자키의 말에 잠시 침묵했다. 에어컨의 기계 소리와 바람 소리만 방에 울렸다. 코우키가 팔짱을 풀고 말했다.

"이제 시간이 됐군요. 이 외에도 선생님께 들어야 할 얘기가 또 있습니까?"

타쿠미가 손을 들었다. "선생님, 오른쪽 눈의 능력이 3년 전 그 사고로 생겼다고 하면, 오자키가 말한 것처럼 언젠가 끝이 온다고 봐도 됩니까?"

키리시마가 펜을 쥔 손의 손등으로 안경을 올리고 오자키를 응시했다.

"모르겠습니다. 오자키가 생각하듯이 시차가 없어지고 오른쪽 눈과 왼쪽 눈의 시간이 같아질 가능성은 있습니다. 서서히 그렇게 될지, 어느 날 갑자기 그렇게 될지… 안타깝지만 내일 자고 일어나면 전처럼 오른쪽 눈이 보이지 않을 가능성도 충분히 있습니다."

브리핑이 끝나고 나서 키리시마를 7층 엘리베이터 홀까지 배웅했다.

"키리시마 씨, 오늘 고마웠어요." 오자키가 고개를 숙였다.

"타쿠미 씨는 저를 밑에까지 데려다주실 거죠?"

엘리베이터를 타기 직전, 키리시마가 타쿠미에게 웃으며 팔짱을 꼈다.

"코우키 팀장님, 오자키를 잘 부탁해요. 그럼 갈게, 오자키."

코우키가 가볍게 고개를 숙였고, 오자키가 쓴웃음을 지으며 손을 흔들었다. 두 사람을 남겨두고 엘리베이터 문이 닫혔다. 키리시마는 얼굴에서 웃음을 지우고 진지한 표정으로 타쿠미의 팔을 놓더니 1층 버튼을 눌렀다. 진동과 함께 엘리베이터가 내려갔다.

"타쿠미 씨, 사실대로 말하면 저는 오자키가 걱정돼요…. 오자키한테…, 3년 전 광경이 보인다는 고백을 들었을 때, 정말 충격이었어요."

"그건 저나 팀장도 마찬가지입니다."

"지금은 믿을 수 있는 세 사람만 아는 능력이지만, 그걸 경찰이 이용하게 되는, 그 두려움을 생각하면 너무 불안해요. 아니, 타쿠미 씨나 코우키 팀장님을 의심하는 건 아니지만…."

"그런 생각이 드는 것도 이해합니다."

"큰 조직에 소속되면 항상 개인의 의사대로 움직일 수는 없다는 건 저도 대학병원에 있어서 이해해요. 하지만 걱정돼요. 그 능력을 조직의 입맛에 맞게 이용당하고, 오자키가 보고 싶지 않은 것까지 봐야 할까 봐. 그래서 위험에 노출되고 다칠까 봐요."

"경찰 조직의 입맛에 맞게 이용당한다…."

이야기 도중에 엘리베이터가 1층 로비에 도착해서 문이 열렸다.

"다른 건 몰라도 오자키는 타쿠미 씨를 신뢰해요. 오자키를 지켜주세요. 잘 부탁드립니다." 키리시마가 타쿠미의 손을 잡고 고개를 숙였다.

타쿠미는 키리시마를 안심시킬 말을 하지 못한 채 경찰서에서 나가는 뒷모습을 배웅했다.

2

타쿠미가 미제사건 전담팀으로 돌아가자, 테이블 위에 미제사건 전담팀 자료라고 적힌 자료 상자와 두꺼운 사건 보고서가 겹겹이 놓여 있었다. 상자 측면에는 숫자 1이 크게 들어가 있었고, 내용의 제목을 넣는 항목은 공란이었다. 코우키가 이미 다리를 꼬고 의자에 앉아서 부외비 도장이 찍힌 자료를 팔락팔락 넘기고 있었다.

"이 일을 시작하기 전에, 코우, 앞으로 그 능력을 이용해서 수사에 협조할 건지 오자키가 선택하게 하기로 약속했잖아."

여기까지 왔는데 오자키가 코우키의 제안을 거절할 리가 없다는 것은 안다. 하지만 약속은 약속이다.

"그랬죠. 어때요, 자키 씨?" 코우키는 오자키를 바라보며 말했다.

오자키가 가방에서 검은 가죽 수첩을 꺼내 자리에 앉았다.

"솔직히 말해서 불안하긴 한데, 저는 할 거예요. 그때 약속했으니까. 그리고 입원했을 때 침대 위에서 오른쪽 눈을 실명한 내가 경찰로서 뭘 할 수 있나, 계속 고민했어요. 사무 작업 말고도 제가 할 수 있는 일이 생기는 거잖아요. 그리고 다시 두 분과 같이 수사할 수 있어서 기대돼요."

"타쿠미 씨, 괜찮죠? 자키 씨를 맡겨도."

코우키가 팔꿈치를 테이블에 대고 턱을 괸 채 타쿠미를 똑바로 쳐다봤다.

"그래. 오자키, 너도 알겠지만, 2년 반 전에 나는 어떤 사건으로 부상을 입었어. 너를 백업하기에 앞서 그 사실을 확실히 얘기해 둬야겠다."

"사건이요? 그 주간지가 폭로한…."

"그래." 타쿠미는 고무공을 테이블에 올려놓고 의자에 앉았다.

사건은 2년 반 전 늦은 밤 공원에서 일어났다. 타쿠미와 만나기로 한 정보 제공자 노숙자는 시간이 되어서도 나타나지 않았다. 체념하고 떠나려던 순간, 지나가던 세 사람이 생트집을 잡으며 공격했다.

세 명 중 두 명은 그 자리에서 붙잡았지만, 칼을 들고 덤벼서 타쿠미의 오른손을 다치게 한 남자는 달아났다. 황급히 도망치는 모습이 가까운 편의점 CCTV에 찍혀서 추후에 그 영상으로 시내 클럽에 모이는 반사회 집단의 구성원임을 알았다. 일찍 붙잡힌 두 명은 전치 3주였고, 칼을 휘두르고 도망친 남자는 머리와 팔에 붕대를 감은 채 변호사를 대동하고 경찰서에 출두했다.

변호사가 나타나자마자 다른 두 명도 술술 자백했다. '클럽에서 시비 붙은 사람이랑 닮아서 착각하고 공격했다'는 것이 범행 동기였다.

"우연히 공원에서 마주친 타쿠미 씨가 우연히 클럽에서 시비 붙은 사람과 닮아서 공격했다고요? 설마 그걸…."

"그런 웃기는 얘기는 아무도 안 믿었고, 수긍하지도 않았어."

"뭔가 짚이는 데는 없었어요?"

"본부의 감찰관도 똑같은 질문을 했지. 아직 공격당한 진짜 이유는 몰라."

원래 같았으면 그 상태에서 검찰에 입건되고 사건이 끝났을 것이다. 그런데 성가시게도 칼로 타쿠미를 다치게 한 남자는 정치인의 손자였다. 사랑스러운 손자를 위해 정치인이 수완 좋은 변호사를 고용해서 경찰 윗선에 손을 썼다. 그러는 바람에 이야기가 복잡해졌다.

타쿠미는 변호사에게 합의 요청을 받고도 받아들이지 않았다. 만나기로 한 정보 제공자 노숙자가 공원에 텐트를 남겨둔 채 실종됐기 때문이다. 그리고 또 한 가지 신경 쓰이는 점이 있었다. 남자들이 검은 SUV에서 내리는 장면이 공원 근처 주차장 CCTV에 찍혔는데, 세 사람 말고도 운전석에 다른 남자 한 명이 더 있었다.

"불량배 세 명은 그 남자를 뭐라고 하던가요?"

"그 남자에 관해서는 끝까지 아무 말도 하지 않았고, 모른다고만 일관했어. 그냥 운전사라든가, 안내원이라든가, 얼마든지 다른 식으로 변명할 수 있었을 텐데. 세 사람은 그 남자의 존재 자체를 부정했어. 그 남자가 세 사람을 이용해서 나를 공격한 게 아닐까, 나는 그렇게 생각했어."

이 두 가지 의문이 남아 있는 한, 깔끔하게 사건을 끝낼 수 없었다.

정치인이 고용한 변호사는 과잉 방어로 고소하겠다고 협박했고, 압력에 휘둘린 상부는 사건을 복잡하게 만들지 말라고 설득했다.

그렇게 어수선한 와중에 이 사건이 언론에 새어 나가서 주간지가 떠들썩해졌다. 그것이 경찰 내부에서 또 문제시되었고, 누가 정보를 흘렸는지 찾느라 큰 소란이 일어났다. 그 마녀사냥 명단의 제일 위에 올라간 사람이 정치인과 윗선을 거스른 타쿠미였다.

"그런데 그 사건은 기소됐죠?" 오자키가 말했다.

"당연하지. 언론에 알려졌으니까. 결국 나는 과잉 방어로 기소되지 않았고, 세 사람은 기소됐어. 집행 유예였지만. 재판이 끝나고 나서도 나한테 정보를 제공하던 노숙자는 행방이 묘연하고, 주범으로 추측되는 남자의 정체도 밝혀지지 않았어."

"전부 어둠 속에…, 잠겼군요."

"경찰 조직 안에는 노숙자이기 이전에 국민인 자의 안전을 지키는 것보다 조직의 체면을 지키는 걸 우선하는 경찰도 있다는 뜻이지…. 그런데 나는 체면을 구긴 윗선에 미운털이 박혔어."

타쿠미는 테이블 위에 있는 빨간 공을 쥐고 악력을 확인했다.

"너한테는 솔직히 말해야겠다. 나는 오른손을 다치고 나서 악력이 돌아오지 않아. 담배나 젓가락을 잡을 때는 아무 문제 없지만, 총만 잡아도 힘이 안 들어가서 목표물을 맞히지 못해. 뭐, 그렇게 됐다. 이렇게 퇴물인 내가 너를 얼마나 잘 백업할 수 있을지 모르겠어. 네가 안심하고 오른쪽 눈의 능력을 쓸 수 있을지는 등을 맡길 상대에게 달렸어. 선택할 사람은 너야."

타쿠미가 공을 던졌다. 오자키는 오른쪽 눈에 안대를 한 탓에 거리감이 느껴지지 않는지, 두 손으로 어색하게 공을 잡았다.

"저를 백업할 사람은 타쿠미 씨와 코우밖에 없어요."

"자키 씨, 정말 괜찮겠어요?" 코우키가 확답을 구하듯 오자키를 보았다.

"네. 잘 부탁드립니다." 오자키가 고개를 숙였다.

"…이런 내가 나댈 자격은 없지만, 이참에 한마디 해야겠어. 솔직히 나는 네 오른쪽 눈의 능력을 수사에 쓰는 데에 찬성하지 않아."

"타쿠미 씨, 이제 와서….'"

타쿠미는 코우키를 향해 손을 들어 말을 막고는 이야기를 이어 갔다. "그런데도 네가 이 능력을 이용해서 수사하겠다면, 너는 정신적으로 강해져야 해. 우리는 백업이지, 네 보모가 아니야. 사건을 수사할 때마다 공황에 빠지면 네 정신이 버티지 못할 거고, 내 심장도 버티지 못할 거야."

"맞아요. 2주 전에 오른쪽 눈으로 본 그 오토바이 사고는 갑작스러워서 저한테 무슨 일이 일어났는지도 모르고 공황에 빠졌어요. 일어난 일을 냉정하게 판단할 수 없었어요. 그래도 타쿠미 씨한테 고마워요."

"…무슨 말이야?"

"사실 제가 그 공황 상태에서 벗어날 수 있었던 건 타쿠미 씨의 입버릇 덕분이었어요."

그 말을 듣고도 타쿠미는 짚이는 구석이 없었다.

"잘 봐, 잘 생각해." 오자키가 목소리 톤을 바꾸고 타쿠미를 흉내 내며 말했다.

"취하면 매번 귀가 따갑게 말씀하셨잖아요. 눈앞에 보이는 것만으로 사건을 쫓지 말라고. 잘 보고, 잘 생각하라고요."

"오, 오랜만에 들으니 반갑네요. 보이는 것 안에 단서가 있고, 보이지 않는 것 안에 답이 있다. 맞죠?" 코우키가 사건 자료에서 눈을 떼고 말했다.

"제가 그때 공황에서 벗어날 수 있었던 건 어느 주정뱅이한테 귀가 따갑도록 들은 푸념 덕분이었어요."

오자키가 고무공을 던져서 도로 돌려줬다. 타쿠미가 오른손으로 잡았다.

"그럼 오자키, 다음에 나한테 맛있는 술이나 사."

"코우, 언제까지 내 오른쪽 눈을 숨길 작정이야?"

"오토바이 사고 재판도 곧 시작될 겁니다. 자키 씨는 당사자니까 기억이 돌아왔다고 하고 공판에서 증언할 수도 있습니다. 하지만 앞으로 재수사할 사건에 관해서 법원은 오른쪽 눈으로 봤다는 과학적 근거가 없는 목격 증언을 정식으로 인정하지 않을 겁니다. 아무래도 목격자가 매번 경찰관에 똑같은 사람이면 법원의 공평성과 증언의 신뢰도가 의심을 살 겁니다."

"코우 말이 맞아. 공표하면 확실히 수사는 쉬워져. 하지만 공표했을 때의 위험성이 커. 언론이 너를 알아내서 시끄러워질 거야. 용한 점쟁이로 여겨지는 정도면 그냥 유쾌하게 시사 예능에서 언급되고 말겠지. 내가 우려하는 건 오른쪽 눈의 능력을 꺼림칙하게 여기는 사람이 반드시 나타날 거라는 점이야."

"꺼림칙하게 여기는 사람…."

"능력을 공표하면 그럴 거라는 말이야. 과학적 근거는 없어도 사건을 해결하고 실적을 올려서 세간에서 이 능력을 인정받는다고 가정하자. 생각해 봐. 지난 3년간 범죄를 저지르고 도망친 범죄자들 입장에서는 그런 능력을 지닌 인간이 다른 데도 아니고 경찰 조직에 있는 건 공포 그 자체야. 아무리 은폐해도, 범죄 현장으로 가기만 하면 모든 진실이 드러나 버리니까. 잘못하면 그런 놈들이 오자키를 노릴 수도 있어."

코우키가 의자에서 일어나서 테이블 위 자료를 손으로 누르고 타쿠미와 오자키를 보며 강하게 고개를 끄덕였다.

"이 자리에서 분명히 말하겠습니다. 우리가 자키 씨의 능력을 써서 사건을 재수사한다는 사실 자체를, 경찰이면 몰라도, 법원이나 검찰이…, 아니, 더 나아가 세간이 용납할지 확실치 않습니다. 그러니 경찰 수사로서는 상당히 위법한 방식이 될지도 모르지만, 모든 책임은 제가 지겠습니다."

"이러니저러니 해도 미제사건 전담팀은 오자키의 '답을 알고 내는 가위바위보' 같은 권리를 써먹지 않을 이유가 없어. 그럼 시작할까."

코우키가 두꺼운 보고서 여덟 권을 옮겨서 테이블 위에 두었다. 자료 상자에서 '미제사건 전담팀 자료1: 사건 개요'라고 적힌 20페이지쯤 되는 인쇄물을 꺼내 두 사람에게 건넸다.

"미제사건 전담팀의 첫 사건이군. 뭘…."

타쿠미는 사건명이 인쇄된 첫 장을 보고 침묵했다.

"죄송합니다. 이 사건만큼은 미제사건 전담팀이 재수사할 목록에서 뺄 수 없었습니다." 코우키가 입을 다문 타쿠미의 표정을 보고 고개를 숙였다.

"아무리 그래도 첫 사건으로는 너무 큰 건이잖아."

"사건이 발생한 일시를 조금 전에 들은 시차와 비교해 보면, 자키 씨의 오른쪽 눈으로 이 범행을 볼 수 있는 시간까지 앞으로 나흘밖에 안 남았습니다. 자료를 확인하고 현장을 답사할 걸 고려하면 다른 미제사건으로 오른쪽 눈의 능력을 시험해 볼 여유가 없습니다."

"아무리 그래도…."

"토사카시 사사즈카 일가 4인 살해 사건…." 오자키가 표지를 넘기고 첫 장을 소리 내어 읽었다.

"자키 씨가 입원했을 때 일어난 사건입니다. TV 뉴스와 신문 보도를 봐서 알고는 있겠지만, 간단히 개요를 정리해봤습니다. 그 밖의 수사 자료 복사본을 이 사건 보고서에 정리해 놨습니다. 가능한 한 꼼꼼히 읽어두세요."

보고서 여덟 권에는 참고인에게 받은 진술서, 300명에 육박하는 전과자와 수상한 자 명단, 부검과 감식 때 나온 사건 현장의 사진 자료와 보고서가 두꺼운 파일로 묶여 있었다. 연인원으로 5만 4천 명에 달하는 경찰관이 동원되었고, 그런데도 유력한 용의자를 찾아내지 못한 굴욕감이 페이지 사이에서 묻어나왔다. 그야말로 피와 땀으로 범벅된 여덟 권짜리 사건 수사 보고서였다.

3년이라는 시간이 지났다고는 하나, 그 장소에 가기만 하면 범인의 모습을 쉽게 볼 수 있다. 키리시마는 '능력'이라는 말을 부정했지만, 타쿠미는 새삼 오자키의 오른쪽 눈이 지닌 그 능력이 두렵기까지 했다.

평소에는 냉정한 코우키가 흥분하는 것도 이해가 된다. 하지만 그로 인해 오자키의 몸이나 뇌에 미칠 부하를 생각하면, 마냥 낙관적으로 이 사건에 임할 수는 없었다. 사건 자료를 읽는 척하며 오자키의 옆얼굴을 보았다. "오자키를 잘 부탁드립니다"라고 한 키리시마의 말이 귓가에 되살아났다.

턱 끝을 손가락으로 긁적이며 사건 자료를 보던 코우키가 고개를 들었다.

"타쿠미 씨는 이 사건을 아시죠? 개요 설명 부탁드립니다."

타쿠미는 순간 코우키를 노려보며 파일을 펼친 채 입을 다물었다.

"왜 그러세요?" 오자키가 자료를 덮고 물었다.

"아니…, 아니야. 나는 그 당시에 다른 사건을 맡고 있었는데, 초반에 2주 정도 수사에 동원된 게 생각나서." 꺼림칙한 점은 덮어놓고 적당히 거짓말했다.

무거운 첫발을 떼듯, 천천히 사건 자료의 페이지를 넘겼다.

3

범행 시간은 3년 전 10월 27일 밤, 사건 현장은 토사카시 미나미구에 있는 아파트 8층 805호실. 피해자는 아버지 사사즈카 야스노리(43세), 어머니 카요코(38세), 중학교 2학년 유이(14세), 초등학교 2학년 리쿠토(8세). 사사즈카 일가족 네 명이 예리한 날붙이로 참살당했다.

현관에서 어머니가 복부 두 군데를 찔리고 뒤에서 경동맥을 잘렸고, 이어서 복도에서 초등학생 리쿠토가 목과 배를 찔렸다. 둘다 출혈성 쇼크사였다. 거실에서 아버지 야스노리가 뒤에서 옆구리를 세 군데 찔렸고, 목뼈가 부러져 질식사했다. 장녀 유이는 흉부를 찔렸고, 외상성 기흉으로 질식사했다. 폐까지 찔린 상태였다.

사건 다음 날인 28일 오전, 최초로 발견한 사람은 근처에 사는 야스노리의 여동생이었다. 그날, 깜빡하고 전해주지 못한 리쿠토의 생일 선물을 주러 가기로 약속해 놓은 상태였다. 휴대전화와 집 전화를 아무도 받지 않는 것이 이상해서 평소에 안면을 튼 관리인에게 로비 문을 열어달라고 부탁한 뒤 집에 찾아갔다. 문은 잠기지 않은 상태였고, 복도에 피투성이가 되어 쓰러진 카요코를 발견해서 같은 날 11시 28분, 경찰에 신고했다.

문에 달린 이중 잠금장치는 잠기지 않은 상태였고, 베란다에 있는 방화벽과 난간 등 양옆 집도 집중적으로 조사했지만, 수상한 점은 보이지 않았다.

아파트 CCTV에 전날 27일 19시 36분, 남색 작업복을 입은 남자 택배 기사가 아파트 공동 현관에서 엘리베이터를 타고 8층에서 내리는 모습이 기록되어 있었다. 또 사사즈카 일가의 집 인터폰에 녹화된 데이터에도 같은 시각 종이 상자를 든 갈색 머리 남자의 모습이 찍혀 있었다. 마스크를 끼고 모자를 눈높이까지 깊이 눌러써서 범인의 인상까지는 알 수 없었다. 범행 이후 그 CCTV들에 찍힌 남자의 영상은 없었고, 비상계단을 내려가서 1층 중앙 정원 옆 담장을 넘은 신발 자국이 남아 있었다. 보고서에는 CCTV 수가 적었다고 지적되어 있었고, 카메라의 사각을 이용해서 탈주한 것으로 추측되었다.

사사즈카 일가는 가족 여행 영상을 감상하던 중에 습격을 받았다. 거실 TV와 녹화용 하드 디스크는 전원이 켜져 있었고, 현관, 복도, 부엌, 거실 조명은 켜진 상태였다. 아래층과 806호실 주민은 부재중이었고, 20시 전후에 804호실 여성이 아이의 비명 같은 소리를 들었지만, TV 소리인 줄 알고 경찰에 신고하지는 않았다.

범인의 신발 사이즈는 260밀리. 현관 로비와 인터폰에 남은 영상으로 추산해보면, 키는 175센티 전후, 체중은 약 50에서 55킬로그램. 머리카락은 갈색이고 마스크와 모자로 가려서 생김새는 알 수 없다. 범행 도구는 종이 상자 밑바닥에 붙어 있던 테이프에 남은 자국과 자상으로 보아 칼날의 두께가 4밀리, 칼날의 길이가 12센티인 헌팅 나이프였다.

칼이 살인 도구로 사용되면, 보통 범인들은 피해자를 닥치는 대로 찌른다. 하지만 카요코와 리쿠토는 정확히 경동맥과 복부 급소를 찔렸다. 이 사실을 토대로 최근에 유행하는 서바이벌 게임을 좋아하는 군사 마니아나 전직 자위대원, 전직 경찰관이 용의자 명단에 올랐다.

초반에는 범행 상황으로 보아, 묻지 마 살인일 가능성은 적고 원한 살인일 가능성이 높다는 판단이 대세였다. 가족 네 명 중 누군가에게 원한을 품은 사람, 소위 말하는 면식범으로 추측되었다.

피해자 사사즈카 야스노리는 사무실 내부 장식이나 직장 내 사무용 가구를 다루는 회사의 영업 사원이었다. 사내 동료와 후배들에게 평판도 좋았고, 도박이나 유흥, 여자관계에 관한 나쁜 소문도 없었다. 상사는 오히려 너무 성실해서 융통성이 없었다고 말했다. 하지만 그 덕에 회사 안팎에서 불화나 갈등을 일으키지 않아서 거래처부터 판매 업체까지 어디에도 살해 동기가 생길 만한 문제가 없었다.

맞벌이하던 아내 카요코는 수입품 대리점 업무 회사에서 계약 사원으로 사무와 경리 일을 했다. 금전 문제도, 장부를 부정하게 적는 일도 없었고, 사내 인간관계도 좋았다.

사사즈카 일가의 빚 유무부터 두 사람이 이용하던 스포츠클럽, 학부모 모임, 아파트 내 민원, 이웃집의 민폐 행위, 친척, 믿는 종교까지 조사했다. 야스노리와 카요코 두 사람을 살인할 정도로 원한을 품은 용의자는 나오지 않았다.

자녀는 유이와 리쿠토 두 명. 장남 리쿠토는 사건 일주일 전이 생일이어서 막 여덟 살이 된 참이었다. 거실에 놓인 사진 액자에는 생일 케이크를 에워싸고 웃는 가족사진이 장식되어 있었고, 리쿠토의 시신 근처에는 생일 선물로 받은 게임기가 떨어져 있었다.

가족 전원을 살해한 단순하고 극단적인 사고방식, 범죄의 결벽성. 범행 도구로 사용된 헌팅 나이프. 아파트 중앙 정원 옆 담장을 넘은 민첩한 몸. 여러 상황으로 보아 범인의 나이는 젊었다.

타쿠미는 단숨에 사건의 개요를 이야기하고 페트병에 남아 있던 물을 마셨다.

"특히 장녀 사사즈카 유이와 관련해서 교우 관계, 사귀던 남학생, 학교 폭력, 동아리, 교직원, 학원 관계자, 스토커 유무까지 철저하게 조사했어."

"그래서 용의자는 나왔나요?"

"학교에서 유독 가까워 보였다는 한 학년 높은 남학생과, 다니던 학원의 강사가 의심을 받았어. 특히 그 학원 강사는 과거에 입건되지는 않았지만 성폭행 혐의를 받는 사건을 일으킨 적이 있어. 그런데 거기에 보고된 것처럼 두 사람 다 알리바이가 있었어."

"DNA는⋯. 유이에 대한 성적 폭행은 없었나요?" 오자키가 조심스레 물었다.

"없었어. 체액이나 피부 조직, 모발, 체모 같은 의심스러운 증거도 나오지 않았어. 보고서에도 나와 있지만 엄마 쪽도 성적 폭행은 당하지 않았어."

범인이 세면대와 욕실을 사용한 흔적은 있었지만, 사사즈카 가족들 것 말고는 모발이나 체모가 발견되지 않아서 범인이 치운 것으로 추측됐다.

"집 안에 지문은요?"

"가족들 것이 아닌 지문이 여섯 개 검출됐는데, 친척과 에어컨 수리 기사, 장녀인 유이의 친구로 모두 신원이 확인됐어. 그러던 와중에 주목을 받은 게 욕실 앞에 남은 오른발 첫째와 둘째 발가락의 부분 족문이야. 범인이 꼼꼼히 바닥을 닦았지만 일부가 희미하게 남아 있었어. 가족이 아닌데 양말도 신지 않고 집 안을 돌아다닐 만한 사람은 범인밖에 없어."

"오른발 첫째와 둘째 발가락의 부분 족문이요? 용의자를 찾아내지 않는 한 무의미한 데이터네요."

"그래. 하지만 그 남학생과 학원 강사가 용의자 혐의를 벗은 건, 물론 알리바이도 있었지만, 족문이 일치하지 않았기 때문이었어. 그리고 거의 유일한 유류품이 현관 신발장 위에 남은 택배 상자였어. 그걸 중점적으로 조사했어. 상자 제조 업체도 찾아냈지만, 출하하는 양이 너무 많아서 범인을 알아낼 수는 없었어. 표면도 알코올 같은 걸로 깨끗하게 닦아서 어머니 카요코의 지문밖에 나오지 않았어. 하지만 상자 밑에 붙어 있던 테이프에서 장갑 자국과 나이프 모양의 자국이 발견됐어."

보고서 페이지를 넘겨서 타쿠미가 상자와 테이프 사진을 보여 주었다.

유류품이 적어서 수사는 난항을 겪었다. 피해자의 피를 잔뜩 뒤집어썼을 옷이나 신발은 현장에서 발견되지 않았다. 샤워한 뒤에 옷을 갈아입고 다른 신발로 갈아신은 다음 아파트를 나갔을 것으로 추측된다. 아파트 중앙 정원 옆 담장을 넘다가 남은 신발 자국과 집 안에서 사사즈카 일가의 피 위에 남은 신발 자국, 발견된 두 종류의 흔적으로 찾아낸 신발은 인터넷에서 쉽게 살 수 있는 흔한 운동화였다.

"나는 3년 전 범인이 침입할 당시에 신은 운동화 구매자를 찾아내는 일을 담당했어. 수입 업체에 따르면 대형 상점과 마트, 인터넷까지 포함해서 전국에 3만 5천 개나 팔렸다고 했어."

그 밖에도 인터폰 영상에 남은 모자. 칼을 상자 밑에 숨길 때 사용한 테이프에서 나온 장갑 자국과 섬유. 그것들을 제조한 업체는 알아냈지만, 모두 판매점에서 팔렸고 유통량이 많아서 초반에 입수 루트를 알아내느라 수사관 절반 이상이 동원되었다.

"범행 도구인 칼은 상처 모양만으로는 알아내기 어려웠나 보죠?" 오자키가 물었다.

"범행이 이렇게 철저하잖아. 이 빠진 칼날 조각 하나라도 있었으면 소재 원료로 업체를 밝혀냈을 텐데, 그것도 나오지 않았어. 이 범인은 칼을 다루는 데 능숙해."

"결국 수입품을 포함해서 몇 종류로 추려냈고, 시내, 현내, 이웃 현에 있는 아웃도어 용품점부터 군사 마니아 가게, 사냥 도구를 전문으로 다루는 가게까지, 낱낱이 조사했군요." 코우키가 보고서를 보며 말했다.

"도난당한 물건은 없는지 야스노리 씨의 여동생에게도 물었지만, 알 수 없었어. 범인은 침실 서랍에 있던 현금과 보석류에 일절 손을 대지 않아. 살인사건의 동기는 대부분 원한, 치정, 절도야. 분명히 거기에 뭔가가 있을 텐데…."

외부의 침입이 제한된 아파트 한 호실에서 일어난 범행. 헌팅 나이프로 가족 전원을 살해한 그 수법이 잔인한 것으로 보아 가족 중 누군가에게 '원한'이 있었을 것으로 추측한 초동 수사가 잘못됐다고 비난할 수는 없었다.

그 이후에 수사 방침이 수정되어 '묻지 마 살인 같은 우발적 범행'일 가능성이 추가되었고, 용의자 명단은 현내와 이웃 현의 전과자부터 성격 이상자, 거동이 수상한 자로까지 확대되었다. 의심되는 모든 인물의 알리바이를 조사하고 신문했지만, 그래도 피의자를 추려내지는 못했다.

처음에 현의 경찰 본부는 세 반을 투입했고 토사카 경찰서 형사와 다른 과, 제복 근무팀에서도 인원을 동원했다. 거의 200명이던 수사관은 반년 사이에 반으로 줄었고 2년 후에는 대회의실에 있던 수사본부도 축소되어 2층 형사과로 옮겨졌다. 3년 후, 사사즈카 일가 4인 살해 사건은 이름만 남아서, 본부에서 온 세 사람과 관할 형사과의 미야시타 반에 인계되었다.

"범인의 얼굴을 오른쪽 눈으로 볼 수 있는 건 나흘 하고도 세 시간 후죠? 범행 현장인 아파트는 지금 어떻게 돼 있어요?" 오자키가 오른손에 찬 손목시계를 보았다.

"가구는 전부 처분했고 방은 수리했습니다. 그런데 온 가족이 살해된 곳이라서 수리했는데도 팔리지 않은 모양이에요. 현재 아파트 소유자인 야스노리 씨의 여동생에게 방 열쇠와 주차장 입구 리모컨을 받아놨습니다."

코우키가 자료 상자 안에서 전단지와 열쇠를 꺼내 테이블 위에 놓았다.

"사건이 발생한 지 벌써 3년입니다. 피해자 유족도 이 사건이 세간에서 잊히는 걸 가장 두려워해요. 뉴스에서 보셨을 테지만, 정보 제공자에게 수사 특별 보장금을 주기로 하고 사사즈카 일가의 친척과 지원자, 지구대의 경찰관이 사흘간 역 앞에서 이 전단지를 돌렸습니다."

타쿠미는 접혀 있는 전단지를 펼쳤다. '사사즈카 일가 4인 살해 사건의 목격자를 찾습니다'라는 커다란 제목과 사건이 일어난 일시, 범행을 설명한 내용이 간결하게 인쇄돼 있었다. 범인이 침입했을 때 입은 옷이 삽화로 담겨 있었고, 인터폰 모니터에 비친 사진은 모자와 마스크로 가려져서 얼굴을 알아볼 수는 없어도 사건의 생생함을 전했다. 전단지 곳곳에 남은 얼룩과 구김에서 유족의 분통함과 경찰의 초조함이 엿보였다.

테이블에 함께 놓인 아파트 열쇠를 집어 들었다. 유이의 소지품이었을 노란 곰 캐릭터가 흔들리며 타쿠미를 보고 웃었다.

화장실 문을 열어 보니, 코우키가 세면대에서 손을 씻고 있었다. 순간 거울 너머로 이쪽을 본다. 타쿠미는 옆 거울을 들여다보며 지저분하게 자란 턱수염을 쓸었다. 그러는 동안에도 코우키는 수도꼭지에서 흘러나오는 물로 집요하게 손을 씻었다. 타쿠미는 그 모습을 거울 너머로 빤히 보다가 크게 한숨을 쉬었다. 재빠르게 코우키의 옷깃을 잡고 벽에 밀어붙였다. 코우키는 저항하는 낌새도 없이 '꼼짝 마' 하듯 젖은 손을 들어 올렸다.

"갑자기 뭡니까?" 안경 너머에서 태연한 눈으로 타쿠미를 응시한다.

타쿠미는 몇 초간 노려보다가 숨을 후 뱉고 움켜쥔 손을 놓았다. 코우키의 정장 옷깃에 잡힌 주름을 펴고 약간 흐트러진 넥타이를 두 손으로 바로잡았다. 마지막에는 있지도 않은 어깨 위 먼지를 손으로 털어 주었다.

"말했잖아. 오자키는 꼭두각시 인형이 아니라고."

"약속대로 오른쪽 눈의 능력을 쓸지 말지는 자키 씨가 정했잖아요."

코우키가 냉정하게 반박하며 꼼짝 마 상태였던 손을 천천히 내렸다.

"시치미 떼지 마. 그럼 우리가 수사할 첫 사건이 왜 하필 사사즈카 일가 4인 살해 사건이야? 준비 기간을 융통성 있게 조정하면 그거 말고도 작은 사건이 얼마든지 있었을 텐데?"

"…아닙니다. 오해입니다." 대답하기까지 조금 시차가 있었다.

"네가 들고 온 사건 자료 상자에 있던 사건 파일은 하나뿐이었고, 친절하게 아파트 열쇠까지 들어 있었어. 시간이 없다는 핑계로 오자키에게 다른 선택지를 주지 않고 이 사건으로 몰아붙인 거잖아."

"경찰이면 그 사건에 미련이 있는 건 당연합니다. 타쿠미 씨도 마찬가지잖아요. 아까도 말했지만, 이 사건만큼은 목록에서 뺄 수 없었습니다."

"코우, 수사에 수작 부리지 마. 너는 지난 10년간 경찰청과 각 현의 경찰 본부를 돌면서 다양한 일을 보고 듣고 경험했어. 너희 아버지의 영향을 받아서 조직 자체에 대한 불신 같은 것도 있겠지. 하지만 나나 오자키는 믿어야 돼."

"저는 두 분을 믿습니다."

"그럼 이런 약아빠진 수작으로 오자키를 몰아붙이지 마. 손을 아무리 박박 씻어도 네 방식은 정당화되지 않아."

코우키는 타쿠미에게서 눈을 돌리고 수도꼭지에서 조금씩 떨어지는 물을 가만히 응시했다. 안경 너머 눈동자가 흔들렸다.

4

　타쿠미는 승합차 속도를 낮추고 핸들을 꺾어서 완만한 언덕을 천천히 올라갔다. 거리 풍경을 흑백으로 물들이며 추적추적 내리던 비가 오후부터 약해졌다. 지금은 와이퍼를 켤 필요도 없는 가랑비가 앞 유리를 적셔서 사건 현장인 아파트가 일그러져 보였다. 부드러운 조명이 비추는 공동 현관 앞을 지나서 물 밑으로 잠수하듯 지하 주차장으로 경사를 천천히 내려갔다.

　전해 들은 번호가 붙은 주차 자리에 승합차를 세우고 시동을 껐다. 운전석에서 내려서 발밑을 보니 차에서 샌 기름이 물웅덩이에 대리석 무늬를 만들었다. 주차장에서는 차가 몰고 온 배기가스와 비 냄새가 났다. 밤 아홉 시가 지나서 인기척은 없었다. 공동 현관에 있던 온기 있는 조명과 달리 형광등에 비친 지하 주차장은 창백하게 빛나는 수조 같았다.

　슬라이드 도어를 열어보니, 정장을 입은 코우키와 오자키가 뒷좌석을 돌려서 마주 보고 앉아 있었다. 오자키는 후드가 달린 회색 운동복 위에 검은 재킷, 검은 바지 차림이었다. 부츠 끈을 고쳐 매고 차에서 내려서 꼼꼼히 스트레칭을 했다.

코우키가 두꺼운 사건 자료를 옆에 놓고 가방에서 노트북을 꺼냈다.

"미제사건 전담팀으로서는 이번이 첫 사건입니다. 어제 회의한 대로 차는 제가 몰 테니 타쿠미 씨는 자키 씨의 행동을 서포트해 주세요. 수사 지시와 통신 녹음, 정보 지원은 여기서 제가 하겠습니다."

고개를 끄덕인 오자키의 얼굴이 창백해 보이는 이유는 주차장 형광등 때문만은 아니었다. 아침부터 말수도 적어서 가까이 있는 타쿠미에게도 팽팽한 긴장감이 전해졌다.

비 때문에 교통 체증을 겪어서 여기까지 오는 데 예상보다 10분 정도 늦었다. CCTV 영상 덕분에 범인이 19시 36분에 택배 기사로 위장하고 현관으로 침입한 것은 알고 있었다. 코우키 옆에 놓인 태블릿 화면에서 디지털시계가 다섯 시간 전부터 초 단위로 범행 시각을 카운트다운했다. 범인이 입구에서 호출 버튼을 누를 시간까지 40분도 남지 않았다.

타쿠미는 이어폰을 끼고 수신기를 허리띠에 장착한 뒤 스위치를 눌렀다. 옷깃 안쪽에 달린 소형 마이크에 대고 작은 소리로 말하며 통화 상태를 확인했다.

「통화 상태는 좋습니다. 그럼 녹음을 시작하겠습니다. 오른쪽 눈으로 하는 이번 수사는 시간을 한 시간 반으로 제한하겠습니다. 수사 목적은 대상인 남자의 정체를 알아내는 것입니다. 자키 씨는 나중에 몽타주를 만들어야 하니 대상의 몸과 얼굴 특징을 자세히 관찰해 주세요. 그리고 범행 동기와 관련 있는 행동이나 3년 전에는 나오지 않은 유류품, 사소한 거라도 상관없으니 보고해 주십시오. 최종적으로 남자의 거주지까지 알아내면 좋겠지만, 무리하지는 마세요. 제한 시간이 지나지 않았어도 자키 씨의 몸 상태에 이변이 생기면 수사는 즉시 중지합니다. 괜찮으시죠?」 타쿠미와 오자키가 마이크에 대고 "네"라고 거의 동시에 대답했다.

"코우, 타쿠미 씨, 잘 부탁드립니다." 오자키가 고개를 숙였다.

"몸조심해요." 헤드폰을 쓴 코우키가 노트북을 무릎 위에 얹은 채 차 안에서 가볍게 손을 들었다. 타쿠미가 오자키의 등을 두드렸다. "그럼 시작해볼까."

앞쪽에 초록색 비상구 유도등과 엘리베이터 홀 불빛이 보였다. 노출 콘크리트 벽면과 철골, 배관이 드러나 보이는 천장에 두 사람의 발소리가 울렸다. 바닥의 주차선과 주차 공간의 번호 몇 개는 닳아서 희미했다. 거의 꺼질 듯한 형광등 하나가 연신 깜빡거리며 벌레 울음 같은 소리를 냈다.

동시 통화를 연결한 무선 마이크에 각자의 숨소리가 잡혀서 희미하게 이어폰에서 들려왔다. 그 탓인지 산소통을 짊어지고 기름이 뜬 물 밑을 걷는 것처럼 숨쉬기가 답답했다.

"너 정말 괜찮아?" 무거운 공기를 견디다 못해 타쿠미가 물었다.

"타쿠미 씨는 아직도 제가 오른쪽 눈 쓰는 걸 반대해요?"

"글쎄. 오늘 밤 그 능력을 쓴다는 건 직접 살인 현장을 본다는 뜻이야. 나도 나이를 먹었잖냐. 시신이 있는 현장은 여러 번 봤어. 실시간으로 일어나는 사건은 아니었지만. 눈앞에서 사람이 살해당하는 걸 본다면, 견딜 수 있을까? 모르겠어. 그리고 지난번 브리핑이 끝나고 나서 키리시마 선생이 걱정하더라. 오른쪽 눈의 능력을 쓰다가 네가 보고 싶지 않은 것까지 보게 될까 봐."

"코우한테도 똑같은 말을 들었어요. 그런 위험을 감수할 필요 없이 범인의 얼굴을 보고 미행만 해도 된다고요."

엘리베이터 홀에 도착했다. 희미하게 깜빡이는 창백한 형광등 아래에서 오자키가 아래를 보며 잠시 입을 다물었다. 타쿠미가 그 모습을 곁눈으로 보며 상승 버튼을 눌렀다. 엘리베이터가 천천히 내려왔다. 오자키가 고개를 들고 층수를 표시하는 빛의 깜빡임을 바라보았다.

"…알아요. 제가 아무리 사건 현장을 보고 범인에게 공포나 증오를 느껴도 직접 피해자를 구하거나 그 자리에서 범인을 체포할 수는 없죠. 그래서 이렇게 생각하기로 했어요. 저는 현장에 있어도 사건의 당사자나 목격자는 아니에요. …저는 '방관자'예요."

방관자…. 오자키는 오른쪽 눈으로 다이스의 히메노와 세토야마가 꾸며 낸 오토바이 사고를 봤다. 그 자리에서 도망치는 두 사람을 잡을 수도, 그 고개에서 죽어가는 약혼자와 다친 자신을 구할 수도 없었다. 무력함을 자각하며 목격자가 아닌 방관자라고, 억지로라도 자신을 이해시킬 수밖에 없었다.

"하지만 네 정신 건강을 생각하면 그렇게 무리할 필요 없어. 코우가 말했듯이 집 앞에서 망을 보다가 밖으로 나온 범인을 뒤쫓는 전략을 써도 되잖아."

「자키 씨, 계획은 지금도 바꿀 수 있어요.」 대화를 듣던 코우키가 끼어들었다.

엘리베이터 문이 천천히 열리자, 아무도 없는 창백한 상자에 오자키가 먼저 올라탔다. 크게 숨을 뱉으며 8층 버튼을 눌렀다.

"제 오른쪽 눈으로 살인을 막을 수는 없어요. 하지만 이미 일어난 사건을 해결로 이끌 수는 있어요. 3년 전에는 찾지 못한, 범인의 새로운 특징과 정보가 나올지도 몰라요. 그러니까 방관자로서 현장에서는 감정에 휩쓸리지 않고 범행의 전모를 지켜본 다음, 피해자의 한을 풀어주고 싶어요."

엘리베이터가 상승할 때마다 층수 표시가 천천히 바뀌었다. 엘리베이터의 에어컨 소리와 낮은 모터 소리가 상자 안을 울렸다. 오자키의 등이 떨리는 듯 보였다.

"그래…. 알았다. 하지만 무리하지는 마. 그리고 이것만은 기억해. 아무리 3년 전 광경을 보고 발버둥 쳐도 앞으로 일어날…, 아니, 과거에 일어난 일을 바꿀 수는 없어. 적어도 네가 그 죽음에 책임감을 느끼고 괴로워할 필요는 없어."

"…네."

"하지만 그런데도…, 그런데도 네가 그 능력을 이용하는 중요성을 이해하고, 그로 인해 괴로워지는 걸 각오하면서까지 이 수사에 임하는 거라면…. 그럼 됐어. 나는 온 힘을 다해 백업할 거야."

「자키 씨, 저도 마찬가지입니다.」 이어폰에서 코우키의 목소리가 들려왔다.

"…그럼 코우, 타쿠미 씨, 다시 한번 백업 잘 부탁드립니다."

천천히 엘리베이터 문이 열렸다. 아파트의 바깥 복도 왼쪽은 뚫려 있어서 바람이 통했고, 약해진 빗줄기가 그쳐 가는 것이 보였다. 불빛을 받은 마지막 비가 하얀 줄기가 되어 1층 중앙 정원에 떨어졌다. 복도에는 아무도 없었지만, 어디선가 재잘대는 아이 목소리와 때늦은 저녁밥 냄새가 났다.

「이제 시간이 됐습니다. 범인이 공동 현관 벨을 누르기까지 20

분도 안 남았습니다.」

"알아. 이제 곧 805호야. 채근하지 마."

피해자를 자세히 알수록 오자키가 짊어질 정신적 고통이 커진다. 타쿠미는 생전의 피해자 가족을 관찰할 시간을 최대한 줄이고 싶었다.

"지금 문 앞에 도착했어. 내가 먼저 들어가서 안에서 준비할게. 너는 부를 때까지 여기서 기다려."

어제 정한 순서대로 우선 타쿠미가 문을 따고 안에 들어갔다. 신발은 범인의 행동에 신속히 대응하기 위해서 신은 상태를 유지했다. 준비한 현관 매트로 신발 바닥을 닦았다. 가방에서 펜 라이트를 꺼내서 주변을 비추며 복도로 걸음을 옮겼다.

가구를 움직이거나 방을 다소 어지럽힐 수 있다고 야스나리의 여동생에게 미리 말해 두었다. 사흘 전 역 앞에서 전단지를 나눠 주느라 녹초가 되어 만사 귀찮아하는 목소리가 전화 너머에서 들렸다. "그건 상관없는데, 이제 와서 그 집을 조사한다고 뭐가 나와요?"라는 짧은 힐문이 돌아왔다. 그래도 마지막에는 범인의 단서가 뭐라도 나오면 좋겠다며 허락해 주었다.

세면실에 가서 차단기를 올리고 복도와 방을 돌며 조명을 켰다. 예비 조사는 이틀 전에 오자키와 함께 이 아파트에 와서 끝냈다. 하지만 아무리 조명을 켜도 사건이 일어난 거실에는 활기가 돌지 않았다. 복도와 거실은 수리되었고 벽지와 바닥재는 새로 발렸지만, 구조는 범행 당시 그대로였다.

오자키가 움직이는 데에 방해가 될 손님용 가구류는 전부 아이 방으로 옮겼다. 창문이 꽉 닫힌 아무것도 없는 거실은 조금 서늘했다.

"오자키, 들어와."

이어폰에서 '후' 하고 숨을 뱉는 소리가 들린 뒤에 현관문이 열렸다. 오자키가 천천히 오른쪽 눈에서 안대를 벗었다.

5

오자키는 현관에 멈춰서서 안대를 벗은 오른쪽 눈이 빛에 적응하기를 잠시 기다렸다. 살인이 일어난 방의 이미지를 조금이라도 좋게 만들고 싶었는지 신발장에서 방향제 냄새가 진하게 났다. 복도 끝에 선 타쿠미가 살짝 고개를 끄덕였다. 현관 매트로 신발 바닥을 닦고 오른쪽 손목에 찬 시계를 보았다. 범인이 사사즈카 가문에 침입하기까지 15분도 남지 않았다.

안대를 왼쪽 눈에 바꿔 차자, 타쿠미의 모습이 사라졌다. 문간에 초등학생 리쿠토의 파란 신발이 아무렇게나 널브러져 있었다.

복도를 천천히 걸으며 거실로 향했다. 널찍한 거실에서는 따뜻한 조명이 빛났고, 벽에는 액자에 든 그림이 걸려 있었다. 그 아래에 있는 거실 장에는 가족 여행과 입학식, 생일 파티 때 찍은 가족사진이 장식되어 있었다.

오자키의 몸을 통과하며, 티셔츠를 입은 중학생 유이가 거실에

들어왔다. 소파에 기대며 쿠션을 끌어안고 책상다리를 했다. 휴대
전화로 친구와 대화하는지 이따금 무릎을 치며 웃었다. 부엌에서
커피를 타던 어머니 카요코가 손을 멈추고 유이에게 무어라 말했
다. 통화 때문에 주의를 받았는지 유이가 시무룩한 표정으로 전
화를 끊었다. 이번에는 소파에 엎드려 누워서 이어폰을 귀에 꽂
았다. 음악을 듣는지 신나게 머리를 흔들었다.

"사사즈카 가족은 저녁을 먹은 뒤인 것 같아요. 각자 거실에서
쉬고 있어요."

"오자키, 그 가족에 너무 감정 이입하지 마. 냉정하게 관찰해."

타쿠미가 옆에서 말을 걸었다. 목소리가 들린 방향으로 고개를
돌리고 "네"라고 대답했지만, 오른쪽 눈만으로 3년 전을 보는 오
자키에게는 타쿠미의 모습이 보이지 않았다.

「앞으로 5분. 곧 옵니다.」

아버지 야스노리와 리쿠토는 게임 컨트롤러를 잡고 TV 앞에서
열심히 축구 게임을 했다. 득점했는지 함께 손을 들고 하이 파이
브를 하며 웃었다. 카요코가 커피잔을 테이블에 놓고 벽에 걸린
시계를 보더니 야스노리와 리쿠토에게도 무어라 말했다. 게임을
그만하라고 말한 모양이다. 불만스럽게 입을 삐죽이는 리쿠토의
머리를 야스노리가 마구 헝클였다. 리쿠토는 마지못해 TV를 끄
고 게임기를 정리했다.

소리는 들리지 않지만, 거기에는 가족의 따뜻한 공간이 있었다.
도무지 이틀 전에 타쿠미와 예비 조사한 805호실과 같은 장소 같
지 않았다.

「2분 전입니다.」 이어폰에서 긴장한 코우키의 목소리가 들렸다.

야스노리는 테이블 의자에 앉아서 커피를 마시며 신문을 읽기

시작했다.

「30초 전입니다. —29, 28.」 코우키의 카운트다운이 시작되었다. 오자키는 긴장해서 침을 제대로 삼킬 수 없었다. 「—3, 2, 1. 남자가 옵니다.」

카요코가 고개를 들고 사과를 깎던 과도를 내려놓았다. 수건으로 손을 닦고 거실 벽에 달린 인터폰 수화기를 들더니 무어라 이야기했다. 오자키가 다가가 뒤에서 들여다보니 모니터에 상자를 든 택배 기사가 보였다. 고개를 살짝 숙인 그 남자는 모자챙과 마스크 탓에 표정이 보이지 않았고, 뒤에는 1층 로비의 광경이 보였다.

"마스크를 쓴 택배 기사가 1층 아파트 로비로 들어왔습니다."

시킨 택배가 있는지 묻는 듯, 카요코가 야스노리에게 무어라 말했다. 야스노리는 신문을 읽으며 고개를 저었다. 현관문 초인종이 울렸는지 카요코가 앞치마를 벗고 문간으로 갔다. 오자키도 뒤따라 복도로 달려갔다.

"안 돼. 그 문 열지 마."

소용없음을 알면서도 소리칠 수밖에 없었다.

"진정해, 오자키." 뒤에서 타쿠미의 목소리가 들렸다.

카요코가 문을 연 순간, 남색 작업복을 입은 남자가 마스크를 벗으며 현관문 안으로 불쑥 들어왔다. 남자는 웃으면서 상자를 내밀었다. 그것을 받아 든 카요코가 기세에 눌려 뒷걸음질 쳤다. 남자가 상자 밑에 테이프로 고정해 둔 칼을 떼어내서 카요코의 복부를 두 번 찔렀다. 손에 들고 있던 상자가 바닥에 떨어졌다.

"—아." 손으로 틀어막은 오자키의 입에서 반사적으로 목소리가 새어 나왔다.

남자가 재빠르게 카요코의 등 뒤로 가서 한 손으로 입을 막고 칼을 옆으로 그었다. 경동맥부터 성대가 비스듬히 잘려 대량의 피가 벽에 튀었다. 상처를 누르는 카요코의 손가락 사이에서 선혈이 흘러나와 바닥에 떨어졌다. 카요코는 벽에 기댄 채 주르륵 무너져 내렸다. 흘러나온 피바다 속에서 오자키가 있는 방향을 보며 필사적으로 무언가를 외치려고 했다. 역류한 거품 같은 피가 입에서 넘쳐 나왔다.

남자가 한쪽 무릎을 바닥에 꿇고 가슴에 손을 얹더니 빈사 상태인 카요코의 귓가에 무어라 말했다.

모두 순식간에 벌어진 일이었다. 오자키는 공포로 얼어붙어서 움직이지 않는 몸을 복도 벽에 기댄 채 버틸 수밖에 없었다.

남자는 떨어진 마스크와 상자를 주워서 신발장 위에 놓았다. 문득 움직임을 멈추더니, 신발장 앞에 서서 무표정하게 발밑을 내려다보았다. "대체 뭘…." 시선 끝에는 리쿠토의 파란 신발이 아무렇게나 뒹굴고 있었다. 남자는 느릿느릿 허리를 숙여서 발끝이 바깥으로 향하도록 신발 두 짝을 가지런히 정리했다.

"괜찮아? 오자키!" 소리 없는 살육 광경에 타쿠미의 목소리만 울렸다.

그때 거실에서 아이 방으로 돌아가려고 리쿠토가 복도로 나왔다. 오자키의 심장이 튀어 올랐다. 현관에 쓰러진 엄마를 보고 놀라서 리쿠토의 몸이 굳었고, 손에 든 게임기가 천천히 바닥에 떨어졌다. 남자의 행동에는 아무런 망설임도 없었다. 카요코의 등을 밟고 복도를 달렸다. 오자키는 벽에서 몸을 떼고 발을 내디뎠다. 두 팔을 벌리고 버텨 선 오자키의 몸을 남자가 통과했다.

"도망쳐!" 황급히 외쳤다.

오자키의 외침도, 리쿠토가 남자의 얼굴을 보고 질렀을 비명도, 서로의 귀에 들리지 않았다. 뒤돌아보니, 남자는 무릎을 꿇고 리쿠토를 끌어안고 있었다. 그대로 왼손에 든 칼을 재빨리 앞으로 내질렀다. 오자키가 있는 방향을 바라보는 리쿠토의 눈이 커졌고, 목에 난 상처에서는 선혈이 뿜어져 나와 남자의 어깨를 적셨다. 남자가 몸을 떼자, 리쿠토는 인형처럼 바닥에 쓰러졌다. 목과 복부에서 흘러나온 피가 순식간에 주변에 피 웅덩이를 만들었다. 남자는 그 모습을 보지도 않고 거실로 갔다.

"어떻게 이렇게 빠르지?" 오자키는 휘청이는 다리로 뒤를 쫓았다.

야스노리가 거실 입구에서 남자와 딱 마주쳤다. 씨익 웃는 남자의 옆얼굴이 보였다. 몸을 돌리고 도망치는 야스노리의 등 뒤에서 피투성이인 팔이 야스노리의 목을 감았다. 무릎이 거실 장에 부딪혀서 서 있던 사진이 쓰러졌다. 남자가 뒤에서 칼로 옆구리를 세 번 찔렀다. 야스노리의 눈이 멍해지더니 허리부터 다리를 타고 바닥으로 피가 흘렀다.

소파에 엎드려서 음악을 듣는 유이는 남자를 알아차리지 못했다.

"어머니와 리쿠토 군을 칼로 살해하고…, 남자가 거실로 가서…"

오자키는 눈앞에서 벌어진 끔찍한 범행을 마이크로 전하려고 했지만, 말이 나오지 않았다.

쓰러지면서 야스노리가 필사적으로 뻗은 손이 소파에 닿았다. 그 진동으로 무언가를 느꼈는지 유이가 상반신을 일으키고 뒤를 돌아보았다. 피투성이인 남자를 보고 소리를 질렀다.

"이제 그만해!" 오자키도 소리쳤다.

그 소리와 상황이 겹쳐서 자신의 목소리가 유이의 고함처럼 들렸다. 유이가 옆에 있는 쿠션을 남자에게 던지고 황급히 도망치려고 디딘 발이 야스노리의 피에 미끄러졌다. 바닥에 쓰러진 유이는 겁에 질려 일어나지 못했다. 위를 올려다보며 양쪽 팔꿈치와 다리를 움직여서 조금이라도 남자에게서 멀어지려고 발버둥 쳤다.

남자는 냉정하고 민첩했다. 소파를 뛰어넘어서 쓰러진 유이 위에 올라타더니, 바닥에 떨어진 쿠션으로 유이의 얼굴을 누르고 그대로 칼을 내리찍었다. 칼이 자루를 남긴 채 유이의 가슴에 깊이 박혔다. 얼굴을 누른 남자의 손을 떨쳐내려고 버둥거리던 유이의 팔이 서서히 느려지다가 천천히 피 웅덩이 속에 떨어졌다.

남자는 칼을 그대로 두고 일어나서 피바다에서 익사할 듯이 헐떡이는 야스노리의 경추를 발꿈치로 밟아 으스러뜨렸다. 야스노리의 두 다리가 바닥에서 튀며 숨이 끊어졌다.

뿜어져 나오는 피를 뒤집어쓴 남자의 남색 작업복이 검게 변했다. 모자챙에서 흘러내린 피가 실을 뽑듯 천천히 늘어져서 바닥에 떨어졌다. 오자키는 일련의 살육 광경을 눈앞에서 보고 하반신에 힘이 들어가지 않아서 바닥에 주저앉았다.

"아악!" 갑자기 누가 어깨를 만지는 느낌에 놀라서 오자키는 비명을 질렀다.

"미안해, 오자키, 나야. 진정해. 남자는 지금 뭘 하고 있어?"

남자는 피가 묻은 모자를 식탁 위에 던져 놓고 갈색 가발을 벗었다. 남자는 삭발한 상태였다. 팔을 벌리고 방을 둘러보며 엷게 웃고 있었다. 오자키는 범행 상황을 전달하려고 했지만, 설명할 말이 입에서 나오지 않았다.

"남자가, 모자를…." 속이 매스껍고 목이 막혔다.

뱃속에 든 것이 울컥 올라왔다. 오자키는 왼쪽 눈 안대를 벗어 내팽개치고 화장실로 달려갔다. 문을 잠그고 주저앉아서 배 속에 든 것을 변기에 몇 번이나 게워 냈다. 조용한 집 안에 오자키가 구토하며 헐떡이는 소리만 울렸다.

"오자키…." 문 너머에서 걱정하는 타쿠미의 목소리가 들렸다.

「자키 씨! 괜찮아요?」 코우키도 목소리를 높였다.

복근이 경련하고 위가 치밀어 올라서 변기를 끌어안은 채 다시 한번 게워 냈다. 괴로워서 눈물과 콧물이 흘렀고, 게워 낼 것도 바닥나서 역류한 위산이 목구멍을 태웠다. 떨리는 손을 뻗어서 변기 물을 내리자, 흩날린 물방울이 얼굴에 튀었다.

"무슨…, 무슨 피해자의 한을 풀어주겠다고…."

좁은 화장실 바닥에 주저앉아서 벽에 등을 기댔다. 엘리베이터 안에서 타쿠미에게 이야기한 얄팍한 정의의 말을 떠올리며 허무함을 느꼈다.

"방관자는 무슨…." 화장실 벽을 주먹으로 힘껏 쳤다.

화장실 환풍기 소리가 유난히 크게 들렸다. 3년 전 사건이다. 네 사람을 구하지 못하는 것은 시작하기 전부터 알고 있었다. 범행을 목격하면서도 막을 수도, 도움을 요청할 수도 없는 무력한 방관자. 남자의 범행을 냉정하게 지켜보는 것 말고는 할 수 있는 일이 없다. 그렇게 자기 자신을 타이르며 달랬다. —알고 있었다. 하지만 현실은 겁먹고 허둥대고 몸은 제대로 움직이지 않아서 본 것을 말로 전할 수도 없었다. 그런 자신이 한심해서 화가 났다. 그리고 지금은 화장실 안에서 쭈그리고 앉아서 벽만 치고 있다.

"오자키, 마음 단단히 먹어." 다시 타쿠미의 목소리가 들렸다.

"이건…, 이건 3년 전 광경이야. 나는 그냥 방관자야." 떨리는 목소리로 다시 한번 자신을 타일렀다.

나는 방관자. 그 말을 주문처럼 되뇌었다. 변기를 붙잡고 상반신을 일으켰지만, 허리가 뒤로 빠지고 무릎에 힘이 들어가지 않았다. 자세가 주르륵 무너져서 그대로 변기 위에 앉았다.

이를 악물고 범행 보고를 시작했다. "태…, 택배 기사인 척 현관으로 들어온 남자가 잠깐의 망설임도 없이 차례차례 사사즈카 가족 네 명을 살해했습니다. …침입해서 네 명을 살해하기까지 15분, 아니, 10분도 안 걸렸어요."

무릎 위에 둔 두 손의 떨림이 멈추지 않았다. 여기서 나가서 그 남자를 다시 마주해야 한다고 생각하니 공포가 엄습했다. 이대로 화장실에 틀어박혀서 남자가 떠나기를 기다릴까, 순간 고민한 자신에게 화가 났다. 오른쪽 손목에 찬 시계를 꽉 쥐었다.

"남자는 왼손잡이고…, 왼손잡이고 칼을 능숙하게 다뤄요. 이렇게까지 아무 망설임 없이 움직이는 걸 보면…, 어, 어쩌면 이 범행 이전에도 어디선가 칼로 사람을 죽인 경험이 있을지도 몰라요…. 그만큼 냉정하고 적확해요. 비슷한 사건이 없는지 조사해야 합니다."

불안한 걸음으로 화장실에서 나가자, 타쿠미가 걱정스럽게 쳐다보았다. "괜찮아?" 그렇게 말하며 가방에서 수건을 꺼내 건넸다. 오자키는 말없이 고개를 끄덕였다.

세면대에서 머리에 물을 뒤집어쓰고 손으로 입 주변을 닦았다. 거울에는 비에 젖은 길고양이 같은 한심한 자신의 얼굴이 이쪽을 보고 있었다. 이마에 흘러내린 앞머리 사이로 보이는 겁먹은 눈이 충혈되어 있었다. 오자키는 거칠게 수건으로 머리카락과 얼굴을 닦았다.

"죄송합니다, 흉한 꼴을 보여서." 타쿠미에게 고개를 숙이고 거실에 들어갔다.

타쿠미가 내민 새 안대를 왼쪽 눈에 다시 찼다. 남자는 거실 장 앞에 서서 거기에 놓인 가족사진을 빤히 보고 있었다. 무표정한 얼굴에서는 감정을 읽을 수 없었다.

리쿠토의 입학식, 유이의 피아노 발표회 같은 사진들이 액자에 담겨 놓여 있었다. 야스노리를 공격했을 때 쓰러진 가족 여행 사진을 다시 세우고 오자키의 눈앞을 지나쳐서 현관으로 이동했다.

남자가 다가왔다. 오자키는 그것만으로 자신의 다리가 위축되어 움직이지 않는 것을 느꼈다. 오른쪽 눈 아래부터 뺨까지 피에로의 눈물처럼 한줄기 피가 묻어 있었다.

"…복장은 택배 기사 같은 남색 작업복. 키는 175센티에서 180센티까지는 안 되는 정도. 여기예요. 타쿠미 씨, 확인해 주세요."

오자키는 안대를 비껴쓰고 가슴 주머니에서 펜을 꺼내서 남자의 키를 벽에 표시했다. 타쿠미가 길이를 재는지 금속 줄자 소리가 들렸다.

"남자의 키는 176센티야."

"나이는 젊어요. 스무 살에서 스물다섯 살. 얼굴은 갸름하고 단정한 느낌. 이마는 넓고 눈은 외꺼풀이에요. 눈꼬리는 올라가 있어요. …모니터에 비친 갈색 머리카락은 가발이었어요. 남자는 삭발을 했고 눈썹도 밀었어요. 입술 왼쪽 아래에 작은 점. 귀는 조금 큰 편이고 귓불은 얇고 귀를 뚫은 흔적이 있어요." 남자의 외모를 자세히 보고했다.

남자는 현관에 누운 카요코의 시신을 밟고 넘어서 신발장 앞에 섰다. 살짝 뜨인 카요코의 눈은 복도 끝에 쓰러진 리쿠토를 보고 있었다.

"남자가 현관문이랑 이중 잠금장치를 잠갔어요. 신발장 위에 놓인 상자를 열고 하얀 비닐봉지와 검은 배낭을 꺼내서 거실로 돌아갔어요."

남자는 거실 소파 테이블 위에 하얀 비닐봉지를 올려놓았다. 쓰러진 유이가 있는 곳까지 가서 가슴에 꽂힌 칼을 아무렇게나 뽑았다. 상처에서 흘러나온 끈적한 피가 유이의 티셔츠를 적셨다. 얼굴을 가린 쿠션이 기울어서 바닥에 떨어졌다. 유이는 눈을 크게 뜬 채 천장을 올려다보며 절명해서 눈꼬리에 눈물이 마르지 않고 남아 있었다. 그 눈물 자국이 왜 내가 이런 꼴을 당해야 하냐고 호소했다.

남자는 세면실로 가서 장갑을 벗었다. 끈적한 피로 새빨개진 팔과 오른쪽 눈 아래에 튄 핏방울 씻어냈다.

"장갑을 벗고 칼에 묻은 피를 세면실에서 씻고 있어요. 칼 종류는 접이식이 아니라 칼날이 고정된, 소위 말하는 헌팅 나이프예요. 칼날 길이는 12나 13센티 정도고 칼자루는 목제예요. 어딘가에 업체 로고가 박혀 있을 것 같은데, 피가 엉겨 붙어서 안 보여요."

칼을 꼼꼼히 씻고 천으로 닦은 다음, 천장 조명에 비추며 이가 빠진 부분이 있는지 확인했다. 오일로 표면을 관리하고 갈색 가죽 케이스에 넣은 뒤 배낭에 챙겼다. 칼에 새겨진 로고는 손에 가려서 끝까지 보이지 않았다. 남자는 의식을 치르듯 칼 손질 작업을 마치고 사사즈카 가족의 피로 검붉게 물든 남색 작업복과 신발을 벗기 시작했다.

"죄송합니다. 칼 로고는 못 봤어요. 세면실에서 피투성이가 된 옷을 벗고 샤워를 하려는 것 같아요. 아, 남자의 등에 타투가 있어요."

오자키는 타투가 잘 보이는 위치로 돌아 들어갔다.

"등 한가운데에 붉은 심장. 그 주변을 반원이 둘러싸듯이 중세 고딕 느낌의 알파벳으로 Nobody Knows라는 글자가 적혀 있어요. 글자에 가시 돋친 담쟁이덩굴이 감겨 있고, 어깨뼈부터 어깨를 따라서 좌우에 새의 날개가 새겨져 있어요."

날개는 깃털 하나하나가 세세하게 표현되어 있어서 어깨뼈가 움직일 때마다 등에 그려진 날개가 퍼덕이듯 약동했다. 한가운데에 있는 검붉은 심장은 남자의 몸 안에서 튀어나왔나 싶을 만큼 생생했다.

"배낭에서 검은 비닐봉지를 꺼내서 입고 있던 피투성이 택배 유니폼, 신발, 장갑과 마스크를 쑤셔 넣었어요. 남자가 벌거벗고 욕실에 들어갔어요."

"오자키, 욕실 문은 열어놨어." 타쿠미의 목소리가 들렸다.

닫힌 문을 통과해 욕실로 들어가서 남자의 몸에 있는 특징을 찾았다.

"남자는 샤워를 하고 있어요. 몸은 큰 근육이 붙어 있지는 않은데, 운동을 꽤 한 것 같아요. 타투 말고는 눈에 띄는 상처나 반점, 그을린 자국도 없습니다. 남자는 머리카락뿐만 아니라 겨드랑이털, 음모 같은 온몸의 체모를 다 밀었어요."

물에 쓸려 내려간 사사즈카 가족의 피가 한 줄기로 뭉쳐서 배수구로 흘러갔다. 오자키는 욕실을 나와서 거실로 돌아갔다. 남자가 소파 테이블에 놓아둔 하얀 비닐 속을 들여다보았다.

"소파에 올려놓은 흰 비닐에는 남자가 먹을 저녁이 들어 있는 것 같아요. 편의점 도시락이랑 샌드위치랑 페트병에 든 탄산수가 들어 있어요."

샤워를 마친 남자가 욕실에서 나왔다. 샤워를 하고 피부가 조금 벌게져서 등에 있는 타투가 더 두드러져 보였다. 배낭 안에서 새 옷을 꺼냈다.

"나왔어요. 레깅스에 카키색 반바지, 그 위에 회색 후드가 달린 러닝복, 그리고 허리길이까지 오는 검은 우비를 걸치고 새 신발을 꺼내서 신었어요."

세탁기 위 선반에서 수건을 집어 들고 욕실 샤워기 헤드부터 세면실 수도꼭지까지, 손으로 만진 부분과 맨발로 걸은 바닥을 닦기 시작했다.

"수건으로 세면대 지문과 족문 같은 흔적을 닦아내고 있어요. 욕실 앞에 희미하게 남은 오른발 첫째와 둘째 발가락 부분 족문은 역시 이 남자 것이에요. 가방에서 꺼낸 염소계 파이프 클리너를 세면대랑 욕실 배수구에 흘려 넣고 있어요."

「온몸의 체모를 깎았으면서 상당히 용의주도하네요.」

"뭐, 모든 체모를 깎을 수는 없으니까." 타쿠미가 한마디 거들었다.

"새 옷으로 갈아입은 남자가 거실로 돌아가요. 아파트를 나가서 이동할지도 몰라요. 차로 이동할 준비를 해주세요."

남자는 검은 배낭을 소파에 내던지고 테이블 위에 놓인 리모컨으로 하드 디스크에 들어 있는 영상 제목을 띄웠다.

"잠, 잠깐만요. 가족 여행 영상이에요. 사사즈카 일가는 영상을

TV로 보다가 습격당한 게 아니에요. 범인이 직접…."

남자가 하얀 비닐봉지 앞에 앉아서 도시락과 샌드위치, 음료를 꺼냈다.

"어? 이 자식, 가족 여행 영상을 감상하면서 살인 현장에서 밥을 먹으려고 해요."

"미친놈, 얼마나 정신이 나간 거야?" 타쿠미가 거친 목소리를 뱉었다.

남자가 도시락 뚜껑을 열고 TV에 비친 사사즈카 일가를 보며 햄버그스테이크를 입에 넣었다.

TV에는 놀이공원에서 노는 가족 영상이 흘러나왔다. 회전목마 말에 올라탄 리쿠토가 해맑게 손을 흔들었고, 유이는 영상에 찍히는 것이 쑥스러운지 고개를 숙이며 웃었다. 카요코는 아이들에게 웃으며 무어라 이야기했다. 태양이 역광으로 비쳐서 오르락내리락하며 도는 회전목마가 빛과 그늘을 오갔다.

"대체 왜 가족 여행 영상을…."

현관에서는 카요코와 리쿠토가 피바다에 누워 있었고, 거실에는 목뼈가 부러진 야스노리와 가슴을 찔린 채 공허하게 천장을 올려다보는 유이가 쓰러져 있었다. 화면 속에서 저렇게 신나게 웃는 가족과 지금 이 참상을 함께 보니, 격차가 너무 커서 구역질이 났다.

"타쿠미 씨, 남자가 맨손으로 리모컨을 만지고 있어요."

"코우, 감식 보고서. 욕실에서 이 자식의 체모랑, 세면실과 욕실에서 미처 닦지 못한 지문이나 족문이 나오지 않았는지 다시 한번 찾아봐. 적어도 편의점 도시락, 탄산수가 든 페트병, TV 리모컨에는 가족이 아닌 누군가의 지문이 있었을 거야."

그때 갑자기, 오토바이 사고를 본 현장에서도 들린 금속을 두드리는 듯한 높은 이명이 시작되었다. 오자키는 현기증이 나고 평형감각이 사라졌다. 거실 벽에 등을 대고 몸을 의지하며 마음을 가다듬으려고 여러 번 크게 숨을 쉬었다.

이어폰 너머에서 보고서를 넘기는 소리와 함께 코우키의 목소리가 들려왔다.

「도시락과 페트병은 증거품 목록에 없습니다. 남자가 가지고 간 것 같아요.」

"확실해?" 타쿠미가 으르렁거리듯 말했다.

남자가 페트병에 담긴 탄산수를 한 모금 마시고 소파에서 일어났다. 주머니에서 휴대전화를 꺼내서 피투성이인 유이와 야스노리가 누운 거실, 가족 여행 영상이 흘러나오는 TV 화면을 동영상 모드로 찍기 시작했다. 오자키가 뒤쫓아 복도로 나가 보니, 남자는 신발에 피가 묻지 않도록 카요코의 등에 올라가 벽에 튄 피를 촬영하고 있었다. 발을 움직일 때마다 카요코의 입에서 끈적한 피가 넘쳐 나왔다.

"이 자식 제정신이 아니에요. 거기서 내려와." 오자키는 고인을 모욕하는 행동에 분노를 느꼈다.

그때 이명과 현기증 속에서, 오른쪽 눈에 무언가가 잠깐 보인 것 같았다. 지금 보는 광경이 아니라 머릿속 깊숙한 어딘가에 숨은 어떤 기억에 닿은 느낌이었다.

"대체…." 숨쉬기가 답답하고 호흡이 거칠어져서 무릎이 떨렸다.

복도 촬영을 마친 남자가 거실로 돌아왔다. TV에서는 놀이공원 레스토랑에서 식사를 즐기는 영상이 나왔다.

「타쿠미 씨, 세면실과 욕실에서 가족이 아닌 누군가의 체모나 모발이 나온 기록은 없습니다. 욕실 앞에 남은 족문 말고 다른 지문은 나오지 않았어요. 그리고 증거품 목록에 있는 리모컨에서는 지문이 나오지 않았습니다.」

"오자키, 어떻게 된 거야?"

"…확실해요. 남자는 장갑을 끼지 않고 맨손으로 편의점 도시락을 먹고 리모컨을 만지고 있어요. …탄산수를 마시고 자기 휴대전화로 이 집의 영상을 찍고 있어요."

"휴대전화로 촬영을 한다고? 대체 무슨…."

맥박에 맞춰 머릿속에 둔하고 묵직한 통증이 번졌다. 타쿠미와 코우키의 대화가 귀에 들어오지 않았다. 손가락이 떨리고, 지금 보고 있는 오른쪽 눈의 광경이 오래된 비디오테이프 재생 화면처럼 일그러졌다.

오자키는 과부하 증상을 타쿠미에게 알릴지 망설였다. 말하면 당장 수사가 중지될 것이다. 이렇게 어중간하게 끝낼 수는 없었다. 오자키는 벽에 등을 대고 범행 상황을 보고하면서도 방금 느낀 감각이 무엇인지 신경이 쓰였다.

「범인이 지문을 사포 같은 걸로 문질러 없앴거나 손가락 끝에 매니큐어를 발랐나요?」

코우키가 의문을 품었다. 둘 다 절도 상습범이 사용하는 수법이었다.

"그랬으면 처음부터 장갑을 끼지 않았겠지. 애초에 리모컨에서 가족을 포함한 누구의 지문도 나오지 않은 게 이상했어."

두 사람의 대화가 녹음된 테이프의 속도를 늦춘 것처럼 느리게 왜곡되어 들렸다. 허리에 힘이 들어가지 않아 몸을 지탱할 수 없어서 바닥에 무릎을 꿇었다.

—머릿속에서 무언가가 빛난다.

"왜…, 잠, 잠깐만요. 타쿠미 씨, 저…, 이 광경을, 어디서 본 적이 있어요." 무언가가 떠오를 것 같았다. "언제…, 어디서 봤더라?"

안개가 낀 것처럼 뇌가 제대로 작동하지 않았다. 몸의 균형이 무너져서 손을 바닥에 짚었다. 방금 본 살육 광경이 머릿속에서 몇 번이나 되풀이되었다.

"야, 왜 그래, 오자키?" 타쿠미가 오자키의 이변을 눈치챘다. "괜찮아?"

오자키는 손을 짚고 몸을 지탱하는 것만으로도 버거워서 타쿠미의 목소리에 반응할 수 없었다.

"코우, 수사는 중지야. 오자키의 상태가 이상해."

「자키 씨!」 이어폰에서 코우키가 부르는 목소리가 들렸다.

오자키의 상태가 좋지 않음을 코우키에게 전하는 타쿠미의 목소리가 오자키에게는 웅웅거리듯 들렸다. 오토바이 사고를 봤을 때와 똑같았다. 마치 뇌가 이해하기를 거부해서 전혀 모르는 언어를 듣는 것처럼 느껴졌다. 뇌 안의 압력이 높아져서 머리가 무거웠다. 두개골 속에 든 뇌의 크기가 몇 배로 부풀어 올라서 제대로 담아두지 못하고 내벽에 압박이 가는 것 같았다. 심장 박동에 맞춰 머릿속에서 혈액이 흐르는 소리가 들리고, 서서히 시각과 청각이 둔해졌다. 오른쪽 눈에 보이는 광경이 조금씩 색채와 명도를 잃어갔다.

오자키는 눈을 감고 자신의 기억을 더듬었다. 캄캄한 머릿속에서 빛이 깜빡였다. 그것은 주차장에서 본 꺼져가는 형광등…. 아니, 그 빛은 물속에서 바라본 태양 같았다. 수면이 물결쳐서 너울 너울 흔들리며 빛났다. 그 빛에 손을 뻗고 조금만 더 다가가면 닿을 것 같은데, 생각나지 않는다. 손가락 사이로 빛이 빠져나간다.

"그 빛이…, 대체 뭐였지…." 오자키는 머리를 쥐어뜯었다.

빛 너머에서 흔들리는 형체. 그 형체는 천천히 상하좌우로 흔들리고, 비쳐 드는 햇살이 빛과 그림자를 오간다. 저것은…. 저것은 조금 전까지 본 회전목마 영상. 어딘가 멀리서 스트리트 오르간으로 연주한 음악과 아이들의 웃음소리가 겹쳐서 들렸다. 들릴 리 없는 3년 전 소리가 들렸다.

"어째서…. 그럴 리가, 설마."

왼쪽 눈에 찬 안대를 벗고 두 눈을 떴다. 고개를 들자 눈앞에 타쿠미의 걱정스러운 얼굴이 오자키를 보고 있었다. "괜찮아, 오자키…?"

오자키는 거칠게 호흡하면서 말없이 고개를 끄덕였다. TV 화면으로 눈을 돌리니 유이가 직접 찍은 듯한 영상에서 사사즈카 가족 네 사람의 웃는 얼굴이 나왔다.

「자키 씨, 오른쪽 눈을 감으세요. 수사를 중지하겠습니다.」

"오자키, 끝이야. 여기까지 하자." 조금 전과는 달리 두 사람의 목소리가 선명하게 들렸다.

"아니, 괜찮아…. 저는 아직 괜찮아요." 팔을 들어 이마에 맺힌 땀을 닦았다.

한 손을 타쿠미의 어깨에 올리고 몸을 끌어올리듯 일어났다.

"괜찮기는. 무리하지 마. 그 땀 좀 봐. 게다가 손도 떨잖아. 키리시마 선생이 말한 과부하 증상이야. 오른쪽 눈을 감아. 여기까지만 해."

오자키는 물밑에서 수면으로 올라왔을 때처럼 후우 하고 크게 숨을 뱉었다.

"…코우, 사건 자료가 든 컴퓨터는 옆에 있어?" 코우키에게 물었다. "노트북! 그 안에 내가 디지털 분식설에서 정리해서 넘긴 '다이스'의 영상이 아직 들어 있냐고."

「네?」 갑작스러워서 무슨 말인지 이해하지 못하고 코우키가 어리벙벙하게 대답했다.

"오자키, 무슨 소리야? 다이스? 설마 그 회원제 교류 사이트?"

「네? 그거요? 음, 네. 아직 있습니다. 잠깐 기다려주세요.」

당황한 코우키의 목소리가 이어폰에서 들려왔다.

"사이트에 올라가지 않은 폐기 영상을 모아 놓은 폴더가 있을 거야."

「네. '다이스 더스트'죠? 으음, 안에 폴더 열여섯 개가 있어요.」

"앞에서 두 번째나 세 번째에 '회전목마'라는 제목의 영상이 있었어. …찾아서 내 휴대전화로 보내줘."

"뭐? 회전목마가 뭐야? 오자키, 설명해!"

"제 기억도 뚜렷하지는 않지만…. 미제사건 전담팀이 만들어지던 지난 보름 동안 남는 시간에 2층 디지털 분석실에서 몇백 개쯤 되는 다이스의 동영상을 확인했어요. 증거품으로 압수된 서버 안에, …히메노와 세토야마의 눈에 들지 못한 폐기 영상을 모아 놓은 데이터가 있었어요. '다이스 더스트'라고 이름 붙인 그 폴더에, …지금 오른쪽 눈이 보는 광경이랑 비슷한 영상이 들어 있었어요."

"서, 설마 너…. 하지만 아무리 그래도…."

휴대전화가 진동했다. 코우키가 메시지로 첨부해서 보낸 동영상이었다.

「자키 씨, 갔어요? 보냈는데.」

"왔어. 지금 열고 있어."

휴대전화로 받은 회전목마라는 이름의 영상을 재생했다.

햇살이 비쳐 드는 방이 나온다. 손안에 어린 새가 있고, 손의 주인이 주는 먹이를 쪼아먹는다. 새끼에서 점점 성장해 가는 모습을 촬영한 기록 영상이 30초 정도 나왔고, 마지막에는 손바닥 위에서 노는 참새의 모습이 흘러나왔다.

"오자키, 뭐야, 이게?" 뒤에서 보던 타쿠미가 물었다.

"헛. 타쿠미 씨, 여기서부터예요…."

거실이 비쳤다. 소파 앞 TV에서 놀이공원 회전목마를 타고 노는 아이들의 뒷모습과 손을 흔드는 어른의 손을 클로즈업한 장면이 나왔다. 회전목마에서 나오는 시끌벅적한 음악과 주변에서 떠드는 아이들의 이야기 소리가 들렸다. 오자키는 지금까지 무음으로 보던 장면에 소리와 음성이 입혀져서 더 생생하게 느껴졌다.

TV에서 재생되는 영상을 촬영한 장면이라 가끔 화면에 줄무늬가 생겨서 화상이 깨져 보였다. 하지만 화면 곳곳에 비친 벽에 걸린 그림, 소파, 커튼은 지금 오른쪽 눈이 보는 이 집과 똑같았다. 총 2분 30초도 되지 않는 영상이었다. 다시 처음부터 영상을 틀고 집 안을 둘러보았다.

"화면에 나오는 회전목마 장면은 역광이랑 클로즈업을 이용해서 사사즈카 가족인 걸 알아보지 못하게 편집됐어요. 그거 말고 실내 장면은 명백히 여기예요. 이건 바로 조금 전에 이놈이 휴대전화로 찍은 걸 편집한 영상이 확실해요."

「타쿠미 씨, 증거 자료에 있는, 감식반이 촬영한 현장 사진과 영상에 찍힌 거실 커튼 무늬나 가구는, …확실히 비슷해요.」 흥분한 코우키의 목소리가 들려왔다.

"뭐지, 이놈은? 그러니까 '다이스'에 보내진 이 영상은 범인이 찍은 사사즈카 일가 살해 현장이었다는 거야?"

"3년 전 살해 현장과 비슷해요. 아니, 똑같아요." 오자키는 떨리는 목소리로 단언했다.

"코우, 이걸 보낸 놈의 이름이나 주소는 알 수 없어?"

「히메노가 정리해서 발신자별로 자료를 남겨 놨네요. 업로드한 유저의 닉네임은 이름의 이니셜로 보이는 알파벳 두 글자 'XV'예요. 그런데 이놈은 다이스의 회원이 아니에요. 일반 발신자 폴더에 들어 있어요. 기록에 남아 있는 발신 IP 주소도 매번 달라요.」

오자키의 어깨에 놓인 타쿠미의 손이 강하게 주먹을 쥐었다.

"뭐? 방금 매번이라고 했어? 그놈이 보낸 영상이 몇 개인데?"

「으음, 'XV'라는 이름으로 영상 다섯 개가 매번 다른 IP 주소로… 어? 타쿠미 씨, 설마 이거….」 코우키는 말문이 막혔다.

"다른 영상도 봐야 알겠지만, 그 영상들은 각각 다른 범죄 현장일지도 몰라. 최악의 경우, 사사즈카 일가 살해는 다섯 번의 연쇄살인 중 하나에 지나지 않을 가능성도 있어. 코우, 우선 다른 영상 네 개를 확인해 봐."

오자키는 일어나서 비틀거리는 다리를 질질 끌며 남자와 TV 사이에 섰다. 사사즈카 가족 네 명을 주저하지도 않고 냉정하게 차례차례 죽이는 것을 보고 다른 곳에서도 칼을 써서 사람을 죽이지 않았을까 생각한 것을 떠올렸다.

"너 대체 누구야? 지금까지 사람을 몇이나 죽였어?"

오자키는 기억에 새기려고 남자의 얼굴을 정면에서 빤히 보았다. 텅 빈 구멍 같은 초록색과 검은색이 섞인 어두운 눈동자에는 뒤쪽 TV에서 흘러나오는 사사즈카 가족의 영상이 비쳤다. 남자가 순간 오자키 쪽을 보며 웃었다. 남자의 눈에는 보이지 않음을 알면서도 자신의 정체를 들킨 것 같아서 소름이 끼치고 등줄기에 냉기가 스쳤다.

남자가 두 병째인 탄산수를 다 마시고, 식사한 뒷정리를 시작했다.

"식사가 끝났나 봐요. 휴지로 리모컨에 묻은 지문을 닦고 있어요."

"역시." 그렇게 말하며 타쿠미가 혀를 찼다.

남자는 배낭에서 새 검은 장갑을 꺼내서 끼고 모자를 썼다.

"도시락 쓰레기랑 모자, 가발을 범행 때 입은 옷이 든 검은 비닐봉지에 같이 넣었어요. 그걸 배낭에 넣고…. 타쿠미 씨, 남자가 움직입니다."

"코우, 남자가 방에서 나간다. 발송된 다른 영상은 나중에 확인한다. 차를 주차장에서 빼서 아파트 현관 앞으로 돌려."

「알겠습니다.」

TV에서는 숙박하는 호텔에서 편히 쉬는 가족의 모습이 계속 흘러나왔다. 남자는 쓰러져 있는 야스노리와 유이, 그리고 TV에서 흘러나오는 가족 여행 영상을 못내 아쉬운 눈빛으로 보았다. 그러다가 미련을 떨치듯 배낭을 어깨에 메고 거실을 나왔다. 복도에 생긴 피 웅덩이를 피해서 현관으로 이동했다. 남자가 문간에 서더니 문 앞에서 갑자기 뒤를 돌아보았다. 오자키는 뒤따라가는 것을 들켰나 싶어서 숨을 삼키고 멈춰 섰다.

"대체 뭘…."

피투성이인 복도에는 쓰러진 카요코, 그 뒤에는 리쿠토, 그 안쪽에는 세면실과 욕실만 있었다. 일종의 의식(儀式)일까, 아니면 자신이 저지른 범행에 흔적이 남지 않았는지 확인하는 것일까. 남자의 무표정한 얼굴에서는 그 의도를 짐작할 수 없었다.

　마지막으로 신발장 위에 있는 상자를 힐끔 보더니, 그대로 두고 이중 잠금장치와 현관문을 열고 밖으로 나갔다. 엘리베이터 방향이 아니라 오른쪽으로 꺾어서 비상계단으로 향했다.

　"남자가 집에서 나갔어요. 쫓아가겠습니다."

6

"비상계단에서 1층으로 내려가고 있어요. 역시 흔적이 남아 있던 1층 중앙 정원 옆 담장을 넘어서 아파트 뒤로 도망칠 작정이에요."

오자키는 계단참에 생긴 물웅덩이를 피하며 비상계단을 달려 내려갔다. 뒤에서 타쿠미가 외치는 목소리가 들렸다. "코우, 아파트 뒤야. 중앙 정원 쪽으로 차를 돌려."

「뒤요? 알겠습니다.」

비는 완전히 그친 상태였다. 정원용 조명에 비친 중앙 정원을 돌아 들어가서 집 열쇠로 뒷문을 열고 아파트를 벗어났다.

남자가 중앙 정원 옆 담장을 기어올라서 밖으로 나왔다. 3년 전에는 비가 오지 않았지만, 도로를 따라 선 가로수가 강한 바람에 흔들렸다. 길을 끼고 맞은편에 자판기의 푸른 빛이 보이자, 남자는 좌우를 살피며 아무도 없는 것을 확인하고 도로를 건넜다. 가로등 밑 가드레일에 세워 둔 자전거의 체인 잠금을 풀었다.

"남자가 아파트 뒤에 세워둔 자전거를 타고 이동하려는 것 같아요."

오자키는 이미 대기하던 승합차 조수석에, 타쿠미는 슬라이드 도어를 열고 뒷좌석에 올라탄 상태였다.

"저 자전거를 쫓…. 아, 맞다, 내가 지시할 테니까 앞으로 가."

안전벨트를 하고 앞을 보니, 자전거가 언덕길을 내려가기 시작했다. 컴퓨터를 한 손에 안은 타쿠미가 좌석 사이로 얼굴을 내밀었다.

"그보다 오자키, 벌써 두 시간 가까이 오른쪽 눈을 쓰고 있는데 괜찮아?"

"아, 네. 아직 괜찮아요."

핸들을 쥔 코우키가 오자키를 힐끔 보았다. "괜찮다고요? 자키 씨, 안색이 안 좋아요. 게다가 이마에 땀까지."

"코우, 제발. 저놈만은 끝까지 쫓게 해줘. 저놈의 주소를 알아내기 전까지 이 수사는 끝나지 않아. 이다음에 오른쪽으로 꺾어."

코우키가 지시에 따라서 핸들을 꺾었다.

"오자키, 무리하지 마. 두 눈으로는 부담이 커. 하다못해 안대라도 차."

오자키는 타쿠미가 내민 새 안대를 왼쪽 눈에 차고 오른쪽 눈만으로 앞쪽을 응시했다. 조용한 주택가에서 남자가 탄 자전거의 붉은 점멸등이 보였다.

사사즈카 가족의 아파트에서는 볼 수는 없어도 자기 손과 발을 써서 움직였기에 그리 이상한 느낌은 없었다. 그런데 오른쪽 눈만 뜨고 차를 타자, 타고 있는 차도 보이지 않고 자기 손발을 움직일 필요도 없어서 신체 감각이 사라졌다. 영혼이 몸에서 빠져나가 공중을 떠도는 것 같은 희한한 감각이었다.

자전거는 언덕 아래에 있는, 작은 가게가 좌우로 늘어선 도로에 들어갔다. 양옆에 늘어선 상점은 대부분 셔터를 내렸지만, 퇴근하는 회사원과 2차를 하러 모인 청년들은 간간이 있었다. 한동안 가다가 남자의 자전거가 가게와 가게 사이 곁길로 들어갔다.

"어? 저기 오른쪽 곁길로 들어갔어."

오른쪽으로 핸들을 꺾고 차머리를 곁길에 넣었다. 10미터쯤 가다가 코우키가 급브레이크를 밟았다. 그 앞은 길 폭이 2미터도 되지 않아서 보행자와 자전거가 겨우 지나갈 만큼 좁은 골목이었다. 가게 뒷문이 줄을 지었고, 다 들어가지 못한 짐이나 빈 상자가 작게 접혀서 쌓여 있었다.

"자키 씨, 이 앞은 좁아서 도저히 차로는 못 가요."

"밀고서라도 가."

"너무 무모해요."

오자키는 차고 있던 안대를 벗고 안전벨트를 풀었다.

"알았어. 내가 내려서 뛰어서 쫓아갈게."

"안 돼요. 그 몸 상태로는 자전거를 못 따라잡아요."

오자키는 앞 유리 너머 앞쪽에 깔린 어둠을 노려보았다. 자전거 점멸등이 빛났다.

"코우, 나는 사사즈카 가족의 처참한 범행 현장을 이 오른쪽 눈으로 봤어. 하지만 거기서 얻은 새로운 정보는 적어. 여기까지 쫓아와서 저놈을 놓칠 수는 없어. 3년 전인 여기서 놓치면, 저놈을 찾아낼 기회는 이제 없어. 하다못해 행선지라도 알아내서 다음 수사로 연결시켜야 해."

오자키가 문을 열고 억지로 내리기 직전, 뒤에서 나온 타쿠미의 손이 어깨를 붙잡았다.

"안 돼, 오자키. 우리가 네 백업으로 있는 이유가 뭐겠어?"

"타쿠미 씨, 보내주세요. 이대로면 저놈을 놓쳐요."

"코우, 후진해. 나가서 왼쪽이야. 어서!" 뒷좌석에서 타쿠미가 명령했다.

코우키가 승합차를 후진시키고 그 기세로 핸들을 꺾어서 차 뒤 꽁무니를 오른쪽으로 밀어 넣었다. 원심력에 이끌려 오자키의 몸이 창문 쪽으로 기울었다. 코우키가 기어를 바꿔서 액셀을 밟고 급발진했다. 타이어가 마찰하는 소리가 상점가에 울려 퍼졌다. 호응하듯 저 멀리서 개 짖는 소리가 들려왔다.

왼쪽 손목에 찬 시계를 보니, 현재 시간은 열두 시를 넘었다. 가로등만 빛나는 한밤중, 걸어 다니는 사람은 적었다. 편의점 불빛과 술집의 붉은 등롱 모양 간판이 저 멀리 보였다. 취해서 막차를 놓친 회사원 몇 명이 갈지자로 걸었다. 상점가에 자동차 경적이 울려 퍼졌고, 맹렬한 속도로 달리는 승합차를 보고 위험을 느꼈는지 허둥지둥 길옆으로 피했다.

"타쿠미 씨, 어디로 가요?!" 오자키가 외쳤다.

"괜찮으니까 나한테 맡겨. 코우, 거기에서 왼쪽. 나가서…, 제기랄, 일방통행이잖아. 괜찮아. 무시하고 그 돌길로 가."

차가 돌길 위를 달리자, 미세한 진동이 전해졌다. 좁은 상점가 통로에서 표식이나 가게 간판 같은 장애물을 아슬아슬하게 피하며 주행했다. 앞쪽 편의점에서 나온 손님에게 경적을 울렸다. 폭주하는 승합차를 보고 손님이 허둥지둥 가게 안으로 들어갔다.

"거기서 오른쪽." 진동 탓에 타쿠미의 목소리가 떨렸다.

무리하게 모퉁이를 돌았다. 돌길에서 뒷바퀴 타이어가 미끄러졌다. 오자키는 조수석 문 위에 달린 손잡이를 잡고 발에 힘을 주며 몸이 기울지 않도록 어찌어찌 버텼다. 조명이 들어간 입간판이 범퍼에 부딪혀 쓰러지며 불꽃을 튀겼다. 통행을 막는 붉은 러버 콘이 튕겨져 나갔다. 깊은 밤 조용한 상점가에 자동차 엔진 소리와 도로를 구르는 러버 콘의 건조한 소리가 울렸다.

"거기서 왼쪽. 좋아, 이쯤이면 됐어. 멈춰."

코우키가 브레이크를 잡고 엔진을 껐다. 보닛에서 치이익 하는 소리와 멀리서 구급차 사이렌 소리가 들려왔다.

"3년 전에도 이 근처에서 범인의 행적을 조사했어. 게다가 너를 백업하기로 했잖나. 살해 현장인 아파트를 사전 답사해서 주변 지도가 머릿속에 들어 있어. 그런데 문제는 그놈을 놓친 그 지점부터 여기까지 갈림길이 두 번 있었어. 그놈이 어느 쪽을 골랐냐가 관건이야. 나는 두 번 다 인적이 많은 길을 골랐을 거라고 추측했어."

"남의 눈에 띄지 않는 길이 아니고요?" 오자키가 물었다.

"3년 전 그놈은 네 능력을 모르니까 쫓기는 줄 몰랐을 거야. 게다가 범죄자가 숨어서 살 때는 오히려 사람이 많은 도회지에 가까운 곳을 선택해. 그냥 감이야. 이렇게 했는데도 따라잡지 못하면 그냥 여기까지인 거야."

오자키는 좌석에 떨어져 있던 안대로 왼쪽 눈을 가리고 앞쪽 교차로에 있는 점멸 신호를 노려보았다.

"…안 오네요." 코우키가 핸들에 걸친 팔에 턱을 올리고 말했다.

영원처럼 느껴지는 짧은 시간이 흘렀다. 반쯤 포기했을 즈음, 5미터 앞에 있는 골목에서 자전거를 탄 남자가 나왔다.

"빙고! 타쿠미 씨, 놈이 나왔어요." 오자키는 틈을 주지 않고 시동을 건 코우키에게 지시를 내렸다. "코우, 쭉 가서 저기서 오른쪽으로 들어가."

"어디로 가는 거지?" 뒷좌석에 앉은 타쿠미가 안달했다.

남자의 자전거는 서쪽으로 달리고 있었다. 인적은 드물지만 바다에 인접한 주택가로 가는 차들로 도로는 비교적 혼잡했다. 불어오는 바람에서 바닷물 냄새가 났다. 작은 공원을 꺾어서 고갯길을 올라가더니, 남자는 가로등에 비친 언덕 위 주차장에 자전거를 세웠다.

"도착한 것 같아요. 자전거 주차장에 자전거를 세웠어요."

앞쪽 화단에서 아래로 이어지는 계단 난간에 녹슨 안내판이 걸려 있었다. 천천히 달리던 차가 멈췄다.

"여기는…. 토사카 시영 미도리야마 주택의 제2 자전거 주차장이에요." 오자키는 안내판을 읽었다.

언덕 위에서 시영 주택을 내려다보니, 창문에서 새어 나오는 빛은 적었고 띄엄띄엄 설치된 가로등에 비쳐 푸르스름했다. 앞쪽 벽면에 알파벳 A부터 H가 표시된 낡은 5층짜리 콘크리트 건물 여덟 동이 늘어서 있었다. 모든 동이 같은 구조인, 흔히들 빌라 단지라고 부르는 공동 주택이었다. 건물 주변 빈 땅은 관리가 소홀해서 풀이 아무렇게나 자란 상태였다. 주택 주변에 심긴 나무들과 마찬가지로 강한 바람에 흔들렸다.

"오래된 5층짜리 빌라 단지예요. 남자가 자전거 주차장에서 계단을 타고 아래로 내려가요."

안대를 벗어서 주머니에 넣고 문손잡이를 잡았다.

"잠깐만요, 자키 씨." 차에서 내리려는 오자키를 코우키가 손을 뻗어서 막았다.

"코우, 계속 똑같은 말 하게 하지 마. 저놈을 놓친다고. 내 몸 상태는 괜찮아."

"오자키, 못 쫓아가. 왼쪽 눈으로 봐."

오자키가 오른쪽 눈을 손으로 덮자, 방금까지 보이던 시영 미도리야마 주택이 흔적도 없이 사라졌다. 펜스에 둘러싸여서 공사 중인 광활한 조성지만 펼쳐져 있었다.

방범용 투광기 몇 개의 빛에 반사된 부지에는 불도저부터 크레인까지 중장비 몇 대가 마치 거대한 공룡을 모아 놓은 놀이공원처럼 늘어서 있었다. 안쪽에 조립식 사무실과 간이 화장실이 나란히 있었고, 파란 방수포가 덮인 둔덕 사이에 어제부터 내린 비가 고여 여기저기 웅덩이를 만들었다.

오자키는 차에서 뛰쳐나가서 몇 번이나 넘어질 뻔하며 콘크리트 계단을 달려 내려갔다.

조성지 입구에 있는 접이식 펜스를 잡아당겼지만, 쇠사슬에 커다란 맹꽁이자물쇠가 걸려 있어서 열리지 않았다. 오른쪽 눈을 이용해서 펜스 틈으로 안을 들여다보니, 화단 모퉁이를 돌아서 C동과 D동이라고 표시된 단지 사이로 들어가는 남자의 뒷모습이 겨우 보였다. 여기서는 건물 계단 쪽이 보이지 않았다. 남자가 거주하는 호실을 알 수 있을까 하고 C동 방 창문을 잠시 살폈지만, 새로 불이 켜진 방은 없었다.

"죄송해요. 남자는 C동과 D동 사이로 들어갔어요. 여기서는 계단이 안 보여서 몇 호실인지까지는 알아내지 못했어요. 계단 위치로 보면 C동 주민인 것 같습니다."

아직 살아 있는 마이크에 정보를 전달했다.

오자키는 다른 입구가 없는지 오른쪽 눈을 손으로 가리고 주위를 둘러보았다. 공사용 펜스가 좌우로 길게 이어졌다. 접이식 펜스 입구에는 북쪽 출입구를 나타내는 안내판이 걸려 있었고, 그 옆에서는 다운라이트 조명이 거대한 안내판을 밝히고 있었다. 안내판에는 녹음에 에워싸인 아파트 몇 동과 임차 상가가 들어올 주상 복합 시설의 완성 예상도가 그려져 있었고, 그 밑에 공사 기간과 건설 회사가 표시된 건설 허가표 플레이트가 걸려 있었다.

승합차가 언덕을 내려와서 오자키 뒤에 섰다. 운전석에서 코우키가 태블릿으로 인터넷을 검색하는 모습이 보였고, 이어폰에서 목소리가 들렸다.

「시 홈페이지에 따르면 시영 미도리야마 주택이 건설된 건 1966년이니까 50년도 더 된 오래된 빌라 단지네요. 3년 전에 불이 나서 일부가 폐쇄됐고, 1년 반 전에 모든 동을 폐쇄했어요. 그 이후에 재개발 사업의 중심 지구가 돼서 8개월 전에 모든 동을 부쉈어요. 이 지구는 공공 주택 존과 녹지 공원 존으로 지정됐나 봅니다.」

오자키는 분한 나머지 눈앞에 있는 펜스를 걷어찼다. 쇠사슬과 맹꽁이자물쇠가 흔들려서 금속음이 울렸다. 차에서 내린 타쿠미가 위로하듯 오자키의 어깨를 주먹으로 툭 쳤다.

"코우, 다이스에 발송된 나머지 영상 네 개를 보여줘. 혹시 그게 살인 현장 영상이라면 '회전목마'처럼 뭔가 단서가 찍혀 있을지도 몰라."

「자키 씨, 제 뒷좌석에 컴퓨터가 있습니다. 'XV'라는 폴더에 영상을 정리해 놨어요.」

타쿠미와 함께 뒷좌석에 앉아서 손으로 오른쪽 눈을 가리고 나머지 영상 네 개를 재생했다.

영상 제목은 각각 '래브라도', '금붕어', '툇마루', '석양'.

숲 근처에 있는 캠프장, 텐트, 타는 장작, 프라이팬 위에서 익는 고기, 개를 산책에 데리고 나와서 노는 아이의 뒷모습. 거실 수조에서 우아하게 헤엄치는 금붕어, 그 수조 건너편에서 먹이를 주는 흐릿한 사람 형체. 젓가락과 숟가락으로 식사하는 손을 클로즈업한 장면, 오래된 민가의 툇마루에서 석양볕을 맞으며 자는 사람. 베란다에서 보이는 주황색 구름과 노을 진 거리, 거기서 빨래를 걷는 여성의 뒷모습. 모두 아주 평범한 광경을 찍은 영상이었다.

거기에는 누군가의 삶이 있었고, 한편으로는 그 아무렇지 않은 일상의 풍경 한구석에 사람의 발이나 손, 바람에 흔들리는 머리카락 같은 클로즈업이 나와서 사건의 냄새를 풍겼다. 하지만 '회전목마'와 마찬가지로 언뜻 보기에는 범행 현장을 촬영한 영상 같지 않았다. 인물이나 장소를 알아내기도 어렵게 편집된 영상이었다.

아무것도 모르는 채로 이 영상을 봤다면 눈치채지 못하고 지나쳤을 사소한 부분들이 눈에 걸렸다. '회전목마'라는 영상도 다시 한번 돌려보았다. 새끼 참새에게 먹이를 주는 컷에서 놀이공원이 TV에 비치는 사사즈카 가족의 거실 장면으로 바뀌었고, 영상에서 회전목마 음악과 즐거운 웃음소리가 들렸다.

"자키 씨, 사사즈카 가족이 새를 키우지는 않았나요?"

오자키는 고개를 흔들며 그 아파트에서 본 기억을 떨쳐내려고 했지만 마음처럼 되지 않았다. 조금 전에 본 사사즈카 일가 네 명이 차례차례 살해당하는 광경이 머릿속에서 되살아났다.

"자키 씨…, 괜찮아요?" 코우키가 걱정스럽게 말을 걸었다.

"어…, 아니, 못 봤어. 이틀 전에 타쿠미 씨랑 사사즈카 가족의 아파트에 예비 조사차 갔을 때도 오른쪽 눈을 써서 모든 방을 봤지만, 새를 키우는 것 같지는 않았어."

"그리고 가정에서 키우는 이만한 크기의 새면 십자매나 문조가 주류잖아. 왜 이 영상 속 새는 참새지?" 타쿠미가 말했다.

슬라이드 도어를 거칠게 열고 차에서 뛰쳐나간 오자키는 차체를 손바닥으로 내리쳤다.

"분명히 디지털 분식설에서 봤는데. 못 알아차렸어."

코우키와 타쿠미도 차에서 내렸다.

"자키 씨, 자신을 너무 몰아붙이지 마세요. 그놈이 보낸 걸 모르고 보면 아주 일상적인 풍경을 찍은 영상일 뿐이잖아요. 못 알아차릴 만해요."

"타쿠미 씨, 우리가 적어도 여기까지 쫓아온 그놈은 사사즈카 가족 외에도 살인을 저질렀을 가능성이 있는 거죠?"

"그래. 회전목마 말고도 다른 영상 네 개가 어떤 범죄 현장을 가리킨다면, 이건 큰 사건이 될 거야. 우리 관할이랑 현내, 아니, 이웃한 다른 현들까지 포함해서 과거에 일어난 살인, 상해 사건과 대조하면서 비슷한 사건이 없었는지 재수사해 봐야 해."

타쿠미가 담배에 불을 붙이고 별이 보이지 않는 밤하늘에 연기를 뱉었다.

"그나저나 최악이네, 그 다이스라는 사이트. 욕망이라는 달콤함에 이끌려서 이 세상에 다양한 악의를 품은 인간이 개미 떼처럼 몰려들었어. 영상 발신자를 철저히 파헤쳐보면 어떤 식으로든 죄를 저지른 인간이 쏟아져 나올 것 같아."

"맞습니다. 하지만 미제사건 전담팀이 오늘 할 수 있는 수사는 여기까지입니다. 마무리하시죠."

"그놈의 범행을 처음부터 끝까지 지켜봤고, 거주지까지는 아니어도 들어가는 건물은 확인했어. 이 정도면 수확이 있어."

오자키는 분해서 아무 말 없이 그저 아래를 보며 고개를 끄덕였다. "…네."

"자키 씨, 시간이 늦었잖아요. 놈은 이제 움직이지 않을 겁니다. 이제 오른쪽 눈을 감으세요."

"네…." 오자키는 이어폰을 뺐다.

허리에 찬 수신기 전원을 끄자, 과부하 증상을 억누르던 긴장감도 함께 사라져서 현기증과 두통이 다시 몰려왔다. 별로 움직이지도 않았는데 나른하고 몸에 힘이 들어가지 않았다.

휘청이는 다리로 펜스까지 가서 남자가 사라진 시영 주택 C동 건물을 보았다. 앞쪽에서 그을린 듯 변색된 가로등이 어둠을 밝혔고, 강한 바람 속에서 나방 두 마리가 몇 번이나 거푸 부딪쳤다.

주머니에서 안대를 꺼내서 오른쪽 눈을 덮었다. 올려다본 가로등과 그 너머에 보이는 시영 주택 여덟 동이 순식간에 암흑 속으로 사라졌다.

7

공사 현장 펜스를 넘어서 운전석에 비쳐 드는 아침 햇살이 눈부셨다. 다소 구름은 있지만 어제와 비교하면 날씨가 아주 좋았다. 우롱차를 마시던 타쿠미는 승합차 운전석에서 뒤를 보며 뒷좌석에서 자는 오자키에게 말을 걸었다.

"어이, 오자키. 일어나. 아침이야."

오자키가 한쪽 팔꿈치를 대고 상반신을 일으키며 천천히 주변을 둘러보았다. 아침 햇살이 눈 부신지 미간에 주름을 잡으며 눈을 가늘게 떴다. 머리카락이 부스스했다. 자신이 있는 장소를 아직 인지하지 못했다. 슬라이드 도어가 열리고 두 손에 편의점 봉지를 든 코우키가 차 안을 들여다보았다.

"자키 씨, 보통 이런 건 아랫사람이 하는 일 아닌가요?"

"…아, 죄송합니다." 모깃소리 같은 목소리가 새어 나왔다.

오자키는 덮었던 겉옷을 내리고 일어났다. 흐트러진 머리를 손빗으로 황급히 정리했지만, 아직 동작이 느리고 의식이 또렷하지 않은 것 같았다. 눈만 떴지, 멍하다. 좌석에 앉은 채 멍하니 앞을 보며 무언가 생각한다.

"자키 씨, 괜찮아요?" 코우키가 묻자, 오자키는 퍼뜩 정신이 들어서 대답했다. "응. 괜찮아, 괜찮아. 나쁜 꿈을 좀 꾼 것 같아."

"어떤 꿈이요?"

"…기억 안 나. 기억하고 싶지도 않고."

오자키가 하품을 하며 흐트러진 머리카락을 쓸고 주머니에 들어 있던 안대를 오른쪽 눈에 찼다. 상반신에 덮여 있던 정장 상의를 가만히 보다가 코우키에게 내밀었다.

"이거…, 고마워."

"이 정도로 뭘요. 은연어 주먹밥이랑 생수, 맞죠?"

코우키는 오자키의 주먹밥과 음료 취향을 기억하고 있었다. 평소에 다른 사람은 안중에도 없고 자기 멋대로 행동하면서 이럴 때는 빈틈이 없다.

"…응." 오자키는 작은 목소리로 대답했다.

오자키가 겉옷과 교환하듯 편의점 봉지를 받아 들고 생수만 꺼내서 차 밖으로 나갔다. 크게 기지개를 켜고 물을 마셨다. 타쿠미도 조수석에서 내려서 자동차 발판에 걸터앉았다. 매실장아찌 주먹밥을 먹으며, 스트레칭을 하는 오자키에게 말했다.

"너는 어디서든 잘 자는구나."

"죄송해요. 어젯밤에 저만 뒷좌석에서 잤네요."

"집에 갔다가 아침에 다시 나오라니까. 뒷좌석에 올라타자마자 코를 골며 자더라." 타쿠미는 주먹밥을 녹차와 함께 삼켰다. "네가 자는 사이에 나랑 코우가 근처 미도리야마 파출소에 들러서 3

년 전 시영 주택에서 받은 순회 연락 카드까지 복사해왔어."

타쿠미는 차를 몰고 파출소에 가려는 코우키를 막았다. 뒷좌석에서 기분 좋게 잠든 오자키를 보고 파출소까지 걸어갔다. 새벽녘에 오자키가 끙끙대는 소리를 들었다. 바로 어제 그런 일을 겪었다. 일가족 네 명이 살해당하는 장면을 목격하자마자 편하게 잘 수 없는 마음도, 집에 돌아가서 혼자 있기 싫은 마음도 이해됐다.

"맞아요. 우리 둘이서 그 당시 용의자 명단에 올라간 전과범과 거동이 수상한 자의 이름을 순회 연락 카드에 있는 시영 주택 주민들의 이름과 일일이 대조했습니다. 힘들었다고요." 코우키가 샌드위치를 먹으면서 보고했다.

"죄송해요. 그래서 어땠어요?"

"헛수고였어. 시영 주택 주민 중에는 해당자가 없었어." 타쿠미가 말했다.

"나를 깨우지…."

"곤히 자길래 깨우기 미안해서요. 그리고 어젯밤 수사에서 오른쪽 눈을 너무 혹사했습니다. 아마 과부하를 일으킨 뇌에 숙면이 필요했을 거예요. 거기까지 생각하지 못했습니다. 죄송합니다. 백업으로서 실격이네요."

코우키는 페트병에 담긴 홍차를 마시고 가볍게 고개를 숙였다.

"파출소에서 돌아오는 길에 편의점에 들러 맥주를 사서 반성회를 했습니다. 저는 논 알코올을 마셨는데, 취한 타쿠미 씨한테 붙잡혀서 힘들었어요."

"치사하게. 그거야말로 깨웠어야지."

자리에서 일어난 타쿠미는 펜스로 다가가서 틈으로 안을 들여다보았다. 맑은 하늘 아래에 토사카시 재개발 사업이 진행 중인 광활한 조성지가 펼쳐져 있었다. 건물의 철골이 여럿 서 있었고 커다란 콘크리트 골조가 여럿 설치돼 있었다. 오른쪽 구석은 아직 기초공사 중인지, 곳곳에 파낸 흙더미와 운반돼 온 철근, 철골 같은 건축 자재가 있었고 그 위에 파란 방수포가 덮여 있었다. 매립 배관과 작업 발판이 다수 설치돼 있었다.

주황색으로 도색된 크레인, 똑같이 주황색인 포클레인이 몇 대 늘어서 있었다. 지나가는 바람에 흔들려 나무들이 술렁거리는 소리와 새 소리만 들렸다.

"조용하네요. 아무도 오지 않는 걸 보면, 일요일은 쉬는 걸까요?" 오자키가 물었다.

"맞습니다. 이 주변은 주택가라서 휴일에 건설 작업을 하면 민원이 쇄도할 거예요. 인근 주민과 사전 설명회 협의를 할 때 토요일, 일요일과 공휴일에는 작업하지 않기로 한 모양입니다. 어제 본시 재개발 사업 홈페이지에 나와 있었어요."

타쿠미는 담배에 불을 붙이고 활짝 갠 하늘을 올려다보며 여유롭게 기지개를 켰다.

"오자키, 너 높은 곳 좋아하냐?" 타쿠미가 무심히 물었다.

"네? 뭐예요, 갑자기? 높은 곳 싫어해요. 놀이공원 제트 코스터도 싫어해서 거기에 돈을 써가며 즐기는 게 저는 이해가 안 돼요."

"그래…? 생긴 거랑 다르네."

"예전에 친구가 캠핑하자고 불러서 갔다가 출렁다리 번지점프에 억지로 끌려갔는데, 30분 동안 버티다가 결국 못 뛰었어요."

"그래? 의외네."

"타쿠미 씨는 저를 어떻게 보시는 거죠? 뭐예요? 데이트하자고 불러내려고요? 그럼 저는 쇼핑이나 영화가 좋은데요."

"누가 너랑…." "그렇죠?" 하며 타쿠미의 발언이 끝나기도 전에 오자키가 말했다.

"…타쿠미 씨, 아침부터 무슨 일을 꾸미는 거예요?"

오자키가 추궁하자, 타쿠미는 괜히 멋쩍어서 헛기침했다. 코우키가 히죽히죽 웃었다. 오자키가 높은 곳을 싫어한다는 말을 들은 타쿠미는 어젯밤 맥주를 마시며 세운 계획을 이야기해도 될지 망설여졌다.

"사실은 어제 한잔하면서 코우랑 같이 생각했는데, 들어 볼래…?"

담배를 휴대용 재떨이에 비벼 끄고 이야기를 시작하려는데, 멀리서 자동차 클랙슨 소리가 들렸다. 공사 현장에 어울리지 않는 검은 벤츠가 흙먼지를 피우며 천천히 다가왔다. 그 모습을 본 코우키가 손을 들었다.

"빠르네. 벌써 올 줄이야." 타쿠미가 고개를 떨구고 뒤통수를 긁었다.

"타쿠미 씨, 저건 누구예요?"

재개발 지구의 큰 안내판 옆에 차가 서고 문이 열리더니 세 남자가 내렸다. 갸름한 얼굴에 동그란 안경을 끼고 중절모를 쓴 남자가 잰걸음으로 달려왔다.

"안녕하십니까."

둥근 안경 남자가 쓰고 있던 모자를 벗으며 코우키를 향해 깊이 고개를 숙였다. 그 모습을 본 오자키가 불쾌하게 미간에 주름을 잡았다. 뒤따라온 두 사람도 코우키에게 인사했다. 한 사람은 안경을 끼고 정장을 입은 조금 뚱뚱한 30대 회사원. 한여름도 아닌데 손수건으로 이마에 맺힌 땀을 연신 닦으며 고개를 숙였다. 다른 한 사람은 작업복을 입고 하얀 헬멧을 손에 든 채 덥수룩한 수염을 기른 체격 좋은 중년 남성. 이 사람은 휴일 아침에 일찍부터 불려 나온 불만이 볕에 그을린 얼굴 미간과 입가에 드러났다.

"미안. 모처럼 일요일인데 불러내서."

코우키가 한 걸음 앞으로 나가서 세 사람에게 가볍게 인사했다.

"아닙니다. 도련님이 부르시면 언제든지 와야죠. 편하게 불러주십시오."

소설이나 TV 드라마가 아닌 현실에서 도련님이라고 불리는 성인을 타쿠미는 처음 봤다. 경악하는 표정을 지은 오자키와 눈이 마주쳤다. 코우키도 그것을 알아차리고 머리를 긁적였다.

"도련님이라고 부르지 마. 이쪽은…."

"코우 아버님의 고문 변호사, 성함이 아마 요시무라 씨였죠? 안녕하십니까."

오자키가 한 걸음 앞으로 나가서 매서운 눈빛으로 인사했다.

"네? 어디서 뵌 적이 있나요? 죄송합니다. 이렇게 아름다운 숙녀분을 잊을 리가 없는데."

첫 만남에 이름을 불려서 기분이 좋아진 요시무라가 악수하려고 손을 내밀었지만, 오자키는 하늘을 올려다보며 모른 체했다. 3년 전 코우키와 당시 사귀던 연인을 억지로 헤어지게 한 것에 아직 감정이 남은 모양이다. 요시무라는 갈 곳을 잃은 손을 천천히 올려서 목에 맨 나비넥타이를 가다듬었다.

"아니요. 신경 쓰지 마세요. 카페에서 한 번 봤을 뿐이니까요."

오자키의 쌀쌀맞은 태도에 요시무라가 당황한 미소로 도움을 청했다.

"내 부하 타쿠미와 오자키야." 코우키가 쓴웃음을 지으며 두 사람을 소개했다.

"안녕하심까." 타쿠미는 한 손을 들며 가볍게 고개를 숙였다. 오자키는 여전히 팔짱을 끼고 딴 데를 보고 있었다.

"어젯밤에 전화 주셨듯이 여기 재개발을 담당하는 나카무라 건설의 현장 주임 마츠바라 씨와 크레인 운전자 오가타 씨를 데리고 왔습니다. 도련님께서 질문이든 명령이든 편하신 대로 해주십시오. 위에 있는 시행사 사장님과 나카무라 건설의 회장님에게는 이미 얘기해 놨습니다."

요시무라가 뒤에서 대기하던 정장과 작업복 차림의 두 사람을 소개했다.

"두 분, 휴일인데도 아침 일찍부터 협조해 주셔서 감사합니다. 부탁드릴 것이 있는데, 저기 있는 크레인에 이 여자분을 태워주셨으면 합니다."

"뭐? 무슨 말이야?" 오자키가 놀라서 물었다.

마츠바라가 손수건으로 이마를 닦으며 코우키가 가리킨 크레인 차를 올려다보더니 오가타와 눈을 마주치고 고개를 끄덕였다.

"뭐야, 그런 거였군요. 네, 들어가시죠." 현장 주임 마츠바라가 안심한 미소를 지으며 펜스 쇠사슬에 걸린 맹꽁이자물쇠를 풀었다.

"최근에 많습니다. 건설 작업차 마니아라고 하나요? 아무튼 팬이신 분들이. 운전하게 해드릴 수는 없어도, 네, 태워드리는 것쯤이야 쉽죠. 일요일 아침 일찍 저희 회장님께 직접 전화가 와서 무슨 일인가 했더니…."

오가타와 함께 출입구에 있는 접이식 펜스를 밀어서 열었다. 두 사람이 크레인 차로 걸어가려고 하는데, 뒤에서 코우키가 불러 세웠다.

"아니요, 죄송합니다. 제가 말을 어렵게 했나 보군요. 크레인 차 운전석이 아닙니다. 저 와이어로프 끝 후크에 이 여자분을 태울 수 있는지 물었고, 거기에 태우라고 명령하는 겁니다."

크레인 차 후크를 가리킨 코우키가 으름장을 놓으며 두 사람에게 말했다.

"아, 아니, 네. 그건…." 마츠바라가 당황하며 요시무라를 보았다.

"무슨 소리야, 코우? 타쿠미 씨랑 하는 얘기 못 들었어?"

오자키가 큰소리로 코우키를 다그쳤다. 그런 오자키 이상으로 큰소리를 낸 사람은 크레인 차를 운전하러 온 오가타였다.

"지금 장난해? 그런 위험한 일은 못 해. 아, 안 돼, 안 돼. 사고라도 나면 운전면허를 박탈당해서 밥벌이도 못 하게 된다고. 장난하나. 놀고 싶으면 딴 데 가서 알아봐."

"아니, 오가타, 말투가 무례하잖아."

마츠바라가 어찌할 바를 몰라서 두 손을 들고 목소리를 높이며 말투가 거친 오가타를 나무랐다.

"아, 아니요, 아니요. 괜찮아요. 괜찮습니다."

요시무라가 손에 든 모자를 가볍게 흔들며 두 사람을 가까이 불렀다. "마츠바라 씨, 오가타 씨, 이쪽으로 좀 와보시죠."

셋이서 원을 만들고 작은 소리로 무어라 이야기했다. 사이에 낀 마츠바라가 연신 고개를 끄덕였다. 오가타의 거친 목소리가 "—근데" "—하지만" 하며 점점 작아졌다.

"마츠바라 씨, 무슨 일이 생겨도 저희는 책임 안 집니다."

끝내 오가타는 미간에 주름을 잡으며 고집을 꺾었다.

"도련님." 요시무라가 코우키를 향해 웃으며 모자를 든 손을 흔들었다.

"그럼 여러분, 각자 위치에서 준비해 주시죠." 코우키가 손뼉을 치며 재촉했다.

"코우, 너 지금 나한테 뭘 시키는지 알고 있어? 나는 높은 데를 싫어한다니? 어떻게 저걸 타고 시영 주택 안을 살펴봐?"

계획을 눈치챈 오자키가 코우키를 노려보며 항의했다.

"너무 화내지 마세요. 그리고 이렇게 무모한 아이디어를 낸 사람은 제가 아니라 타쿠미 씨입니다. 저는 아버지의 연줄을 이용했을 뿐이에요."

오자키가 이번에는 타쿠미를 노려보았다.

"미안. 네가 높은 데를 그렇게 싫어하는 줄 몰랐다."

오자키를 안심시키려고 웃으며 어깨를 두드렸다. "오자키, 괜찮아. 너라면 할 수 있어."

"번지점프 때도 친구가 똑같이 그렇게 말했어요. 아무 확증도 없이 괜찮다고 하는 입에 발린 말은 지긋지긋해요."

오자키가 팔짱을 끼고 공사 현장에 우뚝 솟은 크레인을 올려다보았다. 하늘을 떠받치듯이 선 크레인 끝에 까마귀가 앉아 있었다. 그 너머 하늘에서, 빗자루질 자국이 남은 정원의 모래 같은 새털구름이 천천히 흘러갔다. 잠시 후 오자키가 뒤를 돌아보았다.

"타쿠미 씨, 부탁이 있어요."

"어어, 관은 내가 얼마든지 들어줄게. …뭔데?"

"잠깐 편의점에서 세수하고 화장을 고치고 와도 될까요?"

8

빛이 눈 부셨다. 오자키는 안대를 벗어서 주머니에 넣었다. 광활한 조성지에 5층짜리 토사카 시영 미도리야마 주택이 나타났다. 오른쪽 눈과 왼쪽 눈을 번갈아 사용하며, 어제 남자를 놓친 건물을 향해서 흙더미와 건설 자재를 피해 신중하게 다가갔다.

어제는 어두워서 보이지 않았지만, C동과 D동 사이에는 벚나무가 심긴 작은 공원이 있었다. 말라가는 식물들과 낡은 벤치가 늘어섰고, 모래밭과 철봉, 칠이 벗겨진 시소가 설치되어 있었다. 모래밭에는 아이가 놓고 간 노란색 플라스틱 삽과 빨간 양동이가 모래를 반쯤 채운 상태로 놓여 있었다.

미도리야마 시영 주택 C동에는 계단 세 개가 있었고, 계단 하나를 끼고 좌우에 호실이 배치되어 있었다. 5층짜리 건물이라서 계단 하나당 열 집, 총 서른 집이 있었다. 나카무라 건설의 마츠바라가 가져온 평면도를 보니, 좌우의 차이는 있어도 모든 호가 똑같이 방 세 개에 부엌이 딸린 구조였고 엘리베이터는 없었다.

일요일이고 날씨가 좋아서인지 이른 아침인데도 주민들이 각자 집에서 청소를 하고 있었다. 계단 쪽에 난 창틀에는 베란다에 다 널지 못한 빨래가 걸려 있었다. 작은 차양 끝에서 깜빡하고 아직 치우지 못한 풍경이 흔들렸다. 노부인이 창밖으로 방석을 터는 모습이 보였다.

한때는 크림색이었을 벽은 태양 빛을 받아서 바랬고, 같은 색으로 칠해진 홈통은 페인트가 벗겨져서 밑바탕 색이 드러나 보였다. 올려다보니, 옥상의 열을 직통으로 받는 5층에는 창문에 커튼이 없는 공실이 많아 보였다.

건물 옆으로 다가가자, 어제 불어온 강풍에 떨어진 낙엽이 주차장 방지턱에 모여 있었고, 지면에서 난 담쟁이덩굴이 외벽을 따라서 손끝을 뻗으려 하고 있었다. 계단을 내려온 고양이가 어떤 기척을 느꼈는지 잠깐 오자키를 보다가 개의치 않고 공원 벤치 쪽으로 유유히 걸어갔다.

오자키는 눈앞에 있는 벽에 손을 짚어 보았다. 손과 팔이 잠기듯 파묻혔다. 앞쪽 공간에서 허우적댈 뿐, 손에 느껴지는 감각은 아무것도 없었다.

폭이 30센티인 주황색 섬유로 짜인 끈 모양 벨트가 갑작스레 준비되었다. 겉으로 보기에는 누군가가 취미 삼아 짠 태피스트리로 보였다. 양 끝에 달린 크고 둥근 쇠붙이를 크레인 후크에 걸고 벨트로 고리 형태를 만든 것이 전부인 단순한 물건이었다.

"저기, 이거 끊어지지는 않겠죠?" 슬링벨트를 잡아당기며 물었다.

최근 3년 동안 형사과를 떠나서 아침 조깅을 하는 날도 줄었고 운동 부족이라 체중이 늘어난 것을 스스로도 알았다. 오자키는 조금 불안해서 물었다.

"괜찮습니다. 안심하고 믿고 맡기십시오." 요시무라가 모자를 흔들며 대답했다.

"나왔다, 입에 발린 괜찮다는 말. 그쪽한테 물어본 적 없어요." 오자키는 한숨을 쉬었다.

매정한 말을 들은 요시무라가 모자를 들어 올린 채 쓴웃음을 지었다. 오자키는 그 뒤에 숨듯이 서 있는 마츠바라에게 추궁했다. "마츠바라 씨, 어때요?"

"네. 이건 기계류를 옮길 때 표면에 상처가 나지 않게 하려고 사용하는 슬링벨트입니다. 고강도 섬유로 짠 거라서 거의 끊어지지 않아요. 아마 2, 3톤까지는 견딜 수 있을 겁니다." 마츠바라가 손수건으로 이마를 닦으며 설명했다. "그리고 높은 곳에서 작업할 때 쓰는 풀 하네스도 준비했으니 안심하세요. 그런데 저희도 크레인으로 사람을 옮겨본 적은 없어서, 네, 최대한 조심해 주세요."

오가타가 작업 사무소에서 들고 온 하네스를 오자키에게 입혔다. 투덜거리면서 승합차 옆에서 팔짱을 끼고 조용히 지켜보는 코우키를 노려보았다.

"나 원 참. 당신네 상사는 대체 무슨 생각을 하는 거야?"

오자키는 배낭을 메듯이 어깨 벨트에 팔을 넣고 두 다리와 가슴 벨트를 조였다. 몸이 옥죄여서 검도 방호구를 쓴 것 같은 안정감이 생기자, 대책도 없이 안심이 됐다. 마지막으로 하네스에서 뻗어 나온 구명줄 후크를 크레인 와이어에 걸었다.

"자, 랜야드에는 완충 장치도 달려 있으니까 떨어져도…. 뭐, 이런 걸 설명해봤자 소용없다. 아무튼 그 벨트에 열심히 매달려. 만에 하나 떨어져도 이 하네스가 안전하게 붙들어 줄 테니 걱정 말고."

"여러모로 무리한 부탁을 드려서 죄송합니다."

"후크에 사람을 태워서 옮겨보기는 또 처음이네. 당신들이 대체 뭘 하려는 건지는 묻지 않겠지만, 내가 하겠다고 한 이상 원하는 데까지 안전하게 옮겨 줄 테니까 안심해. 이래 봬도 40년 가까이 이 일로 벌어먹고 살았어."

"잘 부탁드립니다."

오가타가 크레인 차의 발판을 기어 올라가서 유리에 에워싸인 조종석에 앉았다.

코우키가 이쪽을 향해 손을 흔드는 모습이 보였다. 오자키는 허리에 단 수신기를 켰다. 마이크를 확인하는 목소리가 들려왔다.

「두 분 다 들리십니까?」 타쿠미가 대답했고, 오자키는 손을 들어서 반응했다.

「그럼 시작하죠. 녹음을 시작하겠습니다. 이번에 오른쪽 눈으로 하는 시영 주택 수사 시간은 한 시간 반으로 제한하겠습니다. 자키 씨는 크레인 후크에서 위아래, 앞뒤, 좌우로 이동 지시를 내려주세요. 타쿠미 씨는 그 지시를 운전사 오가타 씨에게 전달해서 자키 씨를 그 남자가 있는 방으로 데려가주세요. 어제처럼 몸 상태에 이변이 생기면 즉시 중지하겠습니다. 모쪼록 사고가 없게 주의해 주십시오. 자키 씨, 몸이 안 좋아지면 무리하지 말고 바로 말해 주세요.」

"그래, 알았어." "네, 알겠습니다." 타쿠미와 오자키가 동시에 대답했다.

"꼭 양쪽 눈으로 수사해야겠어?" 타쿠미가 물었다.

"사사즈카 가족의 아파트에서 3년 전과 똑같은 공간을 제 발로 자유롭게 움직이던 때랑은 달라요. 크레인에 매달린 채로 지시를 내리면서 움직여야 하는데, 한쪽 눈으로 보면 거리감이 없어서 미묘한 거리 지시를 내릴 수 없어요. 위험성은 있지만 어쩔 수 없어요. 과부하 증상이 나타나기 전에 잽싸게 끝내자고요."

"뭔가 안색이 안 좋다. 긴장돼?"

"타쿠미 씨, 저는 정말 높은 데를 싫어해요. 이 일은 잊지 않을 거예요."

"어? 마이크 음질이 안 좋네." 타쿠미가 딴청을 피우듯 이어폰을 누르며 어물쩍 넘어갔다.

「저는 반대했어요. 공원 벤치에서 C동 계단 세 개를 감시하면, 언젠가 범인이 모습을 드러낼 거라고 했다고요.」 코우키의 목소리가 이어폰에서 들렸다.

"우리 셋이 교대로 망을 볼 수 있으면 그래도 됐겠지만, 그놈을 확인할 수 있는 사람은 오자키뿐이잖아. 그나마도 시간제한이 있어서 24시간 감시할 수 없고. 그놈을 놓칠 수도 있어. 그리고 무리해서라도 크레인을 이용해서 그놈의 집을 들여다보면, 이름, 가족 구성, 직업 같은 세세한 정보를 얻을 수 있어. 그놈이 영상으로 찍어 보낸 다른 범행 네 건에 관한 단서가 방 안에서 발견될 수도 있고."

「그건 그렇지만….」 코우키의 목소리가 작아졌다.

"어떻게 할래? 키리시마 선생도 그런 얘기를 했어. 여기서부터는 오자키 네가 정해."

"이 안 어딘가에 그놈이 있는 게 확실해요. 여기까지 추적한 이상, 이번에야말로 찾아내겠습니다." 오자키는 시영 주택을 올려다보며 단호하게 대답했다.

"너는 방관자잖아. 그러니까 그놈의 정체를 끝까지 똑똑히 확인해. 뭔가 위험이 있으면 말하고. 바로 내려줄게."

"진짜 그래 주셔야 돼요." 오자키는 잠시 두 눈을 감고 크게 숨을 마신 뒤 천천히 뱉었다.

「자키 씨, 지금 평면도를 보고 있습니다. 계단을 앞쪽부터 순서대로 1번, 2번, 3번이라고 할게요. 1번 계단 좌우에 위치한 열 집을 1층에 있는 방부터 시작해서 위로 이동하면서 살펴봅시다.」

"알겠습니다. 타쿠미 씨, 제가 손을 든 방향으로 대략 8미터 앞에 1번 계단이 있어요. 이동해 주세요."

「자, 그럼 천천히 올려주세요.」

조종석 옆 공간에 자리를 잡은 타쿠미가 오가타에게 지시하는 목소리가 들렸다. 크레인의 굵은 와이어에서는 산화 방지를 위해 바른 윤활유 냄새가 났다. 와이어 끝에는 공룡 발톱 같은 후크가 달려 있었고, 그것이 끌어당기는 힘에 오자키가 탄 슬링벨트가 천천히 올라갔다. 지면에서 몸이 떨어지자 등골이 오싹했다. 3미터도 올라가지 않았는데, 벌써 이 무모한 수사를 받아들인 것이 후회됐다.

"네, 여기서 스톱. 조금 내려요. 네, 이 높이를 유지한 채로 이번에는 앞으로 천천히 이동해 주세요."

화단에 심긴 식물들을 통과하자, 시영 주택 벽면이 다가왔다. 오자키는 반사적으로 눈을 감았다.

"스톱. 세워주세요." 몸이 앞뒤로 흔들렸다.

잠시 두 눈을 감고 오른쪽 눈이 실내의 어둠에 익숙해지기를 기다렸다.

천천히 눈을 떠보니, 천장을 뚫고 나온 와이어에 달린 슬링벨트를 탄 채로 천장에서 방 전체를 내려다보는 상태였다. 벽에 옷장이 줄지어 섰고, 안쪽에 벽장이 있는 세 평짜리 다다미방. 이불 두 채가 놓여 있었는데, 한 채는 깔끔하게 개켰고, 다른 한 채 위에는 러닝셔츠를 입은 노인이 아무렇게나 누워 있었다. 잠버릇이 나쁜지 덮는 이불이 허리까지 내려가 있었다.

"여기서 조금씩 오른쪽으로 이동해 주세요."

몸이 문을 통과하자, 작은 식탁이 놓인 부엌이 나왔다. 노부인이 식칼로 채소를 썰며 아침 식사를 준비했다. 주전자와 냄비에서 피어오르는 김 사이로 창문에서 아침 햇살이 비쳐 들었다.

"오른쪽으로 이동, 스톱, 너무 갔어요. 30센티만 원래 위치로 가 주세요."

TV가 켜진 다른 세 평짜리 다다미방에 둥근 테이블이 있었고, 그 위에 고양이가 올라가서 자고 있었다. 상점가 달력이 걸린 벽을 뚫고 지나가며 화장실과 욕실, 옷장과 상자가 산더미처럼 쌓인 두 평 남짓한 크기의 서양식 방을 둘러보았다. 세세하게 이동 지시를 내리면서 방 세 개를 전부 둘러보았지만 어디에도 남자의 모습은 없었다.

"앞으로 이동." "여기서 왼쪽." "조금만 원래 위치로." 평면도와 순회 연락 카드에 있는 정보를 대조하면서 C동 1번 계단과 이어진 열 집을 전부 살펴봤다.

"네. 천천히 아래로 이동해 주세요. 다음은 103호실부터 갑니다."

「자키 씨, 두 번째 계단 쪽에는 203호실이랑 503, 504호실이 비어 있어요. 아무래도 엘리베이터가 없으니까 노인이 살기 어려워서 그런지 위층에는 빈집이 많네요.」

1층에 있는 두 집을 다 살펴본 뒤, 천천히 천장에 머리를 묻으며 2층으로 이동했다. 203호실은 공실이라고 들었다. 그렇다고 거기에 그 남자가 없다고 단정할 수는 없었다. 대충 넘어가지 않고 모든 호실을 확인할 생각이었다. 어두운 바닥 부분을 넘어가자 눈앞에 다다미가 보였고, 어깨부터 허리까지 빠져나왔을 즈음 멈췄다. 몸 절반이 다다미에 묻힌 상태로 움직임이 멎었다.

"멈췄어요. 타쿠미 씨, 무슨 일이에요?"

「아, 미안. 크레인 가동 범위를 넘었어. 이대로는 크레인이 안 닿아. 본체를 오른쪽으로 옮겨야겠어.」 타쿠미의 마이크를 통해서 오가타의 목소리가 들려왔다.

「―그렇대. 들었어? 크레인 차체를 이동시킬게. 그대로 대기해.」

몸 절반이 바닥에 묻힌 채 천천히 다다미방을 이동했다. 벽을 뚫고 나가자 아무도 없는 다다미방이 보였다. 상반신만 바닥 위에 튀어나온 상태로 있으려니 거북해서 타쿠미에게 부탁했다.

"죄송한데, 조금만 올려주실 수 있어요?"

와이어에 이끌려 순식간에 천장 근처까지 올라갔다. 이번에는 코부터 위가 3층으로 나갔다. 오자키의 눈앞에 낡아서 갈라진 다다미 표면이 보였다. 깔린 이불에서 여자와 남자의 맨발이 나와서 움직였다. 이불 안에 반라의 남녀가 뒤엉켜 있었다. 오자키는 자기도 모르게 몸을 웅크렸다.

「왜 그래, 오자키? 몸이 안 좋아?」

갑자기 허리를 숙이는 오자키를 보고 타쿠미가 물었다.

"아, 아니요. 괜찮아요. 아무것도 아니에요. 조금만 내려주실래요?"

한 시간을 들여 C동 3분의 2에 해당하는 스무 집을 수색했지만, 아직 남자의 거주지는 찾지 못했다. 조금 투명하기는 해도 오자키의 눈에는 방바닥이 또렷이 보였다. 그 덕분에 시작하기 전에 우려하던 고소 공포를 크게 느끼지 않고 모든 방을 확인했다.

불단 앞에서 향을 피우는 혼자 사는 노부인과 그 모습을 옆에 앉아서 바라보는 고양이, 식탁에서 아침을 먹는 엄마와 갓난아이로만 구성된 모자 가정. 아침부터 말다툼하는 부부와, 술을 마시고 누구에게랄 것 없이 성을 내는 중년 남성, 무언가를 향한 분노를 참지 못하는 주민도 있었다. 그런가 하면 밝고 활기찬 남미계 외국인 9인 가족, 배낭을 메고 웃으며 행복하게 재잘대는 젊은 3인 가족까지. 서로 다른 사연과 다양한 삶의 방식이 이곳에 있었다.

이 시영 미도리야마 주택은 이때로부터 1년도 지나지 않아서 모든 동의 폐쇄가 결정될 것이고, 2년 반이 지나서는 철거될 것이며, 현재는 이미 존재하지 않는다. 오자키는 C동을 수사하면서 시영 주택이라는 큰 건물과 방들에 애틋함이 들었고, 거기에 사는 많은 가족에게 친밀감과 상실감을 느꼈다.

C동 옥상에서는 푸른 안개가 낀 산들과 저 멀리 고압 송전선이 걸린 철탑의 대열까지 보였다. 앞쪽에 자리한 상업 시설과 빌딩에 가려 바다는 보이지 않았지만, 바다로 이어지는 강이 태양 빛을 받아서 반짝반짝 빛났고, 색색의 지붕을 덮은 주택이 모자이크처럼 늘어서 있었다. 멀리서 불어온 바람이 오자키의 머리카락을

흔들었다. 문득 오른쪽 눈을 감고 자신이 서 있는 현실을 보고 싶다는 호기심이 스쳤지만, 그 광경을 받아들일 용기가 나지 않았다.

「오자키, 몸 상태는 어때? 코우, 이제 몇 집 남았지?」

「마지막 계단 쪽에 있는 방들은 빈집을 포함해서 열 집입니다. 자키 씨, 잠깐 휴식할까요? 벌써 한 시간 반 가까이 양쪽 눈을 썼어요.」

오자키는 20분 전부터 두통이 있었다. 손에 땀이 나고 슬링벨트를 쥐는 악력이 약해지는 것을 느꼈다.

"아니요. 이게 마지막 계단이잖아요. 얼른 끝내죠. 몸 상태도 아직은 괜찮아요."

「1번과 2번 계단은 정확을 기하려고 1층부터 순서대로 살펴봤는데, 이 세 번째 계단 열 집은 효율을 생각해서 이대로 위에서 아래로 살펴보죠. 순회 연락 카드에 따르면 506호실과 405호실은 빈집입니다.」

"알겠습니다. 타쿠미 씨, 오른쪽으로 3미터 정도 이동해 주세요. 네, 이 정도면 됐어요. 여기서 똑바로 아래로 내려주세요."

둥근 급수 탱크가 있는 옥상 바닥은 녹색 페인트로 칠해져 있었다. 오자키는 발끝부터 허리 방향으로 조금씩, 녹조가 떠 있는 늪에 잠기듯 아래층으로 내려갔다.

"멈춰 주세요. 높이는 이대로 유지할게요."

밝은 옥상에서 갑자기 어두운 방으로 내려온 탓인지 눈이 적응되지 않아서 실내가 제대로 보이지 않았다. 여기도 빈집인지 두 평 남짓한 다다미방 창문은 두꺼운 커튼으로 가려져 있었다. 창문에 틈이 있는지 바람이 불어와서 커튼이 살짝 흔들렸다. 새어 들어온 빛이 희미하게 방을 비추었다. 가구나 다른 물건도 없는 방 같았다.

"두꺼운 커튼으로 가려져서 어둡고 잘 안 보여요. 가구는 물론이고 아무것도 없는 방 같아요. 코우, 505호실은 빈집 아니야?"

「아니에요. 거주자가 있습니다. 순회 연락 카드에는 오카자키 시로라는 남자가 혼자 산다고 돼 있어요.」

문을 통과해서 옆에 있는 부엌으로 이동했다. 싱크대 옆에 작은 냉장고가 있었지만, 테이블이나 의자 같은 가구는 물론, 조리 도구와 식기도 없었다. 계절에 어울리지 않게 등유가 든 붉은 탱크 2개가 덩그러니 바닥에 놓여 있었다. 사람이 사는 기색은 전혀 없었다.

또 다른 세 평짜리 다다미방은 반대로 의류 보관함, 옷장, 책상, 의자, 책장 같은 오래된 가구로 꽉 차 있었다. 이곳 주민이 사용한다기보다는 이 집에 있는 모든 가구를 밀어 넣고 창고 삼아 사용하는 것 같았다.

"세 평짜리 다다미방은 창고로 사용 중, 부엌에는 작은 냉장고만 있음…."

벽을 통과해서 마지막으로 서양식 방에 들어갔다. 아침 햇살이 커튼을 뚫고 방에 비쳐 들었다. 천장에 달린 조명이 켜진 상태였다. 그 방에 그 남자가 있었다. 공기가 얼어붙고, 순식간에 실내 온도가 내려갔다.

"찾았다! 그놈이 있어요. 자고 있어요."

두 평 남짓한 방에 가구는 하나도 없었다. 남자는 두 손을 가슴 앞에 모으고 베개나 이불도 없이 어젯밤에 본 복장 그대로 요를 깔지 않은 매트리스 위에 누워 있었다.

「자키 씨, 거기가 몇 호실인지 다시 확인해 주세요.」

"타쿠미 씨, 조금 오른쪽으로 이동해 주세요. 확인하겠습니다."

오자키는 일단 현관 밖으로 이동해서 문 위에 걸린 호실 번호를 봤다.

"명패에 이름은 없지만 C동 505호실이 맞아요. 방금 그 위치로 돌아가 주세요. 네, 조금 더 왼쪽이요."

천장 근처에서 아직 잠자는 남자를 보았다.

"이놈 머리 근처에 휴대전화랑 어제 갖고 있던 검은 배낭이 있어요. 천사 스티커가 붙어 있는 검은 노트북이랑 표지가 없는 문고본 몇 권이 널려 있어요. 창문 근처에는 관엽식물이 있고, 창문에는 커튼이 걸려 있지만, 그것 말고 다른 가구나 일회용품, 갈아입을 옷까지, 생활용품은 일절 없어요. 직업을 알아낼 만한 서류나 달력도 안 보여요."

머리맡에 놓인 휴대전화가 빛나더니 액정화면에 시간이 표시되었다. 기상 알람이 울렸는지 남자가 눈을 뜨고 휴대전화로 손을 뻗었다. 오자키는 숨을 삼켰다. 슬링벨트를 붙든 손에 자기도 모르게 힘이 들어갔다. 들릴 리가 없는데, 지시를 내리는 목소리가 작아졌다.

"그놈이 잠에서 깼어요. 타쿠미 씨, 오른쪽으로 조금 이동해 주세요."

남자는 매트리스에서 천천히 일어나 방의 불을 끄고 커튼을 열었다. 부엌으로 가서 냉장고에서 페트병과 바게트를 꺼냈다. 남자는 걸으면서 빵을 베어 먹고 탄산수를 마셨다. 잠깐 보인 냉장고 속은 텅 비어 있었다. 서양식 방으로 돌아가더니 마시다 남은 탄산수를 관엽식물 화분에 뿌렸다. 흙에 떨어진 물이 진흙 거품을 만들었다.

"타쿠미 씨, 여기는 이놈의 공식적인 거주지가 아닐지도 몰라요. 부엌에 식기나 조리 도구도 없었고, 등유가 든 빨간 탱크랑 작은 냉장고가 전부예요. 냉장고 안에도 탄산수랑 빵밖에 없었어요. 식료품 같은 것도 안 보여요."

「뭐 하는 놈이지, 오카자키라는 놈은? 코우, 무슨 부가 정보 없어?」

「505호는 오카자키 시로라는 독신 남성이 사는 곳으로 돼 있어요. 근데 아마 그놈이랑은 다른 사람일 거예요.」 이어폰에서 코우키의 목소리가 들렸다.

「어떻게 알아?」 타쿠미가 물었다.

「이 순회 연락 카드에 있는 정보가 틀리지 않았다면, 3년 전 오카자키는 85세 노인이었거든요.」

남자가 남은 바게트를 챙겨서 움직였다. 오자키는 타쿠미에게 지시를 내리며 뒤를 쫓았다. 남자는 오자키가 처음에 본 두꺼운 커튼 달린 방의 장지문을 열었다. 부엌에서 빛이 들어오자, 방 중앙에 걸려 있는 고풍스럽고 큰 새장이 보였다. 방 커튼과 창문을 여니, 환한 빛이 방에 비쳐 들었다. 갑자기 빛을 뒤집어써서 흥분한 새가 새장 속에서 퍼덕이며 사다리 두 개를 왔다 갔다 했다.

"참새예요. 옆에 있는 두 평 남짓한 방에 새장이 걸려 있고, 안에 참새가 있어요. 영상 '회전목마' 첫 부분에 나오던 그 참새일지도 몰라요."

남자가 새장 문을 열고 손을 뻗자, 참새가 얌전히 검지에 앉았다. 남자는 그대로 창가에 앉아서 참새에게 무어라 이야기했다. 참새는 열린 창문으로 도망치지도 않고 손바닥 위에서 잘게 찢은 바게트를 쪼아먹었다. 남자는 검지로 참새의 머리를 쓰다듬었고, 참새도 엄지 마디에 볼을 비비며 날개를 떨었다. 아침 인사가 끝났는지 그 뒤에는 천진스레 어깨 위에 앉기도 하고 팔이나 손바닥 위에서 걷기도 했다.

오자키는 참새가 이렇게 사람을 무서워하지 않고 따르는 모습을 처음 봤다. 그리고 이 남자가 동물과 이렇게 교감할 수 있다는 것에 놀랐다. 그 텅 비어 보이던 눈에서 인간적인 빛이 보이는 느낌마저 들었다. 남자가 두 손을 펼쳐서 참새를 다정하게 감쌌다. 그리고 얼굴 앞으로 데려와서 참새의 부리에 입술을 대고 미소 지었다. 그것은 사사즈카 일가의 집에서 보여준, 상대를 향한 멸시가 담긴 조소가 아니라 그야말로 자애로운 미소였다.

불어온 바람에 커튼이 크게 흔들렸다. 남자는 갑자기 감싸고 있던 두 손을 오므려서 참새를 숨 쉬지 못하게 눌렀다. 손가락 틈으로 날개 일부가 나와서 격렬하게 흔들렸다. 오래 걸리지는 않았다. 오자키의 귀에는 참새의 울음소리와 저항하는 날갯짓 소리가 들리는 것 같았다.

순식간에 벌어진 일이라 이해가 되지 않았다. "어?" 하며 오자키의 입에서 놀란 목소리가 새어 나왔다. 남자가 가슴 앞에서 꽉 쥐었던 손을 천천히 폈다. 손바닥 위 참새는 움직이지 않았고, 벗겨진 연갈색 깃털이 슬로 모션처럼 다다미 위에 떨어졌다. 죽은 참새를 가만히 응시하는 그 얼굴은 마치 가면을 쓴 것처럼 무표정했다.

"참새를…. 자기가 그렇게나 아끼던 참새를 죽였어요. 왜…."

어째서? 그것도 사사즈카 가족 전원을 죽인 이튿날에. 빛이 비쳐 들어 보이던 남자의 눈은 다시 흘러넘칠 듯 검고 깊은 어둠을 띠었다.

남자는 죽은 참새를 새장에 넣고 침실로 쓰던 방에 돌아갔다.

"놈이 배낭에 노트북이랑 문고본을 챙겨요. 나갈 것 같아요. 타쿠미 씨, 여기서 내려주세요."

「알았어. 지금 내릴게.」

남자가 관엽식물을 화분째로 손잡이가 달린 투명한 비닐봉지에 넣고 배낭과 함께 신발장 위에 툭 올려놓았다. 야구 모자를 쓰고 검은 장갑을 끼더니 방으로 돌아가서 창문에 걸린 커튼을 잡아당겨 찢을 듯이 떼어 냈다.

"잠깐만요. 그놈이 방 커튼을 떼고 있어요. 뭘 하는…."

「자키 씨, 큰일입니다. 인터넷에서 오카자키 시로를 검색해보니까 신문 뉴스가 나와요. 3년 전에 일어난 시영 주택 화재는 505호실에서 시작됐습니다.」

「놈이 불을 질렀다는 거야? 오자키, 어떻게 되고 있어?」

"코우가 말한 대로예요. 어? 놈이 벽장에서 검은 비닐봉지를…. 아마 사사즈카 가족에게 범행을 저지를 때 사용한 증거물이 들어 있을 거예요. 어제 본 검은 비닐봉지예요. 가구가 꽉 찬 안쪽 방에 던져 넣고 부엌에 놓인 빨간 탱크로 등유를 뿌리고 있어요. 불을 지르려는 것 같아요."

남자는 탱크 두 개에 든 주황색 액체를 각 방에 뿌리고 빈 탱크를 부엌에 내던졌다. "방에 뿌리는 건 등유가 아니에요. 휘발유예요."

남자가 배낭을 멘 뒤 관엽식물 화분을 들고 재빨리 현관으로 나갔다. 문밖에서 휘발유투성이인 장갑을 커튼으로 감싸서 불을 붙이고 그대로 부엌에 던져 넣었다. 천천히 닫히는 문틈으로 보인 남자의 얼굴이 엷게 웃었다.

살아 있는 것처럼 뻗어 나온 불의 혀가 부엌 바닥을 달렸다. 가구로 꽉 찬 방에 다다르자, 순식간에 불길이 커졌다.

새장이 있던 방은 기화한 휘발유로 가득 차 폭발을 일으켰다. 창틀이 커튼과 함께 밖으로 날아갔다. 폭풍으로 건너편 D동 창문이 깨졌다. 방 자체가 흔들린 것처럼 보였다. 창문에서 붉은 불길과 검은 연기가 치솟았다. 폭발과 함께 불길을 토해낸 반동으로 방에 산소가 순식간에 몰려들어 왔다. 불길이 기세를 키우고 505호실의 모든 방을 집어삼켰다.

오자키는 3년 전 광경을 보고 있을 뿐이라고 자기 자신을 달랬다. 하지만 너무나 사실적인 불길에 몸에서 땀이 쏟아졌다. 오토바이 사고를 봤을 때처럼 과호흡이 일어날 것 같았다. 호흡이 거칠고 빨라져서 의식이 몽롱했다.

불타는 문짝이 오자키의 발치로 날아왔다. 오자키는 슬링벨트에 필사적으로 매달렸다. 커다란 불길이 파도처럼 덮쳐왔다. "타쿠미 씨…" 숨쉬기가 힘들어서 이동 지시를 내릴 수 없었다.

「야, 오자키, 왜 그래? 무슨 일 생겼어?」 타쿠미의 목소리가 멀리서 들렸다.

천장을 기어 온 불이 오자키의 오른팔을 핥았다. "앗, 뜨거!" 열을 느끼고 자기도 모르게 소리쳤다. 몸의 균형이 무너져서 슬링벨트를 쥔 손을 놓쳤다. 그대로 505호실 바닥에 몸이 잠겼다.

눈을 떠보니, 아래층 빈방이었다. 고소 작업용 하네스가 오자키의 몸을 크레인에 붙들어 맨 상태였다. 오자키는 좌우로 흔들리며 아래층 부엌 천장에 매달려 있었다. 눈앞에 불길이 보이지 않게 되자, 과호흡이 잦아들고 이성이 돌아왔다. 밖을 보니, 건너편 창문에서 무슨 일인지 살피러 얼굴을 내민 D동 주민들이 위에 있는 505호실을 가리키며 소리치고 있었다.

"타쿠미 씨, 어서⋯, 어서 오른쪽 위로 이동해 주세요. ⋯그놈이 도망쳐요."

오자키가 격렬하게 기침하며 타쿠미에게 외쳤다.

「오른쪽으로 움직여, 어서!」 급박하게 지시를 내리는 타쿠미의 목소리가 들렸다.

허공에 매달린 오자키를 보고 오가타가 당황했는지 크레인이 급하게 오른쪽으로 흔들렸다. 후크 끝에 매달린 오자키는 그대로 시영 주택 실내에서 벽을 뚫고 갑자기 공중에 내던져졌다.

"으악!" 오자키는 20미터쯤 되는 높이에 자기도 모르게 소리를 질렀다.

「괜찮아요? 자키 씨!」 「오자키!」 코우키와 타쿠미가 외치는 소리가 들렸다.

몸이 그네처럼 공중에서 좌우로 크게 흔들렸다. 심지어 연결된 안전벨트가 꼬여서 몸이 회전했다.

"⋯저, 저는 괜찮아요." 기침 섞인 목소리로 대답했다.

C동 505호실의 모든 창문에서 불길과 검은 연기가 솟구쳐 나왔다. 녹색 지붕과 둥근 급수 탱크. D동 창문 밖으로 얼굴을 내민 주민들. 공원에서 놀던 아이와 부모. 폭풍에 반응해 자동차 경보음이 울리고 라이트가 깜박였다. 다양한 주변 풍경이 기울며 오자키의 주변을 빙글빙글 돌았다. 타쿠미가 무어라 외쳤지만, 바람을 가르는 소리에 막혀서 목소리가 제대로 들리지 않았다.

"그놈이 계단을 내려가요."

공중에서 회전하면서도 남자 쪽을 보려고 몸을 비틀었다.

"타쿠미 씨, 어서 내려주세요."

「어서 후크를 낮춰서 내려줘.」 타쿠미가 외쳤다.

「기다려 봐. 아래에 건축 자재랑 콘크리트 블록이 있어. 와이어의 흔들림이 잦아들고 나서 움직여야 돼. 안 그러면 위험해.」 이어폰에서 오가타의 목소리가 들렸다.

남자는 계단을 끝까지 내려간 다음 자전거를 세워둔 제2 자전거 주차장 방향으로 걸었다. 양동이와 소화기를 든 시영 주택 주민들이 앞에 모여들었다. 휴대전화로 화재 영상을 촬영하는 주민도 있었다. 얼굴이 찍히는 것을 꺼리듯 쓰고 있는 모자챙을 내리고 그 자리에 쪼그려 앉아서 신발 끈을 묶는 척하며 주민들이 지나가기를 기다렸다. 하지만 끝이 없다고 판단했는지, 일어나서 방향을 바꿔 자전거 주차장과 반대되는 쪽 출구로 걸어갔다.

"그놈이 자전거로 도망치기를 포기하고 반대편에 있는 시영 주택 남쪽 출구로 가요."

오자키의 몸은 아직 공중에서 좌우로 크게 흔들렸다.

"그놈을 놓쳐요. 오가타 씨를 바꿔 주세요."

「잠깐 있어 봐.」 기계를 긁는 듯한 잡음이 들린 뒤, 오가타가 받았다.

"오가타 씨, 좀 난폭한 방법도 괜찮아요. 저를 땅에 내려주세요."

「어떻게 되든 책임 안 진다.」 오가타가 소리쳤다.

후크가 내려가서 흙더미가 쌓인 지면에 질질 끌듯이 오자키를 내려놓았다. 최대한 몸을 둥글게 만 채 흔들리는 방향을 거스르지 않고 흙 위를 굴렸다. 눈앞에서 흙먼지가 일고 충격으로 숨을 쉴 수 없었다. 어제 사사즈카 가족의 아파트에서 들은, 금속을 두드리는 듯한 높은 이명이 시작됐다.

"괜찮아, 오자키?" 타쿠미가 달려왔다.

오자키는 괜찮다고 고개를 끄덕였다. 일어나서 하네스를 벗으려고 했지만, 손이 떨려서 가슴 앞에 달린 금속 버클을 풀 수 없었다. 갑자기 오른쪽 눈에 보이는 광경이 뒤틀렸다. 10미터 앞에서 도망가는 남자의 뒷모습이 사라졌다. 하늘에서 구름이 빠르게 흘러갔다. 3에서 5미터, 시간으로는 1, 2초, 오른쪽 눈에 보이는 광경이 스킵되었다. 남자가 사라졌다 나타났다 하면서 멀어졌다.

"타쿠미 씨, 떨어진 충격으로 오른쪽 눈의 시간이 불안정해졌어요. 보이는 광경이 스킵돼서 그놈을 놓쳤어요."

뒤에서 오가타도 허둥지둥 달려와서 허벅지에 찬 벨트를 벗는 것을 도왔다.

"그놈은 어느 쪽으로 갔어?"

"시영 주택 남쪽 출구로 나가서 다리를 건너 주택가 방향으로 간 것 같아요."

「두 분은 그대로 놈을 쫓아주세요. 사람이 많아질 겁니다. 타쿠미 씨는 자키 씨를 백업해 주세요. 저는 차를 이동시키겠습니다.」 코우키가 지시를 내렸다.

"알았어." "알겠습니다." 둘이 동시에 대답했다.

"감사했습니다." 오자키는 오가타에게 감사 인사를 하고 달려나갔다.

폭발음과 시영 주택에서 뿜어져 나오는 검은 연기에 인근 주택가에서도 구경꾼이 몰려들었다. 3년 전 군중을 뚫고 다리를 건너서 주택가를 달렸다. 아케이드 상점가 입구에 모인 인파 속에서 남자의 뒷모습이 보인 것 같았다.

"어때? 그놈은 아직 안 보여?"

"상점가 입구에서 보인 것 같은데…. 확신은 없어요."

경광등을 빛내는 소방차 두 대가 눈앞을 달려 지나갔다. 휴일 오전 상점가에는 사람이 많았다. 양쪽 눈을 이용하는 오자키에게는 현재의 쇼핑객까지 동시에 보여서 남자를 찾기가 불가능했다.

"타쿠미 씨, 사람이 많아졌어요. 오른쪽 눈으로만 보겠습니다. 서포트해 주세요."

오자키의 어깨에 타쿠미가 손을 올렸다.

"알았어. 앞쪽에 장애물이 있으면 내가 막을게. 안심하고 쫓아가."

"잘 부탁드려요."

오자키는 타쿠미의 백업을 믿고 주머니에서 안대를 꺼내 왼쪽 눈에 찼다.

"앞쪽에 차가 서 있어. 조금 오른쪽으로 가서 방향을 바꾸자."

바로 옆에서 목소리가 들렸다. 어깨에 얹힌 타쿠미의 오른손이 오자키를 붙잡았다. 오른쪽 눈으로만 보자, 현재의 쇼핑객이 사라져서 군중이 반이 됐다. 지나다니는 3년 전의 쇼핑객 너머에서 아케이드 상점가를 지나는 남자의 뒷모습이 순간 보였다 사라졌다.

"아, 찾았어요. 전방 약 20미터 앞, 아케이드 상점가에서 남쪽 방면 출구로 걷고 있어요."

남자는 주변을 둘러보지도 않고 상점가 출구로 향했다.

「타쿠미 씨, 어떻게 할까요? 내비게이션을 보고 있는데, 이대로 상점가를 빠져나가면 '지하철 미도리야마역'이 있습니다. 지상으로 다니는 전철이나 버스면 차로 어떻게든 쫓아갈 수 있겠지만, 그놈이 지하철을 타면 끝이에요. 3년 전과는 출발, 도착 시각도

달라요. 자키 씨의 눈이 있어도 추격할 수 없습니다.」

"그건 그때 가서 생각해. 지금 고민해봤자야. 지하철 미도리야 마역 부근으로 차를 돌려."

「알겠습니다.」

"놈은 상점가를 벗어난 곳에서 신호가 파란불로 바뀌기를 기다리고 있어요. 길 건너편에 무슨 행사가 있는지 사람이 엄청 모이기 시작했어요."

횡단보도 건너편에 있는, 나무들에 둘러싸인 언덕 위 하얀 건물의 중후한 문이 열렸다. 회색 연미복을 입은 남자와 하얀 웨딩드레스를 입은 여자가 넓은 석조 계단을 내려왔다. 하객들이 주변을 에워싸고 신랑 신부를 축복했다.

"결혼식 같아요."

계단을 따라서 휴대전화와 디지털카메라를 든 사람들이 줄지어 있었다. 내려오는 새신랑과 새색시를 향해 플래시를 터뜨리고 셔터를 눌렀다. 도로와 이웃한 하얀 문도 열리더니, 결혼식을 축하하러 모인 하객들이 도로까지 나왔다. 차도에는 신랑 신부를 피로연장으로 데려다줄 리무진이 서 있었다. 결혼식 하객까지 더해지니 인적이 많아서 한순간이라도 남자에게서 눈을 떼면 놓칠 것 같았다.

"신호가 파란불로 바뀌어서 놈이 횡단보도를 건너요."

"잠깐. 여기는 빨간불이야. 아직 차가 달리고 있어."

타쿠미가 걸어 나가려는 오자키의 어깨를 붙잡아 세웠다. "오자키, 초조해하지 마."

"하지만 이대로면 그놈을 놓쳐요."

"어쩔 수 없네. 그냥 건너자. 내 팔을 꽉 잡고 따라와."

타쿠미가 차를 강제로 세웠는지, 클랙슨과 브레이크 소리가 시끄럽게 울렸다. 오자키는 타쿠미에게 이끌려 횡단보도를 건넜다.

"결혼식 하객들 때문에 길이 막혀서 그놈 발이 묶였어요. 지금이라면 따라잡을 수 있어요."

화재 현장으로 향하는 구급차가 신랑 신부를 태울 리무진에 길이 막혀 오도 가도 못했다. 리무진 운전자가 황급히 차를 움직이려고 했다.

호루라기 소리가 들리고, 오자키와 타쿠미 뒤에서 목소리가 날아들었다. "어이, 거기 당신들, 다 큰 성인들이 신호를 어기면 안 되지."

타쿠미의 입에서 혀를 차는 소리가 새어 나왔다. "오자키, 여기 가만히 있어."

오자키에게는 목소리밖에 들리지 않았다. 날아든 호루라기 소리와 목소리 내용으로 보아 다짜고짜 차를 세우고 도로를 건넌 오자키와 타쿠미에게 순찰 중인 경찰관이 말을 건 모양이었다. 경찰 신분증을 제시하려는 듯 오자키의 어깨에서 타쿠미의 손이 떨어졌다.

"지금 피의자를 쫓고 있어. 직무 집행 중이니까 방해하지 마."

작은 소리로 경고하는 타쿠미의 목소리가 오자키의 바로 옆에서 들렸다.

"뭐라고?" 주변의 소음 때문에 들리지 않았는지, 경찰관이 되물었다.

남자가 인파 너머에서 구급차와 리무진 사이를 비집고 차도를 건넜다. 지하철 미도리야마역으로 걷는 모습이 보였다.

"타쿠미 씨, 역시 그놈은 길을 건너서 지하철역으로 가고 있어요."

오자키는 초조해서 걸음을 뗐다.

"야, 오자키, 잠깐!" 타쿠미가 뒤에서 외쳤다.

커다란 클랙슨과 급브레이크 소리. 옆에서 무언가가 오자키의 몸을 넘어뜨렸다. 길 위에 넘어진 충격에 숨이 막혀서 목소리가 나오지 않았다.

입안에 쇠 맛이 퍼졌다. 머리를 맞은 탓에 금속음 같은 높은 이명이 또 시작되었다. 오른쪽 눈으로 보던 광경이 뒤틀리고 시간이 스킵돼서 남자의 뒷모습이 사라졌다. 차체와 도로 사이에서 지하철 계단을 내려가는 남자의 상반신이 겨우겨우 보였다.

"으…, 또 시간이 스킵됐어." 도로를 구른 오자키의 입에서 목소리가 새어 나왔다.

"오자키! 괜찮아?"

이명 탓에 타쿠미의 목소리가 웅웅거려서 제대로 들리지 않았다.

"자키 씨…, 다친 데 없어요?" 바로 귀 옆에서 코우키의 목소리가 들렸다.

퍼뜩 정신이 들어서 왼쪽 눈 안대를 벗고 뒤를 돌아보았다. 오자키를 뒤에서 끌어안은 채 도로에 누운 코우키의 얼굴이 보였다. 쓰러진 충격으로 안경이 어딘가에 날아가고 없다. 관자놀이에 생긴 찰과상에서 피가 흘렀고 어딘가 아픈지 괴롭게 얼굴을 찌푸리고 있었다.

"코우! 타쿠미 씨, 코우가!"

오자키는 코우키의 어깨를 잡고 상반신을 안아 일으켰다. 빨간 왜건이 차량 진행 방향으로 비스듬히 선 채 차선을 막고 있었다. 눈앞에 하얀 연기와 먼지가 떠다녔다. 배기가스와 급브레이크로 달궈진 타이어 냄새가 주위에 가득했다. 왜건 운전자가 험악한 얼굴로 운전석에서 얼굴을 내밀고 이쪽을 향해 소리쳤다. "큰일 날 뻔했잖아, 이…!"

타쿠미가 경찰 신분증을 내밀며 운전자의 욕설을 조용히 막았다.

"둘 다 괜찮아? 정신 좀 차려봐."

왜건 뒷바퀴 근처에 코우키의 안경이 떨어져 있었다. 오자키는 무슨 일이 일어났는지 그때 비로소 이해했다. 무리하게 길을 건너려고 하는 오자키를 코우키가 몸으로 막아준 모양이다.

"오자키, 다친 데는 없어?"

"저는…, 저는 괜찮아요. 근데 코우가…."

먼지투성이가 된 정장 왼쪽 어깨가 도로에 쓸려 찢어졌다. 괴로워하는 코우키를 보자, 오토바이 사고 때 기억이 겹쳐서 심장 박동이 빨라지고 공황이 찾아왔다. 이명과 현기증이 일어서 호흡이 거칠어지고 몸이 자꾸만 떨렸다.

"어서…. 타쿠미 씨, 어서, 어서! 구급차, 구급차 불러요!"

코우키가 다친 왼쪽 손목을 누르고 괴로운 듯 고개를 들었다.

"자키 씨, 자키 씨. 진정해요. 나는 괜찮…, 괜찮아요. 차에 치이지는 않았어요. 땅을 굴러서 손목을 살짝 삔 게 다예요. 부상이 심하지 않아요. 괜찮아요. 두 분은…. 두 분은 어서 그놈을 쫓아주세요."

타쿠미가 도로에 떨어진 안경을 주워서 코우키에게 건넸다.

"코우…, 미안해. 내가 마지막으로 봤을 때 이미 그놈은 지하철역으로 계단을 내려가고 있었어. 시간도 스킵돼서 따라잡기 힘들

거야. 여기까지 힘들게 쫓아왔는데, 조금만 더 하면 됐는데…." 오자키는 분해서 입술을 깨물었다.

주변에 교통사고를 보려는 구경꾼이 몰려들었다. 조금 전에 말을 건 경찰관이 호루라기를 불며 교통정리를 시작했다. 오른쪽 손목에 찬 시계를 보니 시영 주택에서 남자를 찾기 시작한 뒤로 벌써 두 시간 반이 지났다. 뇌가 과부하를 일으켜서 호흡이 거칠어지고 땀이 쏟아졌다. 높은 이명도 아직 머릿속에서 울렸다.

"어쩔 수 없네요. 여기까지 하죠." 코우키가 오자키를 올려다보며 말했다.

"오자키…." 타쿠미가 내민 손을 잡고 일어섰다.

몸에 힘이 들어가지 않아서 비틀거리며 가드레일에 걸터앉았다. "죄송합니다." 오자키는 고개를 들 수 없어서 무릎에 손을 얹었다.

"여기에…, 그놈이 바로 눈앞에 있었는데…."

오자키는 헝클어진 머리카락 사이로 남자를 놓친 지하철 입구를 노려보았다. 계단을 올라온 회사원이 한 발짝을 뗀 모습 그대로 멈춰 있었다. 오른쪽 눈에 보이는 주변 광경이 무언가 부자연스러웠다.

"잠깐만요. 코우, 타쿠미 씨, 오른쪽 눈에 보이는 광경이 뭔가 이상해요."

"왜? 또 스킵됐어?"

"…아니요. 오른쪽 눈의 광경이…, 오른쪽 눈에 보이는 시간이 멈춰 있어요."

오자키는 홀린 듯 일어나서 왼쪽 눈을 감은 채 주변 풍경을 둘러보았다. 희한한 광경이었다. 방금까지 달리던 구급차와 버스 같은 교통 차량부터 쇼핑백을 안고 걷는 여자, 자전거를 타고 지나가는 청년, 횡단보도를 건너는 회사원까지, 오른쪽 눈에 보이는 세상이 정지 버튼이 눌린 듯 멈춰 있었다.

눈앞에 엄마와 손을 잡은 아이가 있었다. 신나서 폴짝 뛰었는지 두 발이 5센티 정도 공중에 떠 있었다. 흡연하며 손님을 기다리는 택시 기사가 뱉은 담배 연기는 차 밖에서 얼어붙은 듯 사라지지 않고 공중에 머물러 있었다. 뒤돌아보니, 그렇게나 소란스럽게 움직이던 결혼식 하객들이 석상처럼 웃는 얼굴 그대로 굳어 있었다. 흩날리는 알록달록한 색종이 가루, 터지는 폭죽, 거기에 놀라서 날아오른 비둘기까지 모두 공중에서 정지돼 있었다.

오자키는 왼쪽 눈을 가린 손을 치우고 걸음을 뗐다. 발목에 통증이 있었지만, 개의치 않고 멈춘 시간 속을 달렸다. "야, 오자키, 기다려!" 타쿠미도 뒤를 쫓아왔다.

왼쪽 눈에 보이는 현재의 시간은 멈추지 않았다. 몇 번이나 보행자와 부딪힐 뻔했다. 움직이는 사람과 차를 피하며 지하철 입구에 도착했다. 50미터도 되지 않는 거리를 달렸을 뿐인데 숨이 차고 현기증이 났다. 지하철 승강장으로 계단을 뛰어 내려갔다.

"혼자 돌발 행동하지 마, 오자키. 위험해!" 뒤에서 타쿠미의 목소리가 쫓아왔다.

"타쿠미 씨, 오른쪽 눈의 시간이 멈췄어요. 지금이라면 가능해요. 그놈을 따라잡을 수 있어요!"

"가능하다고? 너…." 쫓아오던 타쿠미가 오자키의 겉옷을 붙들었다. 계단참 공간 벽에 오자키를 힘으로 밀어붙였다. "방금 코우가 하는 말 들었잖아. 3년 전이랑은 지하철 운행 시간이 달라. 열차로 도망쳤으면, 그놈을 못 쫓아. 위험해. 이제 그만두자."

"못 그만둬요!" 타쿠미의 얼굴을 노려보았다.

타쿠미 뒤에 멈춰 있던 3년 전 여고생 두 명의 머리와 눈이 순간 움직였다. 오른쪽 눈의 시간이 초 단위로 스킵되어 만화에서 장면을 한 컷 한 컷 넘기듯 조금씩 움직였다. 오자키는 타쿠미의 팔을 쳐내고 다시 계단을 몇 단씩 거르며 뛰어 내려갔다.

"잠깐만, 오자키!"

제지하는 타쿠미의 목소리는 들리지 않았다. 지하철로 남자를 쫓아갈 수 없는 것은 안다. 하지만 바로 앞에 있는 저 남자를 도저히 포기할 수 없었다.

"거기 비켜요!" "지나갈게요!" 올라오는 사람들을 헤치며 계단을 뛰어 내려갔다. 회사원과 어깨를 부딪혔지만, 개의치 않고 날듯이 달렸다.

왼쪽 눈을 덮고 오른쪽 눈으로 전광판에 표시된 다음 전철 시간을 확인했다. 서쪽 바다 방면으로 갔을까, 중앙으로 향하는 노선으로 갔을까. 순간 망설였다. "범죄자가 숨을 때는 도회지에 가까운 쪽을 골라." 어제 타쿠미가 한 말을 떠올리고 개찰구 직원에게 경찰 신분증을 제시한 뒤 중앙으로 향하는 노선 통로를 달렸다.

앞에 멈춰 있던 스케이트보드를 짊어진 청년의 팔과 다리가 움직였다. 정지한 시간이 무언가에 잡아당겨지듯 불규칙하게 움직였다.

"잠깐, 잠깐, 잠깐! 조금만 더, 아주 조금만 더!"

오자키는 계단을 한 단씩 거르며 뛰면서 자기 자신을 타이르듯 외쳤다.

숨을 헐떡이며 올라가서 승강장에 도착했다. 오른쪽 눈에 보이는 광경은 이미 시간을 되찾아서 완전히 움직이기 시작했다. 지하철 승강장에 열차가 도착한 상태였다. 왼쪽 눈을 손으로 가리고 남자를 찾았다. 출입문이 열리고 전철에서 사람들이 내렸다. 한 차량 너머 군중 틈에서 관엽식물을 안은 남자가 열차에 올라타는 모습이 보였다.

오자키가 가까운 문으로 옆 차량에 타려고 발을 뻗은 순간, 뒤에서 어깨를 붙잡혔다.

"잠깐, 오자키!" 타쿠미의 목소리였다.

퍼뜩 이성이 돌아와서 오른쪽 눈을 손으로 가려 보니, 거기에는 열차가 없었다. 승강장 조명을 받아 지하철 선로가 둔하게 빛났다.

"진정해, 오자키. 내 말을 좀⋯."

"그놈이⋯." 오자키는 입술을 깨물었다.

열차 문이 닫혔다. 남자를 태운 차량이 천천히 오자키 앞을 지나갔다. 관엽식물을 들고 손잡이를 잡은 남자와 시선이 마주쳤다. 떠나는 차량 문을 두드릴 생각이었지만 거기에는 아무것도 없어서 오자키의 손은 어두운 공간을 휘저었다.

"야, 오자키!"

오자키는 타쿠미가 막는 것을 뿌리치고 휘청이는 다리로 남자가 탄 열차를 쫓아서 승강장을 달렸다.

"반드시 찾아내 주마!" 열차 안에 있는 남자를 향해 외쳤다.

목소리가 닿을 리 없었다. 오자키는 3년 전 열차를 따라잡지 못하고 승강장에 쓰러졌다. 무릎을 꿇은 채 분에 차서, 멀어지는 열차 뒤꽁무니를 노려보았다. 승강장에서 열차를 기다리던 승객들이 무슨 일인가 하고 시선을 던졌다.

"오자키, 눈 바꿔. 다음을 노리자." 따라온 타쿠미가 승강장에 주저앉은 오자키의 어깨에 손을 얹었다.

접질린 발목을 조심하며 역 계단을 올라갔다. 지하철 출구에 도착하자, 시영 주택 방향에서 흰 연기가 봉화처럼 올라오는 모습이 보였다. 코우키가 도로 옆 가드레일에 걸터앉아서 타쿠미를 보고 손을 들었다. 찢어진 정장 상의를 쥐고 있었고 온몸이 먼지투성이였다. 애처롭게도 관자놀이에 상처가 났고, 코에 얹은 안경 한쪽 렌즈에는 금이 가 있었다. 깨진 렌즈 너머 눈이 어떻게 됐냐고 물었다.

"죄송합니다. 도망쳤어요." 오자키는 코우키에게 고개를 숙였다.

"자키 씨, 사과할 필요 없어요."

"그놈이 시가지 중앙으로 가는 열차를 탄 것까지는 봤어. 그나저나 꼴이 말이 아니네. 괜찮아?"

타쿠미가 내민 손을 잡고 코우키가 가드레일에서 몸을 일으켰다. 정장 안주머니에 들어 있던 지퍼백을 꺼냈지만, 왼손을 쓸 수 없어서 그대로 건넸다. 안에는 새 안대가 들어 있었다.

"자키 씨, 어쩔 수 없어요. 시간을 너무 많이 썼습니다. 이제 오른쪽 눈을 가리세요."

"…네." 오자키는 지퍼백을 받아서 새 안대를 꺼내 오른쪽 눈을 가렸다.

제3장

여우

1

3년째 미해결인 '토사카시 사사즈카 일가 4인 살해 사건'이 움직이기 시작한 목요일. 토사카 경찰서 특별수사본부에 수사관들이 다시 모였다.

3년 전 사건이 일어난 당시만큼 규모가 크지는 않지만, N현 경찰 본부에서 야부우치 신야 관리관이 지휘하는 수사1과의 반 두 개, 토사카 경찰서에서 형사1과의 미야시타반과 콘도반을 중심으로 미제사건 전담팀이 동원되었고, 지구대나 교통과 같은 제복 근무팀에서 나온 지원 인력, 토사카 경찰서가 아닌 현내의 다른 관할서에서 나온 지원 인력까지 해서 총 150명에 가까운 수사관이 모였다. 야부우치 관리관은 5년 전 연쇄 부녀자 폭행 살인사건을 해결한 것으로 명성을 날려서 현내 경찰본부에서는 바닥부터 올라온 수완가로 통했다.

경찰서 내에서는 다른 미해결 살인사건과 엮인 연쇄살인 사건

일지도 모른다는 억측이 나와서 3층 대회의실은 숨이 막힐 정도로 활기가 넘쳤다.

"타쿠미 씨, 오자키 씨, 이쪽이에요, 이쪽." 먼저 와서 자리를 잡은 노가미가 손을 흔들었다.

타쿠미와 오자키는 콘도반 뒤에 앉았다.

"뭔가 흥분되지 않아요, 오자키 씨?" 노가미가 돌아보며 말했다.

오자키가 당황할 정도로 넉살 좋은 노가미의 태도에 타쿠미는 쓴웃음을 지었다.

"타쿠미, 세토야마가 만든 그 망할 사이트에서 이상한 영상이 나왔다며?" 시노다가 물었다. 타쿠미는 말없이 고개를 끄덕였다. 경찰서 내에는 그 소문만 돌았다.

단상에 특별수사본부장 쿠로다 히로토 현경찰 형사부장, 부본부장인 수사1과장과 토사카 경찰서 후카자와 코우키 서장이 나란히 앉아 있었고, 짧은 훈시가 있었다. 현내에는 여기 말고도 몇 군데에 수사본부가 설치됐다. 평상시에는 훈시가 끝나면 관리관에게 일임하고 잽싸게 자리를 뜨는 본부장과 부본부장이 웬일로 수사 회의에 남았다. 그만큼 이 사건이 현경찰 본부에 중요한 사건이라는 방증이었다.

현경찰 수사1과장 타카다 경감의 멘트로 수사 회의가 시작되었다.

"우선은 이번에 토사카시 사사즈카 일가 4인 살해 사건 특별수사본부가 다시 설립될 단서를 제공한 인터넷 사이트 '다이스'의 개요와, 그 창설자를 체포까지 하게 된 경위를 관할서에서 보고하겠다."

"토사카 경찰서의 콘도입니다. 우선 이걸 봐주십시오. 거기, 불 좀 꺼줘."

대회의실 조명이 꺼지자 모니터 빛이 조명처럼 콘도 반장을 비췄다. 옆에 앉은 디지털 분석실의 사카이 나오키 순경이 만지는 노트북 화면이 앞쪽 대형 모니터에 실시간으로 송출됐다. 이미 몇십 번을 본 주사위를 이용한 '다이스'의 무빙 로고가 흘러나왔다.

"이 사이트에 모인 동영상은 보시는 것처럼 사고, 화재, 분쟁, 사건, 해프닝 등 다양한 카테고리로 분류돼 있고, 각각 순위가 붙어 있습니다. 원래는 다큐멘터리 영상 애호가들이 모이는 마니아용 사이트였습니다. 현재 이 회원제 교류 사이트 '다이스'는 폐쇄됐습니다. 내용은 앞으로 나올 영상을 보면 아실 겁니다. 각 카테고리 안에서 영상을 몇 편 틀겠습니다."

예전에 서장실에서 오자키에게 보여준, 고속도로에서 난폭 운전을 하는 블랙박스 데이터. 행인에게 크림 파이를 던지는 CCTV 영상, 공기총으로 고양이와 비둘기를 쏘는 학대 영상. 백화점 에스컬레이터에서 쇼핑 카트를 떨어뜨리는 해프닝 영상. 마지막으로 오자키도 본 노숙자 텐트가 불타는 자작극 영상이 나왔다.

"참고삼아 보여드릴 '다이스'의 영상들은 여기까지입니다. 상위권 영상은 대부분 거의 범죄에 가깝거나 경범죄에 해당하는 영상입니다. 게다가 마지막에 나온 노숙자 텐트가 불타는 영상은 방화입니다. 우연히 촬영된 것처럼 꾸민 조작 영상입니다. 조사해 보니 자작극으로 만들어낸 영상이 몇 편이나 나왔습니다."

회의에 참석한 수사관들 사이에서도 영상 내용이 과격하다며 비판하는 목소리가 나왔다.

"이번에 이 '다이스'의 창립자 히메노와 세토야마를 체포하게 된 계기가 바로 3년 전 사건입니다. 도로에 덫을 설치해서 고의로 오토바이 사고를 일으킨 그 비열한 범행의 동기는 다큐멘터리로 위장한 사고 영상을 촬영하겠다는 부조리하고도 이기적인 심리였습니다. 이 위장 사고로 우리 쪽 여자 경찰관이 동승자로 휘말려서 오른쪽 눈 시력을 잃었고 운전자였던 약혼자를 떠나보냈습니다. 최근에야 사고 직후 기억을 되찾으면서 현장에서 도주한 범인의 오토바이 번호를 떠올려서 이 사건이 드러났습니다."

콘도 반장이 간결하게 경과를 설명했다.

"거의 바이러스네, 이 사이트는. 뭐가 재미있다고 이런 걸 찍어서 올리는 거지? 이런 걸 모으는 인간도 이상하지만, 이런 데에 재미를 느끼고 모여드는 놈들도 제정신이 아니야."

마이크를 통해서 야부우치 관리관의 성난 목소리가 새어 나왔다.

"체포한 피의자 중 한 명 세토야마의 집에서 '다이스'의 파일 서버로 사용된 컴퓨터를 압수했습니다. 데이터 중에서 카테고리별로 정리된 영상들과 다르게 '다이스 더스트'라는 명칭이 붙은 폴더 열여섯 개를 발견했습니다. 이것들은 사전 확인을 거쳐서 사이트에 업로드되지 못한, 한마디로 폐기 영상을 모은 폴더입니다. 여기서 이번 '토사카시 사사즈카 일가 4인 살해 사건'의 새로운 국면을 내다볼 수 있는 영상이 나왔습니다. 그럼 다음으로 'XV'라는 발신자가 보낸 '회전목마'라는 2분 30초짜리 영상을 틀겠습니다."

사카이가 커서를 움직여서 '회전목마' 데이터를 클릭하자, 영상이 대형 모니터에 흘러나왔다.

초반에 손안에서 먹이를 쪼아먹는 어린 참새 장면이 나오다가,

아파트 거실로 컷이 바뀌어서 즐거운 놀이공원 장면을 내보내는 TV. 촬영자가 카메라를 들고 걸어 다니며 거실을 촬영한다. 해 질 녘에 회전목마가 흔들리고, 스트리트 오르간 음악과 가족의 즐거운 웃음소리가 회의실에 울려 퍼졌다. 딱히 피가 나오는 폭력적인 장면이 있지는 않았다. 그냥 봐서는 단순히 가족 여행 영상을 틀어놓은 TV와 거실을 촬영한 영상에 지나지 않았다.

2분 30초쯤 되는 영상이 끝나자, 방금 본 영상을 제대로 이해하지 못한 수사관들로 회의실이 소란스러워졌다. 옆에 앉은 오자키만 이 영상에서 편집된 부분을 보고 있었다. 테이블 위에 놓인 오자키의 손에 힘이 들어가서 떨렸다.

"이 영상에 관해서 디지털 분석실의 사카이가 분석 결과를 보고하겠습니다."

"으음, 이 영상 후반부에 TV에서 나오던 회전목마 영상과 사사즈카 일가의 녹화 재생기 하드 디스크에 남아 있던 여행 영상을 비교해 봤습니다. 그리고 TV 화면 이외에 찍힌 거실 커튼의 무늬, 벽에 장식된 그림, 소파 등 사사즈카 일가 4인 살해 사건 현장의 사진을 스캔해서 디지털 분석해 본 결과, 사이즈, 형태, 색이 동일하다는 결과가 나왔습니다."

현장 사진과 영상에 나온 가구를 하나하나 디지털로 조회해서 분석한 결과를 나타내는 퍼센트가 모니터에 비칠 때마다 술렁거림이 일었다.

"그리고 이 장면을 봐주십시오."

사카이가 '회전목마'의 화면 아래에 있는 바를 조금 앞으로 당기고 일시 정지 버튼을 눌러 영상을 멈췄다.

"네모난 선에 둘러싸인 이 부분을 확대한 사진이 이겁니다. 영상을 캡처해서 해상도는 좋지 않지만, 디지털 처리로 해상도를 키웠습니다. 소파 너머에 살해된 사사즈카 야스노리의 발끝과 벗겨진 슬리퍼가 찍혀 있습니다. 이러한 결과를 종합해 보면 영상 '회전목마'는 사사즈카 일가 살해 현장에서 찍혔다고 판단할 수 있습니다."

수사관들 사이에서 아아 하는 환성도 아니고 탄식도 아닌 소리가 나며 회의실이 흔들렸다.

"게다가 똑같이 'XV'라는 이름의 발신자가 보낸 영상이 이것 말고도 네 개 발견됐습니다." 콘도 반장의 한마디에 조금 전까지 소란스럽던 회의실이 순식간에 고요해졌다.

"네? 그게…, 그게 무슨 뜻이죠?"

앞줄에 앉은 젊은 수사관이 묻는 것 같기도 하고 놀란 것 같기도 한 목소리를 냈다. 콘도 반장이 한 말의 의미를 조금씩 이해한 다른 수사관들에게서 파도 같은 술렁거림이 일어 회의실에 퍼졌다.

"조용." 야부우치 관리관이 술렁거리는 수사관들을 제지했다. "그럼 지금부터 그 영상 네 개를 발송된 순으로 틀겠다. 나중에 영상을 출력한 자료를 나눠줄 테니 우선은 선입견 없이 영상을 봐라."

'래브라도', '금붕어', '툇마루', '석양'이라는 이름이 붙은, 각각 2분쯤 되는 영상 네 개가 대형 모니터에 차례차례 흘러나왔다.

타쿠미는 몇 번이나 반복해서 이 영상을 보았다. '회전목마'는 순서로 말하면 '금붕어' 이후에 보내진 세 번째 영상이었다. '회전목마'가 사사즈카 일가 살인 현장을 찍은 것임을 알고 같은 이름의 발신자가 보낸 다른 영상 네 개를 보니, 그 평범한 영상 속에서 다른 무언가가 보였다. 피나 폭력 같은 구체적인 장면이 나오지 않으니 오히려 그 앵글 밖을 상상하게 돼서 정체 모를 부자연스러움과 공포를 느꼈다. 다른 수사관들도 마찬가지였을 것이다. 아무도 입을 열지 못해서 다시 고요해진 회의실에 사카이의 목소리가 울렸다.

"그리고 'XV'라는 단어도 조사해 봤습니다. 외국인 인명의 이니셜, 산의 이름, 자동차 같은 상품의 이름이나 식별 번호에 사용되는 로마 숫자 15 등이 연상됩니다. '다이스'에 발송된 열다섯 번째 영상이라고 해석할 수도 있지만, 압수된 데이터를 전부 조사해 봐도 'XV' 말고 다른 로마 숫자로 다이스에 발송된 영상은 없었습니다."

"뭔가 질문 있나?" 타카다 경감이 물었다.

현경찰 본부에서 나온 중년의 수사관이 소속과 이름을 밝히고 말했다.

"노숙자 텐트를 태우고 재미있어하던 방금 그 영상처럼 이 영상 다섯 개가 전부 'XV'가 재미로 만든 영상일 가능성은 없나?"

"저희도 그런 의심을 했습니다. 다른 영상 네 개는 아직 비교 분석할 대상이 발견되지 않아서 날조라고 하셔도 반증할 수 없습니다. 하지만…"

콘도 반장이 사카이의 설명을 이어받았다. "보다시피 '회전목마'는 평범한 풍경을 찍은 것처럼 위장한 살인 현장 영상입니다. 평범해 보이는 나머지 영상 네 개도 연쇄 상해나 살인사건 현장일 가능성이 충분히 있습니다. 아, 그렇게 보면 오히려 이 영상 다섯 개는 날조된 게 맞군요."

"영상을 어디서 보냈는지는 알아냈습니까?" 다른 젊은 수사관이 질문했다.

콘도 반장이 사카이를 보며 설명을 재촉했다.

"'XV'라는 이름의 발신자는 '다이스' 회원이 아닙니다. 기록에 남은 발신 IP 주소는 제각기 달랐고, 그중 날짜가 오래된 두 영상은 현내 PC방 두 곳에서 발송됐습니다. 그런데 날짜가 비교적 최근인 나머지 세 건은 유심칩이 삽입되지 않은 공기계, 일명 대포폰으로 보낸 게 확인됐습니다."

PC방 위치를 지도에 붉은색으로 표시하며 콘도 반장이 설명했다.

"두 PC방에는 매장 내 CCTV가 있었지만, 3년 전 녹화 데이터는 남아 있지 않았습니다. 그런데 '다이스'에 영상이 발송된 날짜와 시간은 우리가 압니다. 사용된 시간과 그 시간에 어느 회원이 사용했는지는 컴퓨터에 기록만 남아 있으면 알 수 있습니다. 매장에 따라 다르지만, 회원 데이터로 신분증이나 증명사진을 요구하는 곳들이 있으니 조회해 보면 범인의 꼬리를 잡을 수 있을 겁니다. 두 PC방에는 회원 및 열람 정보를 제출하도록 요청했습니다."

범인과 연결되는 단서를 발견한 고양감이 회의실 전체를 덮었다.

"다른 질문 있습니까?" 툭툭. 소란스러움을 누르려는 듯 회의를 관장하던 타카다 경감이 마이크를 중지로 두드리며 헛기침했다.

"수사 회의에 발의하고 싶은 안건이 하나 더 있습니다. 토사카 경찰서 미제사건 전담팀장을 겸하고 있는 후카자와 서장이 설명하겠습니다."

회의에 발의된 것은 3년 전 '토사카 시영 주택 방화 사건'이었다. 사건이 대강 설명되었고, 방화 현장 사진과 무너지기 전의 시영 주택, 끝으로 중요 참고인의 몽타주가 모니터에 비쳤다. 오자키가 카메라를 끈 채로 모습을 드러내지 않고 영상 통화해서 감식반의 몽타주 수사관과 대화만으로 수정을 거듭해 만든 결과물이었다. 몽타주와 키, 등에 있는 타투 같은 신체적 특징까지 적힌 인쇄물이 수사관 전원에게 배포되었다.

"방화 범행일이 사사즈카 일가가 살해된 이튿날입니다. 조금 전 지도에도 있었지만, '다이스'에 보내진 두 번째 영상 '금붕어'는 시영 주택에서 1킬로미터 정도 떨어진 PC방 '파이크'의 주소로 발송됐습니다. 게다가 현장에서 검게 타다 남은 새장과 새의 사체가 발견됐습니다. 이 세 가지 상황으로 보아 사사즈카 일가 4인 살해 사건과 연관이 있을 것으로 의심되니, 본 사안도 이번 수사에 추가하고 싶습니다."

이 세 가지 상황만으로 시영 주택 방화 사건과 사사즈카 일가 4인 살해 사건을 연결하는 동일범 설에, 당시부터 수사에 참여한 현경찰 본부의 형사들로부터 불만에 가까운 의견이 다수 나왔다. 관할서에서 올라온 이 사안을 미리 알고 있던 야부우치 관리관이 수사에서 배제하고 싶어 하는 것이 뻔히 보였다. 추측치고 조금 억지스러운 것은 사실이었다.

"이 현장 사진에 찍힌 새의 사체는 남아 있습니까?"

야부우치 관리관도 존댓말을 사용하기는 했지만, 질문 내용은 신랄했다.

"아니요. 화재가 커서 거의 탄화된 상태라 처분됐습니다. 남아 있는 건 이 현장 사진뿐입니다."

"그럼 이 검게 탄 새의 사체가 그 '회전목마' 영상에 찍힌 참새라는 확증은 없다는 거군요.”

“현재 대학교 동물 생태학 교수에게 문의한 상태입니다.”

“방화한 범행 동기도 보이지 않습니다. 불탄 C동 505호에 살던, 뭐라더라?”

“오카자키 시로입니다.” 코우키가 즉시 대답했다.

“그 주민도 행방불명됐습니다. 시영 주택 자체도 무너졌고, 3년 전에 살던 주민들도 뿔뿔이 흩어졌죠. 감식 현장 검증 보고서를 보면⋯.” 야부우치 관리관은 앞에 있는 보고서를 훌훌 넘겼다. “지문과 유류품도 소실되었고, 남은 증거도 거의 없습니다.”

“그게 또 하나의 공통점입니다. 사사즈카 일가 4인 살해 사건과 이 사건, 둘 다 현장에 남은 유류품이 극단적으로 적습니다.” 코우키가 물고 늘어지며 억지스러운 변명을 했다.

“미안하지만, 아무것도 없는 이 상황에서 사사즈카 일가 4인 살해 사건과 동일범이라고 보는 건 너무 부자연스럽지 않습니까? 다른 영상 네 개가 새로 발견돼서 여기에 전력을 쏟으려는 지금, 수사 인력을 그렇게 애매한 추측으로 분산시킬 수는 없습니다. 게다가 이 몽타주 속 인물의 생김새를 증언한 사람도⋯.”

“큼⋯, 흠, 음.”

마이크를 거쳐 헛기침 소리가 들렸다. 의견이 대립하자, 코우키 옆에 앉아 있는 특별 수사 본부장 쿠로다가 입을 열었다.

“야부우치, 그쯤 하게. 논의는 뒤에서 해도 되잖아. 적어도 이 사사즈카 일가 4인 살해 사건을 포함한 다섯 사건의 현장을 촬영한 걸로 추측되는 영상을 찾아온 건 관할서야.”

“네. 하지만⋯. 알겠습니다. ⋯그럼 시영 주택 방화 사건과 사사즈카 일가 4인 살해 사건이 동일범의 범행이라는 확증이 나올 때까지는 사건의 중요 참고인으로서 이 몽타주 속 남자를 수사 대상으로 삼는다. 하지만 어디까지나 시영 주택 방화 사건의 참고인이다. 다른 건과 병행하며 탐문하도록. 그러면 되겠습니까, 후카자와 서장?"

코우키는 야부우치 관리관의 질문에 고개를 숙였다. "…잘 부탁드립니다."

미제사건 전담팀 입장에서는 오자키의 능력이 엮여 있어서 이것이 사사즈카 일가 4인 살해 사건의 범인이라고 당당히 몽타주를 내밀 수 없으니 답답했다. 만약 내민다 한들, 어디서 얻은 정보인지, 왜 3년이 지난 지금에서야 이 정보가 나왔는지, 목격자가 신빙성 있는 인물인지를 추궁할 것이 뻔했다. 오자키의 오른쪽 눈이 지닌 능력을 숨긴 채로는 설명할 수 없는 부자연스러운 점이 여기저기서 튀어나올 것이다.

얼굴을 드러내지 않는 목격자 증언으로 만들어진 이 몽타주가 의심을 사고, 시영 주택 방화 사건과 사사즈카 일가 4인 살해 사건의 범인이 같다는 주장에 억지라는 비난이 나오는 것도 어찌 보면 당연했다. 타쿠미도 여기까지가 한계라고 생각했다. 단상에서 고개 숙인 코우키의 왼쪽 손목에 감긴 붕대가 눈에 들어오자 마음이 짠했다. 하지만 코우키가 고개를 든 순간, 얼굴에 잠시 스친 엷은 미소가 보였다.

"하여튼 교활한 놈." 타쿠미는 하품하며 중얼거렸다.

결국 3년 전 시영 주택 방화 사건은 다른 수사관들에게 '다이스'의 영상만 한 인상을 남기지 못한 채 특별 수사본부의 수사 회의가 끝났다.

본부장과 부본부장이 떠난 뒤에 타카다 경감이 사사즈카 일가

4인 살해 사건 수사팀, 다른 네 건의 영상 수사팀, 그리고 방화 사건 수사팀으로 나눠서 팀 구성을 발표했다.

우선 사사즈카 일가 4인 살해 사건 팀에는 본부에서 인계해 수사하던 미야시타반과 콘도반 일부가 포함됐고, 지구대와 교통과 같은 제복 근무팀에서 나온 지원 인력이 더해져서 본부와 합동으로 100명에 가까운 새 체제가 구성되었다.

영상 수사팀은 지역별로 세세하게 여섯 반으로 나뉘었고, 본부와 관할서를 포함한 마흔여덟 명이 수사에 동원됐다. 영상 발송일 이전에 일어난, 현내와 근처 현에서 일어난 미해결 살인 및 상해 사건 목록, 영상에 나온 풍경과 집 구조, 가구와 커튼 색 등 특징이 있는 부분의 영상을 출력한 인쇄물도 배포되었다.

"사사즈카 일가 4인 살해 사건 팀은 며칠 전 범행이 일어난 지 3년이 되어 가족, 후원자, 관할서 지구대의 경찰관과 함께 역 앞에서 전단지를 배포했다. 언론 보도도 있었고, 100건 가까운 목격 증언도 새로 모였다. 영상 수사팀은 아직 사건의 전모가 보이지 않는 지그소 퍼즐 같은 상태다. 우선은 방금 나눠준 과거의 사건 목록과 영상을 연결 짓는 수사부터 시작한다. 각 조각을 연결해서 이 사안이 상해, 살인사건임을 입증해라. 퍼즐 전체의 그림이 보이면, 사사즈카 일가 4인 살해 사건을 포함한 다섯 사건의 피해자들 사이에서 연결고리와 공통점을 찾아내고 범인을 압박하는 순으로 진행한다."

동일범이라는 가설에 의문이 있기도 해서, 방화 사건 수사팀은 관할서의 구성원만으로 꾸려졌다.

"시영 주택 방화 사건은 우선 사사즈카 일가 4인 살해 사건과 어떻게 연결돼 있는지를 조사하고 동일범의 소행이라는 확증을 찾는 것을 최우선 과제로 삼는다." 관리관의 수사 지시도 단순했다.

수사가 진행되다 보면 사사즈카 일가 4인 살해 사건이 다른 네 사건과 연결될 수도 있다는 큰 화두가 던져진 특별 수사 회의는 사냥개의 목줄이 팽팽하게 당겨진 상태처럼 열기와 흥분이 절정을 맞았다.

"3년 전에는 범인의 윤곽도 보이지 않았다. 하지만 'XV'라는 발신자의 영상 '회전목마'가 살인 현장을 촬영한 것임이 증명된 이상, 다른 네 영상도 어떤 범죄 현장일 가능성이 크다. 그렇다면 이번 건은 사사즈카 일가 4인 살해 사건을 포함한 다섯 건의 상해 및 살인사건이다. 명심하고 수사에 임하도록. 이상이다."

야부우치 관리관의 의기양양한 목소리를 끝으로 회의는 마무리되었다.

그런데 끝나고 보니, 그 남자를 지하철까지 쫓은 이튿날 미제사건 전담팀에서 코우키가 이야기한 시나리오대로 수사가 흘러가게 된 것을 깨닫고 놀랐다.

회의에서는 야부우치 관리관에게 꼼짝 못 하는 척했지만, 같은 도쿄대 출신에 고위 간부가 되는 직통 루트를 탄 쿠로다 현경찰 형사부장을 뒤에서 조종했다. 그 권위자의 말 한마디로 방화 사건의 목격 증언과 몽타주 속 남자를 조금 억지스럽게 수사 회의에 끼워 넣었다. 몽타주는 당장 내일부터 현내 파출소에 배포될 것이다. 게다가 인원수는 적지만, 방화 사건에도 귀중한 인력을 쪼개서 투입하게 되었다.

실질적으로 코우키는 특별수사본부를 자기 생각대로 손바닥 위에서 조종한 셈이다. 아버지에 관해 상당히 부정적으로 말했지만, 역시 그 아버지에 그 아들, 피는 못 속인다.

　방화 사건 수사팀은 콘도 반장을 필두로 콘도반에서 시노다와 노가미, 지구대에서 급하게 지원군으로 온 정장 차림의 아오키 아키라 순경과 오카모토 사토시 순경, 그리고 미제사건 전담팀의 타쿠미와 오자키, 전부 해서 일곱 명이었다. 본부 사람이 포함되지 않은 것은 야부우치 관리관의 자존심 때문이었는지, 코우키의 책략이었는지는 까마득한 부하로서 알 수 없었다.

　축제가 끝난 행사장 같은 대회의실 구석에 방화 사건 수사팀이 모였다.

　"아무래도 방화 사건은 가볍게 다뤄지는 것 같네. 뭐, 이 사건에는 사망자도 없고, 본부가 보낸 감시역도 없으니 마음 편히 시작해볼까. 자, 그럼 어떻게 진행할까?"

　콘도 반장이 느긋하게 기지개를 켜며 시노다에게 물었다.

　"일단은 불탄 C동 505호에 살던 행방불명된 오카자키 시로라는 남자의 신원을 파악하고, 예전에 시영 주택에 살던 주민들과 영상 발신지인 PC방을 찾아가서 몽타주 속 인물을 탐문하면 어떨까요?"

　오자키가 몽타주 전단지를 전원에게 나눠주었다. 콘도 반장이 한 장을 들고 물었다.

　"타쿠미, 이 몽타주를 만든 목격자는 대체 누구야? 시영 주택 주민 중에 그놈과 가까웠던 여자라는 이야기를 들었는데, 사실이야?"

　경찰서 안에는 이미 신원 미상에 가상의 인물 같은 목격자와 관련된 소문이 돌았다.

"중요 참고인으로 수사에 추가됐으니까 이 범인의 몽타주와 신체적 특징이 얼마나 믿을 만한지 정도는 확실히 알려줘야지. 너희 미제사건 전담팀이 찾아낸 목격자잖아?"

주요 수사팀에서 제외되어 구석으로 밀려난 시노다는 성질이 나서 화풀이로 타쿠미에게 시비를 걸었다. 하지만 목격자가 누구인지는 대답할 수 없었다. 아무 말도 받아칠 수 없는 오자키는 입을 다물고 아래를 보았다.

"미안. 목격자가 누구인지는 아직 밝힐 수 없어. 사건 당시에 가정 폭력으로 가출한 10대 여자애인데, 남자의 정체를 거의 모르는 채로 이틀간 그 505호에 묵었어. 외출했다가 돌아와 보니까 방이 불타고 있었고, 계단을 내려오는 남자를 목격했대. 지하철역까지는 남자를 따라가다가 무서워서 경찰에 신고하지 않고 그대로 도망쳤다고 하더라. 절대 외부에 알리지 않겠다는 조건으로 이 몽타주를 만드는 데 도움을 받았어. 그래서 재판이 시작돼도 증인으로 법정에 세우기는 힘들어."

미리 생각해 둔 억지스러운 변명을 늘어놓았다. 모습을 드러내지 않는 목격자의 수상한 행동은 몽타주의 신빙성을 낮추는 요인이었다.

"뭐? 목격자는 정신적으로 불안정하고, 심지어 3년 전 기억이라는 거잖아. 정말 괜찮은 거야, 이 몽타주?"

시노다가 물고 늘어지며 손에 든 몽타주를 테이블에 내던졌다.

지구대에서 나온 청년들, 아오키와 오카모토가 몸을 움츠리며 바닥을 보았다. 시노다의 말에도 일리가 있다. 현장을 뛰어다니는 형사는 사람의 기억이 얼마나 확실치 않은지 잘 안다. 타쿠미도 과거의 사건에서 몇 번이나 쓰라린 경험을 했다. 목격자가 그 순간에 느낀 감정이나 선입견에 따라 선인이 악인으로 보이기도 하고, 하얀 물건이 검게 보이기도 한다. 그런 목격자의 불확실한 증언에 휘둘려서 수사가 갈팡질팡한 적이 여러 번 있었다.

"완성된 몽타주를 목격자에게 보여주고 확인했어. 미안하다. 나를 믿어달라는 말은 안 할게. 하지만 이 목격 증언은 믿고 수사에 임해줬으면 해."

타쿠미가 의자에서 일어났고, 오자키도 옆에 서서 함께 고개를 숙였다. 팔짱을 낀 채 이야기를 듣던 콘도 반장이 타쿠미의 어깨를 두드렸다.

"알았어, 타쿠미. 방화 현장에 남아 있던 물증도 대부분 소실됐어. 게다가 3년 전 사건이야. 앞으로 새로운 증거가 나오기도 힘들겠지. 관리관님도 말씀하셨지만, 아무것도 없는 이 상황에서 우리는 조금이라도 수사할 만한 단서가 필요해. 게다가 네가 그렇게까지 신뢰하는 목격자라면, 이 몽타주를 믿고 수사하는 수밖에 없어."

천천히 뒤를 돌아서 전원을 강하게 응시했다.

"그리고 나는 방화 사건과 사사즈카 일가 4인 살해 사건을 동일범으로 간주하는 이 가설도 나쁘지 않다고 봐. 대놓고 말하기는 그런데, 적어도 3년 전에 본부의 수사관들이 이 사건을 눈여겨보지 못한 건 사실이야. 체면 때문도 있겠지만 윗분들이 완고한 건 하루이틀 일이 아니잖아. 어쩌면 우리의 수사로 다섯 건의 연쇄 상해, 살인사건이 해결될 수도 있어. 하는 수밖에 더 있어?"

콘도 반장의 한마디에 팽팽하던 분위기가 누그러들었다.

"…뭐, 반장님이 그렇게 말씀하신다면, 어쩔 수 없죠." 노가미가 히죽 웃으며 고개를 끄덕였다.

조금 전까지 퉁명스럽게 불만을 드러내던 시노다의 눈빛도 바뀌었다. 눈치만 보던 지구대 소속 아오키와 오카모토도 안도한 표정을 지었다.

"감사합니다." 타쿠미와 오자키는 다시 한번 고개를 숙였다.

콘도 반장이 테이블 위에 놓인 몽타주 다발에서 한 장을 집어 들었다.

"그럼 이놈에게 이름을 붙여야겠네. 계속 'XV'라고 부르기는 힘들잖아. '붉은 개'라고 부르자니 별명을 붙이는 보람이 없고."

붉은 개, 붉은 고양이, 붉은 말은 옛날부터 경찰 내부에서 방화범을 가리킬 때 사용한 은어였다. 콘도 반장이 잠시 고민하다가 말했다.

"흐음. 좋아, 이놈은 '여우'다. 옛날에 사람 뼈를 입에 물고 숨을 내쉬면 불이 난다는 '여우불' 전설도 있었잖아. 몽타주를 보니까, 눈꼬리가 조금 올라간 게 딱 여우 같아."

"그럼 우리는 여우를 쫓는 사냥꾼이네요."

노가미가 익살스럽게 소총을 겨누는 시늉을 했다. 한쪽 눈을 감고 방아쇠를 당기며 총부리를 올렸다.

"아니, 그래봤자 너는 폭스테리어야." 시노다 노가미를 놀렸다.

"네에? 왜 저만 개예요?" 노가미가 입을 삐죽이며 불만을 호소했다.

시노다가 웃으며 노가미의 목에 팔을 감고 장난치는 개를 달래듯 머리를 거칠게 헝클었다. 오자키도 따라서 웃었다. 그 옆얼굴을 보고 타쿠미는 오랜만에 오자키의 웃음을 봤다는 생각이 들었다. 그날, 뇌가 과부하 상태였던 탓도 있겠지만, 오자키는 지하철역에서 제지하는 타쿠미의 목소리를 듣지 못하고 달려 나갔다.

코우키가 다친 충격으로 앞뒤 가리지 않고 반쯤 착란 상태로 놈을…, 아니, 여우를 쫓았다. 오로지 한곳만 응시하는 눈이 마치 먹잇감을 사냥하는 늑대 같았다. 새로운 오자키를 본 느낌이었다. 결국 여우의 거처를 찾지 못해서 요즘은 표정도 어둡고 이렇게 웃지도 않았다.

콘도 반장의 지시로 내일 할 수사가 배정되었고, 시노다와 지구대 소속 아오키는 PC방을 탐문하게 되었다. PC방은 본부도 수사할 테니 특히 신중하게 움직이라고 반장이 못을 박았다. 노가미와 또 다른 지구대 소속 오카모토는 시영 주택 주민자치회의 전직 회장 이시가미 츠토무를 신문해서 사라진 505호실의 주민 오카자키 시로에 관한 정보를 탐문하고, 타쿠미와 오자키는 시영 주택 부근에서 여우를 본 목격자와 등에 새긴 타투를 수사하게 되었다.

2

이튿날, 아직 비가 오지는 않지만, 하늘의 3분의 2 정도를 닥종이에 연한 먹물을 떨어뜨린 것 같은 구름이 덮었다. 조성지에는 거대한 철제 말뚝을 때리는 규칙적인 금속음과 포클레인, 크레인 같은 다양한 중장비의 엔진 소리가 울렸다. 트럭과 레미콘이 쉴 새 없이 현장을 들락거렸고, 많은 작업자들이 돌아다녔다. 평일을 맞은 토사카시 재개발 사업 건설 현장에는 휴일에는 보지 못한 활기가 돌았다.

"죄송해요. 타쿠미 씨가 저 때문에 콘도 반장님한테까지 억지스러운 변명을 했네요."

콘도 반장이 몽타주의 신빙성을 굳이 입에 담은 이유를 안다.

"네가 사과할 필요 없어. 사건의 가설과 증언에 의심을 품은 채로 수사에 들어가면 보일 증거도 안 보여. 반장님은 그 파괴력을 알아. 일부러 그 자리에서 부정적인 의견을 말해서 내가 거기에 반박하게 하신 거야. 뭐, 실질적으로 반박해준 사람도 콘도 반장님이었지만. 반장님은 그런 분이야. 아무리 관할서여도, 운이나 됨됨이, 강단만으로 반장이 될 수 있을 만큼 경찰 조직은 무르지 않아."

타쿠미가 주머니에서 접힌 몽타주 전단지를 꺼냈다.

"실제로는 어때? 나도 코우도 그 자리에는 있었지만 여우의 얼굴을 보지는 못했어. 이 몽타주가 그놈 얼굴이랑 얼마나 비슷한지는 너만 알아."

"완벽하지는 않지만, 코부터 눈까지가 아주 비슷해요."

"그리고 네 오른쪽 눈이 본 '사사즈카 일가 4인 살해 사건'과 '시영 미도리야마 주택 방화 사건'의 보고서는 둘 다 읽었는데, '회전목마' 초반에 나오는 30초도 안 되는 영상에 찍힌 건 거기서 살해된 참새였을까? 어때?"

"어디까지나 제 감이지만, 빛이 들어오는 각도나 느낌을 보면 그 컷은 505호실에서 찍은 영상이 맞아요. 한 가지 더 신경 쓰이는 점은 움벨라타예요."

"움벨라타가 뭐야?"

"여우가 시영 주택에서 챙겨 간 관엽식물 이름이에요. 인터넷으로 찾아봤어요. 공식적으로는 휘커스 움벨라타라고 하고, 열대 아프리카 원산으로 잎이 큰 식물이에요. 기억나세요? '다이스'에 두 번째로 발송된 '금붕어'라는 제목의 영상. 창가에 놓인 관엽식물이 중간에 언뜻 나와요. 역광이라서 제대로 보이지는 않았지만, 잎의 형태가 비슷했어요. 이름표가 달린 건 아니라서 영상에 나온 바로 그 참새와 관엽식물인지는 알 수 없지만요."

타쿠미에게 휴대전화를 내밀어 인터넷으로 검색한 움벨라타 사진을 보여주었다.

"엽기 살인이나 연쇄살인을 저지르는 범인 중에는 자기 범행인 걸 알리려고 같은 범행 수법을 사용하거나 사인을 현장에 남기는 경우가 있어. 그게 '다이스에 보낸 영상 다섯 개라면, 관엽식물은 범인이 현장에서 가지고 간 일종의 기념품일지도 몰라."

"게다가 불탄 시영 주택 505호실에는 생활감이 전혀 없었어요. 여우는 원래 그렇게 살았는지도 모르지만, 제가 보기에 거기는 뭔가 행동에 옮길 때 사용하는 임시 은신처 같았어요."

"맞아. 빌라 단지 같은 공동 주택은 하나의 작은 사회야. 아무리 폐쇄 전이라 혼란스러웠다 해도 모르는 사람이 계속 살았으면 주변 주민들이 눈치챘을 거야."

"그러고 보니 그때 주민들이 화재를 알아차리고 모여들어서 포기하긴 했지만, 여우는 원래 지하철이 아니라 자전거로 도망치려고 했어요."

"그럼 여기서 자전거로 이동할 수 있는 범위, 그리 멀지 않은 어딘가에 진짜 여우 굴이 있겠다."

"아, 자전거. 타쿠미 씨, 여우의 자전거가 아직 자전거 주차장에 있을 거예요."

3

펜스 앞쪽에 잡초가 무성히 자란 비탈을 오자키는 달려 올라
갔다. 뒤에서 언덕을 올라온 타쿠미가 손으로 무릎을 짚고 숨을
돌리며 물었다.

"야, 오자키, 갑자기 뭐야?"

공원을 품은 자전거 주차장이 있던 언덕에는 재개발 녹지 공원
존 계획이 진행되고 있었다. 주택 존과 달리 아직 완전히 해체되
지는 않았다. 여기가 예전에 시영 주택의 자전거 주차장이었다는
사실을 실감하게 하는 잔해가 여기저기 굴러다녔다. 망가지고 녹
이 슨 삼륜차가 바람에 흔들리는 잡초 속에 잠자듯 남아 있었다.
그런데 거기에 그날 여우가 타던 자전거로 보이는 잔해는 없었다.

오자키는 안대를 벗었다. 구름 낀 하늘 아래, 빛을 받아서 순간
밝아진 3년 전 시영 주택의 자전거 주차장을 둘러보았다. 그 구
석에, 덩그러니 남은 여우의 자전거가 보였다.

"타쿠미 씨, 자물쇠가 채워진 채로 여우의 자전거가 주차장에 남아 있어요. 어딘가에 그놈의 지문이 남아 있을지도 몰라요."

"떨떨아, 지금 그걸 어떻게 조사해?"

이 자전거가 주인을 알 수 없는 유실물로 3년 후인 현재, 어딘가에 보관되어 있을 가능성이 없는지 오자키는 고민했다.

"하지만 여기서 망을 보면 매사에 신중한 여우가 이 자전거를 회수하러 올 가능성이 있지 않을까요? 아니면 이 자전거의 행방을 쫓아서 보관된 장소를 알아내면, 뭔가가 나올지도 몰라요."

현장에 남은 물건이 적은 사사즈카 일가 살해 사건과 시영 주택 방화 사건. 두 사건과 여우를 연결하는 희귀한 물적 증거 중 하나가 이 자전거였다.

"흥분하지 마. 지문이 남아 있지 않은지 자전거 표면을 잘 봐봐."

타쿠미가 무너진 블록 담 하나에 걸터앉았다. 오자키는 허리를 굽혀서 자전거 차체와 모든 부품을 살펴봤지만, 지문 같은 것은 보이지 않았다.

"…육안으로는 지문이 없어 보여요."

"판매점 스티커나 방범 등록 스티커는 없어?"

"스티커도 안 붙어 있네요. 부속물은 핸들이랑 안장 밑에 달린 야간용 라이트랑 체인 자물쇠뿐이에요."

"제조업체랑 차종, 색을 기록해둬. 부속물도. 그런데 여우잖냐. 금방 꼬리가 밟힐 만한 물건을 범행에 쓰지는 않았을 거야. 3년 전에 신발을 수사하면서 뼈저리게 깨달았어. 떠올려 봐. 그놈은 사사즈카 가족의 아파트에서 나와서 자전거를 탈 때 장갑을 꼈잖아."

"네. 소파에서 일어날 때부터 검은 장갑을 끼고 있었어요."

"그래. 현장에 남긴 증거물은 많지 않아. 여우는 교활하고 대담해. 그리고 네가 말했듯이 매사에 신중하지. 만약 자전거에 지문을 남겼다면, 그날 지하철을 타지 않았을 거야. 주민들에게 얼굴이 드러나는 리스크가 있어도 자전거로 도망쳤겠지." 타쿠미는 일어나서 바지에 묻은 먼지를 털었다. "조사해도 아무것도 안 나올 걸 아니까, 그래서 쉽게 자전거를 포기한 거야. 아마 여우는 여기에 두 번 다시 돌아오지 않았을걸."

"그래도 어쩌면…"

"그 자전거의 행방을 오른쪽 눈으로 쫓아봤자 재활용 업체에 넘어가든가 하면서 지문이 다 지워졌을 거야. 애초에 여우가 지문을 남기지도 않았겠지만."

타쿠미의 판단이 옳은 것은 안다. 하지만 오자키는 그래도 좀처럼 단념이 되지 않았다.

"타쿠미 씨, 조금이라도 여우와의 연결고리를 찾을 가능성이 있다면, 하게 해주세요."

"그래. 확률은 낮지만 제로는 아니야. 어제 시영 주택 수사 때도 말했지만, 네 오른쪽 눈이 할 수 있는 일에도 한계가 있어. 매일 여기서 여우가 나타날 때까지 망이나 보려고? 여우는 시영 주택에 남아 있던 흔적을 완벽하게 지우려고 휘발유까지 뿌려서 505호실을 태워버렸어. 참새를 죽이고, 관엽식물을 가지고 갔어. 사건 이후에 수상하게 여겨질 주인 없는 자전거에 지문을 남기고 갈 정도로 허술한 놈이 아니야."

"…그래도." 타쿠미에게 반항할 마음은 없었지만, 자기도 모르게 입에서 말이 새어 나왔다.

자기도 모르게 여우의 자전거로 뻗은 손이 안장을 통과했다. 답답하고 분해서 아무것도 없는 공간을 방황하던 손을 꽉 쥐었다. 자전거 주차장이 있는 언덕에서 시영 주택 쪽을 돌아보았다. 검게 탄 505호실 창문과 검댕으로 지저분해진 C동 벽면이 보였다. 눈앞에 보이는데, 아무것도 잡을 수 없는 이 상태가 답답하고 자신이 한심스러웠다.

"…맞아요." 오자키는 체념하며 안대로 오른쪽 눈을 가렸다.

눈앞에는 잡초에 묻힌 녹슨 철골과 콘크리트 잔해가 있을 뿐이었다.

4

타쿠미는 시영 주택 부지를 빠져나가서 다리를 건넜다. 여기서 5분만 걸어가면, 요전에 오자키와 함께 여우를 쫓아 온 아케이드 상점가 입구가 나온다.

"잠깐 들를 데가 있어."

여우가 지나간 경로를 벗어나 주택가를 빠져나가서 교통량이 많은 간선 도로로 나갔다. 아파트에 둘러싸인 공원이 있었고, 철봉과 모래밭에서 노는 아이들의 목소리가 바로 옆 아파트 벽에 울렸다. 조금 전까지 누군가가 탔는지 빈 그네가 흔들리고 있었다.

공원 바로 옆에 '미도리야마 파출소'가 있다. 파출소 안에는 인기척이 없었다. 안쪽 벽에 지명 수배서가 동네 행사 광고지와 함께 붙어 있었다. 파출소에 항상 경찰관이 있다는 보장은 없다. 사건 사고 현장에 출동했거나 담당 지역을 순찰하느라 파출소를 비우는 일은 자주 있다.

"안녕하십니까." 접수대 앞에서 말을 던졌다. 안쪽에서 "네" 하는 대답이 돌아왔다. 일찌감치 도시락을 먹고 있었는지 입을 우물거리며 제복 경찰 한 명이 급하게 나왔다.

"아, 수고하십니다. 요전에 감사했습니다."

며칠 전, 코우키와 함께 파출소를 방문했을 때 오래된 시영 주택 순회 연락 카드를 찾아준 타카하시 쇼타 경장이었다. 그때 있었던 일을 오자키에게 간단히 설명했다.

"타카하시 씨, 여기에 밥풀이." 타쿠미가 턱을 가리키며 말했다.

타카하시가 허둥지둥 입을 닦았다. "아, 죄송합니다."

"아니요, 갑자기 와서 죄송합니다. 근처에 일이 있어서 또 들렀습니다."

"수고 많으십니다. 지구대 타카하시입니다." 얼굴 가득 미소를 지으며 오자키에게 경례했다.

"미제사건 전담팀 오자키입니다." 오자키도 경례로 답했다.

타쿠미와 비슷한 나이대에 키는 그다지 크지 않아도 다부진 체격이었다. 며칠 전 방문했을 때도 신경 쓰인 것이, 하는 말은 표준어인데 억양이 특이했다. 웃으면 눈꼬리에 주름이 생겼고, 햇볕에 탄 쾌활한 얼굴을 보면 인근 주민에게도 인기가 있겠다는 상상이 됐다.

"자, 안쪽으로 오시죠."

접수대 너머에는 사무용 책상이 세 개 늘어서 있었고, 벽 쪽에는 자료 캐비닛과 사물함이 있었다. 안쪽에는 작은 냉장고가 놓인 싱크대가 있고, 여기에는 2층이 없으니 아마 제일 안쪽에 있는 문 너머가 수면실일 것이다.

"오늘은 보여드릴 게 있습니다." 타쿠미가 오자키에게 눈짓했다.

오자키가 가방에서 몽타주와 범인의 정보가 기재된 전단지를 꺼냈다. 대접할 차를 들고 온 타카하시가 타쿠미와 오자키 앞에 찻잔을 놓았다.

"3년 전 시영 주택에 불을 지른 범인의 몽타주인가요? 그때 구경꾼들이 하도 많아서 교통 정리하느라 고생한 기억이 나네요. 그 사건을 목격한 사람이 나온 거죠?"

타카하시는 손에 든 몽타주 전단지를 책상에 놓고, 손으로 눈이나 입가를 가리거나 전단지 위아래를 뒤집으면서 골똘히 생각에 잠겼다.

"시영 주택이나 순찰 지구에 거주한 모든 주민의 얼굴을 기억하지는 못하지만… 어디서 본 것 같기도 한데… 으음, 어디서 봤지?"

타카하시는 차를 마시며 생각해내려고 잠시 고민했다. 도중에 동네를 순찰하고 돌아온 사토 요시후미 순경에게도 몽타주를 보여주었다.

"어때요? 이 주변에서 본 기억이 없으세요?" 오자키가 사토에게 물었다.

사토는 체격도 좋고 키도 타카하시보다 10센티 정도 컸지만, 등이 구부정해서 체격치고는 조금 기가 약한 느낌이었다.

"바로 생각나는 사람은 없네요."

"시영 주택의 발화점인 505호에 살던 오카자키 시로는 어떤 사람이었는지 기억하세요?"

오래된 순회 연락 카드 파일을 또다시 받아서 시영 주택 페이지를 펼쳤다.

"505호실에 살던 오카자키요? 기억하죠. 혼자 사는 노인이었습니다. 순회 연락으로 찾아갔을 때는 낮부터 잔뜩 취해 있었고, 가족 구성을 물었더니, 자기는 천애 고아라고, 혼자 사는 게 잘못이냐고 술주정을 부리던 기억이 납니다."

몽타주를 보며 생각에 잠겨 있던 타카하시가 고개를 들고 이쪽을 보았다.

"오카자키 씨요? 아마 고향에 가느라 집을 비운 사이에 불이 나서, 돌아오기도 전에 시영 주택이 폐쇄됐을걸요. 술을 마시면 조금 거칠었지만, 맨정신일 때는 유했습니다. 동네 사람들을 웃겨 주기도 했고요."

"그랬나요? 저한테는 항상 심기 불편한 얼굴로 이 사람 저 사람 안 가리고 호통치는 이미지였어요." 사토가 한마디 중얼거렸다.

"아, 그러고 보니, 찾아보면 오카자키 씨 사진이 있을지도 몰라요. 한 4, 5년 됐나? 시영 주택 집회장에서 방범 강습회를 열었거든요. 그때 오카자키 씨도 참석했을 겁니다. 항상 마지막에 집회 사진을 촬영했으니까 아마 찍혔을 거예요."

"있으면 도움이 될 것 같습니다."

"근데 어디에 넣어놨더라?"

"찾는 김에, 시영 주택에 살던 사람들이 이사한 주소도 알 수 있을까요?"

타카하시가 책상 서랍을 뒤지던 손을 멈췄다. "글쎄요. 막판에는 주민들끼리도 교류가 거의 없었습니다. 주민등록을 찾아보는 수밖에 없어요."

"전대나 명의 대여로 거주지를 불법으로 빌린 사람도 있었다고 하던데요?"

"맞습니다. 다양했죠. 모든 동의 폐쇄가 결정된 해 봄이었나? 주민자치회 회장 이시가미 씨가 앞장서서 시영 주택 사람들끼리 벚꽃 구경을 하면서 작별할 수 있게 벚꽃놀이를 열었어요. 그때 예전 주민들도 부르고 싶다는 부탁을 받아서 몇몇 주민의 새로운 주소를 찾아본 기억이 있습니다. 저도 초대됐지만, 빈집 털이 신고가 있어서 참여는 못 했어요. 하지만 사람이 많이 안 왔다고 나중에 이시가미 씨한테 들었어요."

타카하시가 옛 추억에 잠긴 표정으로 천장을 올려다보며 팔짱을 꼈다.

"맞다. 자치회장 이시가미 씨에게 물어보면 알 수 있지 않을까요?" 사토가 말했다.

"주민자치회장 이시가미 츠토무 씨한테는 오늘 다른 수사관이 탐문하러 갔습니다."

전직 주민자치회 회장인 이시가미는 노가미 일행이 만나러 갔다.

"그 당시 주민들 사이에 생긴 말썽을 저희가 몇 번 해결해줬는데. 다들 잘 지내려나?"

"말썽이요?" 오자키가 물었다.

타카하시가 출동한 일화를 몇 가지 들었지만, 여우와 연관된 정보는 얻지 못했다.

"뭔가 생각나면 연락 주세요."

타쿠미는 두 사람에게 미제사건 전담팀 주소, 전화번호와 휴대전화 연락처가 적힌 명함을 건넸다. 명함을 보고 타카하시가 물었다.

"어? 경찰서 북관 7층에 미제사건 전담팀이라는 데가 있었나요?"

"그 왜, 자료실 있잖아요. 7층과 옥상을 연결하는 계단참에 증축된, 잡동사니가 쌓여서 창고로…. 아, 죄송합니다. 실례했습니다." 사토가 머리를 긁적이며 재빨리 사과했다.

"아니요. 괜찮습니다. 경찰서 안에 잡동사니 창고로 쓰던 곳을 고쳐서 새로 만든, 팀장까지 포함해서 세 명이 전부인 작은 부서입니다."

"그렇군요. 오카자키 시로의 사진은 찾아 놓겠습니다. 다른 주민들이 이사한 주소도 남아 있으면 몇 군데는 찾을 수 있을 겁니다. 연락드리겠습니다." 타카하시가 명함을 서랍에 넣었다.

"몽타주는 본부에서 보내겠지만, 일단 몇 장 두고 가겠습니다."

오자키가 가방에서 몽타주를 다섯 장 정도 꺼내서 책상 위에 놓았다. 타카하시가 그중 한 장을 집어서 입구 근처 벽에 붙이고 고개를 숙였다. "노고가 많으십니다."

"시간 내주셔서 감사합니다."

두 사람에게 인사하고 파출소를 나와 보니, 햇빛이 없고 두꺼운 구름이 하늘을 덮은 상태였다. 저 멀리 아케이드 상점가의 남쪽 방면 출구와 여우를 놓친 지하철로 향하는 통로가 보였다.

"지하철역까지 이어지는 경로를 생각하면 아케이드 상점가 안을 뚫고 지나가는 것보다 이쪽 길이 훨씬 가까워." 타쿠미가 까칠한 수염을 쓸며 말했다.

"혹시 여기에 파출소가 있는 걸 알고 피했을까요?"

"그럴지도. 여우는 경찰의 눈을 피해서 일부러 멀리 돌아갔어. 우연히 시영 주택 505호실이 비어 있는 걸 알고 들어갔을 가능성은 적어. 그렇다면 오카자키와 무언가 연결고리가 있어서 예전부터 이 동네 사정을 잘 알던 사람일지도 몰라."

오자키가 인도로 나가서 주변을 둘러보았다.

"CCTV가 달린 매장이 몇 군데 있네요. 하지만 3년 전이라 남아 있는 데이터가 당연히 없겠죠."

"큰 회사에는 장기간 데이터를 보관하는 시스템도 있다던데, 하지만 3년 전 데이터를 구하기는 어렵겠지. 이 근처에 있는 작은 상점들은 대부분 하드 디스크 용량을 넘으면 CCTV 영상 데이터를 덮어씌우는 기종을 사용해. 기계의 기억 용량과 가게에 설치된 개수, 해상도에 따라 달라지겠지만 3주나 한두 달이 최대일걸."

CCTV는 단념하고 여우가 지나간 경로를 따라서 걸었다. 평일을 맞은 아케이드 상점가는 일요일에 비하면 인파가 적어서 입구 근처에 있는 자전거 가게에서 탐문을 시작했다.

매장 앞에서 펑크를 수리하던 가게 주인에게 여우가 사용하던 자전거의 제조업체와 차종, 색을 말하고 매출 데이터를 받아서 확인했다. 색이 다른 판매 기록은 있었지만, 모두 1, 2년 전 내역이었다. 여우의 몽타주를 보여줬지만, 가게 주인은 생각나는 손님이 없다고 했다. 최근에는 인터넷으로도 자전거를 살 수 있어서 장사가 안된다고 막판에는 푸념을 늘어놓았다.

움벨라타라는 관엽식물도 조사해 보려고 꽃집과 모종 가게를 탐문했지만 허탕이었다. 스포츠용품점을 비롯해 옷 가게, 잡화점, 문방구, 제사용품점 등 아케이드 상점가에서 주축이 되는 가게들에 몽타주를 보여줬지만 수확은 없었다. 개중에는 손님이 아닌 것을 알고 노골적으로 불쾌한 티를 내는 사장도 있었다.

지하철역을 이용했을지도 모른다는 희미한 가능성에 기대어 역에서도 몽타주를 보여주며 탐문했다. 역무원과 매점에서 일하는 여성이 기억하는 손님 중에는 몽타주 속 남자가 없었다.

여우가 도망친 그날 일을 떠올리자, 계단을 오르는 다리가 자연스레 무거워졌다. 지하철역 입구에 서서 주변에 있는 상점가를 바라보았다.

"이 주변 모습이 3년 전이랑 많이 달라?"

"그렇죠. 새로운 건물도 섰고, 저 편의점은 3년 전에 술집이었어요. 특히 음식점이 많이 늘어난 느낌이에요."

"시영 주택 부지를 포함한 재개발이 진행되면, 이 일대도 바뀌겠지. 겨우 3년 사이에 동네가 바뀌고 사람들이 오가는 흐름도 바뀌었어."

"CCTV 녹화 데이터도 단기간에 삭제되잖아요? 토사카시 사사즈카 일가 4인 살해 사건이면 몰라도, 시영 주택 방화 사건을 기억하는 사람은 얼마나 될까요? 조금 불안해요…."

상점가 남쪽 출구 방향을 보던 오자키가 갑자기 입을 다물었다. 지금까지 탐문했지만, 몽타주를 보고 짚이는 데가 있다는 목격 증언은 하나도 얻지 못했다.

"오자키, 너무 그렇게…." 타쿠미는 어깨를 늘어뜨리는 오자키에게 뒤에서 말을 걸었다.

오자키가 갑자기 뒤를 돌아보았다. "타쿠미 씨, 3년 전 그날, 저기에 결혼식이 있었어요. 하얀 웨딩드레스가 아주 아름다웠어요."

오자키가 가리킨 방향에 벽돌담과 나무들에 둘러싸인 언덕이 있었고, 넓은 돌계단이 위까지 이어졌다. 그 꼭대기에 커다란 문이 달린 교회 같은 건물이 보였다.

"그게 왜? 사건 보고서는 읽었는데…."

"신랑과 신부가 저 계단을 천천히 내려왔고, 하객들이 두 사람의 가장 아름다운 모습을 찍으려고 인도까지 나와 있었어요."

"무슨 말을 하고 싶은 거야?" 보고서는 읽었지만, 결혼식 풍경을 직접 보지는 못한 타쿠미에게는 오자키의 말이 제대로 전달되지 않았다.

"시영 주택에 불이 났을 때, 모여든 주민들이 휴대전화로 화재 영상과 사진을 촬영했어요. 여우는 거기에 찍히고 싶지 않아서 자전거로 도망치기를 포기했어요. 저기서 결혼식 하객들이 스마트폰과 카메라로 사진을 찍었어요. 혹시 그중에 우연히 여우가 찍힌 컷이 있지 않을까요?"

"그래…. CCTV처럼 바로 삭제되지 않으니까 3년이 지난 지금도 남아 있는 데이터가 있을지 몰라. 확률은 낮지만 알아볼 가치는 있겠다."

횡단보도를 건너서 인도와 맞닿은 식장의 로고가 박힌 하얀 문을 잡았다. 문이 잠기지 않아서 안에 들어가 보니, 언덕과 인접한 건물에 사무실이 있었다. 직원에게 경찰 신분증을 보여주고 책임자를 불러 달라고 했다. 곧 무선 송수신기를 찬 키 큰 여자가 대응하러 나왔다.

"제가 여기 책임자인데, 무슨 용건이시죠?"

"토사카 경찰서에서 나온 타쿠미와 오자키입니다. 바쁘신 와중에 죄송합니다."

재차 경찰 신분증을 보여주고 3년 전 시영 주택에서 일어난 방화 사건을 간략하게 설명했다.

"그날 결혼식을 올린 부부의 이름과 연락처를 알려주셨으면 합니다."

"지금은 주말 결혼식 준비로 바쁜데⋯. 아, 잠시 실례하겠습니다."

송수신기에 연락이 들어와서 직원에게 한참 지시를 내린 뒤 여자가 뒤돌았다.

"죄송합니다. 3년 전 10월 28일 고객님이라고 하셨죠? ⋯알겠습니다. 연락처는 개인정보라서 우선 저희 쪽에서 전화로 고객님께 확인해볼 테니 로비 쪽에서 잠시 기다려주세요." 완곡하게 보류당했다.

웨딩드레스나 턱시도 같은 의상이 걸린 카트를 미는 식장 스태프와 젊은 조리사, 요리복을 입은 남성이 이야기하면서 로비를 지나갔다. 생화가 든 양동이를 옮기는 여성도 분주하게 왔다 갔다 했다.

카운터에 놓인 안내 책자를 보니, 여기는 호텔 체인이 모회사인 하루에 한 팀만 받는 결혼식장이었다. 하객이 많으면 가까운 호텔에서 피로연을 할 수도 있고, 그 밖에도 다채로운 플랜이 마련되어 있었다. 잠시 후 책임자 여성이 돌아왔다.

"오래 기다리셨죠? 그날 결혼식을 올린 고객님은 이가라시 테츠야, 쿄코 부부입니다. 연락해서 양해를 얻었습니다. 이게 성함과 전화번호입니다."

메모지를 받고 식장을 나와서 곧바로 연락했다. 호출음이 몇 번 울린 뒤에 전화를 받은 사람은 아내 쿄코였다. 이야기를 들어보니, 남편 테츠야와 함께 건축 설계 사무소를 운영한다고 했다. 방화 사건의 개요를 설명하고 결혼식 앨범을 보여줄 수 있냐고 물었다. 갑작스러운 요청에 당황하는 듯했지만, 오후 다섯 시에 사무소 겸 자택에서 만나자고 약속을 잡았다.

햇볕에 타서 마른 다시마 같아진 포렴이 걸린 소박한 식당을 발견하고 들어갔다. 이미 점심시간이 지나서 손님이 적었다. 오자키가 주문한 갈비 정식이 테이블에 나와서 달걀을 밥 위에 올리고 간장을 뿌렸다. 젓가락을 든 손으로 테이블 위에 놓인 휴대전화 화면을 능숙하게 스크롤 했다. 휴대전화를 들여다보며 밥을 입에 넣었다.

"너 그 식사 예절, 어떻게 좀 안 돼? 어린애냐?"

타쿠미가 주문한 돈가스 덮밥이 나왔다.

"그보다 어떻게 할까요? 다섯 시까지 시간이 좀 뜨잖아요. 가까운 타투 숍을 돌아볼까요? 여기서 보니까 시내에 여덟 곳 정도 있어요."

"문신 가게가 시내에 그렇게 많아?"

"타쿠미 씨, 촌스러워요. 유명한 축구 선수나 국내외 아티스트들도 타투를 한다고요. 이제는 젊은이들의 서브컬처 같은 패션 중 하나예요."

"뭐? 촌스러워?" 돈가스 덮밥이 든 입으로 불만을 토했다.

"아, 더러워. 밥알 튀어요."

"이해가 안 되네. 문신이 패션이야? 옷은 유행에 맞춰서 갈아입으면 돼. 하지만 문신은 질려도 쉽게 못 벗는다고." 된장국 그릇을 들어 올렸다.

"제가 말하는 건 이 세상의 흐름이에요. 자기가 이해하지 못한다고 호불호로 모든 걸 부정하면 안 돼요. 그걸 이해하고 받아들

여야죠. 어딘가의 대단하신 분이 말한 다양성이 그런 거 아니겠
어요?"

"말장난하긴. 그럼 우리 같은 담배 소수자들도 이해하고 다양
성의 정신으로 받아들여 줘야지."

"담배를 피우면 주변 사람들 옷에 냄새가 배고 간접흡연 때문
에 건강에도 피해를 주잖아요. 하지만 타투는 해도 주변 사람한
테 민폐가 되거나 건강에 해가 되지 않아요."

"사람한테 젓가락 들이밀지 마. 너 유난히 문신한 사람들 편을
든다? 설마…."

"무슨 소리예요? 경찰이 타투를 했다가 들키면 윗분들한테 찍
혀서 잘리잖아요. 예전에 여고생이 들락거린다는 정보가 들어와
서 그냥 매장을 조사한 적이 있어요. 아무튼 이거 다 먹으면 가봐
요."

타쿠미는 그릇에 남은 돈가스 덮밥을 마지막 한 숟가락까지 해
치우고 테이블에 놓인 물을 다 마신 뒤 영수증을 챙겼다.

"그럼 이 점심은 내가 살게. 요전에 크레인 일도 있었으니까."

"치사해요. 주문하기 전에 말해주지. 그랬으면 빛금눈돔 조림
정식으로 했을 텐데. 아니다, 이탈리아 음식이나 비싼 초밥집 런
치가 나았겠다."

식당 포렴을 헤치고 밖으로 나왔다.

"잘 먹었습니다." 오자키가 아직 하고 싶은 말이 있는 것처럼
가볍게 고개를 숙였다.

5

 오자키가 휴대전화로 찾은 가장 가까운 타투 숍은 1층에 신발 가게와 옷 가게가 자리한 오래된 건물 3층에 있었다. 당장이라도 멈출 것 같은 속도와 거슬리는 금속음을 내는 엘리베이터를 타고 3층에 올라갔다. 어디선가 썩다 만 과일 같은 달콤한 냄새가 났다. 좌우에 네일 숍과 태국식 마사지, 손금 보는 점집 같은 간판이 늘어선 어둑한 복도 구석에 그 가게가 있었다.

 문에 '타투 숍 사이드 와인더'라는 간판이 있었고, 로고 아래에 그려진 방울뱀이 몸을 말고 자랑스럽게 꼬리를 흔들고 있었다. 그 옆에 '폭력단 관계자, 폭력단과 유사한 단체에 협조하거나 관여하는 분의 방문은 사양합니다'라고 인쇄된 스티커가 붙어 있었다.

 타쿠미가 초인종을 누르자, 올백 머리에 입 주변과 턱에 수염을 기르고 입술에 피어싱 세 개를 한 남자가 문을 열었다. 예약한 손님이 있었는지 살갑게 웃던 얼굴이 경찰 신분증을 마주하자 순식간에 어두워졌다. 남자는 혀까지 차지는 않았지만, 누가 봐도 떨떠름한 표정이었다. 컬러 렌즈를 낀 푸른 눈이 가늘어져서 어쩐지 파충류 이구아나를 연상시켰다.

"잠깐 대화를 나누고 싶은데요."

"지금 손님이 시술 중인데…. 뭐, 일단 들어오세요."

안에 들어가 보니, 달콤한 냄새가 났다. 복도에서 나던 냄새는 여기에서 새어 나온 것이었다. 벽 전체가 온통 와인색이었고, 징이 여러 개 박힌 큰 가죽 소파가 놓여 있었다. 앉아서 휴대전화를 보던 레게 머리 남자 손님이 고개를 들고 잠깐 이쪽을 보았다. 중앙 테이블에 놓인 향로에서 연기 한 줄기가 천장으로 피어올랐고, 조명에 비쳐 마치 살아 있는 것처럼 흔들렸다. 중동 느낌이 나는 에스닉하고 두꺼운 커튼으로 분리된 방이 오른쪽에 하나, 안쪽에 두 개 있었고, 오른쪽 끝 방에서 지지직 하는 기계음과 웅얼거리는 대화 소리가 들려왔다.

이구아나가 내민 명함에는 시이바 유우야, 직함은 숍의 사장 겸 매니저라고 적혀 있었다. 타이트한 세로줄 무늬 정장이 몸에 딱 맞았고, 회색 셔츠, 벽의 색과 똑같은 와인색 넥타이. 소맷부리에서 파충류의 꼬리처럼 생긴 타투가 손목 안쪽을 휘감고 손바닥까지 나와 있었다. 명함을 내밀자, 그 꼬리가 살아 있는 듯 천천히 꿈틀거리는 것처럼 보였다. 타쿠미는 명함을 손가락으로 두드리며 콧방귀를 뀌었다.

"일하는 중에 미안하지만, 시이바 씨, 여기 개업한 지 몇 년 됐어요?"

"이 자리에서 시작해서 아직 5년밖에 안 됐습니다."

경찰과 대화하는 소리를 손님이 듣지 않았으면 하는지, 작은 목소리로 재빠르게 말했다.

"형사님, 무슨 사건이라도 났나요? 저희는 경찰이 와서 조사할 만한 가게가 아니에요. 폭력단 배제 조례도 지키고 있고, 미성년자한테도 시술하지 않아요. 위생 관리도 충분히 신경 쓰고 있어요."

"뭐 경찰이 물어보면 곤란할 일이라도 있나?"

타쿠미가 커튼 너머에 묻듯이 일부러 큰 소리를 냈다. 소파에 앉아 있던 남자 손님이 일어나서 슬금슬금 문으로 나갔다.

"잠, 잠깐만요."

시이바가 책망하듯 크게 한숨을 쉬었다. "어쩔 수 없네요. 이쪽으로…" 하며 안내한 문 너머는 노출 콘크리트로 된 방이었다. 흑단으로 된 책장이 안쪽 벽 전체를 덮고 있었고, 커다란 미술책과 사진집, 요리 관련 시각 자료까지 다양한 양서로 가득했다. 그 앞에 새까만 할리데이비슨 오토바이가 놓여 있었다. 차가운 벽에는 팝 아트의 거장이 그린 연작 그림 세 장이 액자에 담긴 채 걸려 있었다.

"꽤 넓고 세련된 공간이네." 타쿠미는 벽에 걸린 그림을 빤히 보았다.

"타투는 요즘 시대에 자기표현 방법 중 하나, 아트입니다. 손님도 저도 진짜를 추구합니다. 이 방에서 가장 비싼 물건이 그 석판화예요. 자, 앉으세요."

방 중앙 천장에는 샹들리에가 달려 있었고, 그 아래에 붉은 벨벳 의자 여덟 개와 중후한 긴 테이블이 놓여 있었다. 커다란 냉장고 앞에 선 시이바가 "마실 것 좀 드릴까요?" 하며 생수병을 흔들어 보였다. 오자키는 대화에 개의치 않고 책장에 늘어선 미술서를 바라보았다. 타쿠미는 손을 흔들어 거절하고 벨벳 의자에 앉아서 다리를 꼬았다. 주머니에서 꺼낸 여우 몽타주를 테이블에 펼쳤다.

"손님 중에 이런 사람 없어요?"

시이바가 손에 든 바카라 잔에 든 물을 한 모금 마셨다. 귀찮다는 듯 테이블에 다가와서 몽타주를 들여다보았다. "네, 기억 안 나요."

"그럼 이런 타투를 한 남자, 알아요?"

타쿠미가 몽타주를 넘겼다. 아래 종이에는 Nobody Knows라는 영문자로 둘러싸인 붉은 심장과 날개가 그려져 있었다. 오자키가 범행 보고서 리포트와 함께 제출한, 여우의 등에 있던 타투 도안이었다. 당연히 감식 수사관이 그린 몽타주만큼 완성도가 높지는 않아서 어린아이가 그린 그림과 별반 다르지 않았다.

"모르겠네요." 시이바가 고민해 보지도 않고 대답했다.

"이보세요, 건성으로 대답하지 마요. 우리는 장사를 방해하려고 온 게 아닙니다. 자꾸 그러면 여기를 찾아오는 손님의 나이대와 신원, 바늘과 잉크를 정확한 규칙대로 쓰고 버리는지, 이것저것 조사해보겠습니다."

"그냥 좀 넘어가시죠." 시이바의 넉살 좋은 미소가 경직되었다.

"그럼 더 제대로 봐요. 벽에 걸린 판화만큼은 아니어도 이것들도 진짜 걸작이니까." 타쿠미가 테이블에 놓은 전단지 두 장을 가볍게 두드렸다.

시이바는 도움을 청하듯 오자키 쪽을 힐끔거렸다. 이 가게에 들어오기 전, 타쿠미는 오자키에게 이곳 탐문을 자신에게 전부 맡기라고 말해 두었다. 오자키는 무관심을 가장하며 말없이 할리

데이비슨 좌석에 걸터앉았다.

"저는 손님의 얼굴과 시술한 타투 도안을 잊어버린 적이 없습니다."

"그럼 찬찬히 보고 대답해요." 타투 도안을 턱으로 가리켰다.

"이 서툰 그림으로는 새겨진 심장과 날개깃의 모양, 디테일과 색감, 폰트 종류 같은 걸 알아볼 수가 없어요. 이걸로는 여기서 새긴 타투인지 알 수 없다는 말입니다."

시이바가 타투 도안을 빤히 보며 테이블 건너편에 있는 의자에 앉았다.

"적어도 사진으로 보지 않는 한…." 팔꿈치를 테이블에 대고 턱을 괴며 엷게 웃었다.

"사진은 없어요." 타쿠미가 오자키를 보았다.

"심장 표면의 붉은 혈관과 근육은 피가 떨어질 것처럼 실감 나게 표현됐고, 날개도 깃털과 솜털까지 하나하나 자세히 그려져서 당장이라도 날갯짓할 것 같았어요. 심장 주변에 반원 모양으로 새겨진 알파벳은 고딕체에 클래식한 폰트였고, 가시 돋친 담쟁이 덩굴에 감겨 있었어요."

할리데이비슨에 앉아 있던 오자키는 여기에 와서 처음으로 입을 열었다.

"어? 당신은 그걸 본 적이 있군요?" 시이바가 뒤돌아서 오자키에게 물었다.

"…한 번요."

물을 다 마신 시이바가 테이블에 잔을 내려놓고 일어섰다. 할리데이비슨에 앉은 오자키의 오른쪽 눈에 채워진 안대를 빤히 보았다. 끝이 갈라진 혀는 보이지 않았지만, 시이바는 이구아나처럼 푸른 눈을 가늘게 떴다. 마치 작은 동물을 집어삼키기 전에 반복하는 루틴처럼. 오자키 주변을 천천히 걸으며 전신을 핥듯이 응시하다가 미소를 지었다.

"어쩔 수 없네요. 손님이 아닌 사람한테 보여주면 안 되는데. 저희는 고객 관리와 신규 고객 참고 자료를 위해서 완성된 타투를 사진으로 찍어서 데이터로 저장해놔요."

"진작 그런 얘기를 할 것이지. 어서 보여줘요." 타쿠미가 호통쳤다.

"숍을 차린 지 5년이라 양이 어마어마해요. 타투이스트 셋이 운영해서 대략 1500에서 2000명의 타투가 컴퓨터에 들어 있어요."

"그럼 3년 전 9월보다 이전에 시술한 것. 그리고 날개와 심장이 그려진 타투만 보여주세요." 오자키가 할리데이비슨에서 내려오며 말했다.

"…흐음, 알겠습니다. 잠시 기다리세요." 시이바가 문 너머로 사라졌다.

오자키는 이해할 수 없는 것을 호불호만으로 부정하면 안 된다고 말했지만, 타쿠미는 이 공간의 냄새도 예술가인 척하는 시이바의 눈빛도 마음에 들지 않았다.

"잠깐 담배 좀 피우고 올게."

사이드 와인더에서 복도로 나가자마자 보이는 비상구를 열었다. 예상대로 외부 계단의 계단참에는 붉게 녹슨 스탠드 재떨이가 놓여 있었다. 흡연자의 마음은 다 똑같다. 올려다보니 높이가 다른 건물 네 채가 십자로 가른 하늘이 빌딩들 틈으로 간신히 보였다. 아래에는 녹슨 자전거 주차장 지붕과 햇빛을 받지 못해서 마른 식물들이 보였다.

인간에게 겉모습과 속 모습이 있듯 건물에도 뒷면이 있다. 대규모 수리와 공사로 아무리 표면을 깔끔하게 만들어도 뒤로 돌아가 보면 건물의 속 모습이 보인다. 에어컨 실외기가 죽 늘어섰고, 에어 덕트가 담쟁이덩굴처럼 지저분한 벽을 기어다녔다. 음식점 환풍기가 뱉어내는 하얀 김을 보면서 담배 연기를 피우며 지극히 행복한 시간을 보냈다. 여기는 심연의 밑바닥, 사회적 소수자의 천국이다. 담배를 한 개비 더 피울 뻔하다가 관두고 썩은 과일 냄새 속으로 돌아갔다.

잠시 후 태블릿 단말기를 든 시이바가 돌아왔다. 긴 테이블 의자에 앉은 오자키 앞에, 주문한 물건을 가져온 웨이터 같은 동작으로 태블릿을 내려놓았다.

"여기 있습니다. 오픈하고 처음 2년간 시술한 날개와 심장 도안만 보다시피 98개입니다."

오자키가 태블릿을 손에 들고 스크롤 했다. 타쿠미는 뒤에서 그 작업을 들여다보았다. 사람의 신체에 새겨진 타투는 그림으로 된 도안에 비해 무척 야릇했다. 어깨부터 허리까지 이어지는 접힌 날개 같은 커다란 타투부터 천사가 심장을 안고 있는 작은 타투까지, 다양한 크기와 종류의 타투 데이터가 들어 있었다. 오자키가 모든 사진을 확인한 뒤 고개를 저었다. 여우의 등에 새겨진 도안은 찾지 못했다.

"찾는 타투는 없었나요?"

"근데 날개 도안만 해도 이렇게 종류가 많군요."

오자키가 태블릿 속 사진을 다시 한번 처음부터 훑어보며 시이바에게 말했다.

"타투 도안은 동물, 인물, 식물, 각각의 부위, 그리고 신화, 이야기, 소설, 만화, 애니메이션까지 모티브가 다양합니다. 스타일도 일본과 아시아부터 미국, 유럽, 북유럽의 트레디셔널한 것, 요즘은 적도 부근에 있는 태평양 제도의 트라이벌한 타투까지 할 수 있어요. 게다가 폰트도 산스크리트어 문자를 포함해서 많은 서체가 준비돼 있습니다."

오자키가 관심을 보인다고 착각했는지 시이바가 처음에 짓던 매니저 표정으로 돌아왔다. 손짓, 발짓을 섞어 가며 수다스럽게 이야기했다.

"손님들이 타투를 하는 이유는 아주 다양합니다. 상대에 대한 위협이나 애정 표시, 액막이, 자기 정체성 표현까지 천차만별이죠. 예전에 해외 애니메이션 캐릭터를 새기러 온 쌍둥이 자매도 있었어요."

"타투 도안에 뭔가 의미가 있나요?" 오자키가 태블릿을 돌려주며 물었다.

"도안은 새기는 사람의 사고방식에 따라서 달라지니까 획일적으로 말할 수는 없지만, 방금 그 심장 같은 인체 일부나 날개 타투는 보기 드문 모티브는 아니에요. 날개나 깃털 도안은 '자유와 해방', 심장은, 으음, '생명과 애정' 같은 상징으로 새기는 손님이 많죠." 앉아 있는 오자키의 주변을 걸으며 설명한다.

돌려받은 태블릿을 카운터에 놓고 시이바가 오자키 옆에 있는 의자에 앉았다. 테이블에 팔꿈치를 대고 손으로 턱을 괴더니 오자키의 옆얼굴을 빤히 들여다본다. 손바닥에 새겨진 파충류 꼬리가 천천히 꿈틀거렸다. "그쪽도 하나 하지 그래요?"

건너편 의자에 앉아 있던 타쿠미가 테이블을 두드렸다.

"어이, 오버하지 마." 시이바에게 얼굴을 들이밀며 노려보았다.

테이블 위에 놓인 몽타주와 타투 전단지를 챙겨서 일어났다.

"실례했습니다. 여자분의 짧은 보브컷과 안대를 낀 모습이 섹시해서…, 저도 모르게 그만."

아무런 동요 없이 왼손으로 턱 아래 수염을 쓸며 오자키에게 씨익 웃어 보였다.

"야, 가자." 타쿠미가 재촉해서 오자키도 자리에서 일어났다.

"또 놀러 오세요. 기다리고 있겠습니다."

일어선 시이바가 정중하게 손을 가슴에 대고 가볍게 고개를 숙였다. 그 모습을 보고 타쿠미는 혀를 찼다. 앞을 걷던 오자키가 문 앞에서 뒤를 돌아보았다.

"여러 정보를 주신 사례를 할게요."

"…네, 뭐죠?" 시이바는 손을 가슴에 댄 채 오자키를 보며 엷게 웃었다.

"태블릿에 있던 23번, 까마귀가 십자가에 앉아서 날개를 펼친 타투 말인데, 묘비에 적힌 영어 철자 한 군데가 틀렸어요."

"네? 그럴 리가…." 시이바의 얼굴이 일그러졌다. 방금까지 히죽거리던 시이바가 카운터에 놓아둔 태블릿을 들고 얼굴을 벌겋게 물들이며 화면을 거듭 스크롤 했다.

당황하는 시이바를 남겨 두고 타쿠미와 오자키는 타투 숍을 나왔다.

6

건축 설계 디자인을 한다기에 빌딩 사무실을 상상하며 찾아간 이가라시 건축 설계 사무소는 의외로 수목과 식물이 가득한 넓은 정원에 선 일본 가옥이었다.

액자에 담긴 건축 투시도가 죽 늘어선 긴 복도를 걷다가 유리문을 열고 미팅룸으로 들어갔다. 긴 테이블이 중앙에 놓여 있었고, 좌측 안쪽에 하얀 보드로 만들어진 빌딩 모형이 장식되어 있었다. 오른쪽 벽에는 커다란 창문이 줄을 이었고, 그 너머로 넓은 정원이 보였다. 낙엽이 산재하고 야생 식물과 나무가 심겨 있어서 가까운 산의 잡목림 풍경을 그대로 가져다 놓은 듯한 정취가 있었다. 여기까지 오는 경로를 모른다면, 지하철역에서 걸어서 10분 거리, 아파트와 상업 빌딩에 둘러싸인 입지라는 사실을 아무도 눈치채지 못할 것이다.

테이블을 끼고 반대편은 전면 유리로 된 벽이었고, 그 건너편은 천장이 탁 트인 디자인 작업실이었다. 높은 천장에 실링팬 세 개가 달려 있었고, 열 대쯤 되는 컴퓨터와 중앙에 놓인 커다란 작업 테이블, 그 사이를 직원이 바쁘게 돌아다녔다. 벽 전체를 덮은 책장에 건축 모형과 책이 도서관처럼 죽 늘어서 있었다. 일본 가옥 같은 외관과 달리 실내 인테리어는 심플하고 모던했다.

머리카락을 뒤로 묶고 안경을 낀 여자가 타쿠미와 오자키 앞에 질그릇 컵을 놓았다. 짙은 커피 향기가 퍼졌다.

"실례합니다. 차 좀 드세요." 그 여자를 보고 오자키가 공손하게 고개를 숙였다.

여자가 나간 유리문 너머에서 앨범 세 권을 안고 계단을 내려오는 남자가 보였다.

"이가라시 테츠야입니다." 미팅룸에 들어온 그 남자가 자신을 소개하며 명함을 내밀었다.

"토사카 경찰서 미제사건 전담팀 타쿠미입니다.""같은 부서 소속 오자키입니다."

타쿠미가 경찰 신분증을 제시하고 명함을 교환했다.

"실례지만 별로 들어본 적이 없는데, 미제사건 전담팀은 어떤 부서죠? 아, 앉으세요." 테츠야가 명함을 보며 의자에 앉았다.

"과거에 일어난 미해결 사건을 새로운 관점으로 재수사하는 부서입니다. 그런데 갓 신설된 곳이라 저희랑 팀장님밖에 없는 작은 부서입니다."

"그래서 3년 전 시영 주택 방화 사건을 조사하시는군요. 그 사건, 아직 범인이 안 잡혔죠?"

"사건이 기억나십니까?"

"식 도중에 소방차 사이렌 소리가 신경 쓰였던 게 기억나요."

타쿠미는 안주머니에서 몽타주 전단지를 꺼내서 테이블에 펼쳤다.

"거두절미하고 말씀드리면, 이 얼굴을 본 적 있으십니까?"

몽타주를 들고 잠시 고민하던 테츠야가 말했다. "죄송합니다. 본 적 없는 것 같아요. 잠시 기다려 주세요."

테츠야가 의자에서 일어나서 유리 벽을 손가락으로 두드리고 손을 흔들었다. 조금 전 커피를 가져온 여자가 유리 너머에서 뒤를 돌아보았다.

"아내 쿄코입니다." 미팅룸에 들어온 여자를 테츠야가 소개했다.

쿄코에게는 전화로 사건 개요를 설명해 두었다. 쿄코는 테츠야에게 받은 몽타주를 빤히 보았다.

"어떠세요, 사모님…?" 오자키가 물었다.

"기억이 안 나요. 그날 식 도중에 봤더라도 3년 전이라서…."

"쿄코에게 간단히 자초지종을 들었는데, 정말 이 몽타주 속 남자가 결혼식 사진에 찍혔나요?" 테츠야가 테이블 위에 놓인 앨범을 보았다.

"확실치는 않지만, 그날 범인이 결혼식장 앞 도로를 지나갔다고 증언한 목격자가 나왔습니다. 어쩌면 여러분을 촬영한 사진 중에 범인이 찍힌 컷이 있을지도 모릅니다. 협조 부탁드립니다."

타쿠미가 고개를 숙였다. 그 모습을 보던 오자키도 얼른 고개를 숙였다.

"네, 도움이 될지 모르겠지만, 필요하시면 편하게 보세요."

테츠야는 옆에 있던 앨범 세 권을 두 사람 앞에 놓았다.

"한 권은 식장 촬영 기사가 찍은 거고, 나머지 두 권은 친구들한테 받은 데이터로 인쇄한 걸 쿄코가 정리한 앨범이에요."

"감사히 보겠습니다." 오자키는 천천히 앨범을 열었다.

식장 촬영 기사가 촬영한 앨범은 멋지게 제본되어 있었고, 마지막 페이지에는 사진과 영상 데이터가 든 DVD가 끼워져 있었다. 다른 두 권은 쿄코가 직접 만든 것이라 붙어 있는 사진 하나하나에 정성스레 손 글씨로 설명이 적혀 있었다. 앨범 세 권을 본 뒤에 DVD에 담긴 계단 장면을 방 벽면에 있는 커다란 모니터로 재생했다. 잠시 화면을 보던 오자키가 재생기에서 디스크를 꺼내서 앨범에 도로 넣고 타쿠미를 향해 고개를 흔들었다.

"다 봤지만, 이 안에는 없어요." 오자키가 앨범을 닫았다.

"그러고 보니 앨범에 넣지 않은 사진은 어떻게 했더라?" 테츠야가 쿄코에게 물었다.

"나머지 사진은 아마 상자에 넣어뒀을걸."

"사실 식이 끝나고 나서 참석해준 친구들한테 인쇄된 피로연 사진을 받았어요. 인쇄 비용도 무시할 수 없고, 일 특성상 저희 사무소에 인쇄기가 있기도 해서 참석해준 하객들한테 부탁해서 촬영한 사진 데이터를 받았어요."

"출력한 사진이랑 같이 답례품을 보냈어요. 그런데 받은 데이터를 전부 앨범에 넣지는 않았으니까 인쇄하지 않은 데이터가 제 컴퓨터 안에 아직 있을 거예요."

"그 데이터를 전부 빌려주실 수 있을까요?" 오자키가 물었다.

"그럴게요. 수사에 도움이 된다면요."

쿄코는 고개를 끄덕이고 2층으로 향하는 안쪽 계단을 올라갔다.

"감사합니다. 데이터는 신중하게 다루겠습니다." 오자키가 테츠야에게 고개를 숙였다.

"저희도 전혀 관련이 없지는 않아서요. 아, 방화 사건이 아니라, 시영 주택 부지 재개발이요. 저희 사무소도 설계 공모에 참여했거든요."

테츠야는 의자에서 일어나서 방 안쪽에 있는 하얀 빌딩 모형에 손을 올렸다. 재개발될 지역의 장래성과 마을의 매력 조성에 건축 설계 디자인이 얼마나 크게 이바지하는지 시민들이 조금 더 알아줬으면 좋겠다고 열정적으로 이야기했다.

잠시 후 쿄코가 이가라시 건축 설계 사무소의 로고가 들어간 봉투를 들고 돌아왔다.

"이 안에 사진 데이터를 전부 복사해 놨어요."

쿄코가 봉투에서 외장형 하드 디스크를 꺼내서 오자키에게 건넸다.

"여보, 이건 어떻게 할까? 숙부님 필름."

테츠야가 쿄코에게 봉투를 받아서 안을 들여다보았다.

"아, 그래, 이것도 있었구나. 저희 숙부님이 치과 의사인데 고지식해서 어마어마한 아날로그 파거든요. 아직도 음악은 레코드판으로 들으시고 차는 오래된 수동 기어 수입차를 타세요. 그래서 사진도 필름으로 찍으셨어요."

테츠야가 봉투에서 35밀리 컬러 네거티브 필름 다발을 꺼냈다.

"제가 저희 쪽에서 인쇄하겠다고 해서 네거티브 필름을 보내주셨는데, 역시 필름 인화는 안 돼서…. 이거 어떻게 했더라?"

"빌려만 놓고 결국 아직 인화는 안 했을걸."

"그럼 빌려주시면 필름을 데이터화 해서 조사가 끝나자마자 같이 돌려드리겠습니다." 오자키가 말했다.

"그래도 될까요? 그럼 저희는 좋죠."

사진 데이터와 필름이 든 봉투를 받아서 이가라시 건축 설계 사무소를 나오자, 완전히 해가 진 상태였다. 방금 그 미팅룸에서 보이던 정원에 조명이 들어왔다. 지붕보다 높고 커다란 나무를 올려다보던 타쿠미에게 빗방울이 톡 떨어졌다. 받은 봉투를 허둥지둥 오자키의 가방에 넣고 서둘러 지하철역으로 향했다.

7

비가 본격적으로 쏟아지기 전에 어찌어찌 경찰서에 도착해서 오자키와 둘이서 엘리베이터를 탔다. 특별 수사본부가 설치된 대회의실이 있는 3층 버튼을 눌렀다. 그 타이밍에 타쿠미의 휴대전화가 진동했다.

"네, 타쿠미입니다."

「수고하십니다. 미도리야마 파출소 타카하시입니다.」

휴대전화에서 미도리야마 파출소 타카하시 경장의 밝은 목소리가 들려왔다.

"타카하시 씨, 어쩐 일로 전화를 다 주셨어요?"

「죄송합니다. 미제사건 전담팀에 전화했는데 연결이 안 돼서 명함에 있는 휴대전화로 바로 연락했어요.」

"면목이 없습니다. 아무래도 저랑 오자키 둘뿐이라서 일손이 부족하네요."

「아니요, 아닙니다. 가시고 나서 사물함 안을 뒤져 보니까 4년 전 시영 주택에서 한 방범 강습회 때 사진이 있더라고요. 오카자키 시로도 확실히 찍혀 있습니다.」

"그렇습니까? 감사합니다. 이 번호로 데이터를 보내주실 수 있을까요?"

「죄송합니다. 제가 그 분야는 정말 일자무식이라서요. 시영 주택에 살던 주민들이 이사한 주소도 몇 개 알아냈으니까 내일 당직 끝나고 사진이랑 같이 그쪽으로 가서 전달하겠습니다.」

"감사합니다. 제가 없으면 오늘 같이 본 오자키에게 넘겨주세요."

「아, 가능하면 타쿠미 씨한테 직접 사진을 전달하면서 잠깐 얘기하고 싶은 정보가 있는데, 시간 내주실 수 있나요?」

"그러시군요. 그럼….."

「열 시에는 근무가 끝날 거고 업무 인계하고 그러면…. 음, 열한 시에는 경찰서에 도착할 겁니다. 그때 잠깐 대화하시죠.」

"알겠습니다. 그럼 내일 열한 시에 7층 미제사건 전담팀으로 와주세요. 지난번 일도 감사하니까 맛있는 커피를 대접하겠습니다."

「오, 기대되는군요. 제가 이래 봬도 커피라면 사족을 못 쓰거든요.」

타쿠미는 감사 인사를 하고 전화를 끊었다.

"타카하시 씨야. 오카자키 시로의 사진을 찾았대. 내일 열한 시에 전해주겠대."

오자키가 고개를 끄덕였다. 엘리베이터가 3층에 도착했다. 대회의실 특별 수사본부에는 여덟 시 반부터 시작될 전체 회의에 참석하려고 수사관들이 반쯤 돌아온 상태였다. 넓은 회의실 맨 뒷줄 책상에 지구대 순경 두 명이 앉아 있었고, 그 옆에서 노가미가 손을 흔들었다.

"'다이스 더스트' 폴더에서 나온 '금붕어'라는 제목의 영상이 있었잖아요? 그게 4년 전 여름, 옆에 있는 D현에서 일어난 독거노인이 맞아 죽은 사건과 관련이 있는 것 같다고 시노다 씨한테 전화를 받았어요." 노가미가 신나서 오자키에게 보고했다.

4년 전이면 오른쪽 눈으로 봐도 이미 사건이 일어난 뒤라서 오자키의 능력이 있어도 볼 수 없다. 그 이야기를 들은 오자키의 얼굴이 어두워졌다.

"거실에 놓여 있던 수조에서 헤엄치던 금붕어 종류랑 커튼 무늬, 옷장 손잡이 모양이 현장 사진과 일치했대요. 지금 저쪽 감식팀이랑 우리 디지털 분석실이 분석했는데, 거의 확실하다고 하더라고요."

잠시 후 콘도 반장과 시노다가 돌아왔다.

"타쿠미, 오늘 정시에 예정됐던 전체 회의는 중지야. 이번 주는 시끄러울 거야. 여러 현에 걸쳐 일어난 연쇄살인 사건이니까. 광역 중요 지정 사건이 될 가능성이 커. 그러면 현경찰 본부에서 반 하나가 더 동원되고 추가로 근처 관할서에서도 수사관이 증원되겠지. 가까운 시일에 D현 경찰과 공동으로 새 수사본부를 설치하지 않을까 싶다." 시노다가 좋아하며 말했다.

"미안하다, 타쿠미. 그렇게 됐어. 우리는 시영 주택 방화 사건에서 손을 떼고 새로운 수사본부에 들어가기로 했어. 방화 사건은 미제사건 전담팀만 담당하게 될 거야."

"반장님이 사과하실 일이 아닙니다. 저쪽에서 오늘치 보고라도 하겠습니다. 주말부터는 그마저도 못 할 것 같네요."

"그래. 그럼 시작하자."

콘도반의 세 명과 지구대에서 온 두 명, 타쿠미와 오자키가 넓은 회의실 한쪽에 모였다. 내린 비가 타쿠미 바로 옆에 있는 창문을 적셨다.

"PC방 쪽은 어땠어?" 콘도 반장이 시노다에게 물었다.

시노다가 앞에 앉은 지구대 소속 아오키의 등을 두드렸다.

"죄송합니다. 목격 정보는 안 나왔습니다. 3년 전에 PC방에서 일하던 점장은 이미 관뒀고, 지금 점장과 종업원, 아르바이트생에게 몽타주를 보여줬는데, 모르겠다고 했습니다. 이상입니다." 아오키가 수첩을 닫았다.

"PC방 '파이크'를 수사한 미야시타반 후배에게 들었어. 데이터가 발송된 시간대에 컴퓨터를 사용한 회원 기록은 남아 있었지만, 사용한 회원증에 등록된 주소와 이름은 엉터리였어. 국민 건강 보험증과 명함만으로 회원증을 발급할 수 있어서 얼굴 사진이 있는 증명서를 요구하지는 않은 모양이야. 국민 건강 보험증은 위조였고, 명함에 적힌 주소에는 회사가 없었어. 다른 PC방 한 곳도 마찬가지였대. 범인은 일부러 본인 확인을 대충 하는 개인 영업장을 노려서 회원증을 만들고 영상을 보낸 것 같아."

노가미가 함께 탐문한 지구대 소속 오카모토에게 눈짓을 보냈다. 오카모토가 수첩을 열고 더듬더듬 보고했다. "어, 사라진 505호 주민 오카자키 시로는 계속 혼자 살았습니다. 여동생이 아파서 한 3개월간 고향인 H현으로 돌아간다는 편지가 왔고, 그 이후 반년 동안 방세는 제대로 냈다고 합니다."

"H현에 여동생? 이상하네. 미도리야마 파출소 사토 순경한테 들었는데, 오카자키는 취했다 하면 자기가 천애 고아라고 떠들어

댔다고 했어." 타쿠미가 끼어들었다.

"맞습니다. 자치회장이던 이시가미 츠토무한테도 물어보니 오카자키에게 여동생이 있는지도 모르더군요. H현 경찰에 문의해서 오카자키의 호적과 행방 불명자 신고서, 신원 불명 사망자 명단을 조회해봤습니다." 노가미가 말했다.

"내일 그 오카자키가 찍은 사진이 들어올 거야. 미도리야마 파출소 타카하시 경장한테 연락을 받았어."

"얼굴 사진이 있으면 단서가 되겠죠? 저희한테도 주세요. H현 경찰에 보내겠습니다."

"어쩌면 여우는 오카자키와 어떤 연결고리가 있는 지인, 아니면 남들이 모르는 혈연일 수도 있어." 콘도 반장이 불쑥 말했다.

"이시가미한테도 몽타주를 보여줬지만, 이미 아흔에 가까운 나이라 기억이 확실치 않았습니다. 게다가 폐쇄 전 시영 주택은 주민이 반 이상 떠난 상태였고, 불법으로 거주하는 외국인도 몇 세대 있어서 쓰레기나 소음 문제가 끊이지 않았다고 합니다. 들어왔다 나갔다 하는 사람이 많아서 그 당시 주민은 잘 기억나지 않는다고 했습니다. 이상입니다."

"흠, 뭘까. 만약 사사즈카 일가를 살해하고 불을 지른 범인이 여우라면, 왜 그렇게 귀찮은 짓을 했을까? 시영 주택에 숨어들어서 임시 은신처를 확보하는 대신 가까운 호텔이나 월세방을 잡을 수도 있었을 텐데."

"목격자 진술 녹취를 기반으로 아케이드 상점가 매장과 지하철 미도리야마역에서 몽타주를 보여주면서 탐문했지만, 여우를 기억하는 사람은 없었습니다. 다만 지하철까지 가는 경로를 되짚다가 오자키가 알아차렸는데, 여우는 파출소 위치를 알고 경찰의 눈을 피하듯이 움직인 것 같습니다. 반장님이 생각하시는 것처럼 여우는 그 동네에 빠삭하고 시영 주택에 애착이 있는 사람일지도 모릅니다."

타쿠미에 이어 오자키가 검은 가죽 수첩을 열고 보고했다.

"도중에 타투 숍에도 들렀지만, 몽타주와 타투 모두 수확이 없었습니다. 이건 그 타투 숍 사장에게 들은 정보인데, 여우처럼 날개와 심장 타투를 새기는 사람은 꽤 흔하다고 합니다. 사람마다 다르기는 해도, 대부분 날개는 '자유와 해방', 심장은 '생명과 애정'이라는 의미로 새긴다고 했습니다."

"뭐? 여우는 방화뿐만 아니라 일가 네 명을 죽인 놈일 수도 있어. 그런데 자유와 해방, 생명과 애정? 정반대잖아."

노기를 띤 시노다의 경박한 말투를 못 들은 체하며 타쿠미가 오자키에게 설명을 재촉했다.

"아케이드 거리를 빠져나가면 나오는 결혼식장에서 화재 당일, 같은 시각에 결혼식을 올린 이가라시 테츠야, 쿄코 부부를 찾아갔습니다. 둘 다 몽타주 속 남자는 기억나지 않는다고 했지만, 당일 결혼식에서 촬영된 사진 데이터를 빌려줬습니다."

오자키가 외장형 하드 디스크와 네거티브 필름이 든 봉투를 테이블 위에 올려놓으며, 빌려온 경위를 설명했다.

"그렇군. 어쩌면 여기에 우연히 여우가 찍혔을지도 모른다는 거지?" 콘도 반장이 네거티브 필름 하나를 천장 형광등 빛에 비추어 보았다.

"필름을 포함해서 총 6천 장 정도 됩니다. 가능성은 아주 낮지만, 목격자에게 보여주고 확인하겠습니다."

"잔디밭에서 바늘 찾기 같지만, 해 보는 수밖에. 방화 사건과 연쇄살인 사건의 연관성은 여전히 약하지만, 여우의 사진이 나오면 이쪽에도 보내줘."

"네, 알겠습니다."

시노다가 의자에서 일어나서 기지개를 켜고 시계를 보았다.

"오늘 온종일 돌아다녔는데 여우를 봤다는 증언도 못 얻고, 오카자키 시로의 행방도 여전히 오리무중이네. 내일부터 우리는 이 수사에서 빠질 거야. 괜찮겠어, 너희 둘이서?"

"네가 우리를 걱정해 주다니, 세상이 망할 징조인가? 어쩐지 날씨가 이상하더라."

타쿠미가 창밖을 보며 말했다.

"누가 너희 걱정을 해? 어중간하게 이 건에서 빠지는 거랑 여우가 신경 쓰일 뿐…."

타쿠미의 가슴 주머니에 든 휴대전화가 진동했다. '코우'라는 글자가 표시되었다.

"야, 타쿠미, 내가 얘기하잖아. 이 자식이 휴대전화나 들여다보고…."

아직 할 말이 많은 듯한 시노다를 못 본 체했다. 콘도 반장에게 위를 가리키며 양해를 구하고 전화를 받았다.

「코우키입니다. 오늘 전체 회의는 중지됐습니다.」

"방금 반장님한테 들었어. 지금 수사한 정보를 맞춰 보고 있었어."

「그쪽이 마무리되면 자키 씨와 미제사건 전담팀으로 올라와주세요.」

"알았어. 보고는 위에서 할게."

전화를 끊고 눈짓을 보내자, 오자키가 작게 고개를 끄덕였다.

"죄송합니다." 회의를 도중에 중단한 것을 사과하며 콘도 반장에게 물었다. "내일부터 수사 방침이 어떻게 될지 들으셨습니까?"

"주말에 D현과 할 합동 수사 회의에 달렸어. 척살 사건이랑 폭행 살인 사건이라서 수법은 다르지만, 왼손잡이의 범행이고 살해 후에 영상을 찍었다는 공통점, 그것도 똑같이 'XV'라는 이름으로 보낸 영상. 그쪽에도 남은 유류품이 적어서 우선은 사사즈카 일가와 D현에서 살해된 노인의 공통 지인, 이용하던 업체까지 포함해서 관련된 인간관계를 중심으로 조사할 것 같아."

콘도 반장은 의자에 깊이 앉아서 두 다리를 다른 의자에 올렸다.

"본부에 있는 동기한테 물어보니까 너희가 특별 합동 수사본부에서 제외된 이유는 미제사건 전담팀만이라도 시영 주택 방화 사건에 남아달라고 우리 후카자와 서장님이, 아니, 미제사건 전담팀 팀장님이 형사부장과 관리관에게 우격다짐으로 부탁해서라고 하더라."

수사관들이 흥분해서 술렁거리던 대회의실에 비해 미제사건 전담팀은 조용했다. 내린 비가 천장 근처 붙박이창을 때렸다. 타쿠미는 회의용 테이블에 자리를 잡고 서류를 보던 코우키에게 말을 걸었다. "수고 많다."

"수고 많으십니다. 코우, 다친 데는 어때?" 오자키가 물었다.

"이제 괜찮아요." 타쿠미와 오자키에게 왼손을 들어 보였다. 손목에 감긴 붕대와 관자놀이에 붙은 반창고를 보니 안쓰러웠다.

타쿠미는 소파에 깊숙이 앉아서 빨간 고무공을 꺼내 손으로 만지작거렸다.

"병원에서 진찰받았지? 어땠어?"

"부러지지는 않았어요. 그냥 좀 삐었대요."

새 검은 테 안경 너머에서 코우키가 눈웃음을 지으며 붕대가 감긴 왼쪽 손목을 가볍게 흔들어 보였다.

"다행이다." 오자키가 재차 고개를 숙였다.

놈을 지하철역까지 추적하고 이번 주 초에 여기에서 내부 수사 회의를 연 뒤로는 셋 다 무척 바빴다. 오자키는 몽타주를 만드느라, 코우키는 서장으로서 할 일은 물론이고 특별 수사본부 전체 회의를 위한 경찰서 내 회의를 하느라, 타쿠미는 콘도 반장과 회의할 때 보고할 동영상 사이트 '다이스'의 사건들을 맞춰 보느라 눈이 핑핑 돌아가게 바쁜 나날을 보냈다. 셋이서 이렇게 미제사건 전담팀에 모인 것은 나흘 만이었다.

"그건 그렇고, 두 분 다 정보는 아래에서 들었죠?"

"콘도 반장님한테 대충은."

"아직 공표되지 않았지만 '석양'이라는 제목의 동영상도 거의 확정될 것 같습니다. 이쪽은 1년 반 전에 혼자 사는 30대 여성이 칼로 공격을 받아서 사망한 사건이에요. 칼의 모양이나 사사즈카 일가와 연결고리가 있는 인물을 지금 수사하고 있으니까 이르면 내일 결론이 나올 겁니다."

"이번에는 1년 반 전이야?" 오자키의 어깨가 처졌다.

오자키의 능력으로는 '석양'이라는 제목으로 촬영된 사건 현장에 가더라도 앞으로 1년 하고도 반년이 더 지나야 여우의 범행을 볼 수 있다.

"자키 씨, 몽타주 속 남자가 매번 그렇게 우리 상황에 맞게 사건을 일으켜줄 수는 없습니다. 시간은 걸리겠지만, 낙심하지 말고 기다리는 수밖에 없어요."

"그렇게 되면, 확실한 건 세 건의 살인인가. 경찰서가 시끄러워지겠네."

"영상 개수로 봐서 최악의 경우 다섯 건이 될지도 모르죠." 오자키가 어두운 목소리로 말했다.

"아니, 최악의 경우는 여우가 이대로 활개 치다가 다음 범행을 저지르는 거야."

타쿠미가 소파에서 일어나서 회의 테이블에 자리를 잡았다. 오자키는 이가라시 부부에게 받아 온 외장형 하드 디스크를 자기 컴퓨터에 연결해서 사진 데이터를 컴퓨터에 옮겼다. 데이터 용량이 커서 다 옮기는 데 시간이 걸렸다. 끝까지 지켜보지 않고 필름이 든 봉투를 들고 회의 테이블에 가서 앉았다.

"현장 사진에 찍혀 있던 탄화한 새 때문에 문의를 넣은 N대학교 동물생태학과 교수한테서 전화가 왔습니다. 탄화 상태가 심하고 전체 뼈의 모양, 부리의 모양, 색 같은 게 불명확해서 이게 참새인지 문조인지 십자매인지는 단정할 수 없다고 했습니다. 하지만 사진 속 탄화한 부리 부분을 보면 숯이 부푼 부분이 적어서 아마 참새 사체일 가능성이 크다고 했어요."

"확실히 판단할 수는 없다는 거군…" 타쿠미가 개탄했다.

오자키가 말한 것처럼 참새에게 이름표는 없지만, 그 새가 참새라고 확정되면, 시영 주택 방화 사건과 사사즈카 일가 4인 살해 사건이 동일범의 소행일 가능성이 짙어진다. 그러면 그때 다시 수사본부를 설득해서 중요성이 커진 몽타주에 수사를 집중시킬 셈이었다. 사건의 답을 아는 만큼 답답했다.

"뭐 하나 쉽게 풀리는 게 없군요." 코우키가 말했다.

"죄송합니다. 제 오른쪽 눈의 능력을 공개할 수 있었으면, 수사 본부도 몽타주를 진지하게 여겼을 텐데…." 오자키가 고개를 숙이듯 아래를 보았다.

"이제 와서 무슨 소리야? 코우가 말한 대로 지금 네 능력을 경찰 조직 내에 솔직하게 알리더라도 혼란이 일어날 뿐이고, 반대로 머리가 굳은 놈들이 반발할 우려도 있어. 지금은 그냥 네가 잡은 이 여우의 자취를 쫓으면 돼."

타쿠미가 회의 테이블 위에 서른 장 정도 쌓여 있는 몽타주 다발을 두드렸다.

"저는 두 사람을 방화 사건에 남기는 게 할 수 있는 최선이었습니다. 그런데 '금붕어' 수사팀이 D현과 정보를 교환하다가, 피해자인 노인의 집 주변에서 목격된 젊은 간병인이 이 몽타주 속 남자와 비슷하다는 증언을 얻었다고 합니다. 아직 확정되지는 않았지만, 수사관들도 자키 씨가 만든 이 몽타주를 가볍게 여기지는 않습니다."

"사사즈카 가족의 집에 침입한 택배 기사, 시영 주택 방화범, 노인의 집을 방문한 젊은 간병인. 여우는 얼마나 많은 사람으로 변신한 거야?"

오자키가 앞에 놓인 봉투에서 필름을 꺼내 이가라시 부부에게 결혼식 사진 데이터를 빌려 온 과정을 코우키에게 설명했다.

"그렇군요. 좋은 단서를 찾았네요. 필름은 디지털 분석실에 맡겨주세요. 최우선으로 데이터화하게 하겠습니다. 자키 씨는 빌려 온 사진 데이터 속에서 남자를 찾아내는 데 전념하세요."

"필름 이리 줘. 내가 디지털 분석실에 가져갈게. 내가 가면 거북해하겠지만, 아래에서 다른 팀 수사 상황을 자세히 듣고 와야겠어." 타쿠미가 의자에서 일어났다.

코우키가 디지털 분석실에 전화하려다가 손을 멈췄다.

"저기, 그리고 하나 궁금한 게 있는데… 아까부터 타쿠미 씨가 말한 여우가 뭐죠?"

진지한 표정으로 코우키가 물었다. 타쿠미는 오자키와 시선을 맞추고 웃었다.

"아래에서 방화 사건 수사 회의를 하다가 콘도 반장님이 그놈에게 붙인 별명이야."

코우키가 손에 든 수화기로 턱을 쓸었다. 잠시 생각하다가 풋하고 코웃음을 터뜨렸다.

"그렇군요. 여우야, 꼭꼭 숨어라. 찾으러 간다. …햄릿인가요? 좋네요. 그럼 시작할까요? 여우 사냥을." 두 사람을 재촉하듯 수화기를 흔들었다.

8

저녁부터 내린 비가 붙박이창을 적셨다. 천장에 달린 메인 조명은 꺼졌고, 어둑한 미제사건 전담팀에서 책상 스탠드 조명과 컴퓨터 모니터 빛이 오자키를 비췄다. 오자키는 아직 결혼식 사진 데이터로 만들어진 깊은 숲을 방황하고 있었다. 사진은 촬영자 이름별로 폴더에 정리되어 있어서 쿄코의 야무진 성격이 드러났다. 이가라시 건축 설계 사무소가 성공한 이유는 테츠야의 건축 센스 덕분만이 아닐지도 모른다는 생각이 들었다.

사진 데이터는 총 6000장 가까이 들어 있었다. 다행인 것은 계단 밑 도로와 가까운 사진은 절반 이하인 2500장 정도였다. 컴퓨터 앞에 앉은 지 벌써 두 시간쯤 됐지만, 아직 여우의 꼬리조차 보이지 않았다.

오자키는 사진을 확인하다가 약혼자 키시모토 유스케와 예식장을 견학하던 순간이 떠올랐다. 웨딩홀 투어라는 이름으로 예식장 구경, 드레스 시착, 음식 시식을 데이트처럼 미리 체험해 볼 수 있는 행사였다. 그저 재미로 온 커플들도 있었는데, 오자키는 부끄러워하면서도 싫지는 않은 표정으로 즐겼다.

이가라시 부부의 결혼식 사진은 주변 사람들의 축복과 미소로 가득했다. 3년 전에 이뤘어야 할 오자키의 행복이 거기에 있었다. 오른쪽 손목에 찬 시계를 꽉 쥐었다.

"안 돼, 안 돼." 오자키는 소리 내어 혼잣말했다.

옛날 생각에 빠져서 정신을 놓고 있었다. 의자 등받이에 기대며 기지개를 켰다. 이미 열 시 반을 넘어서 집중력이 산만했다.

오랫동안 모니터를 들여다봐서 화면이 부옇게 보였고 눈꺼풀이 떨렸다. 안대를 벗고 눈머리를 두 손으로 마사지했다. 안대를 벗었을 때 순간 방이 밝게 느껴지는 데에도 익숙해져서 이제 놀라지 않는다. 서랍에서 안약을 꺼내서 양쪽 눈에 넣었다. 안약이 이 오른쪽 눈에 효과가 있는지는 솔직히 모르겠다. 3년 전의 구 자료실은 실내등도 꺼져 있어서 어두웠다. 천장 근처 창문에서 비쳐드는 옥상의 야간 조명 빛이 잡동사니와 자료 선반을 비췄다.

"좋아." 안대를 오른쪽 눈에 다시 차고 의자에서 일어났다. 겉옷을 벗어서 의자에 걸고 셔츠 소매를 걷었다. 옥상으로 나가는 계단을 올랐다.

덜 그친 비가 분무기로 살포되듯 작은 방울로 변해서 소리도 없이 옥상에 내렸다. 손과 얼굴을 덮고 팔에 난 솜털에 엉겨 붙었다. 군데군데 달린 야간 조명과 그보다 위에 있는 경찰의 무선 중계 전파 탑 조명이 옥상을 창백하게 비췄다.

대형 에어컨 실외기 옆에 청소 도구가 든 보관함이 놓여 있었다. 안에서 대걸레를 꺼내서 막대를 쥐고 상체를 젖히며 360도

회전했다. 원심력에 의해 물이 주변으로 튀었다. 발로 연결부를 풀고 걸레 부분을 분리한 다음 양동이에 넣었다.

죽도 대신 대걸레 막대로 한 번, 두 번 휘두르는 연습을 했다. 막대 끝에 달린 쇠붙이가 무거워서 균형이 좋지 않았다. 하지만 그렇게 느끼는 것은 연습을 시작하고 처음 스무 번까지였다. 그 이후에는 그저 휘두르는 데에 의식이 집중돼서 전혀 신경 쓰이지 않았다. 손목은 걸레를 짜듯이, 칼날 흐트러지지 않게, 라고 머릿속에서 할아버지의 목소리가 들렸다. 견갑골을 움직이고 등줄기를 쓰며 막대를 치켜들었다. 등에 닿을 정도로 크게 치켜 올렸다가 몸 중심선을 의식하며 단숨에 내리쳤다. 오른쪽 팔꿈치와 손목을 뻗어서 배꼽 아래 단전 앞에서 막대를 멈췄다.

등교하기 전 아침에 한 시간 반 동안 맹훈련을 받았다. 원래 할아버지는 규슈 S현 태생인데, 이런저런 나쁜 짓을 하며 떠돌다가 여기에 정착했다고 취한 할아버지에게 직접 들었다. 학교 동아리에서는 평범한 검도를 했지만, 할아버지는 오자키에게 발도술, 이도류, 체술을 포함한 실전 전통 무술에 가까운 검술을 철저히 가르쳤다. 그 덕에 동아리 친구들은 오자키의 검도가 너무 거칠다며 대련하기를 꺼렸다.

검술 연습을 거듭하자 마음이 차분해졌다. 50번, 100번 휘두르는 사이에 대걸레 막대가 공기를 가르는 소리가 변하는 것을 느꼈다. 200번을 넘자 공기 저항을 느끼지 못하게 되었고, 300번을 넘고부터는 휘두르는 횟수도 의식하지 않게 되었다. 호흡이 정돈되고 주변이 보이지 않게 되었다. 살짝 땀이 날 때까지 휘둘렀다.

마지막에는 오른쪽 눈 안대를 벗고 상대를 상상하며 몇 가지 실전 '형식'을 따라서 막대를 흔들었다. 위아래 대각선으로 막대를 흔들면서도 자세는 무너지지 않았다. 마지막에 막대를 비스듬히 휘둘러 검도 기술을 마무리하고 후우 하며 조용히 숨을 뱉은 뒤 고개를 숙였다. 정신을 차리고 보니 비는 이미 그친 뒤였다.

"오, 열심인데."

어느새 옥상 입구 턱에 타쿠미가 앉아서 히죽거리고 있었다. 뒤에는 하얀 비닐봉지를 든 정장 차림의 코우키가 서 있었다.

"깜짝이야. 언제부터 거기 있었어요? 이 밤중에 살금살금."

"내가 무슨 바퀴벌레냐? …자, 이거." 타쿠미가 수건을 던져 주었다.

오자키는 한 손으로 받아서 땀과 비로 젖은 얼굴을 닦았다. 코우키는 술을 꽤 마셨는지 얼굴이 붉었다. 넥타이가 비뚤어졌고 습기 때문에 머리카락이 흐트러져서 곱슬곱슬한 잔머리가 삐져나와 있었다. 코우키는 손에 든 비닐봉지를 가볍게 들어 올렸다.

"자키 씨 열심히 하시니까 응원하려고 먹을 걸 가져왔습니다. 아래에서 먹죠."

오자키는 대걸레 막대를 그대로 청소도구함에 다시 넣고 계단을 내려갔다. 코우키가 소파에 앉았다. 테이블에 놓인 봉지에서 타코야키의 파래와 소스 냄새가 났다. 타쿠미는 소파 팔걸이에 엉거주춤하게 앉아서 캔맥주를 마셨다. 오자키는 미제사건 전담팀 구석에 있는 작은 싱크대에서 손을 씻고 새 안대를 찬 뒤 수건으로 젖은 머리를 거칠게 닦았다.

"치사해요, 타쿠미 씨만 마시고. 내 맥주는요?"

코우키가 비닐봉지에서 우롱차를 꺼내서 한 병을 오자키에게 건넸다. 오자키는 맥주를 단념하고 페트병을 받아서 소파에 앉았다.

"저기서 기분 전환하셨어요?" 코우키가 옥상으로 나가는 문을 보며 물었다.

"집중력을 높이고 있었어. 뭐 문제 있어?"

민망한 모습을 들킨 어색함에 괜히 세게 말했다. 이쑤시개로 타코야키를 집어서 연달아 입에 넣고 우롱차로 삼켰다.

"아니요, 죄송합니다. 말 걸 타이밍을 놓쳐서."

"나 참, 너는 뭔가에 집중하면 주변을 못 봐. 며칠 전 지하철에서도 내 명령을 무시하질 않나, 말투가 험해지질 않나. 감당이 안 되더라."

"그랬나요?" 코우키가 우롱차를 마시며 물었다.

"저건 꼭 사냥개, 아니, 늑대 같아. 남자 같은 말투로 고함을 지르더라니까."

"제가 흥분하면 저도 모르게 체육계 말투를 쓰게 되더라고요. 그리고 말버릇이 고약한 건 상사 누구누구 씨를 닮아서 그래요." 타쿠미를 노려보았다.

"야, 야, 네가 그렇게 괄괄한 건 너희 할아버지를 닮아서잖아. 내 탓 하지 마."

"할아버님이 검도 도장을 하셨다고 타쿠미 씨한테 들었습니다."

"그냥 마당에 있는 조립식 별채에서 동네 애들을 가르치셨어. 도장이라고 할 만큼 대단치는 않았어."

"근데…, 검도 다시 시작하는 거예요?"

"있잖아, 코우. 검도에서 중요한 능력이 뭔지 알아?"

오자키는 팔을 뻗어서 테이블 위에 있던 화이트 보드용 매직으로 몽타주 전단지 뒤에 글자를 적었다.

'1 눈, 2 발, 3 담력, 4 힘.'

'1 눈'이라는 글자에 원을 그리며 설명을 시작했다.

"예를 들어 이게 검이라면, 검도에서는 상대와 나 사이의 거리를 일족일도(一足一刀)의 거리라고 해. 한 발짝 나가서 치면 상대에게 검이 닿을 공격 거리라는 뜻이야. 반대로 상대의 기량을 간파했을 때 검을 피할 수 있는 방어 거리이기도 해."

이쑤시개를 손가락 사이에 끼우고 검에 비유하며 두 손으로 검도의 거리를 설명했다.

"그만큼 눈은 검도에서 거리를 재는 데 중요한 능력이야. 왼쪽눈밖에 못 써서 거리감을 알 수 없는 나는 절대 검도 못 해." 두손으로 쥔 이쑤시개로 타코야키를 입에 넣었다.

"자키 씨…." 코우키가 사죄하려고 고개를 숙였다.

평소에는 그렇게 냉소적이고 속을 알 수 없는 코우키가 술만 마시면 사람이 바뀌어서 순해지는 것은 10년 전과 똑같다.

"코우, 이런 거 별로야. 나는 나 나름대로 검도를 즐기고 있어. 사과하지 마."

오자키는 타코야키 소스와 파래가 묻어 지저분해진 손을 들어 올리며 단호하게 말을 막았다.

"이 안대를 벗고 오른쪽 눈을 사용하면 대충 거리 감각은 생기지만, 그런 어중간한 감각만으로는 시합을 할 수 없어. 하지만 방금처럼 혼자 연습할 수는 있지. 그것만으로도 지금의 나한테는 충분해. 나한테 검도는 취미가 아니라 삶이니까."

술을 마시지도 않았는데 자기도 모르게 할아버지의 말버릇이 입 밖으로 나왔다.

"그럼 그건 뭐야? 야규—." 취한 타쿠미가 끼어들었다.

"타쿠미 씨한테도 확실히 말해 둘게요. 검객 야규 쥬베가 애꾸 눈이었다는 설은 가짜예요."

"어유, 무서워라. 나는 아무 말도 안 했어. 그럼 단게 사젠은—."

"소설과 영화죠." 말을 자르듯 오자키가 말했다.

"그렇지?" 하며 타쿠미가 씨익 웃고 다 마신 맥주 캔을 테이블에 내려놓았다.

"어때? 사진 확인 작업에는 진척이 있어?"

"아직 반밖에 못 봤어요. 지금은 여우 냄새도 안 나요."

오자키는 아우우 하며 늑대처럼 조용히 으르렁거리고 마지막 타코야키를 거칠게 입에 던져넣었다. 봉지에 들어 있던 물티슈를 뜯어서 파래와 소스로 지저분해진 손과 입을 아무렇게나 닦았다.

"너만 믿는다. 어차피 그놈 얼굴을 본 사람은 너뿐이야."

"한밤중에도 상관없습니다. 찾으면 제 휴대전화로도 메시지 보내 주세요."

"알았다고요. 두 사람 다 일하는 데 방해돼요. 얼른 집에 가요."

자리를 파하고 두 사람은 돌아갔다. 맥주 캔, 타코야키 그릇과 페트병을 쓰레기통에 버렸다. 취한 코우키가 깜빡한 접이식 우산이 책상 위에 놓여 있었다. 오자키는 다시 컴퓨터 앞에 앉아서 깊은 사진의 숲을 헤치고 들어갔다.

조심스레 문을 두드리는 소리가 났다. 모니터 위쪽에 표시된 시계는 열두 시를 넘었다. 이런 시간에 누가 왔나 생각하는데, 좌우 양쪽으로 열리는 문 한쪽이 조심스레 열리더니 지친 목소리가 들려왔다.

"저기, 여기가 미제사건 전담팀이죠? 아, 계시네. 오자키 씨, 필름 스캔 데이터 가져왔어요."

넥타이를 엉성하게 매고 하얀 안경을 낀 정장 차림의 남자가 들어왔다. 특별 수사 회의에도 참여한 디지털 분석실의 사카이였다. 성만 기억나고 이름은 잊어버렸다.

"사카이, 늦게까지 수고 많네."

오자키는 미제사건 전담팀이 설립되기 전 준비 기간에 2층 디지털 분석실에 파견되었다. 그때 옆자리 주인이 사카이였다.

근래 들어 범죄가 복잡해지면서 경찰관만으로는 대처가 어려운, 고도의 정보 기술을 이용하는 범죄 사안이 늘었다. 현경찰 본부에서 전문적인 지식과 능력을 지닌 일반인을 특별수사관으로 채용하며 설립한 것이 사이버 범죄 대책과였다.

토사카 경찰서에도 현경찰 본부만큼 크지는 않지만, 인터넷이나 디지털 관련 범죄 수사를 돕는 전문부서인 디지털 분석실이 만들어졌고, 범죄 수사에 필요한 기술을 지닌 인재를 경찰로 채용하게 되었다. 사카이도 그중 한 명으로, 토사카 경찰서에 들어오기 전에는 어느 IT 회사에서 시스템 엔지니어로 일했다고 들었다. 업무는 IP 주소 추적, 디지털 이미지 분석, PC나 휴대전화 보안 해제까지 다양하다. 얼마 전 특별 수사 회의에서도 반장 옆에서 수사 보고를 지원했다.

사카이가 주변을 신기하게 둘러보았다. "여기 뭔가 체육관 창고 같네요. 들어오는 문도 좌우 양쪽으로 열리고 천장도 높고."

"원래 자료 창고였던 곳을 고쳐 쓰는 거거든."

사카이가 들고 온 이가라시 건축 설계 사무소의 봉투를 오자키에게 건넸다.

"이거요. 스캔한 파일이랑 사진 데이터가 USB에 들어 있어요."

"메일로 보내도 됐는데."

"그러면 안 돼요, 오자키 씨. 이렇게 증거가 될 수 있는 물건이나 시민들의 사적인 데이터는 신중하게 다뤄야죠. 게다가 거의 300장인 사진 데이터잖아요. 용량이 꽤 커요. 네거티브 필름도 있으니까 직접 데이터를 전달하라고 엄격하게 배웠어요. 이 인수인계 서류에 사인해 주세요."

"아직 일이 남았어?"

"아니요. 오늘은 이걸로 끝이라서 이제 집에 가서 자면 돼요."

"그렇구나. 늦게까지 고생했어."

예전에 타쿠미에게 듣고 대충 넘긴 질문이 생각나서 사카이에게 물었다.

"저기, 너는 왜 경찰이 됐어? 솔직히 복지나 연봉 같은 대우는 예전 회사가 더 좋지 않았어?"

"그건 그렇죠. 하지만 연봉이 다가 아니니까요."

오자키는 생각지도 못한 대답을 듣고 조금 놀랐다. 봉투 안을 확인하는 손을 멈추고 사카이를 보았다. "그래? 다시 보이네."

"그럼 내친김에 다음에 같이 미팅하러 가요."

"안 가요. 내친김에라니, 너무 가볍다."

"그러지 말고요. 디지털 분석실에서도 의외로 오자키 씨 평판 좋은데."

오자키는 봉투에 필름과 USB가 든 것을 확인하고 사인한 인수인계 서류를 내밀었다.

"아까부터 쓸데없는 말이 자꾸 끼네. 의외로는 뭐야? 이런 미인한테."

"네, 네. 갈게요. 오자키 씨도 늦게까지 고생 많으십니다. 수고하세요."

사카이는 서류를 받아서 잽싸게 돌아갔다.

봉투에서 USB를 꺼내서 데이터를 컴퓨터로 옮겼다. '필름 스캔 데이터'라는 이름이 붙은 폴더에는 300장 가까운 사진 데이터가 들어 있었다.

"…그럼 이쪽을 먼저 끝내볼까."

이가라시 테츠야의 숙부가 촬영한 예식장 실내 사진은 역시 사진을 취미로 하는 만큼 절묘한 앵글과 빛, 그때 그곳에만 있는 순간을 잡아낸 엄숙한 사진이었다.

신랑 신부가 계단을 내려오는 컷부터는 완전히 느낌이 바뀌어서 움직임 속 순간을 중시한 사진들이었다. 찍는 각도나 피사체 이외의 흔들림 따위는 전혀 개의치 않고 촬영자가 직감으로 셔터를 누른 듯한 사진이 이어졌다. 이가라시 부부와 축복하러 온 하객들의 웃음소리가 들려오는 것 같았다. 좋은 사진은 찍힌 사람의 성격이나 인간성을 담아낸다고 하던 사진작가 유스케의 말이 떠올랐다.

푸른 하늘을 배경으로 색종이 가루와 쏟아지는 꽃잎, 목말을 타고 신나게 떠드는 아이와 손가락으로 휘파람을 부는 젊은이들. 꽃다발을 안은 소녀, 그 옆에서 바구니를 들고 신혼부부에게 꽃잎을 뿌리는 푸른 드레스를 입은 여자. 깊이 감동해서 우는 일본식 의상을 입은 중년 여성, 연속 사진으로 찍힌, 부케를 받은 여자의 놀란 얼굴과 그 친구 세 명의 웃는 얼굴.

여기저기 흔들렸지만, 현장감과 그 자리의 분위기가 생생하게 전달되었다. 예식에 참석한 하객들의 모습과 감정이 사진 속에 담겨 있었다.

부인이 미는 휠체어에 앉은 노신사가 손뼉을 치며 웃고 있었다.

그 뒤에 갑자기 검은 배낭을 메고 야구 모자를 쓴 여우가 나타났다. 찍힌 두 장 중 첫 장에서는 여우의 모습이 흔들려서 그냥 그림자처럼 보였다. 하지만 다른 한 장에는 움벨라타 화분을 들고 뒤돌아본 얼굴이 또렷이 찍혔다.

사진을 확대해 보니, 그 어둠을 띤 검은 눈이 이쪽을 보고 있었다. 여우를 찾아낸 공포와 흥분으로 오자키의 호흡이 멈추고 심장 박동이 급속도로 빨라졌다. 마우스를 잡은 팔에 소름이 돋아서 모니터 커서가 작게 떨렸다.

그것은 토끼 떼에 섞여든 교활한 여우 한 마리였다. 사사즈카 가족의 아파트에서 일가족 네 명이 차례차례 살해되던 참극이 오자키의 머릿속에서 재생되었다.

"이 자식, 드디어 잡았다…."

'여우의 꼬리'라는 제목과 함께 '이게 결혼식 인파에 섞인 여우의 사진이라고 합니다'라는 메시지를 메일에 적었다. 사진에서 여우의 모습만 잘라낸 데이터를 첨부해 코우키와 타쿠미, 콘도반 전원에게 보냈다.

오자키는 스탠드 조명을 껐다. 잠깐 잘 때 쓰는 담요를 덮고 소파에 누웠지만, 여우의 사진을 찾은 흥분 때문에 좀처럼 잠이 오지 않았다. 휴대전화가 울려서 어둠 속에서 움찔 몸을 움츠렸다. 확인해 보니 코우키의 전화였다.

「자키 씨, 고생했습니다. 이놈이 여우입니까?」

"응, 확실해."

「의외로 얼굴선이 가느네요. 몽타주에서는 조금 더 거친 이미지였는데.」

사진과 몽타주의 차이가 거기에 있었다. 그리는 선 하나로 표정이나 이미지가 크게 바뀌는 몽타주는 특징을 잡기 쉬운 반면, 목격자와 그 그림을 보는 사람의 선입견이 개입되기 쉬웠다.

「주말에 열릴 D현 경찰과의 사전 수사 회의에 이 사진을 제시해 보겠습니다.」

"합동 특별 수사본부가 개설되기로 했지? 그럼 우리도 참여해?"

「아니요. 아마 수사본부는 우리 경찰서가 아니라 현경찰 본부에 열릴 겁니다. 죄송합니다. 미제사건 전담팀은 참여할 수 없습니다.」

"왜? 코우, 여우를 여기까지 추적했는데 무슨 소리야? 이제 와서 우리를 빼겠다고? 타쿠미 씨는 뭐라는데?"

「자키 씨, 상황이 바뀌었습니다. 타쿠미 씨한테 연락해 주세요.」

"상황? 대체 무슨 일인데?"

「미도리야마 파출소 타카하시 경장이 살해돼서 시신으로 발견됐습니다.」

"뭐? 타카하시 씨가…. 왜?"

「타쿠미 씨가 지금 현장으로 가고 있습니다. 저도 방금 보고를 들었습니다. 자세한 얘기는 타쿠미 씨에게 물어보세요.」

코우키와 통화를 마치고 타쿠미의 휴대전화에 전화를 걸었다. 「지금은 전화를 받을 수 없어…」라는 메시지가 나와서 오자키는 전화를 끊었다. 소파에 깊숙이 앉아서 잠시 생각했다.

"타카하시 씨가 살해됐다고…."

낮에 본 그 살가운 미소를 떠올리고 참을 수 없어서 다시 타쿠미에게 전화를 걸었다. 통화 연결음이 잠시 이어지다가 마침내 연결됐다.

「…어, 여우 사진 봤어. 잘했다.」 조금 무기력한 타쿠미의 목소리가 들려왔다.

"타쿠미 씨, 타카하시 씨가 살해됐다고 들었어요. 지금 어디예요?"

「어휴, 한밤중에 그렇게 큰 소리로 으르렁대지 마. 당직이던 노가미한테 연락을 받았어. 나도 방금 택시 타고 현장에 왔어.」

"정말 타카하시 씨예요? 설마 여우가….."

「그건 이제 밝혀내야지. 뭔가 알아내면 연락할게. 끊는다.」

오자키는 전화를 끊으려고 하는 타쿠미를 붙잡았다.

"잠, 잠깐만요. 대체 무슨 일이 있었던 거예요? 코우한테 전화를 받았는데 합동 특별 수사본부에 우리가 참여할 수 없다고 들었어요."

「D현과 N현에 걸친 이 연쇄살인이 광역 중요 지정 사건으로 지정됐나 봐. 토사카 경찰서가 이 연쇄살인과 경찰 살해 사건을 동시에 다루기에는 버거울 거라고 윗분들이 예상한 거겠지. 현경찰본부 안에 D현과의 합동 수사본부가 설치될 거야. 안타까운 건 우리보다 콘도반이야. 여기저기 뺑뺑이 돌다가 이제는 아예 사건수사에서 배제됐으니까.」

"하지만 왜죠? 사진도….."

「그래, 여우의 사진은 찾았지. 하지만 몽타주가 사진이 됐을 뿐이야. 아직 위에서는 방화 사건의 범인과 사사즈카 일가 4인 살해 사건, 그리고 다른 네 사건이 크게 연관돼 있다고 생각하지 않아. 타카하시 씨가 살해된 이번 사건도 마찬가지야. 그래도 코우는 주말 수사 회의에서 또 우격다짐으로 끼워 넣을 심산인 것 같

아. 하지만 영상으로 남은 다섯 사건 중 하나에서라도 확실히 여우를 목격했다는 정보가 나오지 않는 한 어려울 거야. 우리는 팀장이 어떻게 하냐에 달렸어.」

"타쿠미 씨는 역시 여우가 저지른 범행이라고 추측하시죠? 저도 그쪽으로 갈게요."

「이쪽에서 기동수사대도 움직이고 있고, 현장은 콘도반이 지휘해. 괜찮아. 너는 밤새웠잖아. 집에 가서 자.」

"하지만 이대로는…. 알았어요. 하지만 언제든지 연락 주세요."

「알았어. 뭐가 나오면 연락할게.」 그대로 전화가 끊겼다.

제4장

정체

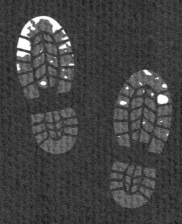

1

 타쿠미는 휴대전화를 끊고 강을 따라 뻗은 산책길을 걸었다. 여기서는 멀어서 바로 현장이 보이지 않았다. 어제부터 내린 비도 그치고 바람이 없는 탓인지 후텁지근한 습기와 식물의 파릇파릇한 냄새가 가득했다. 강 수면에서 피어오르는 안개가 철도교와 강변에 난 잡초들을 조금씩 침식했다.

 담배를 물고 불을 붙이려고 주머니를 뒤졌지만, 라이터가 없었다. 먼저 도착한 콘도반 노가미에게 휴대전화로 연락했다.

 "지금 도착했어. 감식 쪽은 이제 끝나가?"

 "네. 거의 끝났어요. 우리 감식반 이와부치 씨한테는 남아달라고 했어요. 이제 이쪽에 오셔도 됩니다. 어제부터 내린 비 때문에 땅이 질퍽거리니까 걸을 때 조심하세요."

 강을 따라 뻗은 산책길을 규제하고 있기에 노란색 진입금지 테이프 앞에 서 있는 제복 경찰에게 경찰 신분증을 보여주었다. "수고 많으십니다" 하며 타쿠미에게 경례한다. "어, 수고" 하며 한 손을 들어서 답했다. 제복 경찰이 들어 올려준 진입금지 테이프 아래로 허리를 숙이며 지나갔다. 불이 붙지 않은 담배를 문 채 착잡한 심정으로 현장에 들어갔다.

타쿠미는 현장으로 향하는 걸음을 멈추고 뒤를 돌아보며 담배에 불을 붙이는 시늉과 함께 제복 경찰에게 물었다.

"미안하지만 라이터 있어? 집을 나올 때 깜빡해서."

"죄송합니다. 제가 담배를 안 피워서…."

죄송하다는 듯 몸을 움츠리는 제복 경찰에게 타쿠미가 손을 들며 작게 고개를 끄덕였다. 산책길을 걷는데, 수풀 여기저기서 벌레 울음소리가 들렸다. 조금 전 제복 경찰을 보고 타카하시의 살가운 미소가 떠올랐다.

"대체 무슨 일이 있었던 거야?" 보도에 튀어나온 풀을 힘껏 찼다.

벌레 소리가 사라지고 잎에 맺혀 있던 물방울이 타쿠미의 다리를 적셨다. 물고 있던 담배를 버리려던 손을 멈추고 조용히 담뱃갑에 도로 넣었다. 잠시 걷자 현장이 보였다. 동트기 전 어둠 속에 감식반이 세워 둔 가설 조명 네 개가 빛을 발해서 눈이 부셨다. 근처에서 소형 발전기가 돌아가는 낮은 소리가 울렸다. 부연 안개 너머에 열다섯 명쯤 되는 검은 형체가 움직였다.

휴대전화 빛에 의지하며 산책길 앞에서 풀을 헤치고 콘크리트로 된 강둑을 내려갔다. 둥근 돌투성이인 강기슭을 걸으며 철도교 교각으로 다가갔다. 무슨 냄새가 나는 것 같은 느낌은 철교에 슨 녹과 둔덕에 막혀 고인 물 때문만은 아닌 것 같았다.

"수고 많으십니다." 노가미가 타쿠미를 보고 고개를 숙였다. "혹시 모르니까, 이거요."

비닐로 된 신발 커버를 건넸다.

"어, 수고. 일찍 왔네."

보고를 들으며 현장까지 걸었다. 신발 커버를 씌운 발이 강기슭에 있는 돌 때문에 이따금 미끄러졌다.

"오늘은 당직이라 연락받고 현장에 왔어요. 기동수사대가 이미 초동 수사에 들어갔지만, 시간이 시간인지라 수상한 인물이나 목격자를 찾기는 어렵겠죠. 우리 반은 불이 켜진 민가나 아파트, 편의점 CCTV 확인을 중점으로 돌고 있어요."

"이런 시간에 최초 발견자는 뭘 하고 있었대?"

주변을 둘러보았다. 산책길을 따라 설치된 가로등 말고는 저 멀리 민가에서 보이는 드문드문한 불빛이 전부였다. 노가미가 안주머니에서 수첩을 꺼내서 읽었다.

"직업은 야간 교대 근무를 하는 노래방 점원이에요. 오전 한 시 삼십 분쯤, 평소처럼 개를 산책시키는데 철도교 근처에서 개가 너무 짖어서 이상하다 생각하고 일단은 그대로 지나갔대요. 그런데 갑자기 개가 뒤로 뛰어가서 줄을 놓쳤다고 합니다. 뒤따라 강변으로 내려가서 짖는 개를 잡은 순간, 피해자를 발견했다고 합니다."

앞쪽에서 두 번째 자리에 있는 교각 너머가 가설 조명 빛으로 대낮처럼 밝았다. 현장에 설치된 파란 방수포 사이를 통과한 빛이 수사관들의 푸른 그림자를 교각에 드리웠다. 첫 번째 교각에 기대어 선 미도리야마 파출소의 사토 순경이 보였다. "괜찮아?" 넋을 놓고 우두커니 선 사토에게 말을 걸자, 고장 난 인형처럼 여러 번 고개를 끄덕였다.

"타카하시 씨가 확실해?" 타쿠미가 노가미에게 물었다.

"네. 맨 처음 출동한 파출소의 제복 경찰이 타카하시 경장과 아는 사이였고, 확실히 하려고 미도리야마 파출소에서 사토 순경까지 불러서 확인했습니다. 틀림없습니다."

"그래…."

"반장님께 연락하니까, 어제 회의에서 타카하시 경장의 이름이 나왔다고 타쿠미 씨를 현장으로 부르라고 하셨어요. 이런 시간에 나오시게 해서 죄송합니다. 뭔가 짚이는 데가 있으십니까?"

"타카하시 씨한테 오카자키 시로가 찍힌 단체 사진을 찾았다는 전화를 받았을 뿐이야. 그때 얘기하고 싶은 정보가 있다고 했는데, 설마 일이 이렇게 될 줄이야…."

어제 통화에서, 커피라면 사족을 못 쓴다고 하던 타카하시의 목소리가 귓가에 생생했다.

"얘기하고 싶은 정보요? 그게 뭐였죠?"

"몰라. 오늘 오전에 미제사건 전담팀에서 들을 예정이었어."

목소리를 낮추고 노가미에게 물었다. "총은?"

지난 몇 년간, 파출소가 습격을 당해서 경찰관이 총을 뺏기는 일이 종종 일어났다.

"못 찾았어요. 근데 총뿐만이 아닙니다. 제복부터 경찰 신분증, 수갑까지 모든 장비가 사라졌어요. 강변과 강 안쪽은 날이 밝은 뒤에 인원수를 늘려서 수색할 예정입니다."

"시신은 볼 수 있어?"

"네. 옮기기 전에 타쿠미 씨도 보셨으면 해서 시신 운반차를 대기시켜 놨어요."

교각 너머에서 감식반 이와부치 무네하루가 젊은 감식원을 거느리고 걸어왔다. 증거 수집이 끝나서 현장이 더러워지지 않도록 신고 있던 장화 커버를 벗은 상태였다. 그 사실을 깨달은 노가미가 이와부치에게 말을 걸었다. "이와부치 씨, 타쿠미 씨가 왔습니다. 내일 강변 수사 말인데…"

근엄한 표정의 이와부치가 미간에 주름을 잡으며 노가미를 노려보았다. 신임 형사에게는 특히 엄격해서 타쿠미가 젊었을 때는 무서워서 말을 걸지도 못했다. 하지만 노가미는 이와부치를 상대로 태연하게 대화했다. 누구를 상대하든 기죽지 않는 성격은 노가미의 재능이다. 아니면 감식반 암석이라고 불리던 이와부치도 급류에 깎여서 강변에 누운 돌처럼 조금씩 둥글둥글해진 것일까.

"이와부치 씨, 수고하십니다. 늦어서 죄송합니다." 타쿠미가 손을 들었다.

"괜찮아. 이쪽도 지금 막 끝났어. 현장은 봤어?"

"아니요. 방금 도착해서요."

"그래, 현장은 저쪽이야. 경장이라고 들었는데, 너랑 아는 사람이야?"

이와부치가 마스크를 턱까지 내리고 물었다.

"수사 때문에 몇 번 도움을 받았고 어제도 만났습니다."

소형 발전기에 든 휘발유가 타는 냄새와 함께 녹슨 쇠 같은 피 냄새가 주변에 가득했다. 피가 낭자한 살인 현장은 여러 번 겪었지만, 이 냄새는 도무지 익숙해지지 않는다.

시신은 타카하시 경장이 틀림없었다. 검은 후드가 달린 우비를 입었고, 장딴지 위까지 지저분하게 튄 진흙이 반쯤 말라서 하얘진 상태였다. 그 아래는 흰 티셔츠와 검은 드로즈 팬티 뿐이었다. 교각에 기대듯 등을 댄 채 마주 보고 오른쪽으로 쓰러져 있었다.

"검시관의 지시로 일단 경찰서 시신 안치소로 옮길 거야. 법원

절차도 있으니까."

"그럼, 선생님께서 부검하시나요?"

"시신은 위탁하고 있는 토사카 대학교 법의학 교실 히구치 교수님네로 옮기기로 했습니다." 옆에서 노가미가 설명했다.

"같은 식구의 시신이잖아. 철저히 조사해야지. 하지만 서두르면 그 선생님 기분이 상할 거야. '시신은 어디 가지 않는다'가 그 선생님 입버릇이야." 하며 코웃음을 쳤다.

"이와부치 씨, 대충이라도 좋습니다. 사인과 사망 추정 시각이 어떻게 되죠?"

"결과를 빨리 알고 싶은 마음은 알지만, 너무 안달하지 마." 이와부치가 타쿠미의 초조함을 꿰뚫어 보았다.

"대체 어쩌다가…" 타쿠미는 작게 중얼거리며 가슴 앞에서 손을 합장했다.

가슴과 오른쪽 측두부에 총상이 있었고, 아직 다 마르지 않은 피가 뒤에 있는 교각과 시신 주변의 돌과 풀을 검붉게 적셨다.

"여기랑 여기, 화약과 검댕이 묻은 양으로 봐서 처음에 바로 옆에서 머리에, 그리고 근거리에서 가슴에 각각 한 발씩 총알이 발사됐어. 날이 밝고 나서 머리를 관통한 탄환을 찾겠지만, 흉부에 맞은 건 그대로 남아 있어. 꺼내서 강선흔을 살펴보기 전에는 확실히 말할 수 없지만, 총상의 사입구 크기를 보면 뺏긴 총에서 발사된 게 분명해."

"…아니, 이와부치 씨, 반대 아닌가요? 처음에 가슴을 쏜 뒤에 머리를 쏜 것 아닙니까?"

"쯧, 나도 처음에는 확실히 숨통을 끊으려고 머리를 쏜 줄 알았어. 하지만 총상의 생체 반응과 출혈량을 보면 그렇지 않아. 살아 있을 때 가슴을 쐈으면 이 정도로 끝나지 않아."

"왜…."

"타카하시 경장은 총을 뺏겼어. 상상하기는 싫지만, 사망한 뒤에 시험 사격의 표적이 됐을 수도 있어."

"미친놈!" 타쿠미가 자기도 모르게 소리쳤다.

주변에 있던 감식원, 노가미와 이야기하던 콘도반 수사관이 타쿠미 쪽을 보았다.

"타쿠미, 진정해. 여기서 큰소리 내도 이 사람이 살아 돌아오지는 않아."

"죄송합니다. 저도 모르게…."

"아마 사인은 실혈성 쇼크사나 두개골 내 손상인 뇌좌멸로 인한 사망일 거야. 정확한 사인은 선생님의 검시 결과에 달렸어. 체온, 사후 경직, 사후 반점으로 추측해 보면, 사망 시각은 대충 어젯밤 열 시부터 오늘 한 시 사이. 이것도 조금 더 정확한 시간을 추려내려면 선생님께 넘긴 뒤에 나올 검시 보고서를 기다려야 해."

타카하시는 눈을 뜬 채 앞에 있는 강기슭 돌을 가만히 응시했다. 눈을 감겨 주고 싶었지만, 정확한 사망 시각을 추정하기 위해서라도 그럴 수 없었다. 일그러진 그 얼굴에는 살아 있을 당시의 살가운 표정을 전혀 찾아볼 수 없었다.

"여기를 봐." 이와부치가 쪼그려 앉아서 볼펜으로 뒤통수를 가리켰다. "머리카락에 묻은 피 때문에 알아보기 어려운데, 왼쪽 귀 뒤에 구타당한 피하 출혈이 있어."

피로 젖은 뒤통수 목덜미부터 귀 뒤에 걸쳐서 맞은 듯한 붉은 타박상이 보였다.

"아마 범인은 야구 방망이 같은 원통형 물건으로 뒤에서 피해자를 습격해 기절시키고 총과 제복, 장비를 뺏었을 거야. 이 사람이 정신을 차렸을 때는 자기도 모르는 새에 우비를 입은 상태였을 테고, 칼이나 총으로 협박당해서 맨발로 여기까지 끌려왔겠지. 어제부터 내린 비가 거세지지 않아서 다행이야. 범인의 발자국과 피해자가 맨발로 걸은 흔적이 저 도로부터 여기까지 남아 있어."

이야기를 듣던 젊은 감식원이 손전등으로 이와부치가 가리킨 도로 방향을 비췄다.

"귀 뒤에 남은 타박상 위치와 각도를 보면 범인은 아마 왼손잡이일 거야."

타쿠미는 왼손잡이라는 말에 등골이 오싹했다.

"교각 부분에 앉히고 손과 발에 케이블 타이를 이중으로 묶었어."

우비 밖으로 튀어나온 두 발목과 손목은 각각 검은 케이블 타이 두 개로 결박되어 있었다. 상당한 힘으로 저항했는지, 묶인 손발의 피부가 쓸리고 케이블 타이가 살을 파고들어서 피가 났다.

"마지막 열차가 이 철도교를 통과한 게 열두 시 지나서죠? 총성을 숨기려고 타카하시 경장을 여기에 데려온 걸까요?" 타쿠미의 뒤에서 노가미가 물었다.

"그렇겠지. 하지만 이유가 하나 더 있어."

이와부치가 들고 있던 볼펜으로 케이블 타이에 묶인 손목을 뒤집었다.

"이거야." 타카하시의 왼손에 감춰진 오른손이 보였다.

새끼손가락, 약손가락, 가운뎃손가락 세 개가 두 번째 관절부터 끝까지 절단되어 있었다. 절단면이 검붉게 변색되어 있었고, 하얀 뼈가 보였다.

"헉." 노가미의 입에서 작은 비명이 새어 나왔다.

"무슨 원한이 있어서든, 의식 같은 거였든, 폭행을 당했어. 이쪽을 봐."

철도교 아래 커다란 돌 위에 피 웅덩이가 있었다. 주변에 있는 풀과 돌은 뿜어져 나온 피로 검붉게 물들었다. 절단된 손가락은 회수된 상태였다.

"저걸 봐." 이와부치가 손을 내밀었다.

젊은 감식원이 증거품 가방에서 투명한 지퍼백을 꺼냈다. 장수풍뎅이 유충 같은 하얀 손가락이 세 개의 지퍼백에 각각 들어 있었다.

"절단면이 비교적 깔끔해. 꽤 예리한 날붙이를 썼어."

"이와부치 씨, 부탁이 있습니다. 강변에 남은 흔적과 이 절단면, 사사즈카 일가 살해 사건과 공통점이 없는지 조사해 주실 수 있습니까?"

"타쿠미, 네가 언제부터 그렇게 높은 분이 됐어? 알면서도 하는 말이겠지만, 결과가 나오기 전에 쓸데없는 정보를 끼워 넣지 마."

"죄송합니다."

"쯧. …3년 전 그 사건과 뭔가 관련이 있을 것 같아? 그래, 그러고 보니 그 사건의 범인도 왼손잡이였지."

"아직 말씀드릴 만한 내용은 없습니다. 지금 쫓고 있는 용의자와 연결고리가 있을지도 몰라서, 저도 모르게…."

"선생님 교실에서 상처 부위를 자세히 봐야겠지만, 출혈량과 상처를 보면, 손가락이 절단된 건 사살되기 전이야. 칼이 들어간 각도를 봐도 왼손잡이가 분명해. 손가락과 관련해서 지금 말할 수 있는 건 여기까지야."

타쿠미는 시신 옆으로 돌아가서 다시 한번 손에 생긴 상처를 보았다. 케이블 타이가 이렇게까지 피부를 파고든 이유도 원통하기는 해도 이해가 됐다. 그런데 오자키가 만든 사사즈카 일가 사건의 범행 보고서에 따르면, 여우는 피해자가 괴로워하는 모습을 보며 즐기는 엽기적인 가학성은 없었다. 무엇을 위해서 이런 짓을 했을까. 타쿠미는 타카하시의 괴로워하는 얼굴을 보고 자기도 모르게 교각을 주먹으로 때렸다.

타카하시는 입부터 뺨까지 피부가 붉게 쓸려 있었고, 턱부터 입술까지 손가락으로 누른 듯 마른 진흙이 하얗게 묻어 있었다. 그 진흙이 입술 사이에 보이는 앞니 두 개에도 묻어 있었다.

"…어? 이와부치 씨, 이건…"

"궁금해? 손가락을 절단당했을 때 소리를 질러서 범인이 손으로 입을 막았나 했는데, 아니었어. 아니, 틀린 추측도 아닌가. 붉어진 피부 찰과상은 수건 같은 걸로 재갈을 물린 흔적일 거야. 그리고…"

"이리 와봐." 이와부치가 젊은 감식원을 부르더니 증거품 가방에 손을 넣었다. 조금 전과는 다른 투명한 지퍼백을 꺼내서 타쿠미에게 보여주었다.

"이놈이 이 강변에 있던 돌멩이 세 개를 싸서 피해자의 입안에 넣었어."

이와부치가 내민 증거품 지퍼백에는 둥근 강변 돌과 여우의 몽타주가 따로따로 들어 있었다.

"이거, 너희가 찾은 목격자와 우리 몽타주 담당이 같이 만든 거지? 이놈이 죽인 거야?"

몽타주의 입 부분이 구겨져서 여우가 웃는 것처럼 보였다.

"…타쿠미 씨, 이거…"

"개자식!" 분노를 토하듯 타쿠미가 소리쳤다.

동쪽 하늘이 천천히 밝아 왔다. 저 멀리서 희미하게 출발하는
열차의 경적과 건널목 차단기 소리가 들렸다.

2

다시 한번 이야기를 들으려고 노가미가 운전하는 차를 타고 사토와 함께 미도리야마 파출소로 돌아갔다. 이미 날은 저물어서 파출소 벽에 걸린 시계는 여섯 시 반 조금 전을 가리켰다.

겨우 열몇 시간 전에 오자키와 함께 이곳을 방문해서 타카하시에게 몽타주를 보여주고 오카자키 시로의 정보를 물었다. 타쿠미에게는 정말 얼마 안 된 느낌이었다. 벽에는 여우의 몽타주가 붙어 있었고, 근무표에는 아직 타카하시 쇼타의 이름표가 남아 있었다.

또 다른 당직인 카와노 타카히로 순경이 경례했다.

"수고 많으십니다. …저어, 착오가 아니었나요?" 진지한 표정으로 사토에게 말했다.

사토가 말없이 고개를 끄덕이고 큰 소리를 내며 의자에 털썩 앉았다. 책상에 팔꿈치를 대고 두 손으로 얼굴을 덮더니 비통한 목소리로 중얼거렸다. "왜 이런 일이…."

커다란 몸이 작아 보였다. 지난밤, 타카하시가 살아 있는 마지막 모습을 본 사람도 사토였다.

"어제 우리가 여기를 나가고 나서 타카하시 씨가 방화 사건이나 이 몽타주에 관해 뭐라고 말한 게 있어? 뭐든 좋으니까 말해봐."

"타쿠미 씨가 돌아간 뒤에, 타카하시 경장님은 본인 사물함에 있는 통에 든 사진들을 모조리 끄집어내서 방범 강습회 때 찍힌 오카자키의 사진을 찾았어요."

"어젯밤 휴대전화로 타카하시 씨한테 사진을 찾았다는 전화를 받았어."

"사진이 든 통을 보여주실 수 있나요?" 노가미가 물었다.

파출소 안쪽 싱크대 옆에 사물함이 늘어서 있었다. 사토가 일어나서 타카하시의 이름이 적힌 문을 열었다.

"이 통이었을 거예요." 들고 온 통을 책상 위에 놓았다.

쿠키 로고가 들어간 붉은 통 뚜껑을 열어 보니, 안에는 다양한 사진이 가득했다. 낚시나 캠핑 사진은 있었지만, 방범 강습회 때 찍은 단체 사진은 보이지 않았다.

"타카하시 씨…." 사토가 통 안에서 나온 사진 한 장을 꽉 쥐었다.

"작년 봄에 쇼핑하고 귀가하던 여고생이 날치기를 당했는데, 비번이라 우연히 그 자리에 있던 타카하시 씨가 쫓아가서 범인을 잡았어요. 그다음 날 부모님과 여고생이 감사 인사를 하러 파출소에 와서 기념으로 찍은 사진입니다."

파출소 앞에서 손가락으로 브이를 그린 여고생과 그 부모 사이에서 타카하시가 웃으며 경례하고 있었다. 범인을 잡다가 다쳤는지 코 위에 반창고가 붙어 있었다. 그 상처까지 자랑스러워하는 듯한 사람 좋은 미소였다.

"오카자키의 사진을 찾은 다음에 뭐 말한 건 없어?" 타쿠미가 물었다.

"타카하시 씨는 사진과 오래된 순회 연락 카드를 보고 뭔가 깊이 고민했어요. 밤 아홉 시가 지나서 잠깐 순찰하러 다녀오겠다면서 나갔는데 그 뒤로…."

"그때 사진과 오래된 순회 연락 카드를 같이 들고 나갔어?"

"네. 아, 아니요. 그때는 몰랐어요. 나중에 책상 주변을 찾아보니까 둘 다 책상 위에 없어서 가지고 나가셨나보다 했습니다. 그걸 끝으로 감감무소식이라서 무선으로 호출했는데, 응답이 없었고…. 순찰하러 나간 카와노를 다시 파출소로 부르고 비번인 동료한테도 연락해서 흩어져서 순찰 지구를 뒤졌는데, 못 찾았습니다." 사토가 가만히 타카하시의 책상을 보았다. "열두 시에 지구대 과장님에게 전화하니까 곧바로 다른 비번 파출소 근무자와 기동수사대원이 모였고, 구역을 나눠서 수사에 들어가려고 할 때였습니다. 담당 구역 파출소에서 시신을 발견했다는 연락을 받고 제가 현장에 가서 타카하시 경장님을 확인했습니다."

"타카하시 씨는 왜 살해된 거죠?" 카와노가 물었다.

"아직은 아무것도 밝혀지지 않았습니다. 수사도 이제 시작이에요." 노가미가 말했다.

의자에 앉아서 힘없이 고개를 떨군 사토의 어깨에 타쿠미가 손을 얹고 물었다. "타카하시 씨가 마지막으로 본 그 사진은 어떤 사진이었어?"

"언뜻만 봤는데, 시영 주택 벤치 쪽에서 찍힌 단체 사진이었습니다. 아마 어제 이야기한 방범 강습회 때 사진이었겠죠."

"그러고 보니 사토 씨, 방범 강습은 우리끼리 계속 돌아가면서 담당하는 행사라서 매년 홍보지에도 실리지 않나요?" 카와노가 의자에서 일어났다.

"…맞아. 어쩌면 4년 전 홍보지에 게재된 사진일지도 모릅니다. 타카하시 씨가 사진이 잘 나왔다고 자랑했거든요."

"여기에 옛날 홍보지도 있어?"

사토와 카와노가 뒤에 있는 자료 선반에서 홍보지를 모아둔 폴더 네 개를 꺼내 책상 위에 나눠서 펼쳤다.

"이 선반에는 작년이랑 올해 것밖에 없네요. 사토 씨, 오래된 홍보지는 어떻게 했죠?"

"아마 작년 연말에 정리해서 상자에 넣고 버렸을걸. 아니다, 어디에 넣어 놨을 거야. 타카하시 씨는 물건을 못 버리는 성격이었으니까."

넷이 분담해서 파출소 안을 찾아 돌아다니는데, 안쪽에 있는 수면실을 뒤지던 카와노의 목소리가 들렸다.

"아, 찾았다. 여기 있어요. 수면실 침대 아래에 넣어 놨네요."

오래된 홍보지 다발에서 색이 바랜 4년 전 홍보지가 나왔다. 가운데를 스테이플러로 중철한 팸플릿이었다.

"이거네요." 다발 안에서 홍보지 하나를 꺼내서 펼쳤다.

양쪽 페이지에 걸쳐 '토사카 시영 주택에서 열린 제28회 지역 순회 방범 강습회'라는 제목으로 사진과 기사가 게재되어 있었고, 갈색으로 변색된 접착 메모지가 구깃구깃하게 붙어 있었다. 범죄의 대상이 되기 쉬운 창문이나 문의 잠금장치 설명, 주택 부지 안에 수상한 자가 침입했을 때 진압봉으로 대처하는 방법 등, 강습하는 모습이 사진과 함께 게재돼 있었다.

글 마지막에 단체 사진이 실려 있었는데, 시영 주택 강습회에 참석한 주민 열다섯 명 정도가 벤치에 앉아 있는 사진이었다. 사진 설명에는 '방범 강습회에 참석해 주신 시영 미도리야마 주택의 주민분들'이라고 적혀 있었지만, 모인 주민 한 명 한 명의 이름은 없었다.

"이거예요. 타카하시 씨가 보던 건 이 사진이 확실합니다. 벤치 뒷줄에서 맨 왼쪽에 있는 타카하시 씨의 옆에서 다섯 번째, 이 헌팅캡을 쓴 남자와 머리가 길고 안경을 낀 여자 사이에 서 있는 사람이 오카자키입니다."

키가 작고 숱이 적은 머리, 조끼에 거무스름한 바지를 입은 마른 노인이 서 있었다. 이 남자가 오카자키 시로다. 체격이 큰 사토에게 덤벼들었다는 일화를 들어서 조금 더 체격이 클 줄 알았다. 사진에 찍힌 오카자키는 옆에 있는 살짝 고개를 숙인 안경 낀 여자와 비교해도 10센티 정도 키가 작았다.

"사진이 너무 작아서 잘 안 보이네."

타쿠미가 홍보지를 전기스탠드 아래로 가져갔다.

"이걸 쓰세요." 뒤에서 카와노가 돋보기를 내밀었다.

홍보지 사진을 돋보기로 확대하자, 인쇄 특유의 망점이 커져서 오히려 오카자키의 표정이 보이지 않았다.

"확대해도 망점이 커서 얼굴을 알아보기 힘드네."

"타쿠미 씨, 어쩌면 경찰서 홍보실에 인쇄를 맡기기 전 사진이나 데이터가 남아 있을지도 몰라요." 노가미가 말했다.

타쿠미는 홍보지를 보며 잠깐 생각하다가 휴대전화를 꺼내서 전화를 걸었다. 통화 연결음이 여덟 번 울린 뒤에야 평소보다 한 옥타브는 낮은 목소리가 돌아왔다.

"…네, 오자키입니다." 누가 들어도 자다 깨서 언짢은 목소리였다.

"아침부터 심기가 불편하네. 오자키, 나야, 타쿠미."

「아, 아, 죄, 죄송합니다, 타쿠미 씨. 안녕하세요. 어떻게 됐어요?」

"역시 피해자는 타카하시 씨였어."

「왜…. 왜 타카하시 씨가 살해돼요?」

휴대전화에서 들려오는 오자키의 목소리에 답하는 대신 물었다. "지금 어디야?"

「미제사건 전담팀에서 잠깐 자고 있었어요.」

"너, 내가 집에 가서 자라고 했잖아. 소파에서 잤지? 정말 어디서든 잘 자는구나."

「타쿠미 씨야말로 지금 어디예요? 저도 그쪽으로 갈까요?」

"지금 노가미랑 같이 미도리야마 파출소에 있어. 근데 마침 잘 됐어. 네가 조사해줬으면 하는 게 있거든."

「네, 뭐예요?」

"4년 전 토사카 경찰서 홍보지 봄호에 시영 주택에서 열린 방범 강습회 기사가 두 페이지에 걸쳐서 특집으로 실렸어. 타카하시 씨와 주민들 단체 사진이 실렸고, 그중에 오카자키 시로도 있어. 공원 벤치에서 찍은 사진이야. 인쇄를 맡긴 사진 데이터가 홍보실에 남아 있을 거야. 경찰서 홍보실에 가서 찾아봐 줘."

「이 시간에는 아직 아무도 없을 텐데요.」

타쿠미는 손목시계를 보고 큰 소리로 말했다. "아직 이른가. 그래도 일찍 출근한 사람이 있을 수도 있잖아. 혹시 아무도 없으면 전화해서 담당자를 불러내."

「알겠습니다. 그게 오늘 타카하시 씨가 여기에 갖고 오기로 한 사진인가요?」

"아마 그럴 거야. 찾으면 휴대전화로 보내 줘."

「네. 타쿠미 씨, 죄송하지만, 몇 년도인지 다시 한번 알려주세요.」

"4년 전 봄호 홍보지, 방범 강습회야."

「―년에 한 강습회죠? 알겠습니다. 바로 알아볼게요.」

전화를 끊은 타쿠미는 팔짱을 끼고 타카하시가 앉았던 의자에 걸터앉았다. 주머니에서 담배를 꺼내 입에 물었다.

"죄송합니다. 파출소 안은 금연입니다. 밖에 스탠드 재떨이가 있어요."

머리를 긁적이며 면목 없는 표정을 지은 카와노가 밖을 가리켰다.

"라이터를 깜빡했는데, 있어?" 카와노에게 물었다.

"저는 담배를 안 피우는데, 아마 타카하시 씨가…"

타카하시의 책상 서랍을 열어 보니, 명함 지갑 옆에 있는 일회용 라이터가 보였다. 밖으로 나가서 담배에 불을 붙였다. 단숨에 연기를 빨아들이자, 수면이 부족한 뇌 속에 니코틴이 빠르게 퍼졌다. 폐에 들어간 담배 연기를 한숨과 함께 뱉었다.

휴대전화로 코우키에게 전화해서 타카하시 경장이 살해된 상황을 간단히 보고했다.

"자세한 보고는 콘도반에서 들어. 신경 쓰이는 건 범인이 왼손잡이라는 점과 타카하시 씨의 입안에서 나온 여우의 몽타주야."

「타쿠미 씨는 타카하시 경장도 여우가 살해했다고 생각하는군요.」

"그래. 확실해. 이건 총이 필요해서 경찰을 노린 강도 살인이 아니야. 적어도 타카하시 씨는 뭔가를 알아차려서 여우한테 살해당했어. 뭐, 너는 형사의 감 같은 건 안 믿겠지만."

「말했잖아요. 저는 자키 씨의 오른쪽 눈을 믿는 만큼 타쿠미 씨의 감을 신뢰합니다.」

"그런 오자키의 능력을 모르는 여우는 몽타주 전단지를 보고 놀랐겠지. 휘발유까지 뿌리고 불태워서 모든 흔적을 없앴는데, 얼굴이나 키, 등에 있는 타투까지 경찰이 알고 있었으니까. 자기 범행에 실수가 있었나 싶었을 거야."

「이게 여우의 범행이라면, 자기 뒤에서 사냥꾼의 발소리가 바짝 쫓아오는 걸 알아차렸을 겁니다. 초조해서 타카하시 경장을 죽인 걸까요?」

"네가 이솝이야?"

「어쨌든 여우는 궁지에 몰린 게 확실합니다.」

"도망칠까, 아니면 굴속에 숨을까. 뺏은 총으로 또 범행을 저지를까…."

「그러게요. 윗선이 가장 두려워하는 것도 그겁니다. 뺏은 총으로 일반 시민을 죽이기라도 하면, 경찰이 설 자리가 없어져요.」

"본부의 높은 분들이 걱정하는 게 일반 시민의 목숨이야, 아니면 경찰의 체면이야? 확실히 말해 봐."

「정곡 찌르지 마세요. 보고에 따르면, 본부의 서무 담당 관리관도 현장에 갔다고 합니다. 초동 수사에서 범인을 확보하지 못하면, 당장 오늘이라도 경찰서 내에 이 사건의 특별 수사본부가 설치될 겁니다.」

"알았어. 그런데 여우는 초조해하기는 해도, 경찰을 무서워하지는 않아."

「어떻게 그렇게 단언하죠? 그것도 감인가요?」

"글쎄, 잘 생각해 봐. 지금까지 여우는 범행을 저지르면서도 능수능란하게 증거를 남기지 않았어. 그런데 이번에는 타카하시 씨를 총살하기 전에 강변에 있는 돌을 몽타주로 싸서 입에 쑤셔 넣었어. 여우는 쫓아오는 사냥꾼을 도발하고 있어. 일부러 증거를 남겨서."

「그 점에서는 타쿠미 씨의 감이 빗나갔기를 기도하는 수밖에 없군요.」

"뭔가 진전이 있으면 다시 연락할게." 전화를 끊었다.

수면 부족 탓인지, 담배가 부족해서인지, 머릿속 정보를 정리하기 힘들었다.

인접한 공원에서 새소리가 들려왔다. 파출소 앞을 지나서 학교에 가던 초등학생이 "안녕하세요" 하며 가볍게 말을 걸었다. 담배를 뒤에 숨기고 반대쪽 손을 흔들었다. 출근 시간에 접어들어서 도로가 버스와 차로 붐볐다. 들어 올린 손 너머에 아침을 맞은 아케이드 상점가 입구가 보였다.

여우는 불을 지르고 지하철로 도망갔는데, 파출소 앞을 지나가지 않고 멀리 돌아서 아케이드 상점가를 빠져나가는 경로를 택했다. "파출소가 있는 걸 알고 피했을까요?" 어제 여기서 오자키와 나눈 대화가 떠올랐다. 여우는…, 혹시 경찰을 피한 것이 아니라 파출소에 있는 타카하시와 마주치기를 피한 것일까. 타카하시는 몽타주 속 얼굴을 어디서 본 것 같다고 연거푸 말했다.

타카하시와 여우는 경찰과 일반 시민으로서 안면이 있는 사이 이상의 친분이 있었을까. 그런데 지인이라면 몽타주를 보고도 금방 알았을 것이다. 아니면 몽타주의 완성도가 떨어져서 바로 떠오르지 않았나? 오자키는 몽타주가 완벽하지는 않지만 아주 비슷하다고 평했다. 그런데 왜?

"그때 타카하시 씨가 생각해낼 때까지 기다렸다면, 하다못해 어제 통화할 때 할 얘기가 뭔지 분명하게 물어봤다면…."

여우는 시영 주택 505호실을 임시 거처로 삼았다. 콘도 반장이 말한 것처럼 오카자키 시로와 어떤 연결고리가 있어서 남들은 모르지만 피가 섞인 혈연일지도 모른다. 그렇다면 몽타주 속 여우와 오카자키가 어딘가 닮았어도 이상하지 않다. 타카하시 씨는 그 사실을 깨달았나? 하지만 오카자키는 예전에 술주정을 부리며 사토에게 자신이 천애 고아라고 했다는데…. 오카자키의 사진이 나오면 여우의 사진과 함께 H현 경찰에 보내서 확인을 받아야겠다.

"가르쳐 줘요, 타카하시 씨. 여우의 몽타주를 보고 뭘 떠올리고 뭘 깨달았어요?"

타쿠미는 연기를 하늘로 뱉어내고 담배를 스탠드 재떨이에 비벼 껐다.

"왜 그러세요?"

고민하면서 파출소로 들어간 타쿠미에게 노가미가 물었다.

"그냥 좀 신경 쓰이는 게 있어서. 오카자키의 근친자와 관련해서는 H현에서 아직 아무 얘기도 없어?"

"연락한 게 어제니까요. 필요하면 나중에 그쪽에 다시 문의해둘게요."

"그래, 잘 부탁한다…." 타쿠미가 건성으로 대답했다. "이걸 좀 봐봐. 몽타주 속 남자의 사진을 찾았어."

사토와 카와노에게 오자키가 휴대전화로 보낸 여우의 사진을 보여주었다.

"처음 보는 얼굴이네요. 저는 여기에 배속된 지 반년밖에 안 됐거든요." 카와노가 말했다.

"저도 기억이 안 나요. 시영 주택에 살던 모든 주민을 기억하지는 못하지만, 아마 못 본 것 같습니다…." 사토가 자신 없는 표정을 지었다.

"오카자키의 얼굴을 떠올려 봐. 이놈이 오카자키와 혈연이라 이목구비가 닮아서 타카하시 씨가 그걸 알아차렸을 가능성은 없어?"

"오카자키 할아버지의 친척…. 나이를 생각하면 손자 아니면 조카이려나요? 제가 기억하는 한…, 명확히 닮았다고 하기는 어렵습니다." 사토가 팔짱을 끼고 대답했다.

"그래, 조금 억지스럽긴 하지…." 타쿠미는 타카하시의 의자에 앉아서 잠시 생각했다.

"달리 신경 쓰이는 거라도 있으세요?" 노가미가 물었다.

"아니, 시영 주택에 타카하시 씨와 개인적으로 친하게 지낸 사람은 없었나 싶어서."

"타카하시 씨랑 개인적으로요?"

대화를 듣던 사토가 카와노와 눈을 맞췄다.

"어제 이야기한 시영 주택의 주민자치회장과는 방범 강습회를 열 때나 시영 주택에 주민 갈등이 생길 때 종종 대화를 나눴습니다. 그밖에 개인적으로 친한 주민은, 글쎄요, 생각이 안 나네요." 사토가 말했다.

"그 시영 주택 주민자치회장의 집은 여기서 먼가?" 타쿠미가 노가미에게 물었다.

"이시가미 츠토무요? 네, 차로 삼사십 분 정도 걸려요. 가볼까요?"

"당직도 끝났는데 미안하지만 부탁해도 될까?"

"에이, 괜찮아요. 이대로 돌아가면 반장님한테 혼나요."

사토와 카와노에게는 무언가 생각나는 것이 있으면 연락을 달라고 하고, 노가미와 함께 파출소를 나섰다.

3

"타쿠미 씨, 도착했습니다." 노가미의 목소리에 잠에서 깼다.

흔들리는 차 안에서 깜빡 잠든 모양이다. 정신을 차리고 보니 노가미가 운전하는 차가 자갈 깔린 공동 주택 주차장에 서 있었다.

"여기 2층 안쪽 방이에요."

노가미가 앞유리창 너머로 공동 주택을 올려다보며 휴대전화로 전화를 걸었다. 미도리야마 파출소를 나와서 이시가미에게 전화를 걸어봤지만, 통화 연결음이 흘러나올 뿐, 아무도 받지 않았다.

"안 받네요. 아무도 없을 수도 있겠어요." 체념하고 전화를 끊었다.

"여기까지 왔잖아. 일단 가보자."

붉은 기와가 올라가고 모르타르로 지어진 낡은 2층짜리 주택이었다. 앞에는 녹슨 자전거가 몇 대 놓였고, 안쪽에 있는 우편함에는 우편 광고가 가득했다. 칠이 벗겨진 외부 계단은 한 걸음 올라갈 때마다 삐걱삐걱 소리를 냈다.

벨을 누르고 문을 두드렸지만 대답은 없었고 희미하게 TV 소리가 들렸다.

"아무도 없나? 이시가미 씨, 어제 대화 나눈 토사카 경찰서 노가미입니다."

문 너머에서 무슨 소리가 나고 인기척이 들렸다. 노가미와 시선을 교환했다.

"이시가미 씨, 아침부터 죄송합니다. 경찰입니다. 다시 이야기를 들으러 왔습니다. 이시가미 씨, 안 계십니까?"

잠금장치를 푸는 소리가 나더니 문이 살짝 열렸다. 낡은 회색 운동복 상하의에 남색 파카를 걸친 매부리코 노인이 얼굴을 내밀었다. 하얗게 센 머리는 나이치고 풍성했지만, 깡마르고 앞니가 몇 개 없었다. 줄 달린 안경이 목에 걸려 있었다. 그 안경을 쓰지도 않고 노가미가 내민 경찰 신분증을 잠시 노려보았다. 눈이 나쁜지 미간에 주름이 잡혀서 기분이 나쁘고 언짢은 것처럼 보였다.

"당신들 뭐야?" 귀도 어두운지 목소리가 과하게 컸다.

"왜, 어제 3년 전 시영 주택 방화 사건 때문에 얘기를 들으러 왔다 간, 토사카 경찰서 노가미예요. 이쪽은 같은 경찰서 타쿠미고요." 노가미가 큰 목소리로 소개했다.

"아아, 뭐야. 또 너희야?" 이시가미가 고개를 떨구며 어정쩡하게 대답했다.

"여기 오기 전에 전화했는데, 연결이 안 되더라고요. 갑자기 찾아와서 죄송합니다. 금방 끝나니까 한 번 더 얘기를 들려주세요."

"알았어, 알았어. 일단 들어와. 할멈한테 모르는 데서 온 전화는 받지 말라고 말해놨거든. 지금은 어디 나가서 없으니까 차는 못 내줘."

"괜찮습니다." 노가미가 신발을 벗으며 뒤돌아서 타쿠미에게 작은 소리로 말했다. "사모님은 5년 전에 돌아가셨어요. 얘기가 옆길로 새면 길어지니까 저랑 말을 맞춰 주세요."

타쿠미는 고개를 끄덕이고 신발을 벗었다. 현관에 들어서자마자 보이는 마루 깔린 부엌은 남자 혼자 사는 곳치고 깔끔했다. 안쪽 다다미방에는 둥근 좌식 밥상이 있었고, TV가 켜져 있었다. 이시가미가 TV를 껐다. 그 옆에 팩스 겸용 전화기가 먼지를 뒤집어쓰고 있었다. 살짝 열린 안방 문으로 바닥에 깔린 이불이 보였다. 다이얼 전화기까지는 없었지만, 20세기에서 시간이 멈춘 것 같은 집이었다.

"이시가미 씨, 이 홍보지 사진을 봐주실래요?"

노가미가 가져온 4년 전 홍보지 봄호를 밥상 위에 놓고 방범강습회 페이지를 펼쳐서 앞에 앉은 이시가미에게 보여주었다. 이시가미는 목에 걸린 안경을 끼고는 홍보지를 들고 빤히 보았다.

"오, 옛날 생각 나는 사진이군. 벌써 4년 전인가. 이게 마지막 방범 강습회였지. 이 사진 오른쪽 끝이 나야."

조금 떨리는 손가락으로 홍보지 사진을 가리키며 옛 생각에 잠겨 웃었다.

"이 무렵부터였지, 시영 주택 주민들이 점점 적어진 게. 그때는 그나마 나았어. 폐쇄가 결정되기 몇 년 전부터는 처음 보는 주민이랑 외국인이 엄청 늘어서 계단에서 마주쳐도 인사도 안 하고,

자치회비도 안 냈어. 1년에 두 번 있는 제초 작업에도 안 나왔다니까. 풍기도 문란해지고 난리였어. 게다가….”

“저기, 죄송합니다. 이시가미 씨.” 시영 주택의 추억담이 계속될 것 같아서 타쿠미가 억지로 대화에 끼어들었다. “타카하시 경장과 특별히 친하게 지내던 주민은 없었습니까?”

말허리를 잘린 이시가미는 안경 너머에서 타쿠미를 불쾌하게 노려보았다.

“미도리야마 파출소 타카하시 경장이요. 주민 갈등 때문에 자주 대화를 나누셨죠?”

노가미가 아이를 달래듯 거들었다.

“타카하시 경장? 아, 타카? 그게 언제더라. 오래 거주한 주민과 외국인 주민이 쓰레기 배출 문제로 싸워서 난리가 난 적이 있어. 출동한 타카가 중재해줬는데….”

“이시가미 씨 이 홍보지 사진을 좀….” 타쿠미가 큰 목소리로 말을 막았다.

“그래, 알아. 계속 똑같은 소리 하지 마. 너희 경찰들은 사람을 노망난 노인처럼 취급하는데, 타카는 항상 우리를….”

타쿠미는 노가미와 시선을 교환하며 한숨을 쉬었다. 안주머니에 든 휴대전화가 진동했다.

“잠깐 전화 좀.” 노가미에게 눈짓하고 부엌으로 나갔다. 오자키에게 온 전화였다.

“오자키, 잠, 잠깐만.”

큰 목소리로 시영 주택과 얽힌 추억담을 이어가는 이시가미를 피해서 공동 주택 복도로 나갔다. 옆에 있는 대숲에서는 바람에 흔들리는 대나무와 대나무 줄기가 부딪혀 잎이 스치는 마른 소리가 났다.

「타쿠미 씨, 대단해요! 어떻게 이걸 찾아냈네요!」

흥분한 오자키의 큰 목소리가 휴대전화에서 들려왔다.

"오자키, 목소리가 너무 커. 나는 귀먹은 할아버지가 아니야. 홍보지 사진 데이터는 찾았어?"

오자키는 자신과 타쿠미의 온도차를 느꼈는지 목소리를 낮추고 물었다.

「네. 사진 데이터는 찾았어요. 타쿠미 씨, 이거 여우의 사진이죠?」

"뭐? 오자키, 다시 한번 말해 봐. 사진 속에 여우가 있어?!"

이번에는 타쿠미가 전화에 대고 호통을 쳤다.

「네. 어, 아니에요?」

타쿠미는 문을 벌컥 열고 신발을 벗기 무섭게 다다미방으로 들어갔다. 시영 주택에 얽힌 이시가미의 추억담은 아직도 이어지고 있었다. "…그래서 그때 내가 큰 소리로 말했어."

타쿠미는 이시가미가 들고 있는 홍보지를 낚아채서 다시 한번 사진을 보았다.

"뭐야, 갑자기…." 신나서 이야기하던 이시가미가 당황하며 타쿠미를 올려다보았다.

"왜, 왜 그러세요, 타쿠미 씨?" 노가미도 타쿠미의 기세에 놀라서 물었다.

두 사람의 말에 반응하지 않고 홍보지를 밥상 위에 펼쳤다.

"오자키, 어떻게 된 거야? 뒤쪽 줄에 있는 타카하시 씨의 옆에서 다섯 번째, 조끼와 검은 바지를 입은 작은 할아버지가 오카자키 시로야. 어디야? 어디에 여우가 있어?"

"네? 여우가 찍혀 있어요?!" 노가미가 반사적으로 크게 외쳤다.

「이 사람이 오카자키예요? 여우는 그 옆이에요.」

타쿠미는 오카자키 옆에 서 있는 헌팅캡을 쓴 남자를 빤히 보았다. 60대인 그 남자는 키도 오카자키와 별 차이가 없었다. 체형은 살짝 통통했다.

"다른데? 아까 네가 보낸 여우 사진이랑은."

「타쿠미 씨, 사진을 잘 보세요. 오카자키 오른쪽 옆이요. 여우는 여자로 변장했어요.」

"뭐…?"

타쿠미는 홍보지 속 오카자키의 오른쪽 옆에 있는 살짝 고개를 숙이고 안경을 낀 긴 머리 여자를 빤히 보았다.

"오자키, 확실해?"

「그놈의 얼굴을 이 오른쪽 눈으로 직접 봤어요. 아무리 변장했어도 제가 착각할 리가 없어요. 인쇄물에는 안 보일지도 모르지만, 사진 데이터를 확대하면 입술 왼쪽 아래에 있는 점도 보여요. 분명히 이 여자가 여우예요.」

"제기랄. 오자키, 홍보지로는 작아서 잘 안 보여. 이 암여우 사진을 나랑 코우, 콘도반 전원에게 당장 보내!" 타쿠미가 큰 소리로 외치고 거칠게 전화를 끊었다.

"이봐요, 할아버지, 이걸 봐요! 오카자키 시로 옆에 있는 이 안경 낀 여자, 누굽니까!"

타쿠미의 기세에 눌린 이시가미가 휘청이며 뒤에 손을 짚었다.

"타쿠미 씨, 이 여자가 여우예요?"

이시가미 뒤로 가서 홍보지에 실린 단체 사진을 들여다본 노가미가 물었다.

"맞아." 타쿠미는 고개를 끄덕이며 이시가미에게 홍보지를 들이밀듯 건넸다.

이시가미는 조금이라도 밝은 곳에서 보려고 비틀비틀 일어섰다. 안경에 입김을 불고 창문 커튼으로 렌즈를 닦았다. 안경을 고쳐 쓰고 홍보지에 있는 단체 사진을 집어삼킬 듯이 보았다.

"이 오카자키 할아버지 옆에 있는 여자는…, B동 405호에 사는, 으음, 이름이 뭐더라? 생각이 안 나네. 유흥업소에서 일했지, 아마."

"생각해내요, 할아버지!" 타쿠미는 조급한 마음을 억누르지 못하고 소리를 높였다.

"한 2년 반 전이었나? 시영 주택 폐쇄가 결정된 이후에, 전에 살던 사람들한테도 연락해서 같이 벚꽃을 구경하자고 하고 작별 벚꽃놀이를 열었어." 기억을 더듬는 이시가미의 얼굴이 일그러지더니 눈이 먼 곳을 보듯 공허해졌다. "그때 이 아가씨는 이미 시영 주택을 떠난 뒤였어. 경찰이면 예전 주민이 지금 어디 사는지도 알 수 있을 것 같아서 타카한테 물어본 적이 있어."

"그래서 이 여자는 작별 벚꽃놀이에 왔나요?" 노가미가 물었다.

"아니, 안 왔어. 그러고 보니 이 아가씨, 타카랑 대화를 자주 나눴어."

"할아버지, 알았으니까 이 여자 이름이 뭐냐고요." 타쿠미가 안달했다.

"그러고 보니 그 벚꽃놀이에서도 소문이 돌았어. 유흥업소에서 일해서 모은 돈으로 주식이나 금융 상품 같은 걸 하는 트렌더가 돼서 돈을 엄청 번다고…"

"데이 트레이더요?" 노가미가 받아 적으며 정정했다.

"할아버지, 그런 얘기는 됐으니까, 이 여자 이름을 생각해내라 고요!"

"마츠바라, 아니, 마츠모토였나? 아, 너희 경찰들, 이렇게 시끄럽 게 나를 몰아붙일 거면 그냥 타카한테 물어보면 되잖아."

"타카하시 씨한테는 이제 물어보고 싶어도 못 물어봐요. 할아 버지, B동 405호인 건 확실하죠?"

타쿠미의 기세에 이시가미는 겁을 먹고 크게 고개를 끄덕였다.

"그래, 나랑 매번 장기를 두는 친구의 위층에 살았어. 그건 확 실해."

그날 타카하시는 사물함에서 단체 사진을 찾아서 오카자키 옆 에 서 있는 이 여자를 보고 깨달았을 것이다. 아니, 적어도 몽타 주 속 남자와 이 여자가 동일 인물이 아닐까 의심했을 것이다. 지 인을 의심하는 데에 미안함도 있었을 것이다. 미제사건 전담팀에 사진을 가지고 가기 전에 확인해 보려고 예전에 알아놓은 새 주 소를 찾아갔을지도 모른다.

"내 잘못이야. 그때 타카하시 씨한테는 조금 더 자세히 설명했 어야 했는데…."

미도리야마 파출소에 가지고 간 것은 어디까지나 3년 전 시영 주택 방화 사건의 범인 몽타주였다. 사망자는커녕 부상자도 나오 지 않았다. 사람 좋은 타카하시가 아닌가. 몽타주 속 인물이 정말 자신의 지인이라면 우선 설득해서 자수하게 하려고 했을지도 모 른다. 만약 연쇄살인 사건의 용의자라고 설명했다면, 섣불리 접근 하지 않았을 것이다. 타쿠미는 입술을 깨물었다.

휴대전화를 꺼내서 전화를 걸었다. 잠시 통화 연결음이 이어졌다.

「네, 코우키입니다. 타쿠미 씨, 무슨 일이죠? 곧 합동수사 특별 본부의 사전 회의가 시작됩니다.」

"코우, 미안해. 급한 일이야. 지금 어디야?"

「서장실입니다. 무슨 일인데 이렇게 서두르세요?」

타쿠미는 크게 숨을 쉬었다. "우선 오자키가 메시지로 보낸 사진 봤어?"

「네. 봤습니다.」

"결혼식장에서 찍힌 사진이 아니야. 조금 전에 오자키가 사진을 보냈을 거야."

「네? 아니요. 아직 못 봤습니다. 무슨 사진인데요?」

"잔말 말고 얼른 열어서 봐!"

기다리는 동안 타쿠미와 노가미의 휴대전화에도 오자키의 메시지가 왔다. 「암여우의 꼬리」라는 제목으로 사진이 첨부되어 있었다. 노가미가 이시가미에 보여주며 이 여자가 확실한지 재차 확인했다. 이시가미는 맞다고 몇 번이나 고개를 크게 끄덕였다.

「타쿠미 씨, 이 사진 속 여자는 누구죠? 혹시 여우의 여자입니까?」

"아니, 이놈은 여우 본인이야. 이번에는 여자로 변장했어. 너, 거기에 시영 주택 순회 연락 카드 복사본 갖고 있어?"

「아, 그, 네. 있습니다.」

"B동 405호 주민, 이름이 뭐야?"

잠시 기다려 달라고 말하는 코우키의 목소리와 종이를 넘기는 소리가 들렸다.

「B동 405호는 공실이네요. 아, 하지만 오래된 주민 기록도 남아 있습니다. 예전 주민은 마츠나가 료코예요. 마츠나가는 소나무 송(松)에 길 영(永)을 쓰고, 료코는 멀 요(遼)에 아들 자(子)를 써요. 어? 료코 뒤에 괄호 열고 '료고'라고 적혀 있어요. 료고의 고는 깰 오(悟)를 씁니다.」

"마츠나가 료고, 그게 여우의 이름이야."

「잠깐만요. 시영 주택 주소에 선을 그어서 지운 흔적 위에 다른 주소가 적혀 있어요!」 코우키가 드물게 흥분한 목소리로 말했다.

"타카하시 씨가 적어 놓은 거야. 제기랄, 내 실수야! 모든 답이 처음부터 거기에 적혀 있을 줄이야. 주소를 알려줘."

「네, 읽겠습니다. 마츠나가 료고, 새로운 주소는 토사카시 미나미구 와카바다이, 포레스트 테라스 901호입니다.」 타쿠미가 복창하며 손으로 메모하는 시늉을 해서 노가미에게 받아적게 했다.

「타쿠미 씨, 아까 얘기한 실수가 뭐죠?」

"타카하시 씨는 시영 주택 벚꽃놀이에 초대하려고 전에 405호에 살던 여자의 새 주소를 알아냈다는 걸 떠올렸어. 오늘 점심때 단체 사진과 함께 그 주소를 우리에게 전달하려고 했어. 내가 조금 더 자세히, 몽타주 속 남자가 방화범일 뿐만 아니라 사사즈카 일가 전원을 살해한 흉악범이라고 얘기했으면, 타카하시 씨는 여우에게 살해당하지 않았을 거야."

「무슨 소리예요? 그건 지나친 생각입니다.」

"코우, 잠깐만 기다려 봐."

타쿠미가 지금까지 한 이야기를 전부 듣고 있던 노가미에게 말했다.

"노가미, 타카하시 경장을 죽인 놈은 여우가 확실해. 놈의 아파트는 살해 현장에서도 가까워. 너희 반이 수사하러 갔을 거야. 콘도 반장님이 합류하실 수 있게 전화해 줘. 부탁한다."

그런데 여우가 예전부터 타카하시와 아는 사이였다면, 살해 전에 손가락을 세 개나 잘라버리는 짓을 한 이유가 무엇인지 더 의아해졌다. 여우는 타카하시에게, 아니, 경찰에 무언가 원한이 있었을까.

"긴급 체포는 안 돼?"

「지금 단계에서 여우의 혐의는 어디까지나 방화 사건이니 살인으로 긴급 체포하기는 어렵습니다. 그리고 자키 씨의 목격 증언 말고는 사건과 이어지는 증거도 나오지 않았습니다. 우선은 중요 참고인으로 임의로 데려오시죠.」

"그래, 타카하시 씨의 입에 들어 있던 여우의 몽타주만으로는 힘들겠지. 지문이나 피부 조직에서 DNA라도 검출되기를 기다리는 수밖에 없겠다. 코우, 네가 토사카 대학교 법의학교실 히구치 교수한테 검시 보고서를 빨리 달라고 전화해 줘. 감식반 이와부치 씨한테는 내가 전화할게."

「알겠습니다. 전에도 말했지만, 오른쪽 눈의 능력으로 알아낸 상황 증거만으로는 여우를 체포할 수 없습니다. 억지로 체포한다 해도 자키 씨의 목격 증언을 법정으로 가져갈 수는 없으니 기소 이후에 공판이 제대로 이루어지지 않을 겁니다. 유죄를 입증할 수 있는 증거가 없으면, 여우를 힘들게 우리에 넣어도 결국 도망치겠죠.」

"알았어. 하지만 여우의 거처를 가택 수사 하면 뭔가 나올지도 몰라."

「불탄 시영 주택처럼 은신처일 가능성은 없나요?」

"글쎄. 하지만 뒤져볼 가치는 있지."

「…그렇겠죠. 알았습니다. 법원에 이 주소로 압수 수색 영장을 청구하겠습니다. 집행 영장이 나오면 바로 콘도 반장에게 전할 테니 여우의 거처를 확인해 주세요.」

"알았어. 나는 콘도반에 합류할게."

「마츠나가가 여우라면 빼앗긴 총을 갖고 있을지도 모릅니다. 인근에 있는 일반 시민에게 피해가 가지 않도록 충분히 주의하라고 콘도 반장에게 전해주세요. 중요 참고인으로 여우를 부르되, 임의 동행을 거부하면 증거 인멸이나 도주의 우려가 있다고 간주하고 체포하시죠.」

노가미가 콘도 반장과 통화 중인 휴대전화를 내밀었다.

「타쿠미, 대체 어떻게 된 거야?」

노가미에게 상황을 대강 전해 들은 콘도 반장이 전화를 넘겨받기 무섭게 물었다. 타쿠미는 코우키에게 설명한 타카하시 경장이 살해된 상황과 전화로 논의한 체포 계획을 전달했다. 그리고 탐문 때 자신이 정보를 제대로 전달하지 않아서 살해된 것이 아닌가 하는 의문까지 포함해서 지금껏 진행한 수사를 간략하게 보고했다.

「알았어. 확실한 것 같네. 지금 노가미가 알려준 주소로 가는 중이야. 도착하면 우선 아파트 관리인을 만나봐야겠어. 그런데 타쿠미, 그 시점에 여우는 어디까지나 방화 사건의 중요 참고인이었어. 타카하시 경장이 그렇게 될 줄 예상하지 못한 게 당연해.」

"…네." 여우의 정체를 몰랐다면, 당연히 예상하지 못했을 것이다. 하지만 오자키의 능력으로 여우의 흉악함을 충분히 알고 있던 사람으로서는 역시 판단 실수였다. 그 시점에 타카하시와 여우의 관계를 몰랐다고 해도…. 무언가 할 수 있는 일이 있었을 것이다.

「지금 탐문하러 간 우리 반원을 전부 모으고 있어.」

"노가미와 함께 그쪽으로 가겠습니다."

「너희 둘은 밤을 새웠잖아. 이쪽은 우리 반에 맡겨.」

"가게 해주세요, 반장님. 여우의 얼굴만이라도 보고 싶습니다."

노가미도 타쿠미 쪽을 보며 크게 고개를 끄덕였다.

"타카가 죽었다고? 이봐, 무슨 소리야?"

끈질기게 묻는 이시가미에게 수사 방침상 이야기할 수 없다고 거절하며 공동 주택 계단을 뛰어 내려갔다.

"너희가 가르쳐주지 않으면 내가 경찰에 직접 물어볼 거야."

2층에서 소리치는 이시가미의 목소리를 무시하고 차에 올라탄 뒤, 감식반 이와부치에게 전화를 걸었다.

"이와부치 씨, 오늘 아침 사건의 몽타주 전단지와 비옷에서 개인을 식별할 수 있는 지문이나 피부 조각, 체모는 안 나왔습니까?"

「타쿠미, 너무 조급해하지 마. 이제 막 시작했어. 알잖아.」

"죄송합니다. 그랬죠. 임의 동행을 요구할 중요 참고인이 추려졌습니다. 그런데 아직 상황 증거밖에 없어서 저도 모르게….'

「왜 그래? 그렇게 초조해하고 감정적으로 반응하는 건 너답지 않아. 우리 식구가 살해당했어. 네가 얘기한 칼도 염두에 두고 최우선으로 마무리할 테니 믿고 맡겨.」

"…잘 부탁드립니다." 좌석에 깊숙이 앉아서 팔짱을 꼈다.

수면 부족인 머릿속에 파출소에서 봤던 사진이 떠올랐다. 코 위에 반창고를 붙이고 경례하던 타카하시의 의기양양한 미소가 자꾸 눈에 밟혔다.

"제기랄." 작게 중얼거렸다.

노가미가 운전석에서 걱정스럽게 힐끔힐끔 쳐다보았다.

"똑바로 앞을 보고 운전해. 사고 난다." 타쿠미는 눈을 감고 중얼거렸다.

"앗, 네."

"노가미, 미안하지만 나 좀 잘게. 도착하면 깨워 줘."

4

눈은 감았지만 결국 한숨도 자지 못했다. 순회 연락 카드에 적혀 있던 여우의 공동 주택 앞을 지나 첫 번째 골목을 돌아서 나오는 편의점 주차장에 차를 세웠다. 먼저 도착한 승합차의 뒤쪽 슬라이드 도어가 열리고 콘도반 시노다가 말없이 손을 들었다. 타쿠미가 올라타자, 안쪽으로 이동하며 자리를 비켜 주었다.

"관리인에게 몽타주와 사진을 보여줬어. 입술 왼쪽 아래에 점도 있고, 머리카락은 몽타주 같은 삭발이 아니라 어깨까지 오는 길이에 뒤로 묶고 다닌대. 조금 전에 받은 암여우 사진이 중성적이어서 전체 분위기가 더 비슷하다고 했어. 대부분 집 안에만 있고, 해가 있을 때 밖에 나온 적은 거의 없다고 증언했어."

노가미가 차에 올라타고 문을 닫았다.

"여우는 데이 트레이딩을 하나 봐요."

"그런 것 같더라. 901호실은 넓은 베란다가 딸려있고 한 층을 통으로 써. 그런 집에 혼자 산다고 했어. 오늘 선글라스를 끼고 러닝 복장으로 외출하는 걸 봤대. 웬일로 오전 중에 나오나 해서 말을 걸었더니, 스포츠센터에 간다고 했다는군. 그리고 아직도 돌아오지 않았어. 이걸 봐."

시노다가 무릎 위에 놓인 노트북을 이쪽으로 돌리고 영상을 틀었다. 아파트 CCTV 영상이었다. 아래에 있는 시계의 디지털 표시가 아홉 시 사십팔 분으로 바뀌려고 하는 순간에 선글라스를 끼고 러닝복을 입은 여우가 아파트 현관홀 카메라 앞을 지나갔다. 검은 가방을 메고 모자를 눈까지 눌러써서 얼굴은 보이지 않았다.

"카메라 위치를 엄청 신경 쓰네. 하지만 사사즈카 일가 아파트 CCTV에 찍힌 여우의 걸음걸이랑 비슷해."

"이게 어젯밤 영상이야."

입구 홀에서 엘리베이터를 향해 걷는 타카하시 경장의 모습이었다.

"이것도 있어."

여우가 커다란 여행용 캐리어를 밀며 엘리베이터를 타고 지하주차장으로 향하는 영상이었다.

"이 안에 의식을 잃은 타카하시 씨를 숨기고 차까지 옮긴 건가."

슬라이드 도어가 열리고 콘도 반장이 손수건으로 손을 닦으며 차에 탔다.

"어, 수고 많다. 나이를 먹으니까 자꾸 화장실이랑 친해져서 큰일이야. 타쿠미, 밤새웠는데 미안해. CCTV 영상은 봤어?"

"네. 확실합니다. 어서 오자키에게도 보내주세요. 목격자에게 확인받게 하겠습니다."

"그러지 않아도 이미 보냈어. 오늘 것까지 합쳐서 남아 있던 2주 치 아파트 CCTV 영상을 디지털 분석실에도 보냈어." 시노다가 대답했다.

"타쿠미, 너무 초조해하지 마. 지금 가까운 편의점과 매장 CCTV 데이터를 살펴보고 있어. 여우의 얼굴이 한순간이라도 찍혔길 바라야지."

"얼굴만 알면 3차원 얼굴 인식 시스템으로 결혼식에서 찍힌 남자와 이 여자 사진을 대조해서 식별할 수 있겠어요." 노가미가 들떠서 말했다.

"그 정도로는 안 돼." 타쿠미가 거칠게 말했다. "그걸로 특정할 수 있는 건 시영 주택 방화범과 연결되는 단서뿐이야. 타카하시 씨와 사사즈카 일가 살해 사건을 비롯한 다른 사건들에 결정타가 되지는 않아."

시노다가 팔을 뻗어서 타쿠미의 멱살을 잡았다.

"작작 해, 타쿠미. 타카하시 경장이 살해된 데에 네가 무슨 책임감을 느끼고 자기 자신을 비난하는지는 모르겠지만, 그만 좀 하라고!"

"…미안하다." 타쿠미는 시노다의 말에 아무런 반론도 할 수 없어 고개를 푹 숙였다.

"체념하기는 일러. 디지털 분석실 사카이가 N대학교에 문의했어. 거기에는 보폭이나 손을 흔드는 방식, 중심, 상체가 기울어진 정도 같은 요소로 개인을 식별하는 AI가 있어. 이 CCTV 영상과 사사즈카 일가의 아파트 CCTV에 찍힌 범인의 걸음걸이를 비교해서 동일 인물인지 아닌지 어느 정도 특정할 수 있대."

"어느 정도…." 노가미가 가라앉은 목소리로 말했다.

"DNA나 지문처럼 거의 100퍼센트인 확증은 필요 없어. 어느 정도 높은 일치율만 나오면 여우는 그냥 방화범이 아니게 돼. 특별 수사본부가 방침을 바꿔서 몽타주와 사진 속 남자를 타카하시 경장과 사사즈카 일가 사건의 용의자로 쫓을 수도 있어." 콘도 반장이 강하게 고개를 끄덕였다.

"가택 수색 영장은 아직 안 왔나요?"

"아직이야. 이쯤 되니까 아직도 여우의 소재가 파악되지 않는 게 신경 쓰이네."

"반장님, 노가미랑 같이 이 근처 스포츠센터를 뒤져볼까요?"

"그쪽에는 다른 수사관들이 갔어. 너희는 여기까지만 해. 둘 다 밤새웠잖아. 오늘은 이만 돌아가서 쉬어."

고집을 부리며 조금 더 지켜봤지만, 여우가 돌아올 기미는 없었다. 결국 노가미는 당직한 것을 고려해서 내일 점심때부터 잠복하고, 타쿠미와 오자키는 내일 아침 여덟 시부터 아파트 뒷문에서 잠복하라는 역할을 배정받았다.

5

노가미가 운전한 차는 잠잘 겨를도 없이 토사카 경찰서 지하 주차장에 도착했다. 타쿠미의 휴대전화가 진동했다. 연락을 기다리다 지친 오자키의 전화였다.

「타쿠미 씨, 시노다 씨한테 여우 CCTV 영상을 받았어요. 여우 맞죠? 지금 제가 대질하러 갈까요?」

"진정해, 오자키. 너는 나랑 둘이서 내일 아침 여덟 시부터 아파트 뒷문에서 잠복이야. 너는 여우의 얼굴을 직접 봤잖아. 잘 좀 부탁해."

「알겠습니다. 지금 어디세요?」

"노가미랑 같이 경찰서로 돌아왔어. 지금 지하 주차장에 있어."

「마침 잘됐네요. 로비에 타쿠미 씨를 찾는 손님이 왔어요.」

타쿠미는 차에서 내렸다. "손님? 누구?" 휴대전화로 이야기하면서 노가미와 함께 지하 주차장 엘리베이터 홀을 향해 걸었다.

「그게, 이름을 얘기하지 않았어요. 5분쯤 전에요. 1층 로비에 있는 접수대에서 이쪽으로 타쿠미 씨를 찾는 전화가 왔어요.」

"무슨 용건이라는데?"

「나가서 없다고 하니까 말없이 끊더라고요. 지금이면 아직 1층 로비에 계실지도 몰라요.」

시영 주택의 전직 주민 자치회장 이시가미가 타카하시의 수사 상황을 물으러 왔나 했지만, 경찰서에 직접 찾아올 사람 같지는 않았다.

"알았어. 로비를 좀 돌아보고 들어갈게. 코우는 거기 있어?"

「네. 방금 여기 왔어요. 바꿔드려요?」

"아니, 됐어. 자세한 보고는 돌아가서 하겠다고 전해줘."

노가미와 함께 엘리베이터 홀 옆에 있는 계단을 이용해서 1층 현관 로비에 올라갔다. 접수대 앞에서 누군가가 불러서 타쿠미는 멈춰 섰다. 토사카 경찰서에는 공식적인 접수대가 없다. 카운터가 있고, 거기에서 가까운 자리에 있는 총무과 여직원이 손님맞이까지 한다.

"타쿠미 씨, 아까 미제사건 전담팀을 찾는 사람이 있었어요."

여직원이 가리킨 현관 로비에는 아무도 없었다.

"어? 조금 전까지 이 로비에 있었는데, 가셨나? 이름이라도 알아놓을 걸 그랬나요?"

"누구지? 뭐, 필요하면 다시 오겠지. 고마워."

엘리베이터로 가려던 걸음을 멈추고 뒤돌아서 손님을 맞이한 여직원에게 재차 물었다.

"나를 찾아온 사람이 몇 살쯤 돼 보였어? 얼굴이나 옷차림은?"

"젊었어요. 처음 보는 얼굴이었어요. 미제사건 전담팀이 어디냐고 묻길래 수사를 지원하러 온 다른 지구대 경찰관인 줄 알았어요."

"…그 사람, 제복 경찰이었어?"

"네. 내선이 연결된 카운터에 있는 인터폰 전화를 알려 드렸어요."

타쿠미는 카운터에 있는 인터폰 전화를 보며 잠시 생각했다.

"설마…." 등에 식은땀이 흘렀다.

"왜 그러세요, 타쿠미 씨?"

엘리베이터로 가던 노가미가 카운터로 걸음을 돌린 타쿠미를 보고 돌아왔다.

"노가미, 이 직원이랑 같이 수상한 제복 경찰이 없는지 로비랑 1층 화장실을 보고 와. 알아들었어? 멀리서 눈으로만 확인해. 말은 걸지 마. 발견하면 나한테 알려."

"수상한 제복 경찰…. 어? 타쿠미 씨, 설마…." 타쿠미가 어떤 생각을 하는지 노가미가 알아차렸다.

타쿠미는 손가락을 입술에 대며 고개를 끄덕였다. 노가미가 여직원에게 사정을 설명했다. 미도리야마 파출소에서 한 가지 신경 쓰이던 점을 떠올리고 휴대전화로 전화를 걸었다. 「네, 미도리야마—.」

타쿠미는 휴대전화에서 들려오는 사토의 목소리를 도중에 끊고 말했다. "나 타쿠미야. 어제 거기 갔을 때, 타카하시 씨랑 너한테 미제사건 전담팀 명함을 준 것 같은데, 거기에 있어?"

「명함이요? 아, 네. 제가 받은 건 여기에 있습니다. 타카하시 씨는 아마 명함 지갑에 넣으신 것 같은데… 어? 없네. 서랍 안에도 안 보이네요. 무슨—.」

사라진 것은 사진과 오래된 순회 연락 카드, 경찰 제복과 장비만이 아니었다. 어제 온 전화는 휴대전화로 걸려 왔다. 타카하시 경장은 명함을 갖고 파출소를 나섰다.

"없다는 거지? 알았어, 고마워."

타쿠미는 사토의 대답을 끝까지 듣지도 않고 다시 오자키에게 전화를 걸었다.

"오자키, 거기에 코우도 있지?"

「네, 있습니다.」

"이 전화를 스피커폰으로 바꿔."

타쿠미는 조금 전 오자키가 받은 내선 전화를 건 사람이 접수대에 미제사건 전담팀을 찾아온 낯선 얼굴의 파출소 소속 제복 경찰이었다고 설명했다.

「타쿠미 씨, 그게 무슨 말이에요?」 전화기 너머에서 코우키의 목소리가 났다.

"잠깐 기다려 봐."

로비에서 노가미가 아무도 없다는 뜻으로 두 팔로 엑스를 만들었다. 여직원도 옆에서 고개를 흔들었다.

"노가미, 반장님한테 전화해서 여우의 소재가 파악됐는지 확인해." 노가미에게 말했다. "급하니까 어서 전화해. 내 감이 틀렸으면 그걸로 됐어. 하지만 총을 소지한 여우가 경찰관으로 변장해서 경찰서 안에 있다면, 이건 보통 일이 아니야."

「설마, 여우가 경찰서 안에 있습니까?!」 코우키의 목소리가 들렸다.

"코우, 잘 들어. 첫째, 여우는 타카하시 씨의 총 말고도 제복과 장비를 전부 챙겼어. 둘째, 내가 타카하시 씨에게 준 미제사건 전담팀 명함이 사라졌어. 셋째, 타카하시 씨는 현장에서 오른손 손가락을 세 개 절단당하는 고문을 받았어. 여우가 뭔가를 물어보고, 뭔가를 들었을 가능성이 있어. 1 더하기 2 더하기 3은 뭐야?」

여우가 아무리 대담하고 교활해도 경찰서에 침입하는 것은 있을 수 없는 일이라는 생각이 타쿠미의 마음속에도 있었다. 하지만 겹치는 상황 속에서 도출되는 것은 여우가 타쿠미를 찾아서 이 토사카 경찰서에 왔다는 것이었다. 그리고 아직 경찰서 어딘가에 숨어 있을지도 모른다는 답밖에 나오지 않았다.

「하지만 그것만으로는…. 여우는 그저 타카하시 경장의 신원을 숨기려고 옷과 장비를 챙겼을지도….」 오자키가 끼어들었다.

"나도 그런 거면 좋겠어. 이대로 잠깐 기다려."

노가미가 휴대전화를 내밀었다. "타쿠미 씨, 반장님이에요."

「타쿠미, 이번에는 무슨 일이야?」

"반장님, 여우의 소재는 찾으셨습니까?"

「아니, 아직이야. 놈은 집에 돌아오지 않았어. 그리고 스포츠센터를 조사한 팀에서 정보가 들어왔어. 여우가 다니던 곳은 동네에 있는 일반적인 스포츠센터를 말하는 게 아니었어. 호신술부터 칼 쓰는 법까지 가르치는 실전 종합 격투기 체육관이야. 마츠나가 료코라는 이름으로 회원 가입을 했어. 오늘은 아직 오지 않았지만, 평소에는 밤 여덟 시까지인 나이트 타임을 이용하는 경우가 잦다고 했어. 트레이너가 말하길 칼 쓰는 데에 꽤 능숙하대.」

"사실 방금 경찰서 접수대에 낯선 제복 경찰이 저를 찾으러 왔습니다."

「그게 왜? …뭐야, 타쿠미, 무슨 끔찍한 생각을 하는 거야? 설마…. 아니, 그럴 리가 없지, 아무리 그래도. 손님맞이하는 직원이 얼굴을 모르는 제복 경찰은 경찰서 안에도 많아. 그리고 지금 우리 경찰서에는 수사본부가 설치돼 있어. 다른 경찰서 수사관도 지원하러 와 있고. 처음 보는 지구대 제복 경찰이 들락거려도 전혀 이상하지 않아.」

"그렇습니다. 그러니까 제복 경찰 모습으로 침입해도 아무도 이상하게 생각하지 않겠죠. 여우는 그런 경찰서의 내부 정보를 타카하시 씨의 손가락을 절단하며 들었을 가능성이 있습니다."

「시영 주택의 주민인 안경 쓴 여자, 그다음은 지구대의 제복 경찰인가?」

"아무튼 그놈은 교활합니다. 반장님도 조심하십시오."

「어어, 그래. 거기도 조심해.」

타쿠미는 전화를 끊고 휴대전화를 노가미에게 돌려주었다.

"통화 내용 들었어? 콘도반은 아직 여우의 소재를 파악하지 못했어. 경찰서 1층 로비에 있는 CCTV 영상을 봐야겠어. 그리고 감식반을 불러서 접수대 내선 전화에서 지문을 채취하고 여우의 아파트 문손잡이에 남은 지문과 대조해보라고 해. 만약 여우가 아직 경찰서 안에 있다면, 경찰서의 모든 입구를 봉쇄해서 잡을 수 있을지도 몰라. 어떻게 할까?"

「말했잖습니까. 저는 자키 씨의 오른쪽 눈과 타쿠미 씨의 감을 믿는다고요. 아래에서 기다리세요. 당장 가겠습니다.」

「타쿠미 씨, 저도…」 아직 연결돼 있는 전화기에서 오자키의 목소리가 들렸다.

"아니, 오자키. 너는 미제사건 전담팀 문을 잠그고 거기서 움직이지 마. 타카하시 씨를 고문해서 정보를 얻고 여기에 침입한 걸 보면, 여우가 만나고 싶어 하는 사람은 나, 그리고 너야."

제5장

침입

1

"알겠습니다. 조심하세요."

오자키는 들고 있던 수화기를 내려놓았다. 의자에서 일어나 문을 잠그려고 뗀 걸음을 멈췄다. 코우키가 서둘러 나간 문이 반쯤 열려 있었다.

옥상을 지나온 빛이 높은 붙박이창을 통과해 입구 근처에 비쳐 들었다. 작은 먼지가 빛을 받으며 마치 살아 있는 것처럼 공중에서 춤췄다. 그 빛이 제복 모자챙을 내린 채 살짝 고개를 숙이고 서 있는 제복 경찰에게 스포트라이트처럼 떨어졌다.

"저놈이 어느 틈에." 들리지 않게 입속에서 중얼거렸다.

사사즈카 가족의 아파트에서 느낀 공포가 되살아났다. 몸은 솔직하다. 등이 얼어붙고 다리가 뻣뻣해졌다. 고요한 방에 에어컨 소리만 유독 시끄럽게 들렸다. 오자키는 자연스럽게 행동하라고 자기 자신을 타일렀다. 정체를 알아차린 티를 내지 않으려고 떨리는 목소리를 누르며 물었다.

"수고 많으십니다. 무슨 용건 있으세요?"

제복 경찰이 모자챙을 손가락으로 잡고 고개를 들었다. 챙에 가렸던 그 텅 빈 눈이 오자키를 응시했다. 제복 경찰은 여우였다.

"타쿠미 타쿠미 경위님 계십니까?"

아래로 내리깐 톤, 하지만 절대 낮지는 않은 목소리가 들렸다.

"타쿠미 경위님은 지금 외출하셨는데요."

오자키는 책상 위 서류를 정리하며 아무렇지 않게 전화 수화기를 집어 들었다.

"지금 연락해 드릴게요. 무슨 용건이세요…?"

눈을 맞추지 않고 평온한 척 대응했지만, 말끝이 흐려지고 수화기를 든 손이 떨렸다.

"아니요. 안 계시면 나중에 다시 오겠습니다."

여우가 고개를 숙인 채 걸어가다가 좌우 양쪽으로 열리는 문 앞에 서서 걸음을 멈췄다. 오자키는 사사즈카 가족에게 범행을 저지른 이후에, 지금처럼 문 앞에 우두커니 서 있던 뒷모습을 떠올렸다. 어깨가 희미하게 떨리더니, 조용한 웃음소리가 들려왔다. 열려 있던 문을 닫고 손잡이 아래에 있는 잠금장치를 돌려서 문을 잠갔다.

"…까꿍. 안 되지, 안 돼." 뒤돌아본 여우가 웃었다.

여우가 허리를 숙이고 옷자락을 걷었다. 발목에 착용한 홀스터에서 칼을 뽑아서 문 옆 바닥에 뻗어 있는 전화선을 잘랐다. 쓰고 있던 모자를 소파에 내던졌다. 전체를 하얗게 탈색하고 좌우 옆과 목덜미를 짧게 깎아서 정수리 쪽만 기른 머리카락이 흔들렸다.

"내가 가짜라는 걸 어떻게 알았어?" 머리가 하얀 여우가 물었다.

"수상한 침입자가 있다고 아래에서 전화로 경고가 왔어. 그리고 경찰서 안에서 얼굴과 그 머리를 감추려고 한 거겠지만, 경찰은…."

오자키는 손에 들고 있던 수화기를 내려놓고 오른쪽 손목에 찬 시계를 강하게 쥐었다.

"경찰은 교통 근무 같은 게 아닌 이상, 실내에서 모자를 쓰지 않아."

"아, 그렇구나. 공부가 되네요."

장난스럽게 팔을 구부려서 칼을 든 왼손으로 경례했다.

"내친김에 말하자면 거수경례는 반드시 오른손이야. 그리고 실내에서 모자를 썼을 때는 15도 경례, 그러니까 고개를 숙여서 인사해."

"뭐야, 그게? 그놈의 규칙, 규칙. 숨 막혀!"

여우가 발치에 있는 쓰레기통을 찼다. 타코야키를 담았던 용기가 주변에 흩어졌다. 벽에 부딪혀 튄 원기둥형 쓰레기통이 큰 소리를 내며 바닥을 굴렀다. 사사즈카네 아파트와 시영 주택에서는 목소리를 들을 수 없었다. 처음 들은 여우의 목소리는 상상하던 것보다 높고 중성적이었고 말투는 어린애 같았다.

그동안 방관자라고 선을 긋고 딴 세상의 일처럼 안전한 장소에서 여우의 범행을 봤다. 오자키에게 여우는 오른쪽 눈이 보는 시공간에만 있어서 절대 만질 수 없는 환상의 괴물 같은 존재…였다.

그런데 시공간의 균열에서 벗어나 현실 세계에 나타난 여우가 눈앞에 서 있었다. 왼손에 쥔 칼이 낯익었다. 피투성이인 여우가 엄마 카요코의 등을 밟고 뛰어오던 광경이 뇌리에 되살아났다. 몸을 통과해서 리쿠토를 덮치는 것을 막지 못했다. 그 무력감에서 오는 원통함이 오른쪽 눈에 새겨져 있었다.

이것은 현실이라고 자기 자신을 타이르며 그것을 받아들이고 마음을 다지는 수밖에 없다. 이 현실 세계에서는 칼에 찔리면 통증이 느껴지고 피가 흐른다. 그리고 방관만 하면 살해당한다.

"네가…, 마츠나가 료고지?" 떨리는 목소리를 누르며 물었다.

갖고 있는 첫 번째 카드를 꺼냈다. 지금 오자키가 할 수 있는 것은 여우가 여기에 있는 것을 누군가가 알아차릴 때까지 오른쪽 눈이 본 정보라는 카드로 시간을 버는 것뿐이었다.

"와, 오랜만에 그 이름으로 불려 본다." 그렇게 말하며 하얀 앞머리를 쓸어올렸다.

"그 머리는 진짜야?"

"미용실에서 탈색했어. 어때? 잘 어울려?"

사사즈카 가족의 아파트에서 본 3년 전 여우는 삭발한 상태였고 눈썹도 없었다. 다시 본 그 얼굴은 여자로 변장해도 손색없을 만큼 고왔다. 외모가 반듯해서 그가 저지른 살인죄는 더 끔찍하게 느껴졌다.

"왜…, 뭘 하러 여기에…."

"글쎄. 굳이 말하자면, 호기심? 너희도 나를 만나고 싶었잖아."

여우는 화이트보드에 붙어 있는 몽타주를 떼어 내서 칼로 갈랐다.

"정성스레 이런 것까지 만들고 말이야."

테이블 위에 놓인 몽타주 다발을 보고 높은 천장을 향해 던졌다. 서른 장쯤 되는 전단지가 흩어지며 천천히 춤췄다. 여우가 그것을 올려다보며 미소 지었다.

오자키는 그 틈에 책상에 놓인 휴대전화 잠금을 해제했다. 통화 내역에서 타쿠미의 이름을 터치하고 서류 아래에 밀어 넣었다.

여우가 바닥에 떨어진 몽타주를 밟았다.

"그리고 이 엉터리 몽타주를 만든 목격자라는 놈을 만나 보고 싶었거든. 어서 말해. 어디 사는 누구야? 나를 봤다는 게."

"만나서 어쩌려고?"

"경찰은 참 무서워. 범인을 잡기 위해서라면 무슨 짓이든 해도 돼? 위증, 날조, 꾸며 낸 얘기 아니야? 시영 주택 주민? 누가 건너편 동에서 나를 보고 있었다고? 목격자가 있긴 있어? 정말 있으면 지금 당장 데려와, 여기에."

"그래서…, 그 칼로 죽이려고?"

여우가 칼날에 손가락을 대고 잠시 생각하다가 씨익 웃었다.

"아줌마, 말이 심하네. 나는 만나서 얘기를 듣고 싶을 뿐이야. 어서 말해."

"그럼 타쿠미가 여기 있다는 얘기는 누구한테 들었어?"

"누구면 뭐 어때? 게다가…."

여우가 조바심 내며 갑자기 소파 등받이에 칼을 찔렀다. "물어본 사람은 나야. 질문에 질문으로 답하지 마!"

오자키는 사사즈카 가족의 아파트에서 본 유이의 가슴에 깊이 꽂힌 칼을 떠올렸다. 여우는 시선을 오자키에게 던진 채 소파를 찢으면서 천천히 걸었다. 지이익 하며 칼이 소파 가죽을 찢는 소리가 들렸다. 찢긴 자리에서 밀려 나온 하얀 우레탄이 내장처럼 밖으로 나왔다. 그것을 보고 여우가 씨익 웃었다.

"아줌마, 여기 있는 걸 보니까 네가 오자키지?"

"그 경찰 제복은 어디서 났어? 내 이름을 아는 걸 보니 타카하시 경장을 죽인 게 너구나?"

몇 없는 두 번째 카드를 꺼내며 여우를 노려보았다.

2

엘리베이터 문이 열리고 코우키가 내렸다.

"타쿠미 경위…."

휴대전화를 귀에 댄 타쿠미가 손가락을 세워서 말을 막았다.

"미제사건 전담팀에 여우가 침입했습니다. 오자키를 칼로 위협하고 있어요."

"뭐? 방금 내가 방에서 나왔을 때는 오자키뿐이었는데."

"7층 복도 구석이나 맞은편 화장실에 숨어 있다가 서장님이 나가자마자 바로 침입한 것 같습니다. 전화가 와서 받아 보니까 여우와 대치하는 오자키의 대화 소리가 들렸습니다."

타쿠미가 휴대전화를 스피커폰으로 설정했다.

「一그 칼로 죽이려고?」 오자키와 여우의 목소리가 들렸다.

"확실하군." 코우키는 턱을 검지로 긁으며 잠시 입을 다물었다.

"저기, 죄송하지만, 서장님, 지금은 생각할 시간이 없는데…."

휴대전화 대화를 들으며 사태를 파악한 노가미가 뒤에서 진언했다.

"알아. 근데 잠깐 기다려 봐." 코우키가 손을 들었다.

휴대전화를 들고 당장 뛰어갈 것처럼 안달이 난 타쿠미가 큰 소리를 냈다.

"서장님은 일단 남아 있는 형사과 전원을 모아서 총을 장착하도록 준비하시고, 저랑 노가미는 2층에서 총을 받아서 미제사건 전담팀으로 가겠습니다!"

"일단 기다려, 둘 다."

지시를 듣지 않고 황급히 뛰쳐나가려고 하는 타쿠미와 노가미를 코우키가 막았다. 가까운 전화 수화기를 잡고 전화를 걸었다.

"현경찰 본부죠? 저는 토사카 경찰서 서장 후카자와 코우키입니다. 토가시 마사유키 본부장님과 얘기하고 싶습니다. 네, 아니요, 긴급한 일이라고 전해주십시오."

코우키가 전화 수화기를 누르며 돌아보았다.

"본부에 '특수반' 출동을 요청하겠습니다. 이건 형사과 수사관 여럿이 쳐들어간다고 해결될 사안이 아닙니다. 여우는 총을 갖고 있어요. 이건 실시간 특수범죄에 대응하는 전문가에게 맡겨야 합니다."

출동을 요청하려고 하는 '특수반'은 N현 경찰본부 형사부에 소속된 특수 사건 대책반이다. 현경찰 내의 정예 경찰로 구성돼 있고, 납치나 인질 농성 같은 특수범이 일으키는 실시간 사건을 전문으로 대응하기 위해 현경찰 본부에 설치되었다.

"네. 토사카 경찰서 서장 후카자와 코우키입니다. 긴급 대처가 필요한 건이 있어서 전화 드렸습니다. 방금 저희 경찰서 7층 미제사건 전담팀에 수상한 자가 침입했습니다. 인질 농성입니다. 수상한 자의 이름은 마츠나가 료고. —네, 한 명입니다. 여자 수사관 오자키 사에코 경사가 인질이 됐습니다. —칼로 무장한 상태입니다. 이 실행범은, 아직 확실한 증거는 나오지 않았지만, 오늘 새벽에 일어난 미도리야마 파출소 타카하시 경장을 살해한 범인이 아닐까 싶습니다. —네, 그렇습니다. 뺏긴 장비를 몸에 지니고 제복 경찰로 변장해서 이 경찰서에 침입했습니다. —네, 당연히 타카하시 경장에게서 뺏은 총도 소지한 걸로 추측됩니다. 긴급히 특수 사건 대책반을 출동시켜 주십시오. 네? 아니요, 이건 훈련이 아닙니다. 네, 알겠습니다. 잘 부탁드립니다."

"어떻게 됐습니까?"

"지금 위에서 협의 중이야. 다시 연락이 올 거야. 늘 그렇지만 행동이 굼떠."

"서장님, 여우가 도망칠 만한 경로는 그리 많지 않습니다. 경찰 제복을 입고 당당히 나가든지, 옷을 갈아입고 패닉에 빠진 일반 시민 틈에 섞여서 도망칠 겁니다. 기회가 있다면 그 둘 중 하나예요. 여우가 농성을 시작하면 그때는 '특수반'이 대응하도록 맡기겠지만, 시간이 걸립니다. 지금 할 수 있는 일은 경찰서 출입구를 감시해서 도망치려고 하는 여우를 붙잡는 겁니다." 타쿠미는 휴대전화를 귀에 대면서 말했다.

"저도 같은 생각입니다. 그럼, 으음, 자네는…."

"수사1과 콘도반 노가미 소타 순경입니다." 노가미가 허리를 세우고 군기가 바짝 든 자세로 대답했다.

"좋아, 노가미 순경. 자네는 형사과로 돌아가서 전화에 대응할 인원만 남겨 두고 수사관들과 지구대에 남아 있는 전원에게 총을 챙기고 제2 회의실로 모이라고 전해. 그리고 전원에게 배포할 여우의 사진 복사본을 준비해."

"알겠습니다. 바로 하겠습니다." 노가미는 엘리베이터 옆 계단으로 달렸다.

같이 움직이려고 하는 타쿠미를 코우키가 불러 세웠다.

"잠깐 기다려, 타쿠미 경위. 경위는 여우와 인질 협상을 담당해 줘야겠어."

"서장님, 현경찰 본부 전화입니다." 여직원이 걸려온 전화를 코우키에게 내밀었다.

"네, 서장 후카자와입니다. —맞습니다. 그리고 사건 현장은 7층입니다. 옥상 출입구와 연결돼 있습니다. 경비부에 저격반 파견을 요청할 수 없을지—. 네, 이건 만일의 사태에 대비하기 위해서입니다. 잘 부탁드립니다. —네, 아직 범인의 요구는 나오지 않았습니다. 지금부터 우리 수사1과 형사가 협상에 임할 겁니다. 자세한 정보는 저희 쪽 3층 제2 회의실을 이 사건의 대책 지휘 본부로 삼고 다루겠습니다. 잘 부탁드립니다."

코우키가 전화를 끊고 손뼉을 치더니, 1층에 있는 총무과 직원들에게 지시를 내렸다.

"자, 여러분, 일단 하던 일을 멈추고 들으십시오. 긴급 사태입니다. 7층에 수상한 자가 침입했습니다. 우선 전화에 대응할 인원 몇 명만 남고 다른 직원들은 모두 경찰서 안을 돌면서 이 건물에 남아 있는 일반 시민을 밖으로 내보내 주십시오. 단, 7층에는 절대 접근하지 마세요."

코우키가 막힘없이 지시를 내리고 타쿠미에게 다가가서 목소리를 낮췄다.

"타쿠미 씨는 미제사건 전담팀에 가서 인질을 풀어달라고 협상해 주세요. '특수반'에서 올 협상자를 기다릴 시간이 없습니다. 여우가 소지한 흉기가 있는지, 침입한 목적은 뭔지 알아내 주세요. 하지만 부디 무리하지 마세요."

"알았어. '특수반' 배치는 언제쯤 끝나?" 자기도 모르게 목소리가 커졌다.

"진정하세요. 조바심 내도 달라지는 건 없어요. 현경찰 본부는 지금 '특수반'을 준비하고 있습니다. 하지만 경비부 저격반은 우선 책임자를 파견하고 사건 내용을 들은 뒤에 어떻게 할지 그쪽에서 판단할 겁니다."

"결단이 느린 건 매번 똑같지만, 좀 서두르라고 해."

"지리적으로 가깝기는 하지만, 배치가 끝날 때까지는 일러도 한두 시간 정도. 저격반이 저격 포인트를 찾아서 가까운 건물에 자리를 잡으려면 그보다 더 걸리겠죠. 그것도 경비부의 허가가 순조롭게 나왔을 때의 일입니다."

"알았어. 조금이라도 시간을 벌어야겠네."

"위에서는 아직 여유를 사사즈카 일가 살해범으로 보지 않습니다. 그리고 타카하시 경장 살해 사건도 아파트 CCTV 영상은 있지만 확실한 증거는 없습니다. 타쿠미 씨가 자리를 뜨자마자 압수 수색 영장을 콘도 반장에게 보냈습니다. 그 집에서 확실한 증거가 나오려면 조금 더 시간이 필요할 겁니다. 조금 전에는 '특수반' 출동을 앞당기려고 궤변을 늘어놨습니다. 본부는 경비부에서 저격반을 파견하기에도 시기상조라고 생각하는 것 같습니다. 조직이 크면 우유부단한 윗선에 휘청거리기 마련이죠. 이대로 여우가 도망쳐서 다 헛수고가 된다 해도, 미리 대비해야 합니다. 여기에는 자키 씨의 목숨이…."

"알아. 그 사나운 망아지 같은 녀석이 얌전히 인질로 잡혀 있을 것 같지는 않지만. 아무튼 쳐들어갈 준비가 끝나면 7층 엘리베이터 홀에 '특수반'을 일단 대기시켜. 거기면 미제사건 전담팀에서 직통으로 보이지는 않을 거야. 우선 여우를 설득해볼게. 내가 지시할 때까지 강행 돌입은 시키지 마."

"알겠습니다. 자키 씨를 잘 부탁드립니다."

타쿠미는 작게 고개를 끄덕였다.

3

"타카하시 경장이 누구야? 어? 혹시 타카를 알아?"

"뻔뻔하기는. 손가락까지 자르고 고문해서 여기 상황을 알아냈으면서."

여우는 얼굴에서 웃음기가 사라졌다. 캄캄한 어둠을 담은 눈을 가늘게 떴다.

"…재깍재깍 말하질 않잖아. 나도 그런 짓 하고 싶지 않았어. 그래 놓고 용서해 달라고 눈물까지 흘릴 줄이야. 진짜 웃겨."

"왜 죽였어? 너는 타카하시 경장이랑 아는 사이였잖아."

"타카는 내가 예전에 일하던 가게 단골이었어. 여기 상황 말고도, 이것저것 많이 가르쳐줬어."

여우가 책상 위에 있는 전화기를 집어서 자신의 여장 사진이 띄워진 모니터에 던졌다. 큰 소리와 함께 모니터가 깨지면서 전화기와 함께 책상 너머로 떨어졌다.

"그런데 겨우 낡아빠진 주택을 불태운 것 가지고 요란이나 떨고. 여기저기 들쑤시다가 결국 집 위치까지 알아낼 줄은 몰랐어."

전화선에 걸려서 책상 위에 있던 서류가 흩어졌다. 숨겨 둔 휴대전화가 바닥에 떨어졌다. 오자키가 잽싸게 숨기려고 앞으로 걸음을 뗐다.

"어이쿠, 움직이면 안 되지!"

여우가 쪼그려 앉아서 통화 상대의 이름이 표시된 휴대전화를 보았다. 왼손에 든 칼은 오자키를 향한 채였다. 지금이라면…. 쪼그려 앉은 여우를 제압할까 고민했지만, 무서워서 몸이 움직이지 않았다.

"와, 아줌마, 보기와 다르게 속이 시커멓네." 눈을 치켜뜨며 오자키를 노려보았다.

여우가 휴대전화를 줍더니 통화 중인 화면에서 스피커폰 버튼을 눌렀다. "타쿠미 씨, 잘 엿듣고 있어? 대답해."

「…」 휴대전화에서는 타쿠미의 희미한 숨소리만 들렸다.

"대답하기 싫으면 됐어. 잘 들어. 여기에 접근하지 마. 안 그러면 이 오자키라는 아줌마, …죽어."

여우가 휴대전화를 바닥에 내던지고 일어나서 여러 번 발로 밟아 으스러뜨렸다. 액정화면에 금이 가고 깨진 부품이 주변에 튀었다.

"가지가지 하네."

여우가 허리를 숙이고 칼을 들이밀었다. 오자키는 코우키의 책상 위에 있던 검은 접이식 우산을 쥐고 비스듬히 자세를 취했다. 오른쪽 눈을 가리던 안대를 쥐어뜯듯이 벗었다. 뒤에서 빛이 쏟아졌다. 과부하가 일어날 위험성은 있지만, 아무리 어중간한 간격

이어도 전혀 파악하지 못하는 것보다는 나을 것이다. 이 상태면 기절해서 쓰러지기도 전에 칼에 목숨을 잃을 것이다.

통화 내용을 들으면서 달리던 타쿠미가 멈춰 섰다. 2층 총기 보관실로 이어지는 복도에서 형사과에 남아 있던 수사관들과 마주쳤다. 노가미도 함께였다.

"왜 그러세요, 타쿠미 씨?"

"전화가 끊겼어. 노가미, 휴대전화가 연결돼 있는 걸 들켰다고 서장님한테 전해줘. 나는 지금 미제사건 전담팀에 갈 거야."

"안 돼요. 여우는 총을 갖고 있어요. 무기도 없이 협상할 생각이세요?"

"괜찮아. 어차피 지금의 내 사격 실력이면 여우는커녕 토끼도 못 맞혀."

타쿠미는 오던 방향으로 돌아갔다. 엘리베이터는 6층을 표시했다.

"제기랄."

타쿠미는 엘리베이터 홀 옆에 있는 계단을 뛰어 올라갔다.

4

"여기는 경찰서고, 주변은 경찰투성이야. 네가 침입한 건 이미 다들 알아. 나무를 숨기려면 숲속에 숨기라는 말이 있지. 경찰들 틈에 섞여 있다가 도망칠 생각이었나 본데, 아쉽네. 자백할 마음이 없으면 철창문이 닫히기 전에 얼른 도망가는 게 좋을걸."

흥, 하며 여우가 코웃음 쳤다. 자료 선반 세 개가 늘어선 코너로 걸어가서 갑자기 맨 안쪽에 있는 자료 선반에 걸린 사다리를 잡고 온 체중을 실어 잡아당겼다. 선반 위쪽에 힘이 가해져서 흔들리다가 순식간에 기울었다. 안쪽 선반이 나머지 선반을 향해 도미노처럼 엎어지자, 맨 앞에 있는 큰 자료 선반까지 소리를 내며 바닥에 쓰러졌다.

선반에 놓여 있던 자료 상자들이 떨어져서 안쪽으로 열리는 문 앞에 바리케이드를 만들었다. 먼지가 날려서 방 안을 부옇게 채웠다. 여우가 쓰러진 선반과 상자 더미를 넘어서 문 옆 우산꽂이에 있던 우산을 좌우로 열리는 문손잡이에 빗장처럼 찔러 넣었다.

바리케이드 위에 올라간 여우가 뒤돌아서 오자키를 내려다보며 조소했다.

"아직도 모르겠어? 누가 사냥감이고 누가 포식자인지? 철창에 갇힌 건 내가 아니야. 아줌마…, 너야."

오자키는 여우에게 시선을 고정한 채 뒤로 걸었다. 타쿠미의 책상 위에 있던 박스 테이프를 집어서 재빨리 접이식 우산에 친친 감았다.

"흥, 그런 걸로 뭘 어쩌려고?" 여우는 오자키가 든 우산을 보며 웃었다. "타카한테 그럴 생각은 없었어. 하지만 나를 방해하는 건 용서 못 해. 그리고 너희는 아무래도 나에 대해 너무 많이 아는 것 같아."

"그래, 전단지도 모니터도 봤지? 너의 정보는 이미 모든 경찰한테 들어갔어. 이제 어디에도 도망칠 곳이 없다는 걸 알겠지? 얌전히 투항해."

전력으로 여우를 쫓아 움직이는 것은 현경찰도 아니고, 관할서에서도 수사관 일부뿐이다. 하지만 지금은 블러핑으로 여우에게 압박을 가하는 수밖에 없었다. 지금 오자키가 여우에게 대항할 수 있는 수단은 오른쪽 눈으로 본 3년 전 정보와 손에 쥔 접이식 우산뿐이다.

히죽거리던 여우가 칼로 손장난을 치며 바리케이드 위에서 내려왔다.

"그래? 그래서 뭐? 잘난 척하지 마, 아줌마."

오자키는 오른발을 살짝 앞으로 내밀고 비스듬히 자세를 취한 채 우산을 앞에 들었다.

여우가 칼을 쑥 내밀었다. 위아래로 두세 번 페인트를 반복하며 오자키와 거리를 좁혔다. 칼을 마주하기가 겁나서 도망치고 싶은 충동에 휩싸였다. 다리가 얼어붙고 몸이 생각대로 움직이지 않았다. 방어할 때마다 찢어진 우산 천이 팔락팔락 바닥에 떨어졌다. 페인트인 것을 알면서도 떨어진 천의 수만큼 공포에 마음이 깎여 나갔다.

오자키는 크게 숨을 뱉었다. "상대에게 휘둘리지 마." 할아버지의 목소리가 들렸다.

그 순간, 칼이 오자키의 목덜미를 파고들었다. 지금까지 본 페인트와는 달랐다. 이 궤도를 사사즈카 가족의 아파트에서 봤다. 여우의 입에서 훅하고 숨이 새어 나왔다. 오자키는 잽싸게 상반신을 틀었다. 허리를 숙이고 오른손으로 팔을 쳐서 칼을 받아넘겼다. 순간 균형을 잃은 여우의 목덜미를 들고 있던 우산으로 찔렀다. 우산살이 휘는 느낌이 손에 전해졌다.

여우가 참지 못하고 목을 붙잡으며 기침했다. 무릎을 꿇고 바닥에 손을 짚었다. 왼팔을 잡고 제압하려고 등 뒤로 달려들었다. 하지만 수를 읽혔다. 여우가 웅크린 자세 그대로 허리를 돌려서 칼을 내질렀다. 오자키는 재빨리 몸을 틀었지만, 속도가 붙어서 제대로 피하지 못했다. 칼끝이 셔츠를 찢고 왼쪽 옆구리를 스쳤다. 뜨거운 통증이 번져서 자기도 모르게 숨이 새어 나왔다. 몸을 비튼 만큼 균형을 잃고 바닥에 쓰러졌다.

재빨리 일어섰지만, 복부에 찌르는 듯한 통증이 퍼졌다. 상처를 더듬는 왼손 손가락 끝에 끈적하고 따뜻한 것이 닿았다. 상처가 어떤지 확인하려고 시선을 내렸을 때, 사사즈카 일가가 살육당하던 광경이 뇌리를 스쳤다. ―또 온다. 몸이 무의식적으로 반응해서 목덜미를 우산으로 방어했다. 끼기긱, 끼긱. 여우의 칼이 우산살을 깎는 소리가 귀 바로 옆에서 들렸다. 칼의 기세에 눌려 힘에 밀렸다. 조금씩 몸이 기울었다. 왼발로 버티고 서서 오른발을 들고 여우의 발등을 밟았다. "윽." 여우가 참지 못하고 소리를 내며 뒤로 물러섰다.

오자키는 옆구리를 누르며 다시 허리를 숙이고 우산으로 공격 자세를 취했다. 아드레날린 때문인지 감각이 예민해졌다. 흘러나온 피가 손가락을 타고 바닥에 떨어지는 것을 느꼈다. 상처를 보고 싶었지만, 같은 실수를 저지를 수는 없었다. 통각이 마비됐는지 아픔은 그다지 느껴지지 않았다. 피가 흐르는 것을 조금이라도 막으려고 셔츠 위에서 왼손으로 상처를 압박했다.

"어라? 피 나잖아. 아프겠다."

여우가 콜록거렸다. 목에 받은 타격으로 목소리가 잠겼다. 칼에 묻은 피 냄새를 맡고 흥분한 상태였다.

"아줌마, 안 좋은 음식 먹으면서 사는구나?"

목덜미를 손으로 어루만지며 가볍게 고개를 흔들었다. 여우가 아픈 발 상태를 확인하듯 가볍게 스텝을 밟았다. 오자키가 든 우산은 칼에 깎여서 이미 너덜너덜했다. 감아 놓은 테이프가 우산이 펼쳐지는 것을 가까스로 막았다.

여우는 칼날이 새끼손가락 쪽으로 오도록 칼을 바꿔 잡고 견갑골을 돌리며 몸을 풀었다. 자신의 턱 아래에 든 칼을 오자키의 목덜미를 향해 휘둘렀다. 다시 우산으로 방어했다. 페인트였다. 내디딘 발을 축으로 허리를 돌렸지만 늦었다. 다친 왼쪽 옆구리에 주먹을 맞았다.

상처에 충격과 통증이 번져 숨을 쉴 수 없었다. 눈앞에서 여우가 씨익 웃었다. 무릎이 바닥에 닿았다. 목덜미 피부에 소름이 돋았다. 아무것도 생각하지 않고 발을 차서 뒤로 굴렀다. 목덜미를 노린 칼끝이 허공을 갈랐다. 쓰러진 채 정강이를 노리고 무작정 우산을 휘둘렀지만, 여우는 한쪽 다리를 들고 재빨리 물러났다. 고개를 들자, 여우가 칼을 치켜들고 오자키를 노려보았다.

"…좀 하네, 아줌마."

쓰러진 상태로는 불리한 것을 알고 있었다. 충동적으로 일어섰다. 급하게 내디딘 오른발이 바닥에 있던 몽타주를 밟고 미끄러졌다. 왼쪽으로 몸이 휘청였다. 여우는 그 틈을 놓치지 않고 전신을 써서 칼을 내질렀다. 자세가 무너져 있던 오자키는 뒤로 물러나는 대신 왼발을 차고 앞으로 나갔다. 놀란 여우의 눈이 휘둥그레졌다. 빈틈으로 깊숙이 들어가서 칼을 든 여우의 팔을 그대로 겨드랑이에 끼고 팔꿈치를 여우의 이마에 꽂아 넣었다. 금속음을 내며 칼이 바닥을 굴렀다.

오자키는 아드레날린 때문에 감정이 고양되고 흥분돼서 바닥에 쓰러진 여우에게 자기도 모르게 소리쳤다.

"잘난 척하지 마. 네가 칼을 쓰는 그 틀에 박힌 패턴은 몇 번이나 봤어!"

감아 놓은 테이프가 풀리며 접이식 우산이 펴졌다. 무릎을 꿇었다가 일어서려고 하는 여우에게 우산을 던지고 떨어진 칼을 주우려고 손을 뻗었다. 그 순간 여우가 뒤로 누웠다. 미제사건 전담팀에 총성이 울렸다.

총알은 펜던트 라이트를 깨고 천장 근처 벽에 구멍을 냈다. 그와 동시에 아드레날린이 불러온 오자키의 흥분도 깨졌다. 얼굴 근처를 지나간 총알의 기세에 눌려 두세 걸음 뒤로 비틀거렸다. 추격해 오듯 화약 냄새가 퍼졌다.

총성이 들렸다. 타쿠미는 7층 엘리베이터 홀에서 멈춰서 귀를 기울였다. 안주머니에 든 휴대전화가 진동했다.

「타쿠미 씨, 무슨 일이에요?」 코우키였다.

"모르겠어. 지금 막 7층에 도착했어. 오자키한테 온 전화는 아까 끊었어. 이제 협상하러 가려는데 미제사건 전담팀에서 총성이 들렸어. 코우, 총이 사용된 걸 알리면 윗선도 움직일 거야. 빨리 '특수반'과 경비부 저격반을 배치하게 해. 만약 인질 교환이 원만하게 진행되지 않으면, 여우를 옥상으로 유인할게."

「알겠습니다.」

"그리고 미제사건 전담팀의 전원을 내려 줘. 심리적으로 혼란스럽게 할 거야."

「여우를 자극해도 괜찮을까요?」

"무슨 수를 써서라도 압박을 가해서 인질 협상 조건을 늘리고 싶어."

「알겠습니다. 바로 연락 주세요.」 코우키가 전화를 끊었다.

5

여우가 소파 팔걸이에 손을 짚고 오자키에게 총을 겨누며 일어
섰다. 입가에 묻은 피를 닦고 침과 함께 입안에 고인 피를 뱉어냈
다. 피에 섞여서 부러진 이가 바닥을 굴렀다. 오자키는 한 발짝도
움직이지 않았다.

"아프네. 아아, 어금니가 나갔잖아."

바닥에 떨어진 칼을 주워서 발목에 찬 홀스터에 넣었다. 여우
가 총구를 똑바로 오자키에게 겨누며 다가왔다. 한 발짝도 움직
일 수 없었다.

3년 전 자료실 광경이 일그러진다. 몸싸움한 충격으로 오른쪽
눈의 시간이 어긋나는 것을 느꼈다.

"틀에 박힌 패턴이라니 무슨 말이야, 아줌마? 네가 뭘 안다고
지껄여?"

여우가 어깨를 눌러서 오자키는 뒤로 휘청였다. 등이 벽에 닿았

다. 여우가 내민 총구가 이마에 닿았다. 방금 탄환을 발사한 총구에는 아직 열기가 배어 있었다.

"자, 말해." 발포한 흥분으로 눈이 풀렸고 입술이 일그러졌다.

근육이 굳어서 벽에 달라붙은 것처럼 몸을 움직일 수 없었다. 총이 불러오는 위압감 때문만이 아니었다. 사사즈카 일가를 죽일 때 본, 그 구멍 같은 눈이 오자키를 노려보았다. 새까만 구멍 밑바닥에 들어찬 액체 표면에 겁먹은 자신의 얼굴이 비쳤다.

"너 형사잖아. 권총 내놔."

"난 없어."

"그럼 뒤돌아서 천천히 겉옷을 벗어."

오자키는 정장 재킷을 벗어서 책상 위에 놓았다. 여우가 오자키의 허리 주변을 뒤졌다. 갑자기 뒤통수에 둔탁한 충격이 느껴지더니 오자키의 몸이 책상 위 서류와 함께 바닥으로 굴러 넘어졌다.

여우가 쥐고 있던 권총을 책상 위에 놓고 겉옷을 들어 올려서 확인했다.

"정말 없어?"

"경찰이…, 항상 총을 가지고 다닐 거라고 생각하면 오산이야."

총 그립에 맞은 부분을 손가락으로 만졌다. 출혈은 없지만, 뒤통수부터 목덜미까지 심박수에 맞춰서 욱신거렸다.

"야, 일어나. 두 손을 앞으로 내밀어."

오자키는 손으로 책상을 짚고 일어났다. 왼손에 묻어 있던 자신의 피가 책상에 붉은 손자국을 남겼다. 옆구리를 보니 상처에서 흘러나온 피가 하얀 셔츠를 붉게 물들였다.

여우가 주머니에서 검은 케이블 타이 두 개를 꺼내서 발밑에 던졌다.

"사용법은 알지? 원을 만들어서 네 손목에 걸어. 두 개 다."

케이블 타이 두 개를 손목에 걸고 두 손을 내밀었다. 여우가 케이블 타이 끝을 잡아당겨서 이중으로 묶었다. 오자키는 복부와 뒤통수의 통증을 참지 못하고 미제사건 전담팀 안쪽 벽에 등을 댄 채 바닥에 주저앉았다.

회의 테이블 위에 책상다리를 하고 앉은 여우가 바닥에 앉은 오자키를 내려다보았다. 오른손에 총을 들고 래치를 눌러서 총의 실린더를 열었다. 탄환 뇌관에 새겨진 각인을 세며 남은 탄환 수를 확인했다. 손목을 돌려서 실린더를 제자리로 돌려놓고 총을 다시 왼손으로 쥐었다.

"왼손잡이용 권총은 없나? 귀찮은데."

여우는 마치 처음으로 장난감을 선물 받은 아이 같았다.

"빗나갔네. 연습했는데." 천장에 뚫린 총탄 자국을 보았다.

총구에 코를 대고 화약 냄새를 맡는다. 여우의 눈이 황홀한 표정을 보였다.

"못 참겠네. …어?"

갑자기 방 조명과 남아 있는 컴퓨터가 전부 꺼지고 에어컨이 멈췄다. 붙박이창에서 들어오는 빛만 어둑한 미제사건 전담팀을 비췄다. 여우의 눈에 여유가 사라지고 동요가 스쳤다. 벽에 달린 계단과 문을 본다.

"아줌마, 저 문으로 나가면 뭐가 나와?"

"…그." 목소리가 나오지 않았다. "…그냥 옥상이야. 밖으로 나갈 수는 있지만, 도주로는 없어."

문손잡이 아래에 달린 잠금장치가 돌아가는 소리가 나며 문이 열렸다. 갑자기 요란스럽게 문을 두드리는 소리가 울려 퍼졌다. 여우가 총을 오자키에게 겨눴다.

"야, 오자키, 거기 있어? 괜찮아?" 타쿠미의 큰 목소리가 들렸다.

"거기서 움직이지 마."

여우가 총을 들고 견제하며 문으로 다가갔다. 문에 몸을 부딪치는 소리가 나자, 문손잡이에 꽂힌 우산이 휘었다. 문 앞에 쓰러져 있는 선반이 삐걱삐걱 소리를 내며 움직이고 자료 상자 더미가 소리를 내며 무너졌다. 선반이 밀려서 겨우 열린 문에 틈이 생겼다. 거기에서 타쿠미의 눈이 보였다.

"시끄러워. 여기 오지 말라고 했을 텐데? 이 아줌마의 목숨이 아까우면 그 문에서 떨어져."

"너 마츠나가 료고지? 포기해. 이제 여기서 못 나가. 내가 대신 들어갈 테니까 인질을 풀어줘."

"타쿠미 씨!" 오자키가 소리쳤다.

"야, 문에서 떨어지라니까."

여우가 바리케이드 위에 올라가서 문틈으로 보이는 타쿠미에게 총구를 겨눴다.

문 너머에서 타쿠미가 여기서 나갈 수 없다고 여우에게 단언했다. 아마 경찰서 출입구를 봉쇄하고 감시 인원을 모두 배치했을 것이다. 코우키가 있지 않은가. 현경찰 본부의 특수 사건 대책반도 파견해달라고 요청했을 것이다. 여기까지 어찌어찌 시간은 벌었다.

"네가 타쿠미 씨야? 우선 손을 이쪽에 보여!"

"총은 없어."

"누가 말해도 된댔어? 천천히 겉옷 벗어! 그리고 손바닥을 펼쳐서 이쪽에 보여. 그대로 손을 들어. 그래, 그 자리에서 빙 돌아."

"알았어…."

"그래, 천천히. 천천히 돌아. 바지 자락을 들어…. 좋아. 뭐 하러 왔어?"

"너는 타카하시 경장을 강기슭에서 고문하고 내 명함을 뺏어서 여기까지 찾아왔어. 용건이 있는 상대는 나고, 그 녀석은 상관없 잖아. 풀어줘."

"타카한테 들었어. 몽타주 속 남자랑 오카자키 할아버지를 찾 는다고. 내가 굳이 여기까지 온 이유는 너한테 묻고 싶은 게 있어 서였어."

"그럼 나를 그쪽에 들여보내. 네가 묻고 싶은 게 뭔데? 인질을 풀어준다면 대답해 줄게. 말해 봐."

"홍. 내가 너희들한테 궁금한 건 이 몽타주를 만든 목격자였어. 그런데 이미 찾았어."

여우가 뒤돌아서 바리케이드를 내려가 오자키에게 성큼성큼 다 가갔다. 총을 허리에 찬 홀스터에 넣고 발목에서 칼을 꺼냈다.

"너잖아, 목격자. 어떻게, 어디까지 봤는지는 모르지만, 솔직하 게 털어놔. …안 그러면 죽어."

여우의 팔이 뒤에서 목을 감아서 오자키의 몸이 위로 들렸다. 차가운 칼날이 뺨을 쓸었다. 여우가 귓가에서 속삭였다.

"아줌마, 너 대체 정체가 뭐야?"

말과 함께 입에서 나온 묘하게 달콤한 숨이 오자키의 목덜미를 스쳤다.

"…무슨 말인지 모르겠네." 오자키는 떨리는 목소리를 목구멍 에서 쥐어짰다.

"그 녀석 말은 진짜야. 아무것도 몰라. 뭐야, 다쳤잖아. 괜찮아, 오자키?" 타쿠미가 오자키의 셔츠에 밴 피를 발견했다.

"거참 시끄럽네. 그냥 칼에 좀 베였어. 권총 탄환은 안 맞았어."

"진짜야, 오자키?"

"…네. 윽." 목에 감긴 여우의 팔이 목구멍을 막아서 숨이 막혔다.

"부탁할게. 상처를 치료하게 해줘. 그 대신 내가 인질이 될게."

"닥쳐."

목에 감긴 팔이 느슨해졌다. 오자키는 발에 힘이 들어가지 않아서 그 자리에서 무너졌다.

"…타쿠미 씨." 참지 못하고 콜록거렸다.

여우는 칼을 발목에 찬 홀스터에 도로 넣고 총을 꺼내서 타쿠미를 겨누며 바리케이드 위에 올라갔다.

"좋아, 그럼 내가 원하는 건 뭐든 준비해줄 거지?"

"뭐든 말해 봐."

"이 아줌마가 아니라면, 몽타주를 만든 목격자를 여기에 데려와. 내친김에 이 권총 탄환도 주고."

"말이 되는 소리를 해. 가능한 얘기를 하라고."

오자키는 의식이 희미해지면서도 두 사람의 대화를 들었다. 여우가 제일 먼저 물은 것도 목격자의 존재였다. 몽타주를 보고 자신이 방화한 것을 누군가가 목격했다는 생각에 등골이 서늘해졌을 것이다. 하지만 경찰에 정체를 들킨 시점에 도망칠 수도 있었을 것이다. 그런데도 잡힐 위험을 무릅쓰면서 여기에 침입했다. 여우는 왜 그렇게까지 목격자에게 집착할까?

여우가 실내조명을 올려다보며 말했다. "그럼 우선 여기 전원을 다시 켜. 그리고 목말라. 탄산수 세 병이랑 이 앞에 있는 가게에서 파는 마르게리타랑 마리나라를 하프 앤 하프로 가져와."

"그게 뭐야? 마리나 뭐라고?"

"도로를 끼고 맞은편에 있는 이탈리안 레스토랑. 아저씨, 몰라? 돌가마에 구운, 얇은 반죽이 맛있는 피자가 있어."

"알았어. 그 대신 인질을 풀어줘."

"말이 안 되는 소리 하지 말라던 게 누구더라? 꼴랑 탄산수 세 병이랑 피자 한 판으로 퉁치려고? '등가 교환'이라는 규칙 몰라? 그럼 등가로 아줌마의 손가락 세 개랑 귓불 하나를 그쪽에 보내줄 수 있는데, 어때?"

"이 개자식…" 타쿠미가 뱉으려던 말을 삼켰다.

"어? 욕했다. 못 들은 걸로 해줄게. 어서 꺼져."

"피자랑 물은 준비할게. 하지만 그 대신 그 녀석이랑 나를 교환하는 방안도 고민해 봐. 그야말로 '등가 교환'이잖아."

"너한테 이 아줌마랑 동등하거나 그보다 큰 가치가 있다면. 그게 수요와 공급, 시장의 원리, 보이지 않는 손이잖아."

6

하얀 셔츠가 붉게 물들었다. 두 손을 묶인 상태라 왼쪽 옆구리에 난 상처를 볼 수도 없었다. 이 정도 출혈량이면 옆구리에 생긴 칼자국은 그리 깊지 않을 것이다. …아마도. 현기증이 나서 휘청거리는 이유는 출혈이나 뒤통수를 맞은 탓만은 아니었다. 안대를 벗은 지 벌써 한 시간 반이 되어 간다. 하지만 이 오른쪽 눈을 뜨고 상대와의 거리를 제대로 보지 않았다면, 지금쯤 이 정도 부상으로 끝나지 않았을 것이다.

묶인 손으로 가능한 한 오른쪽 눈을 가렸지만, 두통과 현기증, 그에 따른 구역질이 나서 숨을 쉬기도 힘들었다. 오자키는 자신의 몸이 이 사건이 끝날 때까지 버텨줄지 걱정됐다. 시간은 벌었지만, 자신에게는 그 시간이 없어진 것일지도 모른다. 이대로면 칼에 찔리든 총에 맞든, 어느 쪽이든 과부하로 정신을 잃고 움직이지 못하게 될 것이다. 그러기 전에— 왜 죽었을까. 여우를 앞에 두고 그것만은 꼭 물어봐야 했다.

"3년 전…." 짜낸 목소리가 갈라졌다.

"시끄러워. 아줌마 뭐야? 피자가 올 때까지 거기 얌전히 있어."

여우가 짜증을 냈다. 조금 전부터 눈에 초점이 맞지 않았고 소파 주변을 정신 사납게 돌아다녔다. 총을 쥔 손이 계속 떨렸다.

"왜…, 3년 전에 아무 죄도 없는 사사즈카 일가를 전부 죽였어?"

오자키는 바닥에서 상반신을 일으키고 여우를 노려보며 떨리는 목소리로 세 번째 카드를 꺼냈다. 계속 초조함을 감추지 못하던 여우가 눈을 가늘게 뜨더니 얼굴을 일그러뜨리며 웃었다.

"어떻게…, 어떻게 아줌마가 그 가족까지 알아?"

"그 몽타주 전단지 봤지? 이 세상은 함부로 나쁜 짓 못 하게 돼 있어. 네가 찾는 목격자는 없어."

"역시 경찰이 날조한 거구나."

"목격자는 없어. 하지만…, 사사즈카네 아파트와 시영 주택에서 일어난 범행을 처음부터 끝까지 지켜본 '방관자'는 있어. 너, 사사즈카 일가 네 명과 타카하시 경장 말고, 사람을 몇이나 더 죽였어?"

여우의 얼굴이 순간 굳었다. 하지만 금방 히죽거리는 표정이 돌아왔다.

"오, 꽤 하네. 의외로 경찰도 유능한가 봐."

여우가 먹살을 잡고 벽에 밀쳤다. 셔츠 위에서 총구를 옆구리 상처에 대고 눌렀다. 내려다보니 상처가 벌어져서 셔츠에 붉은 얼룩이 서서히 퍼져갔다.

어금니를 악문 입에서 말이 되지 못한 신음이 새어 나왔다.

"솔직해져. 아프면 용서해 달라고 매달려도 돼. 타카처럼."

찌르는 듯한 고통에 정신을 잃을 것 같았지만, 턱 밑을 받친 여우의 팔이 오자키가 주저앉지 못하게 막았다.

"역시. 아줌마가 내 칼 놀림을 간파했을 때 눈치챘어. 목격자는 너야. 어떻게, 어디서 봤지…? 자, 얼른 자백해."

눈도 깜빡일 수 없었다. 잠시라도 눈을 돌리면 여우가 머릿속을 꿰뚫어 볼 것만 같았다. 오자키가 할 수 있는 일은 그 어두운 눈동자를 마주 노려보는 것뿐이었다.

"그런데도 목격자가 아니라고 우기고 싶다면, 말해 봐. 일가 전원이 살해당하는 걸, 시영 주택이 불타는 걸, 그냥 보기만 하고 아무것도 하지 못한, 그 비겁한 '방관자'는 어디에 있는데?"

여우가 총을 홀스터에 넣었다. 갑자기 튀어나온 왼쪽 주먹이 오자키의 턱을 때렸다. 케이블 타이에 묶인 두 손으로는 막을 방법이 없었다. 오자키의 몸이 바닥을 굴렀다.

"그럼 아줌마, 지금부터 다 말해주셔야겠어."

묶인 두 손으로 바닥을 짚고 몸을 일으키려고 하는데, 복부에 여우의 신발이 파고들었다. 옆구리 상처에는 닿지 않았지만, 내장을 도려내는 듯한 둔하고 불쾌한 통증을 느꼈다. 바닥을 구를 틈도 없이 이번에는 흉부를 걸어차였다. 폐에 남아 있던 공기가 전부 쏟아져 나왔다.

"컥, 콜록." 괴로워서 비명도 나오지 않았다.

"아줌마한테는 손가락이 아니라 귀나 코로 시험해 볼 수도 있는데, 어차피 결국에는 말할 테니까 예쁜 얼굴 그대로 있는 게 낫지 않겠어? 순순히 말 들어. 타카처럼 고집부리다가 손가락 몇 개 잃어버리기 전에. 안 그러면 결국은 울부짖으며 매달리게 될 거야…."

복부와 갈빗대에 입은 충격으로 안쪽 근육이 경련해서 폐가 움직이지 않았다. 숨을 쉬려고 입을 크게 벌렸지만, 다음 호흡을 들이마실 수 없었다.

"…제발 죽여 달라고 하겠지."

오자키는 이를 악물며 두 팔꿈치를 앞에 대고 몸을 지탱했다. 케이블 타이로 묶인 손이 가늘게 떨리고 이마에서 흐른 땀이 눈물과 함께 바닥에 떨어졌다. 그대로 정신이 아득해져서 옆으로 쓰러졌다.

드디어 폐로 흘러들어온 산소를 갈구하며 탐닉하듯 호흡을 반복했다.

7

같은 층에 있는 귀빈용 특별 응접실부터 7층 엘리베이터 홀까지 전화와 전원 배선이 이어졌다. 검은 방탄조끼, 어깨와 무릎에는 패드, 권총집에는 자동 권총을 장착했고, 팔에는 챙이 달린 헬멧을 안은 검은색 일색인 특수반 대원들이 모여 있어서 숨이 막힐 정도로 긴박한 느낌을 풍겼다. 벽에는 방탄 방패가 기대어 서 있었다. 늘어선 긴 테이블 위에는 특수총과 섬광탄, 파이버스코프, 무전기 같은 장비와 함께 노트북 세 대가 놓여 있었다.

전자음이 울리더니 엘리베이터 문이 열렸다. 피자 상자를 두 손에 들고 배낭을 멘 노가미가 보였고, 그 뒤에서 대원 한 명이 봉처럼 둥글게 만 종이를 손에 들고 내렸다. 홀에 있던 특수반 전원 사이에 긴장감이 번졌다.

"타쿠미 씨, 사왔어요."

그런 분위기를 눈치채지 못했는지 태연한 노가미가 피자 상자와 탄산수가 든 하얀 비닐봉지, 어깨에 멘 배낭을 테이블 위에 올려놓았다. 이 상황과 어울리지 않는 피자 냄새가 주변에 퍼졌다.

"이거…." 노가미가 배낭에서 총과 방탄조끼를 꺼내서 타쿠미에게 건넸다.

"총은 보관 창고에 도로 넣어 놔. 만약 협상하다가 오자키와 나를 인질로 교환하게 되면, 총이 어이 없이 여우한테 넘어갈 테니까."

타쿠미는 총을 노가미에게 돌려주고 방탄조끼만 받아서 입었다.

"이분은…." 노가미가 엘리베이터를 타고 같이 내려온 대원을 소개했다.

"전선 지휘를 맡은 특수 사건 대책반, 수사1과 소속 스기하라다."

몸은 다부지고 입과 이마에 거칠한 수염을 기른 스기하라가 악수를 청했다. 타쿠미가 손을 잡자, 스기하라는 손가락 뼈가 뿌드득 소리를 낼 정도로 손에 힘을 주었다.

타쿠미도 자기 소개를 했다. 스기하라가 날카로운 눈빛으로 타쿠미를 빤히 보며 부하에게 둥글게 만 종이를 건넸다. 엘리베이터 홀에 놓인 책상에 그 종이가 펼쳐졌다. 시선 끝에 들어온 것은 미제사건 전담팀을 포함한 7층과 옥상의 평면도였다. 무전이 연결되어 부하가 스기하라에게 무전기를 내밀었다. 스기하라가 무전 너머에 있는 인물과 대화를 시작했다. 대원들이 컴퓨터 세 대 중 가운데 것을 켜자, 옥상을 찍은 실시간 영상이 모니터에 비쳤다.

"이건 경비부 저격반에 소속된 우리 대원이 찍는 실시간 영상이다. 곧 두 번째 팀도 배치될 거야. 범인과의 협상은 어떻게 됐나?"

"이제 다음 협상에 들어갈 겁니다."

"관할서는 조용히 시키는 대로 따르라는 둥 꼰대 같은 소리를 할 생각은 없어. 하지만 아래에 우리 쪽 협상 전문 인력이 와 있다. 여기 서장님한테 범인은 전문가에게 맡기라고 진언은 했는데…."

스기하라가 작게 한숨을 쉬고 턱수염을 쓸었다. 다른 대원들에 비해 팽팽한 긴장감은 없었지만, 프로 의식으로 가득 찬 냉철한 위압감 같은 것이 있었다.

"영역 싸움 하듯이 뻐기려는 의도가 아닙니다. 범인은 타카하시 경장에게 수사 상황과 수사관 이름을 알아내고 저를 지목해서 전화를 걸었습니다. 게다가 범인에 관한 정보도 몇 가지 알고 있습니다. 죄송하지만 협상은 저희 쪽에서 진행하겠습니다."

그 범인을 가장 잘 아는 사람이 바로 인질인 오자키라고 말할 수는 없었다.

테이블 위에 놓인 피자 상자를 보고 스기하라가 고개를 끄덕였다.

"그래. 이미 협상이 시작되기도 했고, 협상자가 중간에 바뀌면 범인에게 불필요한 의심을 살 수도 있으니까. 본부장님과 여기 서장님이 내린 지시이기도 하고."

"감사합니다. 위치상 미제사건 전담팀 문에서 내다보면 그쪽 복도까지는 훤히 보입니다. 돌격반이 온 걸 들켜서 범인을 자극하고 싶지 않습니다. 저희 쪽에서 신호할 때까지 이 공간에서 대기해 주십시오."

스기하라 반장의 눈썹이 꿈틀 올라갔다. 속을 꿰뚫을 듯 잠시 타쿠미를 보다가 고개를 끄덕였다.

"…그래. 기다리는 것도 우리의 일이지. 그런데 이렇게 경비부 저격반까지 행차하게 했으니 범인과 인질의 상황을 조금은 설명할 의무가 있을 텐데."

스기하라가 팔짱을 끼고 타쿠미를 노려보았다. 주변을 둘러싸고 두 사람의 대화를 듣던 돌격반 대원들도 말없이 압박했다.

"에이, 여기서 집안싸움 해봤자 해결되는 건 아무것도 없어요. 타쿠미 씨, 저도 궁금합니다. 지금 상황이 어떤지 설명해 주세요."

긴장감 속에서 둘 사이를 중재하듯 태평한 말투로 노가미가 끼어들었다. 타쿠미는 스기하라를 향해 고개를 끄덕이고 테이블 위에 펼쳐진 7층 평면도에 매직펜으로 책상과 테이블, 자료 선반, 소파 같은 실내 구조를 추가로 적었다.

"미제사건 전담팀 출입문 너머에는 바리케이드가 설치돼 있습니다. 아마 이 부분에 서 있던 자료 선반을 쓰러뜨려서 손쉽게 바리케이드를 만든 것 같습니다. 문틈으로 보인 인질은 두 손에 케이블 타이 같은 게 묶인 상태로 이 위치에 있었습니다. 그리고 인질의 왼쪽 옆구리에서 출혈이 보였습니다."

미제사건 전담팀 평면도에 있는 안쪽 벽을 가리키며 펜으로 동그라미를 그렸다.

"네? 오자키 씨가 다쳤어요?"

노가미의 당황한 목소리를 흘려들으며 이야기를 이어갔다. "말을 걸어서 본인에게 확인했습니다. 칼에 베여서 생긴 상처였고, 총상은 아니었습니다. 출혈은 멈춘 것 같았지만, 언제까지 버틸 수 있을지 모릅니다. 그리고 범인의 특징은 키 176센티, 왼손잡이. 머리는 하얗게 탈색했고, 경찰 제복을 입었습니다. 타카하시 경장에게서 빼앗은 리볼버를 소지했고, 왼쪽 발목에 찬 홀스터에 칼을 숨겨 놨습니다. 새로 들어온 정보에 따르면 범인은 실전 종합 격투기를 가르치는 체육관에 다니면서 칼 쓰는 법을 익혔다고 합니다."

"알았어. 범인은 한 명이 확실하지?"

"문틈으로 본 바로는요. 그리고 바로 조금 전까지 연결돼 있던 인질의 휴대전화에서 들린 목소리도 한 명이었습니다. 내선전화는 코드가 잘려서 먹통이고, 인질의 휴대전화도 망가져서 연결이 안 됩니다."

"연락은 취할 수 없다는 거군. 방에 배기구나 환풍기는 없나?"

"미제사건 전담팀은 나중에 증축된 곳이라 빌딩 전체와는 독립된 구조입니다. 배기구와 환풍기는 있지만, 바로 옥상과 연결돼 있습니다." 타쿠미가 평면도를 가리키며 대답했다.

"파이버스코프를 넣고 안을 들여다볼 수는 없나?"

"입구는 여기 있는 문과 옥상으로 이어지는 출구 두 개뿐입니다. 근처에 옥상으로 뛰어넘어 갈 만한 빌딩도 없고, 문과 천장 근처에 창문이 있어서 헬리콥터로 접근하면 프로펠러와 엔진 소리를 듣고 범인이 알아차릴 우려가 있습니다."

"그래서 우리는 언제까지 기다리면 되지? 습격할 타이밍은 어떻게 판단하나?"

"타이밍은 두 가지입니다. 첫 협상에서 범인이 총탄을 요구했습니다. 지금까지 확인된 정보로는 고가교 밑에서 타카하시 경장을 살해할 때 두 발, 방금 미제사건 전담팀 안에서 한 발, 총을 사용했습니다. 어디서 채워 넣지 않았다면, 이제 남은 총탄은 많아도 두 발입니다. 그러니 총성이 두 번 들리고 총탄을 다 쓴 시점이 오면, 지휘 본부의 후카자와 서장님과 협의해서 쳐들어갈 준비를 시작해 주십시오. 이게 첫 번째 타이밍입니다. 단, 칼은 남아 있습니다. 인질의 안전을 충분히 고려해서 신중히 움직여주십시오."

"당연하지. 인질을 풀어주고 범인을 제압하는 게 우리 임무야. 두 번째 타이밍은 뭐지?"

"첫 번재 협상에서는 거부당했지만, 저와 인질 오자키를 교환하자고 다시 설득할 겁니다. 그 제안이 받아들여지고 현재의 인질인 오자키가 풀려났을 때입니다."

"자네가 돌아오지 않았더라도 말인가?"

스기하라가 팔짱을 낀 채 빤히 처다보았다. 타쿠미가 고개를 끄덕였다.

"그래." 스기하라는 타쿠미의 제안을 토대로 아래에 있는 지휘 본부와 무전하며 협의했다.

"타쿠미 씨, 그리고 이거요." 노가미가 배낭을 열고 자동차 타이어를 교체할 때 쓰는 소형 기중기를 타쿠미에게 보여주었다. "대체 어디에 쓰려고요?"

"잔말 말고 빌려줘."

배낭을 뺏어서 거기에 페트병 세 개를 던져넣었다.

"타쿠미 씨, 오자키 씨를 부디 잘 부탁드립니다." 노가미가 고개를 숙였다.

"그래…."

"―그렇군요. 알겠습니다." 스기하라가 무전으로 협의를 마쳤다.

대원이 오른쪽 끝에 있는 컴퓨터를 켰다. 아직 고정되지 않은 실시간 영상이 흔들리며 흘러나왔다. 옥상 중앙에는 사람 형체가 없었다.

"두 번째 저격반에서 실시간 영상이 들어왔어. 30분 안에 저격 준비가 끝난다고 한다. 그리고 방금 말한 돌격 타이밍 제안, 본부에서도 허락이 떨어졌어."

"잘 부탁드립니다." 그렇게 말하며 타쿠미는 고개를 숙였다.

사실 타쿠미는 스기하라에게 보고하지 않은 찜찜한 점이 하나 더 있었다. 문틈으로 들여다봤을 때, 오자키가 오른쪽 눈에 안대를 차지 않은 것이 보였다. 여우가 침입한 지 벌써 두 시간이 넘게 지났다.

8

여우가 옥상으로 이어지는 계단을 올려다보았다.

"그래, 여기는 숨이 막혀. 옥상에 나가서 신선한 공기나 마시자. 아줌마, 너도 같이 가."

벽에 등을 기댄 채 주저앉아 있던 오자키는 시키는 대로 일어섰다. "윽…." 몸이 삐걱거려서 자기도 모르게 목소리가 나왔다. 걷어차인 갈빗대에 숨을 쉴 때마다 날카로운 통증이 번졌다.

여우가 등에 총구를 대자, 오자키는 휘청이는 다리로 계단을 올랐다. 문을 열고 올려다보니, 안대를 벗은 오자키의 눈에는 하얀 구름과 두 개의 태양이 보였다. 바닥에서 2미터 정도 높이인 미제사건 전담팀 벽을 따라서 청소도구함 세 개가 늘어서 있었다. 그 옆에는 빌딩 전체에서 사용하는 업무용 에어컨의 대형 실외기 여덟 대가 늘어서서 낮은 소리를 내며 가동되고 있었다. 여우가 오자키를 방패로 삼으며 벽에 등을 대고 실외기 너머 옥상을 내다보았다. 아무도 없는 것을 확인하더니 미제사건 전담팀 벽과 실외기 사이에 몸을 숨겼다.

"다른 출구는 없어? 비상계단 같은 건?"

"여기는 원래 옥상에 증축된 자료실이었어. 옥상으로 들어오는 입구는 여기밖에 없어. 포기하고 투항해."

"닥쳐! 계속 똑같은 소리 하게 하지 마."

여우가 오자키의 등을 찼다. 케이블 타이에 묶여서 낙법을 쓰지도 못하고 옥상 바닥을 구르며 벽에 등을 부딪쳤다. 그 충격으로 오른쪽 눈에 보이는 광경이 스킵되어 머리 위에 떠있던 구름이 순식간에 가을 하늘을 흘러갔다.

묶인 두 손으로 바닥을 짚고 상반신을 일으켜서 벽에 등을 댔다.

"한 번 더 묻겠는데…. 왜 아무 죄도 없는 사사즈카 가족 전원을 죽였어?"

"뭐? 죄가 없어? 그때 내가 책가방을 멘 그 녀석에게 공원에서 충고했어. 가족은 환상이라고. 그것만으로도 죄라고."

미제사건 전담팀 문 앞에서 타쿠미의 안주머니에 든 휴대전화가 진동했다.

「타쿠미 씨, 자키 씨와 여우가 옥상으로 올라간 모양입니다.」

코우키의 목소리가 들렸다.

"저격반은 어떻게 됐어?"

「저격반이 실시간 영상을 보내서 제가 지금 보고 있습니다. 한 팀은 북서쪽 빌딩에서 대기 중이고, 다른 한 팀은 옥상 중앙으로 여우를 끌어냈을 때 저격할 수 있는 포인트를 찾고 있습니다. 이제 이쪽에서 저격 허가 명령이 떨어지기를 기다리는 상황입니다. 여우는 경계하면서 옥상 문 옆에 있는 청소도구함과 에어컨 대형 실외기 뒤에 몸을 숨기고 있어서 뭘 하는지 제대로 보이지 않습니다.」

"코우, 가능한 한 여우를 생포하고 싶어."

「압니다. 경비부에 저격반을 보내달라고 요청하기는 했지만, 어디까지나 '특수반'이 주도하며 대응하고 있습니다. 인질 해방과 범인 확보가 주된 목적이니까 저격은 자키 씨의 목숨을 구하기 위한 마지막 수단입니다. 그건 '특수반'의 스기하라 계장님도 압니다.」

타쿠미는 배낭을 내리고 미제사건 전담팀 문 앞에 쪼그려 앉아서 문틈으로 안을 들여다보았다. 확실히 실내에 사람은 없었고, 천장 근처 창문 너머에 여우의 뒷모습이 보였다.

"옥상에 올라간 걸 보면 물과 피자를 달라는 요구는 그냥 시간 벌기였나? 저 자식, 내가 자기 따까리야?"

휴대전화를 내려놓고 스피커폰으로 설정했다. 바닥에 책상다리를 하고 배낭에서 소형 기중기를 꺼내 작업 준비를 하면서 휴대전화를 향해 말했다.

"코우, 지금 내가 입고 있는 방탄조끼는 성능이 어때?"

「그걸 물어봐서 어쩌려고요?」

"아니, 그냥…."

「소총 같은 관통력 높은 총에는 통하지 않지만, 여우가 강탈한 권총 정도는 막아낼 겁니다. 시험해 본 적은 없지만 맞은 위치나 거리가 너무 가까우면 골절은 올 수도 있어요.」

"그렇겠지…. 부탁이 하나 있어. 10분 후에 일반 시민들에게 경찰서 경보 벨을 1분만 울려 줘."

「이번에는 경보 벨이에요? 이미 일반인들은 거의 다 경찰서 밖으로 나갔어요.」

피자 상자를 열었다. 맛있는 치즈 냄새가 났다.

"여우가 문 너머에 바리케이드를 쳤어. 첫 번째 협상 때 알았는데, 미제사건 전담팀 바닥은 공사한 지 얼마 안 돼서 왁스가 발려 있어. 문틈에 소형 기중기를 끼우고 힘으로 열면 바리케이드가 움직일 거야. 그러면 문틈으로 몰래 안에 들어갈 수 있을지도 몰라. 그런데 옥상에 있는 여우가 그 소리를 못 들었으면 해. 1분이면 충분해."

「잠깐만요. 안에 침입할 생각이에요? 너무 무모해요.」

"옥상이면 여기서 멀어서 목소리도 안 들려. 걱정하지 마. 그냥 여우랑 협상만 할 거야."

타쿠미는 피자 한 조각을 집어서 입에 넣었다. 조금 식었지만, 바삭한 반죽에 치즈와 소스 맛이 절묘하게 어우러졌다. "저 자식, 맛을 좀 아네."

「네? 뭐가요?」

"아니, 아무것도 아니야. 방금 미제사건 전담팀을 들여다봤을 때 오자키는 오른쪽 눈에 안대를 차지 않은 상태였어. 시간이 많지 않아. 부탁해."

「하아…, 어쩔 수 없군요. 알겠습니다. 그럼 10분 후, 정확히 두시 이십오 분에 안내 방송과 함께 경보 벨을 1분간 울리겠습니다. 하지만 조심하세요. 여우가 숨어 있는 그 위치면 창문으로 미제사건 전담팀 문이 훤히 보입니다. 게다가 '특수반'도 대기 중이에요. 모쪼록 무모한 짓은 삼가주세요. 타쿠미 씨가 최전선에서 요절하시면 곤란합니다.」

"걱정하지 마. 너는 모르지만, 나는 남들보다 겁이 많은 사람이
야."

탄산수를 한 모금 마시고 휴대전화 전원을 껐다. 조금 전에 억
지로 열어 놓은 미제사건 전담팀 문틈에 소형 기중기를 끼웠다.
남은 피자를 입에 쑤셔 넣고 손목시계를 보았다.

9

'그 녀석'이 누구지…?

"책가방이라면 설마, 네가 말하는 '그 녀석'이 사사즈카 리쿠토
군이야?"

오자키는 칼에 찔리는 순간 눈을 크게 뜨던 리쿠토의 얼굴을
떠올렸다. 그것은 자신의 집에 나타난 아는 남자가 엄마를 죽이
고 자신을 공격한, 그 충격과 절망에서 오는 표정이었을까. 그 집
에서 나갈 때, 여우가 잠시 현관문 앞에 서서 보던 것은 복도 끝
에 쓰러져 있는 리쿠토였다. 그렇다면 초등학교 2학년인 리쿠토와
여우 사이에 대체 무슨 일이….

"처음 만났을 때, 그 녀석은 공원에서 주운 새끼 참새에게 지렁
이를 주고 있었어. 그래서 가르쳐줬지. 한번 둥지에서 떨어진 약
한 새끼는 다른 동물의 먹이가 되든지 쇠약해 죽든지 둘 중 하나
라고. 그게 이 세상 만물을 지배하는 법칙이라고."

"새끼 참새….'

"그렇게 말했더니, 그 녀석은 갑자기 울음을 터뜨렸어."

"리쿠토 군은 초등학교 2학년이니까 당연히 그런 이치를 몰랐겠지."

"하지만 먼저 말을 건 건 그 녀석이야. 이 참새를 구해줄 수 있냐고 진지한 눈으로 물었지. 그렇게 해주겠다니까 새끼 참새랑 같이 내 뒤를 따라왔어."

"그게 그 시영 주택 방….'

"그래. 불탄 시영 주택 505호실에서 우리는 참새를 키웠어."

여우가 먼 곳을 내다보는 눈빛으로 아무도 없는 옥상을 바라보았다. 역시 영상 '회전목마'의 첫 장면은 그 방에서 찍은 모양이다.

"…네가 '다이스'에 보낸 영상을 봤어. 첫 장면에서 참새를 감싸던 손은 리쿠토 군이었구나." 오자키는 마른침을 삼키며 네 번째 카드를 꺼냈다.

여우가 어떤 의식처럼 하늘을 올려다보며 크게 양팔을 펼쳤다.

"이것 봐. 역시 봤네, 그 영상. 다이스의 사장이 체포됐다는 뉴스가 나오고 사이트가 폐쇄됐을 때, 이제 아무한테도 보여줄 기회가 없을까 봐 걱정했어. 그럼 말이야, 내가 보낸 다른 영상들도 봤겠네?"

여우가 손으로 벽을 짚고 위에서 내려다보았다. 오자키가 보기에는 역광이어서 검은 그림자 속에 아이처럼 떠드는 하얀 치아만 보였다.

"그래서, 그래서, 그래서, 어땠어? 내가 찍은 영상."

"구역질이 나. 너, 다른 영상에 나오는 현장에서도 사람을 죽였어?"

"글쎄, 어땠을까? 너도 경찰이잖아. 남한테 물어보지 말고 직접 조사해 봐. 뭐, 아줌마가 여기를 나가서 조사할 기회가 있을지는 모르겠지만."

"영상을 보낼 때 쓴 'XV'라는 이름은 무슨 뜻이야?"

"그게 뭐가 중요해? 기억도 안 나." 여우가 대충 얼버무렸다.

계속 시치미를 떼려고 하니, 미끼를 던지는 수밖에 없었다.

"내가 갖고 있는 '방관자'에 관한 정보는 안 궁금해? 타쿠미한테는 '등가 교환' 어쩌고 했잖아."

"흐음, 듣고 있었어?"

여우가 잠시 생각하다가 입을 열었다. "아줌마한테는 코나 귀를 썰면서 물어볼 수도 있는데…. 뭐, 됐어. 'XV'는 간단해. 그냥 로마 숫자 15야. 그 이상도 이하도 아니야. 그럼 나부터…."

"네 행운의 숫자야?"

여우가 얼굴을 벌겋게 물들이고 느닷없이 오자키가 등을 기댄 벽을 찼다.

"행운? 헛소리 집어치워. 나는 운 같은 건 안 믿어." 여우의 눈이 치켜 올라가며 흉포하게 빛났다.

오자키의 얼굴 바로 옆 벽에 신발을 댄 채로 내려다보았다.

"그렇게 궁금하면 가르쳐줄게. 15는 내가 갓난아이일 때 버려진 역의 물품 보관함 번호야. 말 나온 김에 말하자면, 마츠나가 료고라는 이름은 역사 소설을 좋아하던 보육원 원장이 역 이름과 작가 이름에서 따와서 지었어. 하지만 같은 시설에서 지낸 사람들은 나를 뒤에서 료고가 아닌 '쥬고(15는 일본어로 '쥬고'라고 발음한다.)'라고 불렀지."

그 말을 듣고 오자키의 머리를 스친 것은 예전에 다룬 사건이었다. 어둡고 지저분한 공원 화장실에서 동사한 채로 발견된 갓 태어난 신생아. 탯줄이 달린 채로 분홍색 사탕 상자에 들어 있었다. 체포된 그 아이의 엄마는 어린 여고생이었다.

"사람이 살아 있으면, 많든 적든 운에 좌우돼. 너는 살아 있어. 그건 운이 좋았다는 뜻 아니야?"

"초등학생 때 원장실에 몰래 들어가서 파일 안에 있던 신문 스크랩을 읽었어. 그때 역무원이 울음소리를 듣고 찾아내지 못했다면, 그 좁고 어두운 상자 안에서 갓난아이는 죽었을 거라는 기사였어. 그건 운 따위가 아니야. 내 힘으로 개척한 운명이야. 나는 필사적으로 울부짖어서 거기서 살아남았어."

불이 꺼진 어둑한 미제사건 전담팀에 있으니 어딘가 불편하고 불안해하는 것이 얼굴에 엿보였다. 여우는 폐소나 암소공포증이 있나 보다. 굳이 도망칠 곳이 없는, 불리한 옥상을 선택해서 올라온 이유를 알 것 같았다.

"자, 이번에는 아줌마 차례야."

여우가 벽에 대고 있던 발을 떼고 턱짓하며 오자키에게 등가의 정보를 요구했다.

"'방관자'는 사사즈카 가족의 집과 시영 주택에서 네가 저지른 범행을 전부 봤어."

"그걸 어떻게 증명하지?"

"네 등에 있는 타투. 그건 어떤 의미야?"

"그건 답이 아니라 질문이잖아. 게다가 그 정보는 몽타주 전단지에 있었어."

오자키는 잠시 생각하다가 대답했다. "너는 사사즈카 가족의 아파트에서 엄마를 칼로 살해하고 복도로 올라가기 전에 신발장 앞에 벗어 놓은 리쿠토 군의 파란 신발을 가지런히 정리했어."

여우의 눈이 크게 뜨였다가 작게 오므라들었다.

"…흠, 놀랐어. 역시 정말 봤구나."

여우가 기쁘게 웃었다. 그것은 지금까지 보여준, 사람을 업신여기는 조소와는 달랐다. 그러고 보니 참새에게 먹이를 줄 때도 여우는 웃었다. 그때, 이런 식으로 웃을 줄도 아는구나 싶어서 의외라고 생각했다. 하지만 그 직후에 그 웃는 얼굴로 참새를 목 졸라 죽인 것도 기억난다.

"역시 너구나. '방관자'…"

하지만 그 웃는 얼굴은 오래가지 않았다. 갑자기 옥상 문 옆에서 경보 벨이 큰 소리로 울려 퍼졌다. 여우가 당황하며 대형 실외기 뒤에 숨었다.

「긴급 알림입니다. 긴급 알림입니다. 경찰서 내에 수상한 인물이 침입했습니다. 일반인 여러분은 담당자의 안내에 따라 신속하게 건물 밖으로 대피하십시오.」 스피커에서 똑같은 안내 방송이 세 번 반복된 뒤에 경보 벨과 함께 멈췄다. 옥상이 순식간에 조용해져서 지나가는 바람 소리와 빌딩 너머 거리의 소음이 희미하게 들려왔다.

"뭐야? 깜짝 놀랐네. 근데 아래층은 패닉에 빠졌나 봐."

벽에 있는 창문으로 아래에 있는 미제사건 전담팀을 들여다보았다. 아래층에서 허둥대는 경찰서 직원들과 일반인들을 상상했는지, 여우가 히죽거렸다. 거기에 방금 본 그 미소는 없었다. 오자키는 경찰서 안의 상태도 신경 쓰였지만, 머릿속은 여우가 말한 그 방과 리쿠토의 관계로 가득했다.

"리쿠토 군이 새끼 참새를 주워다가 필사적으로 도움을 청했을 때, 너는 둥지에서 떨어진 새끼 참새에게서 물품 보관함에 버려진 너 자신을 봤어. 그랬기 때문에 죽었어도 이상하지 않을 참새를 살려준 거 아니야? 조금 전에 너는 우리가 참새를 키웠다고 말했어. '우리'라고. 너한테 시영 주택 505호실은 집이었고, 참새와 리쿠토 군은 가족 같은 거였어. 그런데 그 두 작은 목숨을 네 손으로 끝장냈어. 대체 왜?"

여우의 눈 안에 고인 새까만 물. 그 표면에 처음으로 파문이 일었다.

"무…, 무슨 소리야, 아줌마? 나는 새끼 참새도 아니고, 그 녀석하고는 가족도 아니야. 나는 그날 공원에 떨어진 두 목숨을 주웠을 뿐이야."

"목숨을 주웠다…."

"그래. 내가 모처럼 주워줬는데 그 녀석은…. 평소처럼 공원에서 만났는데, 자기는 못 간다고 갑자기 제멋대로 굴면서 약속을 쉽게 깨버렸어."

여우의 눈이 조금씩 무언가를 호소하듯 충혈되고 눈동자에서 움직임이 사라졌다.

"그러고 보니 그때 그 녀석도 나랑 똑같은 말을 했어. 자기는 새끼 참새가 아니라고…. 나는 떨어진 새끼 참새가 아니야, 돌아갈 집도 있어, 오늘은 내 생일이고 축하해줄 가족도 있어. 그렇게 말하고 집에 돌아갔어."

사사즈카 가족의 거실 장 위에 장식되어 있던, 생일 파티 사진을 떠올렸다. 리쿠토는 종이로 만든 왕관을 쓰고 가족에게 둘러싸여 활짝 웃으며 사진을 찍었다. 살해되기 일주일 전이 마지막 생일이었다.

"리쿠토 군은 이제 막 여덟 살이 된 어린애였어."

"나이는 상관없어. 어린애든 노인이든. 인간은 혼자 태어나서 혼자 죽어 가. 그건 인간이 아닌 다른 동물도 마찬가지야. 가족이 있으면 뭐? 그러면 약속을 깨도 돼? 가족? 그게 뭔데? 나는 혼자 살아왔어. 가족은 환상이야. 그것만으로도 죄야…."

총을 쥔 여우의 손이 떨리더니, 다른 쪽 손으로 하얀 머리를 쥐어뜯었다.

"그건 성경이나 그리스 신화까지 거슬러 올라가지 않아도, 러시아 문호나 프로이트의 책을 읽지 않아도, 아줌마도 알걸. 가정 폭력부터 아동 학대, 가족 간에 일어나는 사건이 뉴스에서 끊이지 않고 나와. 범죄 통계에도 나오잖아. 살인사건 절반 이상은 부모, 형제, 배우자, 자녀, 가족 간에 일어나. 입 밖으로 꺼내지 않을 뿐이지, 가족은 죄가 많다는 걸 다들 알아. 모르는 척하면서 가족이라는 관계를 계속 이어가지. 너희 경찰들도 살인이 일어나면 제일 먼저 조사하는 게 가족이잖아?"

"그래, 피가 이어져 있는 닮은 사람들이니까 서로 참지 않고 하고 싶은 말을 다 하지. 가족이라는 관계에 기대서 서로 상처를 주고받아. 그게 점점 쌓이면 사건도 일어나. 하지만 그 상처를 치유하고 받아들이는 것도 가족이야. 리쿠토 군은 너와 한 약속을 깼을지도 모르지만, 그렇게 작은 잘못을 용서하는 것도 가족이야."

"그러니까 처음부터 말했잖아. 우리는 가족이 아니었어. 그놈의 가족, 가족. 가족이 그렇게 소중하고 중요해?"

"너한테도 언젠가 가족이 생기면…."

"귀찮아!" 여우가 눈에서 초점을 잃고 고통스럽게 미간에 주름을 만들었다. "왜…? 항상 그래. 너도 내가 가족을 모르는 불쌍한 인간이라고 생각하지? 하지만 아니야. 나는 나 나름대로 주운 목숨으로 가족을 만들었어. 몇 번이고, 몇 번이고, 몇 번이고."

"잠깐. 주운 목숨으로 가족을 만들었다니, 무슨 말이야…?"

"그래, 몇 번이나…. 하지만 나는 깨달았어. 사람은 가족이라는 이유로 무언가에 묶여서 상처를 주고받아. 이렇게 단순한 사실을 왜 몰라?"

혹시 여우는 다이스에 보낸 영상의 각 현장에서 자신의 이상에 맞는 가짜 가족을 만들었다가 부수는 것을 반복하며 살인을 저지른 것일까.

"잠깐, 잠깐. 너 무슨 소리를 하는 거야…? 책에 나오는 지식이나 통계만으로 가족의 본질을 이해하는 것처럼 말하지 마. 겨우 그런…, 그런 이유로 리쿠토 군과 그 가족을 죽였다면, 나는 전혀 이해 못 해."

흐, 흐흐…. 고개를 숙인 여우의 어깨가 떨렸다. 괴로운 표정은 사라지고, 고개를 든 여우는 어느새 웃고 있었다. 그리고 지친 것처럼 말했다. "하아, 하아…. 그래, 그렇지. 그 녀석도 그걸 이해하지 못해서…. 그래서…, 그래서 내가 도와줬어. 육친의 애정 같은 속박에서 그 녀석의 영혼을 해방시켜 줬어. 그날…."

"네가 말하는 영혼의 해방은…. 그만, 헛소리도 정도껏 해! 다른 사람의 목숨은 네 소유물이 아니야."

"뭐 어때? 내가 주운 목숨이야. 어떻게 하든 내 마음이야. 게다가 아줌마, 뭘 남 일처럼 말해?"

여우가 재빠르게 움직였다. 반사적으로 케이블 타이에 묶인 두 손을 들었지만, 늦었다. 뺨과 측두부에 여우의 신발 끝이 박혀서 그대로 바닥을 굴렀다.

"네 목숨도 내 손안에 있어."

몽롱한 의식 속에 사사즈카 가족의 샤워실에서 본 여우의 등에 새겨진 심장과 날개 타투가 떠올랐다. 영혼의 해방…. 처음으로 여우의 목소리를 들었을 때, 말투가 꼭 어린애 같다고 생각했다. 하지만 말투뿐만이 아니었다. 주식 거래로 큰돈을 벌었을 정도면 책도 읽을 테고, 지식도 있을 것이다. 머리는 나쁘지 않을 것이다. 그런데 발상과 사고방식은 어린애다. 어른이 되지 못한 과도한 순수함이 일으킨 오만하고 독선적인 사고방식와 범행.

"이…, 이 덜떨어진 애새끼가!" 오자키는 묶인 손으로 바닥을 짚고 상반신을 일으켰다. 입안이 베여서 피 맛으로 가득 찼다. 피로 물든 타액을 바닥에 뱉었다.

그날, 커피를 마시며 쉬던 야스노리, 사과를 깎으며 미소 짓던 카요코, 휴대전화로 대화하던 유이, 게임에 열중하던 리쿠토, 그리고 차례차례 피바다에 빠져 가던 사사즈카 가족 네 명의 모습. 머릿속에서 자꾸 되살아나는, 오른쪽 눈으로 본 비참한 광경. 오자키는 그 기억을 잡아 뜯어내듯, 터지기 직전인 머리를 흔들고 말을 짜냈다.

"그런…, 그런 이유로 그 가족 네 명을 죽였어?"

높은 이명이 시작되더니, 케이블 타이에 묶인 손이 떨리고 호흡이 거칠어졌다. 한쪽 무릎을 세우고 얼굴을 덮은 앞머리 사이로 여우를 노려보았다.

"나는, 네가 어디서 태어나서 어떻게 살아왔는지, 알고 싶지도 않아! 근데 한 가지는 확실히 알겠어."

"뭐? 뭔데?"

"네가 정말로 인간의 본질이 혼자라고 생각했다면, 다른 사람의 인생에 가장 깊이 관여하는 살인을 저질렀을 리가 없어. …남들이 무슨 말을 하든, 무슨 행동을 하든, 너랑 상관없다면, 내버려두면 그만이잖아. 정말로 영혼을 해방시키고 싶었다면, 참새를 창밖으로 날아가게 풀어줄 수도 있었어. 하지만 너는 사사즈카일가 전원과 참새를 그 손으로 죽였어."

당장이라도 몸이 기울어서 바닥에 쓰러질 것 같았다. 힘이 들어가지 않는 다리로 버티며 벽에 등을 기대고 조금씩 일어섰다.

"가족은 죄, 생명과 애정의 속박에서 벗어나는 해방. 무슨 애새끼 같은 소리를 지껄여? '나한테는 가족이 있다'고, 여덟 살짜리 어린애인 리쿠토 군은 당연한 말을 했을 뿐이야. 거기에 너를 향한 멸시나 동정은 없었어. …그런데 그 아무렇지 않은 한마디에 너는 리쿠토 군이 너를 얕잡아보고 배신했다고 생각했지. 약속을 깨고 가족을 선택한 리쿠토 군을 용서할 수 없었어. …그리고 부러웠겠지."

"그게 무슨…."

"세상 만물을 지배하는 법칙, 영혼의 해방…. 숭고한 명목을 내세우고 있지만, 네가 리쿠토 군과 그 가족을 죽인 동기는 그냥 질투심이야."

"뭐, 질투? …뭐라는 거야. 내가 왜?"

여우의 얼굴이 엷게 웃음을 머금은 채 얼어붙었다. 아무렇게나 손에 쥐여 있던 총구가 올라왔다. 오자키는 그것을 노려보았다.

"…인간의 본질은 혼자라고? 가소로워서 눈 뜨고 못 봐주겠네. 너는 정말 아무것도 모른다. 너는 다른 사람을 알고 싶어하고, 다른 사람이 너를 알아주기를 바라."

이제 오자키에게는 여우를 자극하지 않도록 조심할 만한 여유가 없었다.

"네가 나에 대해서, 뭘, 뭘 알아!"

"너는 네 행동이 모순인 걸 몰라. …사사즈카 가족의 집에서는 지문을 닦고 DNA도 남기지 않았어. 시영 주택에 남아 있던 모든 증거도 불태워 버렸지. 범행은 완벽했어. 그런데, …굳이 그걸 과시하듯이 그 역겨운 '다이스'라는 사이트에 'XV'라는 이름으로 영상 다섯 개를 보냈어. …네가 거기에 있다고, 갓난아이인 네가 물품 보관함 안에서 필사적으로 울부짖은 것처럼."

벽에 등을 기대고 일어서기는 했지만, 무릎이 떨려서 쓰러질 것 같았다. 손으로 벽을 짚었지만, 그대로 천천히 무너져서 바닥에 무릎을 꿇었다. 아래에서 여우를 노려보았다.

"너, 왜 여기 있어? 몽타주를 보고 정체를 들킨 걸 알았으면, 다른 데로 도망칠 수도 있었을 텐데? 그런데…, 타카하시 씨를 고문해서 정보를 알아내고, 잡힐 위험을 무릅쓰면서까지 사건의 목격자를 찾으러 여기에 왔어."

여우가 동요해서 가늘게 뜬 눈 속의 검은 눈동자가 흔들렸다.

"얄팍한 정신 분석 집어치워. 역겨워. 아줌마가 뭘 알아? 나는 아무도 모르게 태어나서 아무도 모르게 지금까지 살아왔어."

"그러니까 누가 너를 알아줬으면 하면서도, 아무도 몰랐으면 하는 거잖아. 너는 고독이라는 병에 걸린 굶주린 짐승이야. 그런 식으로 대체 뭘 찾는데? 영혼의 해방? 대체 뭘 위해서? 누구를 위해서? 그걸 위해서 몇 명을 죽이면 직성이 풀리는데?"

"닥쳐, 닥쳐, 닥쳐!"

여우의 하얀 머리가 곤두섰다. 미간에 주름이 생겼고 얼굴이 주홍색으로 물들었다. 들고 있던 총이 분노로 가늘게 떨렸다.

10

미제사건 전담팀에서 옥상으로 이어지는 문이 갑자기 삐걱거렸다. 열린 문에서 검은 그림자가 튀어나왔다. 방탄조끼를 입은 타쿠미였다. 낮은 자세로 총을 든 여우의 허리를 붙잡았다. 두 사람의 몸이 엉키며 벽에 충돌했다.

"타쿠미 씨!" 오자키가 소리쳤다.

"이, 이 새끼가!" 여우가 총 그립과 팔꿈치로 허리에 달라붙은 타쿠미의 등과 뒤통수를 때렸다.

타쿠미가 곧바로 여우의 뒤로 돌아 들어가서 목에 팔을 걸고 총을 든 손을 잡았다. 여우가 오른쪽 팔꿈치를 휘둘러 타쿠미의 옆구리를 찍었다. 옥상에서 두 사람이 뱉는 거친 숨이 얽혔다.

여우가 바닥을 차고 등에 들러붙는 타쿠미의 몸을 벽에 밀쳤다. 타쿠미의 팔이 풀어져서 두 사람의 몸이 떨어졌다. 오자키도 벽에 등을 붙이고 휘청이는 다리로 일어섰다.

타쿠미는 재빨리 여우의 옷깃을 잡고 상체를 자신의 허리에 태워서 내던지려고 했다. 하지만 벽이 너무 가까웠다. 여우의 발이 벽을 차자, 두 사람의 몸이 균형을 잃고 옥상 바닥을 굴렀다. 여우가 쓰러지면서 총구를 들었다. 일어선 타쿠미의 몸이 한순간 굳었다. 오자키는 몸을 가리듯이 앞으로 나갔다. 케이블 타이에 묶여서 가능한 일은 움직이는 것뿐이었다.

총성이 옥상에 울려 퍼지고, 비명 소리가 들렸다. 오자키가 돌아보니, 타쿠미가 바닥에 쓰러져 있었다. "타쿠미 씨!" 대퇴부의 총상을 누른 손가락 사이에서 피가 떨어졌다.

"걸리적거려. 비켜!" 여우가 허리를 걷어찼다. 오자키는 큰 소리를 내며 에어컨 실외기에 몸을 부딪치고 바닥에 쓰러졌다.

다리를 끌면서 일어서려고 하는 타쿠미의 복부를 여우가 도움닫기 해서 걷어찼다. 대자로 뻗은 타쿠미의 머리를 겨누며 방아쇠에 손가락을 걸었다.

"그만해. 마지막 총알이야!" 오자키가 소리쳤다.

"…오자키." 타쿠미는 여우가 들이민 총구를 노려보며 고통스럽게 중얼거렸다.

여우가 방아쇠 당기기를 주저하며 타쿠미의 머리를 겨누던 총구를 내렸다. 그 대신 다리에 생긴 총상을 온 체중을 실어서 밟았다. "윽." 타쿠미의 입에서 신음 소리가 새어 나왔다. 발을 떼고도 그 총상을 거듭거듭 지르밟았다. 상처에서 흘러나온 피가 바닥에 퍼졌다.

"안되지, 안돼. 소중한 탄환을 헛되이 쏠 뻔했네."

"이, 이 새끼가!" 타쿠미가 고통스럽게 신음하며 여우를 노려보았다.

여우가 히죽거리면서, 쓰러진 타쿠미의 얼굴과 복부를 두세 번 찼다. 타쿠미는 바닥에서 손을 뒤통수에 대고 팔을 접은 채 등을 말아서 여우의 신발 끝으로부터 몸을 보호했다.

여우가 어깨로 숨을 쉬며 뒤돌아보았다. 눈은 충혈됐고, 하얀 머리는 헝클어졌고, 땀에 젖은 얼굴은 무언가에 홀린 듯 웃고 있었다. 허리를 굽혀서 타쿠미의 방탄조끼 안쪽과 허리 주변을 뒤졌다.

"잠깐, 뭐야? 이 자식도 권총 없어?"

남아 있는 타쿠미의 의식을 완전히 끊으려는듯 다시 한번 복부를 걷어찼다. 타쿠미의 몸이 옥상 바닥을 굴렀다. 신발에 묻은 타쿠미의 피를 벽에 문질러 닦고 총구를 오자키에게 겨눴다.

"거기 얌전히 있어."

그렇게 내뱉으며 옥상 문을 열고 또 누가 있지 않은지 미제사건 전담팀을 살펴보았다.

오자키는 그 모습을 보고 일어나서 휘청이는 다리로 달렸다. 다리가 움직이지 않았다. 청소도구함까지 가는 짧은 거리가 멀게 느껴졌다. 가까스로 도착해서 문을 열고 그 뒤에 숨었다.

"뭐야, 어디로 도망갔어, 아줌마? 귀찮게."

쫓아온 여우가 열려 있는 문을 발로 찼다. 큰 소리를 내며 눈앞에서 청소도구함 문이 닫혔다. 간발의 차로 오자키가 대걸레 막대를 쳐들었다. 훅 하는 소리와 함께 막대가 공기를 갈랐다. 케이블 타이 탓에 팔을 뻗을 수 없어서 대걸레에 달린 쇠붙이가 여우의 코끝을 스쳤다.

허리 앞에서 막대를 멈추지 못하고 바닥을 때렸다. 휘청이는 다리에 힘을 주고 몸을 비틀었다. 막대를 휘둘러서 금속 부분을 벽

모퉁이에 내던졌다. 빠진 쇠붙이가 금속음을 내며 옥상 바닥을 굴렀다. 나무 막대를 고쳐 쥐고 천천히 눈높이로 들었다. 두 손을 비틀며 악력을 확인했다. 감긴 케이블 타이가 손목 살을 깊이 파고들었다.

"어이쿠, 무서워라." 여우는 스텝을 밟으며 뒤로 물러났다.

"야, 야, 그런 막대기 들고 뭘 어쩌겠다고?" 여우는 허리를 굽혀서 쓰러진 타쿠미의 관자놀이에 총을 겨누고 오자키를 견제하듯 오른손을 들었다. "—라고 하기는 좀 그런가? 아줌마가 막대기를 들면 귀찮아져. 그거 버려. 안 그러면 이 자식을 쏠 거야."

"못 쏘잖아. 남은 총알은 한 발이야. …효율적으로 써야지."

오자키는 조용한 걸음으로 타쿠미의 반대 방향으로 서서히 원을 그리듯 돌았다. 옆구리에 생긴 자상에서 흐르는 피는 멈춘 듯했지만, 한 걸음 내디딜 때마다 욱신거렸다. 하지만 이 통증이 없었으면, 진작에 정신을 잃었을 것이다. 두 눈을 다 쓴 탓에 심박수에 맞춰 두통이 오고 현기증과 구역질이 났다. 여우 맞은편에 쓰러진 타쿠미의 모습이 보였다.

타쿠미는 의식이 있었고, 부어오른 눈꺼풀 밑에서 여우를 노려보고 있었다.

"아줌마는 내가 물품 보관함에서 죽지 않아서 운이 좋았다고 했지? 하지만 굶주린 짐승 입장에서 말하면, 먹잇감 무리 중에서 제일 먼저 공격받는 건 운 나쁜 녀석이 아니야. 달리기가 느린 아이나 노인, 너처럼 다쳐서 약해진 먹잇감이야."

"그럼 시험해 봐…. 내가 약해진 먹잇감이 맞는지."

여우가 타쿠미를 힐끔 보고 총구를 오자키에게 겨눴다.

"결국에는 자기 힘으로 살려고 하는 녀석이 살아남아. 고독하고 배고픈 와중에 나는 그렇게 목숨을 부지했어."

"…네가 모든 불행을 짊어진 것처럼, 자기만 옳은 줄 착각하는 억지 이론으로 다 안다는 듯이 굴지 마. 열 받으니까!" 오자키는 괴로운 숨을 뱉으며 소리 질렀다.

손에 든 대걸레 막대가 말도 안 되게 무겁게 느껴졌다. 케이블 타이에 묶인 탓에 손가락에 피가 통하지 않아서 악력이 약했다. 호흡할 때마다 막대 끝이 위아래로 흔들리는 것을 자기 힘으로는 막을 수 없었다.

"총 맞기 싫으면 어서 그 막대기 버려. 역사 시간에 안 배웠어? 나가시노 전투에서 노부나가가 철포를 이용해 다케다의 기마대를 무찔렀잖아. 어차피 칼은 총을 못 이겨. 심지어 그건 칼이 아니라 그냥 대걸레잖아." 총을 든 여우가 웃었다.

얼굴에 내려온 머리카락이 걸리적거렸다. 쏟아진 땀이 눈에 들어가서 시렸지만, 지금은 땀을 닦을 수도 없었다. "…개자식."

"땀이 엄청 나네. 왠지 얼굴색도 안 좋아, 아줌마. 이제 한계인가?"

여우가 혀를 내밀고 건조한 입술을 핥았다.

벽 옆에 쓰러진 타쿠미를 보았다. 부어오른 눈꺼풀이 눈을 가렸고 입술에서 피가 흘렀다. 그런데도 벽에 등을 대고 어찌어찌 일어서려고 버둥거렸다. 상처투성이인 얼굴과 시선이 부딪쳐서 오자키는 작게 고개를 흔들었다.

"그럼…. 그러면 좋은 정보 하나 줄까?"

"뭔데? 목숨이라도 구걸하려고?"

"나한테 검도를 가르쳐 주신 할아버지한테…, 나도 초등학교 때 똑같은 질문을 했어. 총이랑 칼 중에 뭐가 더 강하냐고. 그랬더니…." 말이 이어지지 않았다.

"그랬더니 뭐?"

막대를 들어 올리고 오른쪽 손목에 감긴 손목시계에 살며시 입술을 댔다. 다시 두 손을 앞으로 내리고 눈높이에 막대를 들고 자세를 취했다.

"뭐야, 뭐라고 했는데? 그 할아버지가!"

"그랬더니…, 멀리 떨어진 상태에서 칼과 총으로 싸우면 99프로 총이 이긴다. 하지만…, 코앞에서 싸우면 50 대 50이다…. 할아버지가 그랬어. 상대가 스티브 맥퀸이어도."

"스티브인지 뭔지 그게 누군데!"

오자키를 노려보며 가늘어진 여우의 눈이 이글거리고 작게 흔들렸다. 총의 격철이 움직이는 소리가 나며 실린더가 회전했다. 검지가 방아쇠울에서 방아쇠에 걸리는 것이 보였다.

그때 통 하고 건조한 소리를 내며 오자키와 여우 사이에 빨간 고무공이 굴러왔다.

여우의 시선이 순간 분산됐다. 그와 동시에 오자키는 몸을 왼쪽으로 비키며 아래에서 앞으로 파고들었다. 불편하고 낮은 자세로 발을 내디뎠다. 모든 체중이 무릎에 실려서 떨렸다. 여우의 손목을 노리고 손바닥을 뒤집으며 막대를 치켜들었다. 무리한 자세를 취해서 옆구리 상처에 통증이 번졌다. 케이블 타이가 손목을 파고들어서 팔을 더 뻗을 수 없었다. 가까스로 닿은 막대 끝이 여우의 약손가락과 새끼손가락을 때렸다. 동시에 총성이 옥상에 울려 퍼졌다.

그대로 왼발을 당겼다가 내디뎠다. 막대를 치켜든 상태로 몸을 따라서 손목을 뒤집었다. 갈빗대가 삐걱거렸다. 혼신의 힘으로 순식간에 막대를 내리쳤다. 여우의 쇄골이 부러지는 소리가 났고, 여우가 뒤로 쓰러져서 바닥을 굴렀다.

찰나의 순간을 오랜 시간에 걸쳐 빠져나온 느낌이었다.

오자키는 현기증이 나서 참지 못하고 바닥에 무릎을 꿇었다. 그대로 앞으로 고꾸라져 쓰러질 것 같은 몸을 대걸레 막대로 지탱했다.

여우가 발목에 찬 홀스터에서 오른손으로 칼을 뽑고 비틀거리며 일어섰다. 타쿠미의 목덜미에 칼을 대고 창문으로 아래를 내려다보며 경계했다. 오자키는 무릎에 힘이 들어가지 않아서 움직일 수 없었다.

"…이제 끝이야. 총에 탄환은 없어."

여우가 옥상 바닥에 떨어진, 껍데기뿐인 총을 빤히 보았다.

"마츠나가, 단념해…. 이미 주변 빌딩에 경비부 저격반도 배치돼 있어. 바리케이드로 막은 문밖에는 돌격반도 있어. 너는 도망 못 가."

"시끄러워. 너는 닥치고 있어."

여우가 타쿠미를 뒤에서 제압하며 목에 칼을 들이댄 채 오자키를 노려보았다. 쇄골이 아픈지 고통스럽게 얼굴을 찌푸렸다.

"그럼, 아줌마, 마지막 '등가 교환'이야."

"…무슨 소리야?" 오자키는 갑작스러운 제안에 당황했다.

"그날 밤…. 집에 찾아온 타카가 갑자기 이게 너냐면서 몽타주를 보여줬어. 그때 나는 진심으로 무서웠어."

여우는 고통스러운지 잠시 사이를 두었다. 왼손에서 부러진 손가락 두 개가 기괴한 방향으로 꺾여서 흔들렸다.

"하지만 내가 저지른 죄를 들켰기 때문이 아니었어. 이 세상에 나를 보는 사람이 있었다. …그걸 아니까 너무 무섭고 무서워서, 나는 몸이 떨렸어."

여우가 타쿠미의 몸에서 손을 떼고 휘청이는 다리로 일어섰다.

"—그리고 만나고 싶었어. 목격자…, 아, 아니지. 아줌마가 말한, 그 '방관자'를. 설령 그러다가 체포되더라도."

여우가 푸른 하늘을 올려다보며 씨익 웃었다. "이게 내 마지막 교환 재료야."

오자키에게 보이는 두 번째 태양이 저물어서 건물 사이에 잠기려고 했다.

"이번에는 그쪽 차례야. 자, 자백해. 아줌마, 너잖아, 그 '방관자'…."

발에 힘을 주고 막대를 지팡이처럼 짚으며 천천히 일어섰다. 그리고 여우를 빤히 쳐다보며 말없이 고개를 끄덕였다. 오자키는 남아 있는 마지막 카드를 꺼냈다.

여우가 슬프게 웃었다.

"흥, 만나서 기뻐. 그럼 나를 마지막까지 봐줘. 너는 '방관자'니까." 여우가 걸음을 돌려서 옥상 중앙으로 달렸다.

탈색된 하얀 머리카락이 바람에 나부꼈다. 손에 들고 있던 칼이 햇빛을 받아서 순간 반짝였다.

"기다려!" 오자키가 소리쳤다.

쫓아가려고 내디딘 발이 꼬여서 그 자리에 쓰러졌다. 비스듬한 풍경에 옥상을 달리는 여우가 보였다. 벤치를 발판 삼아 펜스에 발을 올리고 그대로 날아오르듯 하늘로 몸을 던졌다. 오자키에게는 여우가 등에 달린 날개를 이용해서 하늘로 도망친 것처럼 보였다. 흐른 땀이 턱을 따라 옥상 바닥에 떨어지는, 그 짧은 순간.

조용한 옥상에 무겁고 둔탁한 소리가 울렸다.

떨리는 무릎을 짚고 일어섰다. 여우가 뛰어내린 펜스를 향해 막대를 지팡이처럼 짚고 걸었다. 한 걸음 내디딜 때마다 풍경이 일그러지고 옆구리가 쑤셨다. 펜스를 붙잡고 아래를 내려다보았다.

경찰 제복을 입은 여우가 콘크리트 주차장에 널브러져 있었다. 왼쪽 무릎부터 아래가 주차 방지턱에 부딪혔는지 기괴하게 꺾여 있었다. 하얀 머리카락이 절반 가까이 피로 붉게 물든 채 주차장에 들러붙어 있었다. 입과 귀에서도 피가 흘렀고, 머리 주변에도 검붉은 피 웅덩이가 퍼졌다. 근처에 칼이 떨어져 있었다.

그 멍한 눈이 옥상을 올려다보며 나를 봐줘…, 라고 말했다.

"말도 안 돼. 왜…." 솟구치는 분노가 입에서 새어 나왔다.

오자키는 묶인 두 손을 치켜들고 펜스를 내리쳤다. 케이블 타이가 손목에 깊이 파고들었다. 옆구리에 난 자상이 아픈 것도 개의치 않고, 옥상에서 보이는 빌딩 숲을 향해 말로 형용하지 못할 감정을 고함으로 토해냈다.

11

펜스에서 손을 떼고 후우 하며 길게 숨을 내쉬었다. 원래 자리로 돌아가다가 옥상을 굴러다니는 빨간 고무공을 주워서 타쿠미에게 돌려주었다.

"덕분에 살았어요."

"이런 걸로 도움이 된다면 언제든지 말해. 그보다 괜찮아?"

피로 물든 오자키의 하얀 셔츠를 가리켰다. 그런 타쿠미의 손가락도 떨렸다. 오자키는 다리에 힘이 들어가지 않아서 타쿠미 앞에 주저앉았다.

"괜찮아요. 이제 피도 멈췄어요. 타쿠미 씨야말로 괜찮아요?"

"그 개자식, 방탄조끼가 아니라 다리를 쏘다니. 어떻게 됐어, 여우는?"

"도망쳤어요. 주차장으로⋯. 즉사한 것 같아요."

"그래. 일단은 끝났네."

타쿠미가 안주머니에서 휴대전화를 꺼내 전원 버튼을 눌렀다. 스피커폰으로 설정하고 코우키에게 전화를 걸었다.

"나야. 끝났어. 옥상으로 올라와도 된다고 전해 줘."

「괜찮으세요, 타쿠미 씨?」

"어, 간신히. 나랑 오자키 둘 다 다쳤어. 구급차를 불러 줘."

「이미 불렀습니다. '특수반'의 실시간 영상을 보고 있었어요. 여우가 그렇게 끝난 건 아쉽지만, 두 분이 무사해서 다행입니다.」

"별로 무사하지는 않은데."

「…그렇네요. 수습할 일을 다 마치고 바로 그쪽으로 가겠습니다.」

"알았어." 타쿠미가 전화를 끊고 담배를 꺼내 입에 물었다.

계단 밑에서 문을 억지로 열고 바리케이드를 거칠게 밀어내는 큰 소리가 들렸다.

타쿠미의 피투성이인 손가락이 떨려서 라이터에 불이 붙지 않았다. "에라, 빌어먹을."

"저도 한 개비 주세요." 오자키는 벽에 등을 기대고 타쿠미 옆에 앉았다.

"어럽쇼?" 타쿠미가 담뱃갑을 흔들며 내밀었다.

오자키는 고갯짓으로 감사를 표하고 케이블 타이에 묶인 손으로 한 개비를 뽑아서 입에 물었다. 라이터를 받아서 타쿠미와 자신의 담배에 불을 붙였다. 빨아들인 연기가 폐에 들어와서 자기도 모르게 기침했다. "으." 갈빗대와 옆구리에 난 상처가 욱신거렸다.

"너는 역시 10년은 더 수련해야겠다. 아야야." 타쿠미가 웃던 얼굴을 찌푸렸다.

오자키는 이 담배가 맛있는지 맛없는지 알 수 없었다. 하지만 담배 연기에서는 그리운 할아버지 냄새가 나서 가슴이 따뜻해졌다.

"타쿠미 씨, 왠지 오늘은 날씨가 좋네요."

"그러게…. 오른쪽 눈에 보이는 3년 전도 맑나?"

올려다본 하늘에 타쿠미가 뱉어낸 담배 연기가 구름처럼 흘렀다.

"네. 이미 해가 거의 저물었지만…."

경찰서 옥상이 소란스러워졌다. 상공에서 언론사가 보낸 듯한 헬리콥터 몇 대의 프로펠러 소리가 들려오고, 멀리서 구급차 사이렌 소리가 다가왔다. 바닥에 담배를 비벼 끄고 타쿠미가 내민 휴대용 재떨이에 담배꽁초를 던져 넣었다.

계단을 뛰어오르는 분주한 발소리가 들리더니 문이 거칠게 열렸다. 연락을 받은 특수반이 주변을 경계하며 옥상에 밀려들었다.

대원 한 명이 허리를 숙이고 칼로 오자키의 손목에 감긴 케이블 타이를 잘랐다. 풀려난 손에 뜨거운 혈액이 흘러들어왔다. 벗겨진 손목 피부가 심박수에 맞춰서 욱신거렸다. "다친 데는 어떠십니까?"라고 묻기에, 오자키는 피로 붉게 물든 셔츠를 올리고 옆구리에 난 자상을 보여주었다. 대원이 가방에서 구급용 상처 패드를 꺼내서 응급조치를 시작했다.

"오자키 씨, 괜찮아요?" 옥상으로 올라온 노가미가 뒤에서 걱정스럽게 고개를 내밀었다.

"여기 나도 있는데." 타쿠미가 담배를 쥔 오른손을 들었다.

"아, 타쿠미 씨도 무사해서 다행입니다."

거칠한 수염이 난 또 다른 대원이 타쿠미와 눈을 맞추며 작게 고개를 끄덕였다. 지혈용 벨트를 단단히 묶어서 조치하고 끝으로 손바닥으로 다리를 두드렸다. 타쿠미의 입에서 신음이 새어 나왔다.

"괜찮아요?" 오자키가 반사적으로 물었다.

"걱정하지 마. 총알은 다리를 관통했어. 뼈나 혈관 손상은 없는 것 같지만, 신경 쪽은 병원에 가보기 전에는 뭐라고 장담할 수가 없네. 무모한 짓을 해서 다쳤으니 자업자득이야."

"특수 사건 대책반 1계 스기하라 반장님이야." 타쿠미가 오자키에게 소개했다.

"노고가 많으십니다." 오자키는 대원에게 고개를 숙였다.

"우리는 아무것도 안 했는데, 뭐. 나설 자리가 없어서 다행이었어. 실시간 영상으로 봤다. 그 힘든 자세로 보여준 마무리 기술, 훌륭했어."

스기하라는 오자키의 어깨를 두드리고 일어섰다. 그대로 옥상 중앙으로 가서 옆 빌딩에 있는 부하에게 손으로 신호를 보내고 무선으로 지시를 내렸다.

펜스 너머로 아래를 내려다보며 휴대전화로 이야기하던 노가미가 달려왔다. 휴대전화를 스피커폰으로 설정한 채 타쿠미에게 내밀었다. "반장님이세요."

"여보세요…" 타쿠미가 쉰 목소리로 대답했다.

「어, 총을 맞았다고 들었는데, 아직 살아 있는 것 같네.」

"간신히요. 근데 아주 끔찍했습니다. 반장님은 지금 어디 계세요?"

「한 30분 전부터 여우의 아파트를 가택 수사했어.」

"뭔가 나왔습니까?"

「아직이야. 데스크톱 네 대랑 노트북 두 대가 있는데, 보안이 철저해. 시간이 꽤 걸릴 것 같아. 지금 디지털 분석실에 가져가서 비밀번호 해독부터 시작할 거야. 어딘가에 그 영상 다섯 개의 편집 전 데이터나 흔적이 있겠지.」

"콘도 반장님, 오자키입니다. 디지털 분석실 사카이 순경한테 전해주세요. 여우가 들고 다니던 천사 스티커가 붙은 검은 노트북을 중점적으로 조사하라고요."

「그래, 알았어. 천사 스티커가 붙은 노트북. 전달할게. 오자키 양도 고생했어.」

"저는 괜찮습니다. 근데 타쿠미 씨가⋯."

「걱정하지 마. 그 녀석은 겨우 그 정도로는 안 뒈져.」

"너무하시네." 타쿠미가 옆에서 투덜거리며 담배 연기를 뱉었다.

「그리고 눈에 띄는 물건을 얘기해 보자면, 옷이 있어. 우리 집 거실 크기 정도 되는 붙박이 수납장에 여자 옷을 포함해서 다양한 직종의 옷이 걸려 있어.」

"등 문신에 새긴 Nobody Knows라는 글자. ⋯여우는 고아였어요. 아무 역할도 없는 자기 자신에게 콤플렉스가 있었을지도 몰라요. 일련의 사건에서도 택배 기사, 간병인, 시영 주택에 사는 안경 낀 여자, 경찰관으로 겉모습을 바꿨어요. 아무 역할도 없던 여우는 다른 누군가가 되려고 한 것 같아요. ⋯내면을 포함해서요."

「아무 역할도 없다⋯. 그래, 그 녀석의 아파트는 무취에 가까웠어. 원래 사람이 몇 년 살면 사람 냄새 같은 게 집 구석구석에 스며드는 법이잖아. 근데 부엌과 넓은 거실도 깨끗하게 정리돼 있었어. 너무 깨끗해서 기분 나쁠 정도였어.」

"생활감이 없다는 뜻입니까?" 타쿠미가 물었다.

「뭐, 그렇지. 딱 하나 사람 냄새 나는 게, 거실에 있는 커다란 관엽식물이었어.」

"움벨라타군요."

「그게 그 식물 이름이야? 오자키 양이 보내준 사진에 나온, 여우가 안고 있던 식물이야. 거실에서 제일 볕이 잘 드는 곳에 놓여 있었고, 커다란 잎이 무성해서 천장에 닿을 정도였어. 물을 줄 때 쓰는 물뿌리개랑 식물용 영양제도 있어서, 뭔가 거기에서만 그 녀석의 사람 냄새가 났어… 아무튼 뭔가 나오면 또 연락할게.」

반장이 전화를 끊자마자 휴대전화가 울려서 노가미는 화면에 뜬 표시를 보았다. "감식반 이와부치 씨네요." 말하면서 펜스로 향했다. 손을 들어 주차장에 있는 감식반에게 여우가 뛰어내린 장소를 알렸다.

"타쿠미 씨, 오자키 씨, 구급차가 도착한 것 같아요." 아래를 보던 노가미가 손을 흔들며 큰 소리로 외쳤다.

오자키는 주차장에 떨어진 여우의 눈 속 깊은 어둠을 다시 떠올렸다.

"타쿠미 씨, 여우, 아니, 마츠나가 료고, 그놈은…, 정체가 뭐였을까요?"

"얼굴, 이름, 직업, 사는 곳까지 알아냈어. 그런데 왜 이런 범죄를 저질렀는지, 동기의 본질은 아직 전혀 몰라. 앞으로 밝혀내야지." 타쿠미가 몸을 일으키며 기침하듯 말했다. "그런데 네가 말한 것처럼 그놈이 인간관계에 굶주려서 자기 자신이 포함된 가족이 뭔지 그 답을 찾으려고 살인을 거듭한 거라면, 그야말로 '고독이라는 병에 걸린 굶주린 짐승'이었다는 생각밖에 안 드네."

"어? 듣고 있었어요?"

"저 문으로 뛰쳐나오기 전에."

타쿠미가 짧아진 담배꽁초를 휴대용 재떨이에 비볐다. 옥상 문이 삐걱거렸다. 고개를 들어 보니, 코우키가 천천히 걸어왔다. 두 사람 앞에 한쪽 무릎을 꿇고 앉았다.

"타쿠미 씨, 얼굴이 말이 아니네요." 코우키가 엷게 웃었다.

"남이사." 타쿠미가 얼굴을 찌푸렸다. 오자키도 웃었다.

"두 사람 다 고생하셨습니다. 자키 씨, 이제 오른쪽 눈을 감아요."

코우키는 안주머니에 들어 있던 지퍼백에서 새 안대를 꺼냈다. 오자키는 그것을 받아서 오른쪽 눈을 덮었다. 붉게 저물어 가던 두 번째 태양이 사라졌다.

에필로그

승합차 뒤쪽 슬라이드 도어가 열리자, 비닐봉지를 든 오자키가 잽싸게 몸을 욱여넣었다. 타쿠미는 좌석에 기대어 세워 놓은 목발을 허둥지둥 반대편 창가로 옮기며 자리를 비웠다.

"으으, 추워. 여기, 홍차. 타쿠미 씨는 커피. 아, 또 차 안에서 담배 피웠죠? 밖에서 피우라고 했잖아요."

"안 피웠는데." 타쿠미가 시치미 뗐다.

"냄새가 난다고요."

오자키가 비닐봉지에서 얼른 자신의 뜨거운 녹차를 꺼내 추위에 언 양손을 녹였다. 운전석에 앉은 코우키가 홍차를 한 모금 마셨다.

"오늘 보고가 있었습니다. 마츠나가가 제일 처음 보낸 영상 '래브라도'. 그 영상이 6년 전 캠핑장 근처 댐에서 일어난 일가족 3인 동반 자살 사건과 관련돼 있었습니다. 댐에서 인양된 차 안에서 목 졸려 살해된 아내와 아이, 익사한 남편이, 맞아 죽은 래브라도 리트리버가 트렁크에서 발견된 사건입니다. 컴퓨터에 유서가 남아 있어서 처음에는 남편이 저지른 동반 자살로 처리됐습니다. 아내의 언니 집에 있던 앨범에서 가족과 함께 개가 찍힌 사진이 발견됐습니다. 그 개가 차고 있는 이름이 들어간 목걸이와 영상 속 개가 차고 있던 목걸이가 동일한 것으로 확인됐습니다."

"세 명…." 오자키가 깊은 한숨을 쉬었다.

"그리고 아직 증거가 나오지 않아서 미확정이던 영상 '툇마루'는 교외에 있는 외딴집에서 노부인이 칼에 찔려 살해된 사건으로 확인됐습니다. 범행에 사용된 칼 모양은 마츠나가가 소지하던 것과 거의 일치했지만, 결정적인 증거가 없던 사건입니다. 피해자의 휴대전화에 옆얼굴이기는 해도 여장한 마츠나가의 사진 데이터가 남아 있었습니다."

"결국 열한 명을 죽인 연쇄살인 사건… 이제 어떻게 되나요?"

"아쉽지만 타카하시 경장 살해를 포함한 여섯 건의 살인사건 서류를 피의자 사망으로 검찰에 넘겨야 합니다."

"노가미한테도 연락받았어. 마츠나가 료고의 성장 배경도 조금씩이나마 알아냈어. 보육원에서 자랐는데 입양과는 연이 없어서 중학교를 나오자마자 일을 시작했어. 바텐더부터 호스트, 여장 바 종업원까지, 물장사를 전전하며 일했어. 다른 사람과 적극적으로 교류하는 성격은 아니었지만, 쿨해 보이는 태도와 그 곱상한 얼굴에 끌려서 자주 들락거리는 손님들이 있었대. 그 접대 아르바이트를 하다가 시작한 게 주식과 외환 데이 트레이딩이었어. 제대로 학교에 가지 않았지만, 머리는 나쁘지 않았어. 재능이 있었나 봐. 대성공이었어."

타쿠미는 소리를 내며 캔 커피 따개를 당겨서 열었다.

"타카하시 씨랑도 그런 가게에서 일하다가 알게 됐어. 사건이 일어난 밤에 타카하시 씨가 움직인 경로도 파악됐어. 파출소에서 나가서 몽타주를 들고 마츠나가가 예전에 일한 여장 바를 방문했어. 타카하시 씨도 여장한 마츠나가밖에 몰랐던 것 같아. 확신이 없었겠지. 우리한테 단체 사진이랑 정보를 들고 오기 전에, 종업원과 단골에게 몽타주를 보여주면서 닮았냐고 물어보고 다녔대."

캔 커피를 한 모금 마시고 그 달콤함에 숨을 뱉었다.

"오카자키 시로의 행방은 아직 모르나요?" 오자키가 물었다.

"H현 경찰에서도 수색 중이야. 먼 친척은 찾았는데, 집은 아버지의 사업 실패로 오카자키가 중학교 때 온 가족이 뿔뿔이 흩어졌대. 행방은 아직도 몰라."

"온 가족이 뿔뿔이 흩어졌다고요? 처음부터 가족이 없었던 마츠나가와 아버지 때문에 가족이 무너진 오카자키. 나이 차이는 나지만 고독하다는 점에서 서로 깊이 공감했겠군요." 코우키가 낮은 어조로 말했다.

"마츠나가는 옥상에서 가족의 유대는 그냥 환상이라고 말했어요."

"자키 씨의 보고서에 있던, '가족은 죄'라는 그 얘기죠? 저는 마츠나가가 말한 의미를 모르지 않습니다. 가족은 딜레마를 내포한 공동체죠. 추우니까 서로 몸을 붙이고 온기를 나누려고 합니다. 하지만 다가가면 다가갈수록 서로의 가시가 상대를 찔러서 상처 입히고 마는, 고슴도치 같은 가족도 있습니다."

"아무리 그래도 가족이 뭔지 궁금해서 다른 사람의 삶에 지저분한 발을 들여놓고 가짜 가족을 만드는 건 나로서는 이해가 안

돼. 나보다 젊고 곱상하고 돈도 많으면서. 연애하고 결혼해서 아이를 낳으면 진짜 가족을 꾸릴 수 있었을 텐데."

"두 분의 의견도 이해됩니다. 하지만 마츠나가한테는 그 찌르는 가시조차 없었어요. 핏줄이 이어져 있기 때문에 서로 상처를 입는 경우도 있습니다. 그런데도 그 사실을 받아들이고 다가가는 게 가족이라면, 가족을 모르는 마츠나가는 치유의 부분만을 가족에게 바랐을지도 모릅니다."

승합차 바로 옆에서 아이를 사이에 두고 웃으며 대화하는 세 가족이 지나갔다. 오자키가 문에 달린 창에 얼굴을 대고 멀어지는 가족의 뒷모습을 빤히 보았다.

"마츠나가는 완벽한 이상 속의 가족을 꿈꾸며 만들었다가 무너뜨리고 살인을 거듭했구나…. 그저 치유만 해주는 완벽한 가족 같은 건 없는데. 가족이라는 존재가 뭔지, 그 답을 굶주린 여우처럼 계속 찾아다닌 거야." 오자키가 작게 중얼거렸다.

"오자키, 그놈의 마음속 어둠에 너무 이입하지 마. 아무리 찾아도 거기에 답은 없어. 마츠나가의 성장 배경이나 인생이 얼마나 고독했든, 사람을 열한 명이나 죽인 이유가 되지는 못해. 마츠나가가 자란 시설에서 자립한 아이들은 대부분 가족을 꾸리고 부지런하고 성실하게 살고 있어."

"죄송합니다. 아무튼 그때 옥상에서 마츠나가를 체포했으면 좋았을 텐데…."

"무슨 소리야? 여차하면 나나 네가 열두 번째 피해자가 될 수도 있었어. 언젠가 그놈한테 걸려서 죽었을지도 모를 가족을 구했다고 생각하자고."

"…네." 오자키가 원통한 표정으로 고개를 끄덕였다.

주차장 게이트를 빠져나와서 주차장 꼭대기 층에 올라갔다. 타쿠미는 차에서 내리더니 운전석으로 이동해서 좌석 위치를 조절했다.

"몸은 이제 괜찮아요?" 오자키가 뒷좌석에서 물었다.

"어, 괜찮아. 이제 아무렇지 않게 걸어 다녀. 방탄조끼를 입어서 다행히 다리 말고 뼈나 내장에는 손상이 없었어."

코우키가 차 밖에서 들여다보며 타쿠미 바로 옆에 있는 목발을 보았다.

"걱정하지 마. 이 차는 자동 변속이야. 왼쪽 다리가 이래도 운전은 할 수 있어."

"알겠습니다. 어제 미리 얘기한 것처럼 자키 씨 서포트는 제가 맡겠습니다. 타쿠미 씨는 운전과 백업을 해주세요."

운전석 창을 내리고 담배에 불을 붙였다. 차가운 바깥 공기가 차 안에 흘러들어왔다.

사건은 3년 전, 이 근처 공원에서 일어났다. 만나기로 한 정보 제공자 노숙자는 나타나지 않았고, 타쿠미는 시비를 걸어 온 불량배 세 명에게 공격을 당했다. 증거품 데이터에 주차장 CCTV 영상이 남아 있었다. 주범으로 추측되는 남자와 불량배 세 명이 탄 도난 차량이 주차장에 들어와서 지붕 없는 꼭대기 층에 차를 세우는 것이 디지털 시간 표시와 함께 찍혀 있었다.

지금 타쿠미가 탄 차의 15미터 앞 807번 주차 공간에 주차되기까지 이제 20분도 남지 않았다. 늘 그랬듯, 태블릿 단말기에 표시된 타이머가 두 시간 전부터 카운트다운을 이어갔다.

"시간이 다 됐네요. 그 행방불명된 노숙자는 타쿠미 씨의 정보원이었습니까?" 코우키가 물었다.

"뭐, 그렇지. 거의 6년을 알고 지냈어. 3개월이나 반년에 한 번 정도 연락을 주고받았어. 처음 만났을 때는 일부 상장 우량 기업에 다니는 회사원이었는데, 4년 전에 중동에서 돌아와서는 갑자기 회사를 관뒀어. 그리고 1년 후에 만났더니 노숙자가 돼 있던 괴짜야. 그런데 그 녀석이 가져오는 정보는 늘 확실했어."

오자키가 차에서 내려서 가볍게 몸을 풀며 말했다.

"지난주에 타쿠미 씨가 알려준 공원에 가서 오른쪽 눈으로 정보 제공자의 텐트를 봤는데, 이미 사람이 빠져나가서 아무것도 없었어요."

"수사 보고서에는 사건이 일어나기 일주일 전부터 안 보였다는 다른 노숙자의 증언이 남아 있었어. 누군가에게서 도망치려고 몸을 숨겼거나 납치됐을 거야. 그날 그 녀석은 뭔가 정보가 있어서 나를 불러낸 게 분명해. 그 정보 제공자의 행방, 불량배 놈들이 나를 공격한 진짜 이유, 차에 타고 있던 주범 격 남자의 정체. 알 수 없는 것투성이라서 수사가 도중에 흐지부지됐어."

타쿠미는 주먹을 펴고 엄지와 검지 사이에 있는 상처를 빤히 쳐다보았다.

헤드폰을 쓰고 양방향 무전을 켰다. 마이크에 작은 소리로 말하며 통화 상태를 확인했다. 코우키와 오자키의 목소리가 들려왔다.

"⋯코우, 오자키, 미안하다. 미제사건 전담팀에서 재수사할 사건이 산더미 같은데, 이렇게 개인적인 사건에 오른쪽 눈의 능력과 시간을 쓰게 해서."

「무슨 소리예요? 이 사건을 해결하지 않으면 타쿠미 씨도 앞으로 나아갈 수 없잖아요.」

「자키 씨 말이 맞습니다. 슬슬 시작할까요?」

"알았어. 그럼 녹음을 시작한다."

타쿠미는 무릎 위에 놓인 컴퓨터의 통신 녹음 버튼을 눌렀다.

「그럼 자키 씨의 오른쪽 눈으로 하는 수사를 시작합니다. 이번에는 시간을 한 시간 반으로 제한하겠습니다. 수사 목적은 3인조 불량배가 왜 타쿠미 씨를 공격했는지, 그 범행 동기를 알아낼 단서를 찾는 것입니다. 검은 SUV 도난 차량에 탄 주범 격 남자의 정체와 그 이후의 행방을 추적하겠습니다. 늘 그랬듯이 예정된 시간이 지나지 않았어도 자키 씨의 몸 상태에 이상이 생기면 즉시 수사를 중지하겠습니다. 무리하지 마세요. 아시겠죠?」

타쿠미는 헤드폰을 목에 걸고 운전석에서 얼굴을 내밀며 오자키에게 말했다.

"오자키, 무모한 짓 하지 마."

"두 분, 백업 잘 부탁드립니다." 오자키가 타쿠미와 코우키에게 고개를 숙였다.

코우키가 시계를 보며 오자키의 등을 두드렸다. 「시작할까요?」 「네.」 두 사람이 헤드폰 너머에서 말하고는 주차장의 SUV 주차 공간을 향해 걸어갔다.

조수석에 놓인 태블릿 단말기 시계가 초를 새기며 카운트다운을 이어갔다.

오자키가 긴장을 풀려고 강하게 내쉰 숨이 안개처럼 하얗게 퍼졌다. 차가운 밤공기가 몸을 감쌌다. 올려다보니, 번화가 불빛에 반사된 창백한 밤 구름이 떠 있었다. 주차장을 에워싼 펜스 너머

아래를 내려다보니, 마른 가로수가 선 거리에서 늦은 시간인데도 술집을 들락거리는 회사원과 수선을 떠는 젊은이들이 보였다.

「30초 전이야. 28, 27, 26…. 이제 곧 SUV가 들어온다.」

이어폰에서 숫자를 세는 타쿠미의 목소리가 들려왔다. 시간을 새기는 오른쪽 손목시계를 힐끔 보았다. 오자키는 머리카락을 쓸어 올리고 천천히 오른쪽 눈에 찬 안대를 벗었다.

—얼어붙을 듯한 겨울 밤하늘에, 한순간 빛나는 번개가 보였다.

옮긴이 권하영

한국외국어대학교 일본어통번역학과를 졸업하고, 이화여자대학교 통역번역대학원에서 한일번역을 전공하였다. 번역작으로《전남친의 유언장》,《루팡의 딸2》,《루팡의 딸3》,《루팡의 딸4》,《루팡의 딸5》,《내가 나를 버린 날》,《9번째 18살을 맞이하는 너와》,《치유를 파는 찻집》,《시간을 잇는 선술집》등이 있다.

나에게만
보이는 살인

초판 1쇄 2025년 5월 23일
저자 테라시마 요우
옮긴이 권하영
편집 나다연 **디자인** 배석현
ISBN 979-11-93324-50-9 03830

발행인 아이아키텍트 주식회사
출판브랜드 북플라자
주소 서울시 강남구 학동로 329 북플라자 타워
홈페이지 www.bookplaza.co.kr